ro
ro
ro

Johanna Alba, geboren 1973, ist Kulturjournalistin und Kunsthistorikerin. Sie hat unter anderem in Rom studiert und dort in einer Künstler-WG gleich hinter dem Vatikan gewohnt. Heute schreibt sie für verschiedene namhafte Magazine über Literatur, Kunst und Geschichte.

Ihr Mann Jan Chorin, geboren 1971, ist Historiker und hat sich auf europäische Religions- und Geistesgeschichte spezialisiert. Die Autoren sind miteinander verheiratet und leben mit ihren zwei Kindern in München.

Mehr Informationen unter
www.papstkrimi.de

JOHANNA ALBA UND JAN CHORIN

Halleluja!

EIN PAPST-KRIMI

ROWOHLT TASCHENBUCH VERLAG

9. Auflage Januar 2021
Originalausgabe
Veröffentlicht im Rowohlt Taschenbuch Verlag,
Reinbek bei Hamburg, Juli 2010

Umschlaggestaltung any.way,
Barbara Hanke/Cordula Schmidt
(Illustration: Ruth Botzenhardt)
Satz aus der Sabon PostScript, InDesign,
bei Pinkuin Satz und Datentechnik, Berlin
Druck und Bindung
CPI books GmbH, Leck, Germany
ISBN 978 3 499 25382 9

FSC
www.fsc.org
MIX
Papier aus verantwortungsvollen Quellen
FSC® C083411

Das für dieses Buch verwendete Papier ist FSC®-zertifiziert.

Während der scharfen Verfolgung
der heiligen römischen Kirche
wird Petrus, ein Römer, regieren.
Er wird die Schafe
unter vielen Bedrängnissen weiden.
Dann wird die Siebenhügelstadt zerstört werden,
und der furchtbare Richter
wird sein Volk richten.

Letzte Prophezeiung des heiligen Malachias
(1094/95 bis 1148)

Prolog

So fühlte sie sich also an: die Angst. Sie kroch in ihn hinein, breitete sich aus, lähmte ihn bis in die Fingerspitzen. Wie viele Tage und Wochen war er vor diesem Gefühl davongelaufen? Immer in der Hoffnung, es würde ihn nicht einholen. Immer in der Hoffnung, schneller zu sein als der andere. Aber er war alt. Zu alt für dieses Spiel.

Die Furcht würgte ihn, schüttelte ihn, schnürte ihm den Magen zu. Er musste sich vornüberbeugen, um dem Druck nachzugeben. Er zitterte vor Kälte und Schwäche, und er fühlte, wie sie ihn stützten von beiden Seiten. Nichts hatten sie verstanden, diese zwei jungen Priester, die sich jetzt besorgt über seinen Kopf hinweg anblickten. Noch nie zuvor hatten sie ihn so gesehen, niemand hatte ihn je so gesehen: als den Greis, der er war. Immer hatte er Haltung bewahrt, Macht und Stärke gezeigt. Sich hoch aufgerichtet, mit dieser massigen Gestalt, die der andere so sehr fürchtete. Jetzt war er am Ende angelangt. Er stand vor den Stufen des Altars, es blieb ihm keine Zeit mehr, denn sie zerrten ihn hoch, sie schleppten ihn nach oben.

Doch diesen Weg musste er allein gehen. Er schob

die beiden Männer mit letzter Kraft von sich, richtete sich zu voller Größe auf. Die Übelkeit war übermächtig. Aber er musste die Schrift sehen. Die blutige Schrift. Er musste sehen, was da geschrieben stand. Der Engel des Herrn wird mich schützen, dachte er. Er blickte nach oben, zu dem marmornen Körper, der neben Maria schwebte, eine goldene Lilie in der Hand, ein Lächeln im Gesicht. Er zwang sich zu einem letzten Schritt.

Plötzlich riss ihm etwas den Boden unter den Füßen weg. Seine Hände bekamen das Altartuch zu fassen, er klammerte sich fest, als er fiel. Ein leises, sirrendes Geräusch, nicht mehr als ein Flügelrauschen, war zu hören: Der Engel schwebte, nein, er stürzte auf ihn herab. Er sah sein Lächeln, ein heller Blitz, ein weißer Strahl. Sein Kopf explodierte in einem unfassbaren Schmerz. Vergib mir, dachte er. Und das Letzte, was er sah, war die Madonna, die weinte.

Erster Tag

I

Der Wind blähte die Vorhänge und schickte einen Lichtstrahl, wie einen göttlichen Fingerzeig, direkt in Petrus' Kaffeetasse. Vom Petersplatz drang das Klock-Klock eiliger Absätze zum päpstlichen Frühstückszimmer empor, die Zwillingsbrunnen rauschten – Friede lag über der Ewigen Stadt. Petrus betrachtete den winzigen Lichtpunkt, der durch sein Zimmer huschte, die matten Perlen seines Rosenkranzes aufleuchten ließ und dann über seinem nachtschwarzen Caffè schwebte. Die Morgenmesse in seiner Privatkapelle lag hinter ihm, die Audienzen noch vor ihm. Und in dieser einen heimlichen Stunde dazwischen durfte er sich wie ein echter Römer fühlen. In solchen Augenblicken war Petrus gerne Papst, Bischof von Rom, Bischof seiner Heimatstadt. Für einen kurzen, aber glücklichen Moment fühlte er sich mit der Welt, mit urbi et orbi im Reinen. Er stellte seine Tasse ab, lauschte auf die Geräusche im Flur und tastete unter dem Polster seines kardinalroten Lieblingsohrensessels. Dann zog er mit geübtem Griff – als plötzlich ein Schatten die römische Morgensonne verdunkelte. Die Tür schwang auf, und da stand sie, groß und hager, die Haare mit zwei Klammern unter der Nonnenhaube gestrafft: Schwester Immaculata, Haushälterin des Papstes, erste und letzte Instanz im Vatikan. Misstrauisch musterte sie den Heiligen Vater: «Hoffentlich habe ich nicht beim Gebet gestört.»

Es war offensichtlich, dass Petrus nicht gebetet hatte. Zufrieden balancierte Immaculata ein Frühstückstablett zu einem Tischchen und arrangierte liebevoll drei Scheiben Toastbrot (ungetoastet!) und einen naturreinen Joghurt (geschmacksneutral!) neben dem Osservatore Romano, der Hauszeitung des Vatikans. Dann fiel ihr Blick auf den Papst – und ihre Miene gefror: Unter seiner schneeweißen Soutane leuchtete es rosarot. Petrus, der sich vergeblich bemüht hatte, die voluminöse Gazzetta dello Sport zurück unter das Polster zu stopfen, gab auf. Mit Unschuldsmiene zog er die Zeitungsseiten unter seinem Umhang hervor. «Millionen italienischer Katholiken interessieren sich für Fußball. Es ist meine Pflicht, mich über das zu informieren, was meine Schäfchen bewegt.»

«Vielleicht würden sie sich etwas weniger für weltliche Vergnügungen interessieren und etwas mehr für ihr Seelenheil unternehmen, wenn ihr Oberhaupt ihnen als Vorbild im Glauben voranginge. Es genügt nicht, nur von der Liebe Gottes zu predigen und vom ewigen Leben zu künden.» Immaculata deutete auf den Osservatore Romano. «Die Menschen brauchen auch Zurechtweisung und Zucht.»

Petrus betrachtete die Titelseite des Osservatore.

Neben der Predigt vom letzten Sonntag war sein Bild abgedruckt: ein rundliches Gesicht mit einer breiten, fleischigen Nase. Ein schmaler Haarkranz. Wache blaugraue Augen. Die Predigt war, soweit Petrus sich erinnern konnte, recht lebensfroh ausgefallen – kein Wunder, dass sie nicht Immaculatas Beifall fand. Seine Haushälterin gehörte dem Orden der Bußfertigen Begonninen an, in dem zuverlässig alles verboten war, was andere Menschen am Leben schätzten.

«Du magst recht haben, Immaculata. Ich könnte nächsten Sonntag alle italienischen Männer auffordern, dem Fußball abzuschwören. Ich könnte ihnen sagen: Geht am Nachmittag nicht ins Stadion, sondern verbringt den Tag mit Buße und frommer Lektüre. Die Mitgliederzahl der Kirche würde sich dann ganz erheblich steigern.»

«Nicht auf die Zahl der Mitglieder kommt es an, sondern auf die Stärke des Glaubens.»

«Aber Glaubensstärke bedarf auch einer materiellen Grundlage, liebe Immaculata.» Petrus startete einen Gegenangriff. «Wenn du den Heiligen Vater mit Toastbrot abspeist, darfst du dich nicht wundern, wenn er den Versuchungen des Satans nicht gewachsen ist.»

«Bevor unser Herr vom Teufel versucht wurde, hat er vierzig Tage gefastet.»

«Deswegen hatte er auch keine Kraft mehr zum Fußballspielen. Das ist übrigens der Grund, weshalb die Heilige Schrift nichts darüber berichtet. Obwohl er seine Mannschaft schon zusammenhatte. Nach dem Ausfall von Judas waren es genau elf Spieler, mit denen ...»

Laut krachend fiel die Tür ins Schloss. Immaculata,

Leiterin des Haushalts seiner Heiligkeit, hatte die Stätte der Ketzerei verlassen.

Zufrieden verstaute Petrus den Osservatore Romano in seiner obersten Schreibtischablage und entfaltete die Gazzetta zu voller Größe. Gleich am Morgen ein Duell gegen Immaculata zu gewinnen war kein schlechter Start in den Tag – auch wenn ihm bewusst war, dass ihre Revanche nicht lange auf sich warten lassen würde. Denn Immaculata war nicht nur zänkisch und rechthaberisch, sondern auch überaus nachtragend. Die Summe ihrer schlechten Eigenschaften gipfelte in ihrer unerträglichen Frömmigkeit, die für einen Papst, das war sogar Petrus klar, natürlich kein Kritikpunkt sein konnte. Über die Ernsthaftigkeit ihres Glaubens kursierten im Vatikan sehr verschiedene Theorien. Einige unterstellten ihr scheinheilige Inszenierung, andere jedoch – und zu diesen zählte er selbst – vermuteten Schlimmeres: Immaculata war wirklich «auf erschreckende Weise stockkatholisch», wie er Francesco – und nur Francesco – gegenüber zu sagen pflegte.

Das Allerschlimmste aber war, dass Immaculata sich standhaft weigerte, ihm etwas Gutes zu tun. Schon der morgendliche Caffè mit viel Zucker, auf dem Petrus bestand, war ihr ein schmerzender Stachel im keuschkatholischen Herzen. Denn Völlerei zählte eindeutig zu den sieben Todsünden. Brot und Wein hatte der Herr zu sich genommen – und das auch nur abends … Aber an diesem Morgen würde er nicht klein beigeben, o nein: Zumindest einmal in der Woche musste eine Andacht für Caffè, Calcio und Cornetti, die heilige Dreifaltigkeit des Italieners, abgehalten werden.

Wo Francesco nur blieb? Normalerweise wäre sein Privatsekretär mit Post und Presseschau schon lange bei ihm gewesen. Doch heute war er in besonderer Mission unterwegs ...

Petrus vertiefte sich wieder in die Sportzeitung. Sofort kehrte seine Hochstimmung zurück: Es war Fußballweltmeisterschaft – und sie fand in Italien statt! Sorgen bereitete ihm allenfalls, dass die Squadra Azzurra eindeutig ein Problem auf dem linken Flügel hatte, verursacht durch einen Sehnenriss des Außenverteidigers. Man könnte de Carlo nach hinten ziehen ... Aber dann müsste man das ganze Mittelfeld umbauen. Und das war ohnehin der schwächste Mannschaftsteil, seit Cassano gesperrt war.

Es klopfte leise. Dreimal. Das war das Zeichen! Petrus richtete sich auf. Eine dunkle Gestalt schob sich durch den Türspalt, das Gesicht verhüllt, die Kapuze tief über die Augen gezogen – Francesco! Er schien die Sache mit der Geheimhaltung sehr ernst zu nehmen.

Petrus betrachtete ihn väterlich. Es hatte Aufsehen erregt, als er ihn – vor kurzem erst – zum päpstlichen Privatsekretär ernannt hatte. Denn auf den ersten Blick war der Franziskanerpater nicht gerade die Idealbesetzung für den Posten: zu jung, zu naiv, tiefgläubig, weltfremd. Kein altgedienter Vatikandiplomat, sondern ein schwärmerischer Franziskanermönch aus der umbrischen Provinz – die Kurie war entsetzt gewesen. Doch Petrus hatte stur an seinem Kandidaten festgehalten. Und, wie sich wieder einmal zeigte, recht behalten: Auf Francesco war in jeder Situation Verlass.

Jetzt zog er sich die Kapuze von den dunklen Locken

und stand für einen Moment nur da, fast jungenhaft verlegen. Er war groß und schmal und sah so gesund aus, als sei er gerade von den Sabiner Bergen herabgestiegen. Die Freude über den gelungenen Streich glänzte in seinen Augen, und vorsichtig zog er aus den Falten seines Habits ein mit Schleife verziertes Päckchen hervor. Petrus ahnte, was darin war: Cornetti con Crema, mit Ricotta gefüllte Sfogliatelle, Ciambelloni al Cioccolato ... Mit geistlichem Geleitschutz direkt in den Vatikan importiert, vorbei an Immaculata, Feindin aller Ausschweifungen. Francescos Vorgänger hatten Jahre gebraucht, um diese heikle Aufgabe zu meistern, und der Junge schlich sich einfach so hier herein!

«Geschafft! Um nichts in der Welt wird Immaculata mich diesmal von meinem Frühstück abhalten.» Die Hand des Papstes griff gerade nach dem Päckchen, als sich die Flügeltüren zum Wohnzimmer noch einmal mit Schwung öffneten. Schnell bemühte sich Petrus um sein Autoritätsgesicht. Diesmal würde er Immaculata die Cornetti nicht kampflos überlassen, er würde dem wütenden Racheengel trotzen und –

«Ich störe nur ungern dieses festliche Frühstück», sagte Immaculata lächelnd mit einem Blick auf Seidenpapier und Gebäck. (Diese Lüge kostet dich mindestens zehn Vaterunser, dachte Petrus zufrieden.) «Aber die Polizei ist am Telefon und wünscht Sie dringend zu sprechen, Heiliger Vater.»

«Natürlich! Ein Telefonanruf!» Petrus begann, ungerührt die Schleife zu öffnen. «Steht das Papamobil im Parkverbot?»

«Es handelt sich», verkündete Immaculata und machte eine bedeutungsschwere Pause, «um Mord!»

«Ich habe niemanden ermordet», erläuterte Petrus freundlich. «Päpste morden nur, wenn es gar nicht mehr anders geht. Bei mir ging es bislang immer anders.»

«Möglicherweise ist es sogar mehr als nur ein Mord ...» Immaculata senkte ihre Stimme zu einem unheilvollen Flüstern.

«Du meinst: Es sind zwei Morde?»

Doch Immaculata war nicht aus der Fassung zu bringen. Im düsteren Predigerton fuhr sie fort: «Dann kam einer der sieben Engel, welche die sieben Schalen trugen, und sagte zu mir: Komm, ich zeige dir das Strafgericht über die große Hure, die an den vielen Gewässern sitzt. Denn mit ihr haben die Könige der Erde Unzucht getrieben, und vom Wein ihrer Hurerei wurden die Bewohner der Erde betrunken.»

«Apokalypse des Johannes. Kapitel siebzehn, meine ich. Was möchtest du mir damit sagen, liebe Immaculata?»

«Der Herr straft die Sünder, die nicht auf seinen Wegen wandeln», raunte die Nonne. «Er züchtigt tierische Sinneslust und Maßlosigkeit ...» Ihr Blick wanderte zu dem halb ausgepackten Päckchen. «Und seine Rache ist grausam und blutig, damit sie den anderen Menschen eine Warnung sei. Wer Hurerei getrieben hat, verfällt dem Strafgericht. Der Herr macht nicht halt vor den Königen der Erde – wie es in der Schrift steht. Und er macht auch nicht halt vor den Fürsten der heiligen katholischen Kirche.»

Misstrauisch verfolgte Petrus ihre Ansprache. Immaculata bot wirklich ungeheuer viel Pathos auf, um ihn vom Verzehr der Cornetti abzuhalten, die inzwischen ein wahrhaft himmlisches Aroma verströmten.

«Die größten Sünder fallen zuerst», sagte sie. «Und sie werden die anderen mit in den Abgrund reißen: Die Polizei spricht von einem Mordanschlag in der Kirche Santa Maria del Fiore. Verübt auf Kardinal Salvatore Rotondo, den engsten Freund und Vertrauten seiner Heiligkeit Papst Petrus des Zweiten!»

Petrus starrte sie fassungslos an. In ihm kämpften die Gefühle miteinander: das verzweifelte Bemühen, den Sinn dieser Nachricht zu begreifen – und das abgrundtiefe Entsetzen über Immaculatas Sadismus.

«Und da wäre noch etwas, Heiliger Vater: ein merkwürdiger Anruf von Kardinal Rotondos Haushälterin. Heute Nacht, als Sie schliefen – im Gegensatz zu mir, die ich im Gebet versunken war. Kardinal Rotondos Haushälterin ließ ausrichten, dass ...»

Doch Petrus hatte sich längst abgewandt. Er schleppte sich, gestützt von Francesco, zur Tür. Als er sich noch einmal umdrehte, sah er, dass Immaculata die Fenster zum Petersplatz geöffnet hatte. Der Lärm der Menschenmenge war nun deutlich zu hören, vermischt mit den Flügelschlägen der Tauben, an die Immaculata – mit einem engelsgleichen und dabei triumphierenden Lächeln – die Cornetti verfütterte.

II

Er lauschte. Stand nur da und lauschte. Auf die Erregung in seinem Inneren, auf das Fieber, das ihn erhitzte. Lange, viel zu lange hatte er nicht mehr dieses Leben in sich gespürt. Er hatte sich eingemauert, zurückgezogen, über Jahre schon. Hatte versucht, die Schmach zu vergessen, die Demütigung zu überwinden. Gottverlassen, ja, so hatte er sich gefühlt. Verlassen von Gottes Güte, von seiner Macht und Inspiration. Aber der Herr vergisst seine Kinder nicht, er erniedrigt seine Diener nur, um sie dann zu erhöhen. Er hatte Buße getan, o ja, er hatte sich in den Staub geworfen, er hatte sich kasteit und gequält. Er hatte getobt und gezweifelt, auch an IHM. Doch der Herr hatte ihn aufgehoben, er hatte ihn erhört. Aus seiner Ohnmacht hatte er ihm überirdische Kräfte zuwachsen lassen, er hatte das Gefühl der Rache in ihm bestärkt, hatte es genährt bei jedem Gebet, wie ein gefährliches, ein glanzvolles, ein herrliches Tier. Er war eins geworden mit diesem Wesen, seine Instinkte waren erwacht. Und er hatte Witterung aufgenommen.

Da hatte er sie erstmals gespürt: die Angst des anderen, das Zucken des Opfers, die Schwäche des Unterlegenen. Manchmal musste man sich dem Dunklen der Seele anvertrauen, um das Licht wieder strahlen zu lassen. Das hatte er getan. Inzwischen wusste er:

Alle irdischen Mächte standen ihm zu Gebote.

Und die überirdischen auch.

Er kniete nieder vor dem Bildnis der Madonna. Er zündete die Kerzen an. Und er wartete. Nichts war mehr zu tun. Es war so weit. Die Jagd war eröffnet, die Tage des Zorns hatten begonnen. Das Tier in ihm lauerte. Gierig, bereit zum Sprung. Er genoss die innere Anspannung, die sich auf seinen ganzen Körper übertrug. Seine Gedanken hämmerten, sein Herz klopfte rhythmisch, in seinen Ohren pochte das Blut.

Das Klopfen wurde stärker. Und stärker. Erst jetzt bemerkte er, dass das Geräusch von der Tür her zu ihm drang.

Es klopfte wieder, lauter jetzt. Er lauschte. Durch die verriegelte Tür hörte er eine Stimme. Atemlos, gepresst, wie nach einem schnellen Lauf.

«Ein Anschlag, ein Anschlag in Santa Maria del Fiore. Kardinal Salvatore Rotondo, er, er liegt im ... im Sterben.»

Er blieb unbeweglich auf der Gebetsbank knien, die gefalteten Hände zu einer einzigen großen Faust geballt. Er rührte sich nicht. Aber in ihm brüllte das Tier.

III

Auf dem Nachttisch stand ein Madonnenbild, davor brannte eine Kerze und verströmte ihren warmen Schein. Sonst war es dunkel. Nur an wenigen Stellen blitzte das Licht durch die Ritzen des Rollladens; rot und grün blinkten die Lämpchen an den großen Apparaten. Behutsam schloss Petrus die Tür und ging zu dem Stuhl, der am Fußende neben Rotondos Bett stand. Ein großer, massiger Körper unter einem Laken, ein weißer Verband um den Kopf – mehr konnte er nicht erkennen von seinem Freund.

Ich werde aufstehen müssen, dachte Petrus, und mich ans Kopfende setzen. Aber er blieb sitzen und lauschte in die Stille: Schritte draußen auf dem Gang, das leise Surren der Geräte, das ruhige, gleichmäßige Tropfen der Infusion, die den Kardinal am Leben hielt.

Petrus zog seinen Rosenkranz aus der Tasche: eine Kette aus billigen Holzperlen, abgegriffen und glanzlos. Vor Jahrzehnten hatte er ihn von Rotondo bekommen, der damals ein junger Priester gewesen war – mit einem großen Herzen für die kleinen schmutzigen und rauflustigen Jungen auf den Straßen Trasteveres. Rotondo hatte in der Bäckerei seiner Eltern eingekauft, mit ihm und seinen Brüdern Fußball gespielt und bei den Hausaufgaben geholfen. Als Papà starb, hatte Rotondo seine Hand gehalten und ihm, als er gar nicht mehr aufhören konnte zu weinen, den Rosenkranz geschenkt: Da, nimm, und bete für Papàs Seele.

Petrus begann mit leiser Stimme ein Ave-Maria zu murmeln, dann das Glaubensbekenntnis und ein Vaterunser, schließlich das ganze Gesätz. Als er die letzte Perle weitergeschoben hatte, erhob er sich langsam und trat ans Kopfende des Bettes.

Rotondo war auch im hohen Alter noch ein schöner Mann: die buschigen Augenbrauen, der volle Mund, die markanten Falten, die sich von den Nasenflügeln zu den Mundwinkeln zogen. In großer Gelassenheit lag er da und wartete auf den Tod.

Ich muss mit ihm reden, dachte Petrus. Wenn man mit den Sterbenden redet, kommen sie zurück, heißt es.

Er hob den klapprigen Besucherstuhl vorsichtig an und setzte sich ans Kopfende. Dann räusperte er sich mehrmals und griff – verlegen, als könnte ihn jemand sehen – nach Rotondos Hand.

«Mir ist klar, dass Gott dich gut gebrauchen könnte dort oben. Er wird seine Gründe haben, wenn er dich zu sich ruft. Aber ich, Salvatore, ich brauche dich genauso. Nein, ich brauche dich mehr als je zuvor. *Wir müssen miteinander reden,* hast du zu mir gesagt, vor wenigen Tagen erst. *Achte auf die Zeichen und sei wachsam, mein Sohn, denn es kann sein, dass wir wenig Zeit haben.* Ich will wachsam sein, mein Freund. Aber deine Augen sind schärfer, trotz deines Alters. Du hast die Gefahren gesehen, die ich noch nicht einmal geahnt habe. Doch wie soll ich die Zeichen deuten? Was soll ich tun, Salvatore? Was soll ich nur tun?»

Petrus beugte sich über den Kranken und hätte ihn umarmt, wenn ihn nicht die Kabel daran gehindert hätten. Und in diesem Moment hoben sich, unendlich langsam und merkwürdig verzögert, Rotondos Lider: Petrus sah, wie schon so oft in seinem Leben, in die dunklen Augen seines Freundes. Doch diesmal schienen sie durch ihn hindurchzublicken. Als seine Lippen zitterten, näherte sich Petrus vorsichtig und hielt sein rechtes Ohr an Rotondos Mund. Fast nur ein Atemhauch war das erste Wort, kaum stärker das zweite, beinahe unverständlich der ganze Satz. Nach wenigen Augenblicken, die ihn unendlich viel Kraft gekostet haben mussten, schloss Rotondo wieder die Augen.

Petrus blieb noch länger so stehen: Den Oberkörper halb über das Bett gebeugt, unfähig, sich aufzurichten, lauschte er auf Rotondos flachen, kaum mehr vernehmbaren Atem.

IV

«Weinende Madonnen gab es schon immer», erläuterte Petrus. «Zuletzt in ... in ...»

«Civitavecchia!»

Die Stimme war rauchig. Und sie gehörte einer unglaublichen Frau, die groß war, dunkelmähnig und samthäutig. Fast zu schön, um wahr zu sein. Allerdings lag ein energischer Ausdruck auf ihrem Madonnengesicht, der nichts Gutes verhieß, wie Petrus wusste. Contessa Giulia zog sich einen Stuhl heran, hängte ihre Handtasche an die Lehne und setzte sich neben Francesco, der nicht einmal aufzusehen wagte und sich plötzlich konzentriert mit dem Salzstreuer auf dem Tisch beschäftigte.

«Übrigens ganz in der Nähe von Rom», fuhr Giulia fort und schob mit der Sonnenbrille energisch die schwarzen Locken zurück. «Die Muttergottes hat Blut geweint. Männerblut, wie man heute weiß: Es wurde in der Gemelli-Klinik untersucht. Die Röntgenaufnahmen und die Computertomographie haben ergeben, dass sich keine Hohlräume und keine mechanischen Vorrichtungen im Inneren der Statue befanden.»

Petrus betrachtete Giulia und seufzte. Sie hatte ihn also gefunden in seinem kleinen Refugium. Dabei war die Nische in der Trattoria Antonio in Trastevere vom

Gastraum aus nicht einsehbar. Die langen Tische im kühlen Gewölbe waren voll besetzt. Und das wohlige Gemurmel drang bis zu ihrem kleinen blankgescheuerten Tisch, der verborgen zwischen Garderobe und Kücheneingang stand. Es duftete nach Carciofi alla Romana, in Minze und Petersilie geschmorten Artischocken, und Fiori di Zucca, frittierten Zucchiniblüten mit Mozzarella und Sardellen, für die Antonio so berühmt war. Hier saß er mit Francesco, trank Hauswein und wartete auf eine ordentliche Portion Tonnarelli Cacio e Pepe: das bewährteste Verfahren, um sein angeschlagenes seelisches Gleichgewicht zu stabilisieren. Das Antlitz seines bleichen Freundes Salvatore verfolgte ihn immer noch und würde sich sicher erst nach einem Teller Pasta, vielleicht sogar erst beim Secondo, verflüchtigen.

O bevi o affoghi, hatte Salvatore immer gesagt. Friss, Vogel, oder stirb. Und das ganz wörtlich gemeint: Gerade in unruhigen Zeiten war es nötig, eine gute Trattoria aufzusuchen und die Dinge in Ruhe zu betrachten.

Aber nun war die Ruhe dahin. Denn Giulia ließ sich nicht so leicht besänftigen, wenn sie einmal aufgebracht war. Eigentlich war es sein Plan gewesen, mit der neuen Pressesprecherin ein Gegengewicht zu seiner Haushälterin Immaculata aufzubauen. Giulia schien, auf den ersten Blick, alle Voraussetzungen zu erfüllen, um den Pressesaal des Heiligen Stuhls zu leiten: Sie stammte aus dem römischen Hochadel, sah so blendend gut aus, dass Immaculata sie einfach hassen musste, und war – dies allerdings beunruhigte auch Petrus in seltenen Momenten des Selbstzweifels – gebildet, intelligent, allwissend und hoch qualifiziert: Studium der Philosophie, Kunstgeschichte und Kirchengeschichte, mehrere Sprachen, Auslandssemester in Harvard und Oxford, Promotion. Doch leider war sie, wie Petrus bald erfahren musste, nicht minder herrschsüchtig als seine Haushälterin – wenngleich sie sich auf wesentlich charmantere Art durchzusetzen wusste.

«Willkommen, Giulia.»

Die Contessa ignorierte ihn, musterte stattdessen die Wandtafel mit der Tageskarte und erläuterte weiter die Geheimnisse weinender Madonnen: «Häufig beruht das Weinen einfach darauf, dass sich bei einem bestimmten Raumklima Kondenswasser bildet. Überhaupt haben die meisten sogenannten Wunder, um das hier einmal ganz deutlich zu sagen», ein kurzer, wütender Blick zu Petrus, «ganz natürliche Ursachen. Das Grabtuch von Turin. Das Blutwunder von Neapel. Was auch immer. Ich nehme als Primo Spaghetti Vongole und als Secondo Pesce Spada.» Der Kellner nickte beflissen und verschwand wieder in der Küche. Ein Papst bringt keinen Kellner mehr zum Laufen, dachte Petrus, da musste es schon die päpstliche Pressesprecherin sein.

Giulia hatte nur zwei Bedingungen gestellt, als Petrus ihr den Job angeboten hatte: Sie wollte nicht in den Vatikan ziehen, sondern weiterhin in ihrer kleinen Dachgeschosswohnung am Campo de' Fiori wohnen. Und sie bestand darauf, ihren Kleidungsstil beizubehalten. Über die Wohnungsfrage konnte man sich schnell einigen, zumal der Campo de' Fiori nur durch den Tiber vom Vatikan getrennt war. Giulias textile Vorlieben wären dagegen fast ein Hinderungsgrund gewesen – wobei nicht so sehr das, was sie trug, sondern vielmehr das, was sie nicht trug, die hochrangigen Kleriker irritierte. Du wirst alt, Petrus, hatte Rotondo glucksend gekichert, als Petrus ihm ein Foto seiner Kandidatin zeigte. Man hatte sich schließlich auf einen Kompromiss geeinigt: Bei öffentlichen Auftritten trug die Contessa fortan ein Kruzifix an einer Silberkette um den Hals. Das Kreuz bedeckte zwar nicht jene Formen, aufgrund deren – wie Rotondo auszuführen pflegte – man fortan von den neun Hügeln Roms sprechen müsse, doch immerhin bot das diamantenbesetzte Schmuckstück aus Familienbesitz für die keuschen Kleriker des Vatikans einen Blickfang: als Mahnung, auf dem rechten Weg zu bleiben, wie Petrus behauptete – oder als willkommene Ausrede für genaues Hinsehen, wie Rotondo prophezeite.

«Ich habe das Blutwunder selbst gesehen», wandte Francesco ein und wurde rot. «Es ist sehr eindrucksvoll.»

Giulia betrachtete den päpstlichen Privatsekretär freundlich und ein wenig mitleidig. «Ich glaube gern, dass es eindrucksvoll aussieht. Aber die wundersame Verflüssigung ist mit der Eigenschaft sogenannter thixotroper Gemische relativ simpel zu erklären. Solche Gelees lassen sich durch leichte Erschütterungen und ohne Temperaturveränderungen vom festen in den flüssigen Zustand versetzen. Chemiker können so ein Gemisch leicht herstellen: Man benötigt Eisenchlorid, Wasser, Kalziumkarbonat und Natriumchlorid – und fertig ist das Blutwunder.»

Giulia schnappte sich eine Grissini-Stange, brach sie mit lautem Knacken entzwei und biss ab. Energisch kauend blickte sie vom Papst zu Francesco und zurück.

«Darf ich fragen, wieso sich die Herren über weinende Madonnen unterhalten?»

«Wir sprechen über das Attentat auf Rotondo», sagte der Papst. Es lag eine bestimmte Härte in seinem Ton. Erst jetzt bemerkte Giulia, wie schlecht er aussah: Sein Gesicht war grau, tiefe Ränder zogen sich um seine Augen.

«In Santa Maria del Fiore», fuhr Petrus fort. «Direkt am Altar. Dort befindet sich eine wertvolle Verkündigungsgruppe aus Marmor: Der heilige Erzengel Gabriel überbringt Maria die frohe Botschaft, dass sie ein Kind bekommen wird. Diese Madonnenstatue, Giulia, weinte, als der Anschlag geschah. So hat man es mir im Krankenhaus berichtet. Die Muttergottes schwebte über dem blutverschmierten Körper des Kardinals und weinte.»

Giulia schenkte sich ein Glas Wasser ein. Als sie ausgetrunken hatte, war die tiefe Falte auf ihrer Stirn verschwunden.

«Entschuldigen Sie meine Heftigkeit.» Ihr Zorn war nicht völlig verflogen, doch sie bemühte sich um Harmonie. «Ich war ... nicht besonders pietätvoll. Aber im Vatikan rennt man mir die Bude ein. Ein Medienauflauf wie selten. Die Welt will wissen, was der Papst über den Anschlag auf Kardinal Rotondo denkt. Aber der Heilige Vater sitzt in einer kleinen Trattoria und wartet auf eine große Portion Spaghetti, während seine Pressesprecherin sich lächerlich macht, weil sie der Welt nicht einmal sagen kann, wo sich Seine Heiligkeit aufhält. Sie musste erst alle seine Lieblingslokale abklappern, um ihn zu finden.»

«Ich bin sofort in die Gemelli-Klinik gefahren», sagte

Petrus ruhig. «Es war keine Zeit, überall Bescheid zu sagen. Ich wollte bei Rotondo sein. Er ist mein Freund, Giulia.»

Die Contessa schwieg. «Es tut mir sehr leid, was mit Rotondo geschehen ist», sagte sie dann. «Und ich bin dankbar, dass er noch lebt. Zumindest haben sie das gerade im Radio gesagt.»

«Die Ärzte haben wenig Hoffnung», sagte Petrus. Er senkte den Blick und musterte konzentriert, als sähe er ihn zum ersten Mal, den goldenen Fischerring an seiner Hand, auf dem der Apostel Petrus auf wilder See die Netze einholte.

V

Der Kellner brachte drei Teller: Cacio e Pepe für Petrus und Spaghetti Vongole für Giulia. Vor Francesco stellte er einen großen Teller mit Pasta e Fagioli. Petrus murmelte ein kurzes Gebet, dann drehte er schweigend seine Tonnarelli auf die Gabel. Sie waren cremig, wie immer bei Antonio. Nichts Schlimmeres, als wenn der Pecorino krümelig an den Nudeln klebte. Francesco löffelte seine Bohnen, und Giulia pulte das Muschelfleisch aus den winzigen Schalen. Beide spürten, dass Petrus etwas sagen wollte, dass er um die richtigen Worte rang. Als er fertig gegessen hatte, schob er mit einer energischen Bewegung den Teller fort, trank einen Schluck Wein und begann: «Ich denke, es ist an der Zeit, dass ich euch etwas anvertraue. Ihr wisst: Salvatore Rotondo ist mein

Freund. Mein engster Freund, mein Berater und Vertrauter. Der Anschlag auf sein Leben geht mir unendlich nahe.»

Petrus straffte sich. Er sah nun besser aus, fand Giulia. Diese wundersame Verwandlung hatte sie schon öfter an ihm beobachtet: Ein Teller Pasta in einer Trattoria, ein schneller Caffè in einer Bar hatten eine geradezu himmlische Wirkung auf den irdischen Körper des Heiligen Vaters.

«Es war bekanntlich eine große Überraschung, als ich zum Papst gewählt wurde», fuhr Petrus fort. «Am meisten überrascht war ich selbst. Niemand, auch nicht Rotondo, hatte mir vorher ein Zeichen gegeben. Und ich habe, das kann Gott bezeugen, dieses Amt nicht angestrebt. Ich war glücklich und zufrieden als Bischof. Nun, einige Zeit nach dem Konklave geschah etwas Merkwürdiges. Rotondo hat sich, fast möchte ich sagen: von mir zurückgezogen. Obwohl er selbst es war, der meine Wahl – als Werkzeug des Heiligen Geistes natürlich – eingefädelt hat.»

«Er kam dann nur noch selten zu Besuch», sagte Giulia. «Obwohl er als Ihr engster Vertrauter galt. Das ist mir auch aufgefallen.»

«Eines Tages teilte er mir mit, dass meine Wahl nur ein erster Schritt sei. Er wolle verhindern, dass die Kirche in die falschen Hände gerate. Meine Hände seien die richtigen, meinte er. Aber das sähen nicht alle so. Deshalb wolle er von nun an aus dem Hintergrund darauf achten, dass mein Pontifikat ... Bestand habe. Ja, so drückte er sich aus: Es solle Bestand haben. Erst heute an seinem Krankenbett wurde mir bewusst, wie er das gemeint hat. Nämlich ganz wörtlich: Mein Pontifikat kann nur Bestand haben, wenn ich am Leben bleibe.»

Giulia hörte auf zu kauen und starrte ihn ungläubig an.

«Rotondo wusste etwas. Er verhielt sich unauffällig und begann sich umzuhören. Mir sagte er nichts – um mich zu schützen. Aber die Gefahr schien größer zu werden. Denn vor kurzem suchte er mich auf und warnte mich. Ich solle mich für einige Zeit nicht mehr in die Öffentlichkeit begeben. Die Sicherheitsmaßnahmen verstärken. *Achte auf die Zeichen,* sagte er. Nun, ich habe auf die Zeichen geachtet. Aber ich habe sie nicht erkannt.»

Der Kellner räumte die leeren Teller ab und brachte wenig später die Secondi: den mit Rosmarin bestreuten Schwertfisch für Giulia und die Spezialität des Hauses: Trippa alla Romana, Kutteln in pikanter Tomatensoße, für Petrus. Francesco hatte nichts bestellt.

«Guten Appetit», sagte Giulia. «Wenn Sie möchten, koste ich Ihr Essen vor.»

«Die Situation ist ernst», sagte der Papst, fischte ein Fleischstück aus der Soße und kaute, erst bedächtig, dann zunehmend mit Appetit. «Nehmen wir an, jemand wollte sich dafür rächen, dass Salvatore – mit der Hilfe des Heiligen Geistes natürlich – den falschen Kardinal zum Papst gemacht hat. Doch der Anschlag scheitert. Für den Täter ist das natürlich eine Katastrophe. Denn nun bin ich gewarnt. Sollte Salvatore gesund werden, könnte ich mit seiner Hilfe die Verschwörung aufdecken ...»

«Sie meinen ...»

«... dass er erneut versuchen wird, Salvatore zu töten. Und dass er bald danach versuchen wird, auch mich zu ermorden. Du kannst übrigens ruhig weiteressen, Giulia. Die Gefahr wird nicht geringer, wenn dein Fisch kalt wird.»

Mechanisch führte Giulia die Gabel zum Mund.

«Ich bin gewarnt», sagte Petrus. «Doch meine Situation ist nicht gerade ... komfortabel. Denn ich kann schlichtweg niemandem vertrauen. Natürlich stehen mir sämtliche Geheimdienste des Vatikans zur Verfügung, das Opus Dei natürlich, die Schweizer Garde und notfalls auch die Polizei. Aber woher soll ich wissen, dass der Täter nicht gerade dort zu suchen ist? Oder von dorther Unterstützung erfährt? Als ich eben mit Francesco von der Klinik hierher fuhr, habe ich in Gedanken eine Liste angelegt. Darauf stehen die Namen all derer, denen ich wirklich vertraue. Nun, die Liste ist sehr kurz. Es handelt sich genau um zwei Personen – wenn man von der stets um mich besorgten Immaculata einmal absieht. Und die wären: Padre Francesco, Privatsekretär des Heiligen Vaters, und Contessa Giulia, Pressesprecherin des Heiligen Stuhls.»

«Ich gebe zu, dass ich gerührt bin», sagte Giulia. «Und ich gebe zu, dass die Situation wirklich bedrohlich ist – falls das alles stimmt, was Sie erzählen.»

«Wer möchte noch ein Dolce?» Petrus tat, als habe er weder die Bestürzung der Contessa noch den bleichen, aber entschlossenen Gesichtsausdruck seines Sekretärs bemerkt. «Ich werde eine Torta nehmen, und du, Francesco, nimmst auch eine. Nein, keine Widerrede – wer kein Hauptgericht nimmt, muss zumindest einen Nachtisch essen. Für dich ein wenig Obst, Giulia?»

Der Papst bestellte. Wenig später standen zwei Stücke

tiefschwarzen Schokoladenkuchens vor ihnen. Und weil Petrus bei diesem Anblick sofort wieder Immaculata und sein entbehrungsreiches Leben einfielen, bestellte er noch schnell drei Caffè. Er war nun wie verwandelt: Seine Wangen leuchteten rosig, seine Gesten waren entschlossen, und die Stimme war klar. Gepriesen sei die römische Küche, dachte Giulia.

«Wir haben nur eine Chance», sagte Petrus, als die Tässchen vor ihnen standen. «Wir müssen herausfinden, wer hinter dem Anschlag steckt. Dazu werden wir Santa Maria del Fiore aufsuchen – gleich jetzt, nach dem Essen. Sicherlich, dort ist die Polizei noch am Werk und macht ihre Arbeit. Aber die Polizei versteht nur etwas von Fingerabdrücken und Verhörmethoden. Sie versteht nichts von den Merkwürdigkeiten der Kirche. Dieses Attentat ist jedoch ... äußerst ungewöhnlich, denn der Täter hat seinen Anschlag gewissermaßen inszeniert.»

«Die Tränen der Madonna meinen Sie?», fragte Giulia.

«So ist es. Darüber haben wir gerade diskutiert.»

«Wahrscheinlich möchte der Täter, dass man eine höhere Macht am Werke glaubt. Darum sorgte er dafür, dass sein hässlicher kleiner Mordanschlag von einer religiösen Aura umgeben wird.»

«Diese Hypothese überzeugt mich nicht», brummte Petrus. «Sie setzt voraus, dass alle, die mit dem Vorfall zu tun haben, an Gott glauben und sich davon beeindrucken lassen. Polizisten, Journalisten, die Öffentlichkeit. Das Mittelalter ist vorbei, Giulia.»

«So spricht unser Heiliger Vater und unterzeichnet, wenn seine Großinquisitoren es wünschen, eine Enzyklika gegen die Priesterweihe von Frauen. Es lebe die Neuzeit! Es lebe die Aufklärung! Das Mittelalter ist vorbei!»

Petrus ignorierte sie. «Ihr müsst außerdem bedenken, welch symbolträchtigen Anlass der Täter gewählt hat. Denn es war ein besonderer Tag für Salvatore – ein Tag, auf den er Jahre hingearbeitet hat: die Wiedereröffnung seiner Titularkirche! Nicht alle Kardinäle kümmern sich um ihre Titularkirchen; manchen geht es nur um den Titel. Rotondo dagegen liebte sein Gotteshaus. Als es wegen Baufälligkeit geschlossen werden musste, organisierte er die Renovierung: Er beschaffte Gelder, überwachte die Bauarbeiten. Heute hätte die Kirche neu geweiht werden sollen. Und Salvatore selbst wollte die Messe lesen. Mein Gott, wie hat er sich darauf gefreut.»

«Ich habe gehört, dass Rotondo gelegentlich … vom Pfad der Tugend abgewichen ist», warf Francesco schüchtern ein.

«Den Pfad der Tugend hat er eigentlich nie benutzt», antwortete Giulia. «Meistens hat er sich links und rechts davon in die Büsche geschlagen.»

«Vielleicht handelt es sich ja gar nicht um eine Verschwörung», meinte Francesco eifrig. «Vielleicht sind es ja … diese anderen Gründe.»

«Der Kreis der Verdächtigen erweitert sich damit enorm», sagte Giulia. «Auf mindestens ein Drittel der römischen Ehemänner. Und die Liste derer, die irgendwann einmal mit Rotondo aneinandergeraten sind, ist so lang wie die Aurelianische Mauer.»

Petrus reagierte nicht. Er winkte dem Kellner. Als die Rechnung kam, schob er sie zu Francesco. «Die weinende Madonna ist eine erstaunliche Sache, ebenso der besondere Anlass, die Einweihung der Titularkirche. Am erstaunlichsten jedoch ist die Mordwaffe», sagte er, sobald der Kellner außer Sicht war. «Der Anschlag wurde auf den Stufen des Altars verübt. Darüber ist eine wertvolle Verkündigungsgruppe angebracht, deren Madonnenstatue seit heute Morgen weint. Der Künstler hat aber auch einen Engel geschaffen, einen wunderbaren Engel. Er schwebt über dem Altar und beugt sich sanft zu Maria, um ihr die frohe Botschaft zu bringen. Besser gesagt: Er *schwebte* über dem Altar.»

«Sie meinen, *der Engel* ist die Mordwaffe?»

«So wurde es mir berichtet. Der Engel löste sich plötzlich, stürzte auf Rotondo und begrub ihn unter sich. Wie ich schon sagte, wir müssen uns das ansehen!»

Der Kellner brachte das Tellerchen mit dem Wechselgeld.

«Die Trippa alla Romana waren vorzüglich. Berücksichtige das beim Trinkgeld, Francesco.»

Der Papst stand auf. «Francesco und ich nehmen die Vespa. Du bist mit dem Wagen da, Giulia?»

«Francesco und Sie nehmen die *Vespa*?»

«Ich wollte so schnell wie möglich in die Gemelli-Klinik», antwortete Petrus ungerührt. «Mit dem Wagen wäre ich endlos im Stau gestanden.»

«Wenn Sie irgendjemand gesehen hat, trete ich sofort zurück.» Giulia war fassungslos. «Ich kann der Weltpresse vielleicht erklären, warum Geschiedene nicht zur Kommunion dürfen – aber nicht, warum der Heilige Vater mit einem jungen Mönch durch Rom kurvt. Auf einer *Vespa*!»

«Niemand wird mich erkennen.» Petrus fingerte eine

Sonnenbrille aus den Taschen seiner Soutane. «Wir werden aussehen wie Gregory Peck und Audrey Hepburn in ‹Ein Herz und eine Krone›. Da gibt es diese Szene, in der sie am Kolosseum vorbei durch Rom fahren.»

«Francesco sieht vielleicht annähernd so gut aus wie Gregory Peck», sagte Giulia und ignorierte das sanfte Erröten des Padre. «Aber ich verstehe nicht, was Sie mit Audrey Hepburn gemeinsam haben sollen.»

«Eines jedenfalls nicht», antwortete Petrus düster, «Sanftmut und Hilflosigkeit.»

VI

Mit einem dumpfen Geräusch fielen die Türflügel hinter ihnen zu. Drinnen roch es nach Kalk und frischer Farbe. Das barocke Theater entfaltete seine ganze Pracht: Die blankgeputzten Marmorsäulen spiegelten sich in den Mosaiken des Fußbodens, das Blattgold an den Kapitellen glänzte, als sei es noch feucht. Weiße Lilien und Rosen, in üppigen Sträußen an die Kirchenbänke gebunden, neigten sich über einen roten Teppich, der schnurgerade auf den Chor zulief. Petrus, Francesco und Giulia standen, unbemerkt von herumeilenden Polizisten, im Halbdunkel des Kirchenschiffs, der dicke Läufer verschluckte ihre Schritte, als sie langsam nach vorne gingen.

Im Zentrum mehrerer Scheinwerferkegel leuchtete der berühmte Altar von Santa Maria del Fiore. Ein Spätwerk der Bernini-Schule, das in jedem Romführer erwähnt wurde, eine kühne Komposition aus Bild und Skulptur: Ein Strahlenkranz aus Gold umfasste die wertvolle Marien-Ikone aus dem achten Jahrhundert, die erst jetzt zur Einweihung der Kirche mit enormem Aufwand restauriert worden war. Doch Petrus, der das Bild immer sehr bewundert hatte, sah diesmal gar nicht hin. Denn direkt darunter schwebte die weiße Marmormadonna in ihrem sich üppig bauschenden Kleid, den Blick verklärt nach oben gewandt, wo der Engel des Herrn zu ihr sprechen sollte.

Doch es war kein Engel mehr da. Die Kirchenwand war aufgerissen wie eine Wunde und gab den Blick auf Metallschienen und nacktes Mauerwerk frei. Zerschellt lag die mächtige Figur auf dem Boden. Der Kopf und der rechte Flügel waren abgebrochen, Risse zogen sich über die Falten des Gewandes und den schlanken, bloßen Oberkörper. Zwischen den Trümmern schimmerte die goldglänzende Lilie, die der Engel in der Hand gehalten hatte – Zeichen der Jungfräulichkeit und Reinheit Mariens.

«Ich dachte, dass Engel unsterblich wären», flüsterte Giulia.

«Engel können nicht sterben», antwortete Petrus. «Aber sie ziehen sich zurück, wenn man sie nicht achtet. Dieser hier wird nicht wiederkommen. Er ist auf entsetzliche Weise missbraucht worden.»

Er fuhr sich kurz über die Augen und hob dann entschlossen das Absperrband hoch, hinter dem sich die Experten der Spurensicherung lautlos in ihren weißen Plastikanzügen bewegten. Francesco und Giulia folgten ihm. Erst jetzt sahen sie, dass der Rumpf des Engels mit feinen roten Schlieren wie mit einem Schleier überzogen war. Ein großer dunkler Fleck auf dem Boden war mit Kreide markiert und eingekreist worden.

Petrus sah sich suchend um und deutete dann auf eine Leiter, die zu der Metallschiene emporführte, an der vor kurzem noch der Engel befestigt gewesen war. «Halte mir bitte die Leiter, Francesco. Ich möchte mir das aus der Nähe ansehen.»

Bedächtig kletterte Petrus die Sprossen empor. Als er fast oben war, schoss ein kleiner, nervöser Polizist empört auf ihn zu. Erst im letzten Augenblick erkannte er den Papst, bremste ab und deutete einen Kniefall an.

«Heiliger Vater!»

Petrus segnete ihn aus der Höhe: «Friede sei mit Ihnen. Stehen Sie auf, mein Sohn. Wie heißen Sie?»

Der Polizist strich sich nervös die spärlichen Haare glatt. «Commissario Brunelli. Mein Name ist Eugenio Brunelli.»

Petrus kletterte ungerührt weiter nach oben.

«Bitte, Commissario Brunelli, erklären Sie mir doch, was passiert ist», rief er herunter.

«Jawohl, Heiliger Vater.» Der Commissario nahm Haltung an. «Direkt vor sich sehen Sie eine große Metallschiene, die aus dem Mauerwerk ragt. Dort stand der Engel. Von vorne konnte man die Schiene nicht sehen, weil das Gewand des Engels sie verdeckte. Er balancierte auf der Schiene wie ... wie ein Seiltänzer. Festgeschraubt natürlich. Der Täter hat die Schrauben gelockert. Die Figur musste also herunterfallen, sobald sie jemand bewegte.»

«Und es hat sie jemand bewegt?»

«Jawohl, Heiliger Vater. Kardinal Rotondo selbst.

Sehen Sie!» Der Commissario bückte sich, hob etwas auf und ließ es durch die Finger gleiten. Petrus konnte nicht sehen, was es war. Der Polizist ruderte mit den Händen in der Luft; es schien, als dirigierte er ein unsichtbares Orchester.

«Eine äußerst dünne, aber sehr haltbare Nylonschnur, Heiliger Vater. Sie war mit dem einen Ende am Engel befestigt. Das andere Ende hat man an den Buchständer geknotet, der auf dem Altar steht. Den Buchständer, auf dem das Messbuch liegt.»

«Ich verstehe», sagte Petrus. «Der Ständer steht, wie ich sehe, recht weit hinten. Der Priester hätte ihn also ein Stück zu sich herangezogen. Und dabei wäre der Engel in Bewegung geraten.»

«So war es geplant», antwortete der Commissario. «Aber es kam schon vor der Messe zu dem Anschlag.»

«Erzählen Sie.»

«Der Kardinal, nun, er schien heute Morgen nicht bei bester Gesundheit zu sein. Zwei Priester mussten ihn stützen, als er hereinkam. Aber er wollte unbedingt noch vor der Messe diese ... diese Worte auf dem Altar begutachten.»

«Welche Worte?», wollte Petrus gerade sagen. Doch da sah er sie selbst, rot und blutig, eine gotteslästerliche Schmiererei auf dem blütenreinen Tuch des Altars:

DIES IRAE

Ihn schwindelte. Für einen kurzen Augenblick hielt er sich an den Sprossen der Leiter fest und schloss die Augen. Doch als er sie wieder öffnete, war die Schrift immer noch da. Langsam stieg er wieder hinunter.

Der Commissario erwartete ihn. «Haben Sie die

Schrift gesehen, Heiliger Vater?», fragte er eifrig. «Wir haben inzwischen herausgefunden, was das heißt: ‹Tag des Zorns›.»

«Gute Arbeit», brummte Petrus. «Auf die römische Polizei ist Verlass, ich wusste das immer. Jetzt möchte ich mir bitte den Engel ansehen.»

Giulia kniete neben dem gebrochenen Körper. Die herausgelösten Schrauben hatte der Polizeifotograf auf weißes Papier gelegt. Vorsichtig fuhr Petrus mit den Fingern darüber. Dunkles Öl floss aus einem einzigen länglichen Schraubenschlitz und tropfte nach unten.

Wie das Blut, das unter den Nägeln des Herrn hervordringt, dachte Petrus.

«Der Täter hat die Windungen sogar geölt, damit sich die Figur besser lösen konnte. Direkt vor dem Altar haben wir übrigens diesen Schraubenzieher gefunden. Die Fingerabdrücke darauf waren deutlich zu erkennen. Unsere Spurensicherung war ganz begeistert.»

Petrus nahm den abgewetzten Holzgriff in die Hand und drückte die Spitze des Metallstabs in seine Handballen: Ein rotes Kreuz zeichnete sich ab.

«Francesco? Wir müssen ...»

Aber der Padre antwortete nicht. Er stand, tief versunken, neben Giulia. Zusammen blickten sie nach oben, zur Statue der Heiligen Jungfrau. Große, silbrige Tränen glänzten in den Augen der Madonna, schimmerten auf ihren Wangen und rannen über ihr Gewand und eine der kunstvoll gelockten Haarsträhnen.

Petrus ging zu ihnen.

«Der Täter hat wirklich einen besonderen Sinn für Theatralik», murmelte Giulia. «Ein Engel als Mörder, und eine Madonna, die weint. Über die Sünden des Toten. Über die Verfehlung der Kirche. Oder …»

«Oder es handelt sich eben doch um ein Wunder», sagte Petrus und wandte sich an den Polizisten: «Glauben Sie an Wunder?»

«Verzeihung, Heiliger Vater, meine Eltern waren Kommunisten. In meiner Kindheit war es mir darum nicht vergönnt, die Wunder der Kirche …»

«Schon gut. Meine Pressesprecherin glaubt auch nicht an Wunder. Seit wann weint die Madonna denn?»

«Der Messner und einige Signori aus der Gemeinde schlossen heute früh die Kirche auf, um alles vorzubereiten für die Messe. Dabei bemerkten sie die Tränen. Und wenig später die Worte auf dem Leintuch.»

«Wann war das?»

«Ungefähr um sieben Uhr. Kurz darauf traf der Kardinal in der Kirche ein. Er war gesundheitlich sehr angeschlagen. Der Messner berichtete ihm sofort von der Statue und der Schrift, und er wollte beides sehen. Die Sache schien ihn sehr … zu beunruhigen.»

«Weiter», brummte Petrus.

«Kardinal Rotondo war so unsicher auf den Beinen, dass man ihm helfen musste. Signora Antonella Gaspardi sagt, zwei Priester mussten ihn stützen.»

«Antonella Gaspardi?»

«Eine Gemüsefrau vom Campo de' Fiori. Sie sagt, der Kardinal stieg, begleitet von den Priestern, die Treppe hinauf. Und vor dem Altar stürzte plötzlich der Engel auf ihn.»

«Gott der Herr hatte jedenfalls viel zu tun heute Nacht», sagte Petrus. «Oder derjenige, der sich für Gott ausgab. Er stürzte einen Engel, brachte die Heilige Jungfrau zum Weinen und ließ die Altardecke bluten. Woher weiß man denn, dass die Madonna erst seit heute Morgen weint? Vielleicht trauert sie schon seit vielen Wochen – und niemand hat es bemerkt, weil die Kirche eine Baustelle war?»

«Nein.» Der Commissario war sichtlich stolz, dass er Auskunft geben konnte. «Das haben wir schon überprüft. Gestern Nachmittag war Kardinal Rotondo hier. Mit dem Messner. Er hat alles sauber gemacht, vor allem um den Altar herum. Zusammen mit Frauen aus der Gemeinde. Sie hätten bemerkt, wenn die Madonna geweint hätte. Und er hätte wohl auch die Falle gesehen – wenn sie schon da gewesen wäre.»

«Ich verstehe. Dann war also seit gestern Nachmittag niemand mehr in der Kirche?»

«Es war niemand mehr in der Kirche.»

«Pinello», sagte Giulia. «Pinello kann uns helfen. Falls der Täter uns wirklich ein Zeichen geben wollte, kann Pinello es entschlüsseln.»

Francesco – seit Wochen bemüht, die unübersichtliche Welt des Vatikans zu verstehen – blickte leicht verwirrt: «Wer ist Pinello?»

«Pinello leitet die päpstlichen Kunstsammlungen», erläuterte Giulia. «Er lehrt Kunstgeschichte an der Gregoriana – mit Schwerpunkt Ikonographie und Symbolkunde. Hoch belesen, schon mit knapp über vierzig Professor. Aber, na ja, wie soll ich sagen, reichlich seltsam. Es gibt einige, die ihn für ein bisschen wahnsinnig halten. Dafür ist er genial.»

«Na schön», sagte Petrus. «Einen Versuch ist es wert.

Giulia und Francesco – ihr geht zu Professore Pinello. Ich werde mich hier im Viertel noch ein wenig umhören. Wer die Wahrheit erfahren will, muss mit den Menschen reden.»

Er stand auf, ging noch einmal zu der Absperrung und blickte auf den zerschmetterten Engel am Boden.

«Herr im Himmel», betete er leise, die Hände fest gefaltet. «Nicht mein, sondern dein Wille geschehe. Doch du hast mir die Kirche anvertraut. Ich habe sie zu schützen vor dem Zugriff des Bösen. Ich mache dir einen Vorschlag, Herr: Wenn du nicht möchtest, dass ich der Sache auf den Grund gehe, so gib mir ein Zeichen. Dann gehe ich nach Hause, sehe mir das Halbfinale an und warte auf mein nahes Ende.

Kein Zeichen?

Nein?

Das ist gut.»

VII

«Sie sehen aus wie der Papst», sagte der Junge, legte sich den Ball vor und trat ihn mit Wucht gegen die bröckelnde Kirchenmauer von Santa Maria del Fiore.

Petrus nickte dem strubbeligen Kind im viel zu großen azurblauen Fußballtrikot freundlich zu.

«Ich *bin* der Papst.»

«Kann sein. Kann aber auch nicht sein. Vielleicht haben Sie sich auch nur als Papst verkleidet. Weil Sie sich an kleine Jungs ranmachen wollen. Denn kleine Jungs denken natürlich, dass der Papst ein lieber Mensch ist. Man muss aufpassen.»

Er legte sich den Ball wieder zurecht und nahm Anlauf.

«Was wollen Sie denn hier?», fragte er dann.

Einige Schritte, ein Tritt – der Ball landete mit Wucht genau zwischen zwei Kirchenfenstern der Apsis.

«Ich sehe mich um. Ich möchte wissen, wie man in die Kirche reinkommt. Vor allem nachts. Wie heißt du eigentlich?»

«Es gibt nur zwei Eingänge. Vorne und über die Sakristei. Nachts sind die beide abgeschlossen. Und ich heiße Paolo.»

Petrus blickte an der Rückseite der Kirche hoch, deren vordere Fassade man gerade für eine Unsumme blütenweiß restauriert hatte. Hinten sah man nichts davon: blätternder Putz, Moos in den Ritzen, im Fensterrahmen wuchs ein Bäumchen.

Paolo bemerkte seinen Blick. «Vergessen Sie's. Viel zu hoch.»

Wieder ein Schuss. Dann, mit Misstrauen in der Stimme: «Kommen Sie wegen der Sache mit dem Kardinal?»

Petrus, der schon weitergehen wollte, blieb stehen. «Weißt du etwas über die Sache mit dem Kardinal?»

«Nur, dass ihm ein Engel auf den Kopf gefallen ist.»

«Das wissen wahrscheinlich alle in Rom.»

«Aber ich weiß auch, wer es gewesen ist.» Paolo ließ den Ball auf seiner Fußspitze tänzeln.

«Tatsächlich? Und wer war es?»

«Warum sollte ich Ihnen das sagen?»

«Du kriegst etwas dafür.»

Paolo stoppte das Leder mit dem Fuß und sah ihn misstrauisch an. «Wenn Sie mir Süßigkeiten schenken wollen, weiß ich Bescheid.»

Petrus kramte in seiner Soutane und zog ein Päckchen Fotos hervor. «Keine Süßigkeiten. Ein Sammelbild. Mit Originalunterschrift.»

Paolo beäugte das Bildchen. «Andrea Cassano. Woher haben Sie das?»

«Von meiner Pressesprecherin. Und die hat es von Cassano persönlich.»

Petrus sammelte keine Panini-Aufkleber, aber er hatte sich doch gefreut, als Giulia ihm das Autogramm mitgebracht hatte, von einer Pressekonferenz zu Beginn der WM, wo sie ein Grußwort des Papstes verlesen hatte. Gelegentlich hatte ihm ein wohlmeinender Bischof ein Tütchen mit Bildern vorbeigebracht, sodass sich nun – fast wie von selbst – doch eine recht beachtliche Sammlung ergeben hatte. Um Cassano war es nicht schade, den hatte er doppelt. Wenn auch nur einmal mit Unterschrift.

Paolo schien nicht überzeugt: «Woher soll ich wissen, ob die Unterschrift echt ist?»

«Es steht seine Telefonnummer drauf. Du kannst anrufen. Wenn er drangeht, ist es echt.»

Paolo nahm ihm das Bild ab und hielt es schräg gegen die Sonne. Seine Hände waren schmutzig, die Fingernägel schwarz. «Die Schrift ist echt. Nicht aufgedruckt.»

«Es gehört dir, wenn du mir sagst, was du weißt.»

«Der unheimliche Mann mit dem schwarzen Umhang war es.»

«Ach so, der schwarze Mann.» Petrus steckte die übrigen Bildchen wieder ein.

«Wenn Sie mir nicht glauben, können Sie Ihr Bild behalten.» Demonstrativ gelangweilt tippte Paolo den Fußball mit der flachen Hand auf den Boden.

«Wie sah er denn aus, dein schwarzer Mann?»

«Er sah aus wie ein Mönch. Mit einer Kapuze, die ganz weit in sein Gesicht heruntergezogen war.»

«Wo hast du ihn gesehen?»

Paolo zögerte. «Gestern Abend. Ein großer schwarzer Wagen brachte ihn. Mit dunkel getönten Scheiben.»

«Und was wollte er hier?»

«Er wollte, dass sie ihn in die Kirche lassen.»

«Wer sollte ihn in die Kirche lassen?»

«Der Pfarrer. Und mein Vater.»

«Wer ist dein Vater?»

«Der Messner.»

«Und haben sie ihn hereingelassen?»

«Haben Sie noch mehr Bilder? Von der italienischen Mannschaft fehlen mir noch Baggio, Manardi, Castro, Raimondi, de Carlo, Agnello und Celesti. Den Cassano hab ich ja jetzt von Ihnen. Ich sammle nicht das ganze Album, wissen Sie, dafür reicht mein Geld nicht. Aber die italienischen Spieler will ich alle haben. Ich hab mir ein Poster gemacht und übers Bett gehängt. Da kleb ich die Bilder drauf. Das Poster sieht wie ein Spielfeld aus, ganz grün.»

Petrus zog das Päckchen aus der Tasche, überlegte kurz und reichte ihm Manardi.

«Danke. Ja, sie haben ihn hereingelassen. Mein Vater wollte nicht, aber der Pfarrer sagte, sie müssten es tun.»

«Warum wollte der Pfarrer, dass sie ihn hereinlassen?»

«Der Mönch ist mächtig, hat er gesagt. Und es bringt Unglück, wenn man nicht macht, was er will.»

«Hat der Mönch gesagt, warum er in die Kirche möchte?»

«Nein. Aber mein Vater sagt, dass er dort beten will. Er betet jede Nacht in einer anderen Kirche.»

«Um wie viel Uhr kam er?»

Paolo hielt die Hand auf. Baggio wechselte den Besitzer.

«Um neun. Mein Vater und der Pfarrer haben ihn in die Kirche gebracht und eingeschlossen. Dann hat mein Papà wie jeden Abend die Kirchentür zugesperrt und die Tür zur Sakristei. Heute früh haben sie ihn wieder rausgeholt. Ganz früh, lange bevor die Messe losgehen sollte.»

«Wer hat noch einen Schlüssel zur Kirche – außer deinem Vater und dem Pfarrer?»

«Kardinal Rotondo und so ein Typ vom Vatikan, der sich mit Kunst auskennt. Weil hier so viele wertvolle Sachen rumstehen, die Ihnen gehören.»

«Nicht mir, sondern den Vatikanischen Museen. Kann man mit diesen Schlüsseln auch die Seitenkapellen öffnen?»

«Klar. Es ist ein dicker Ring mit mindestens zwanzig Schlüsseln. Damit können Sie alles hier öffnen – von den Außentüren bis zur Sammelbüchse für die armen Kinder.»

«Haben dein Vater und der Pfarrer der Polizei etwas vom schwarzen Mann gesagt?»

«Nein.» Paolo drosch den Ball gegen die Mauer. «Sie haben Angst, dass es Ärger gibt, wenn alles auffliegt.»

«Wer war gestern in der Kirche?»

«Mein Vater. Zusammen mit Frauen aus der Gemeinde. Sie haben alles sauber gemacht und mit Blumen geschmückt. Der Kardinal hat geschaut, ob alles schön ist. Ich hab mitgeholfen. Darum weiß ich Bescheid.»

«Wurde auch der Altar gesäubert?»

«Klar.»

«Das bedeutet, dass am Nachmittag noch keine Falle installiert war.»

«Kaum. Sonst wäre sie uns auf den Kopf gefallen. Und die Madonna hat auch nicht geweint – das hätten wir gemerkt.»

«Und nach dem Putzen wurde die Kirche verschlossen?»

«Genau.»

«Wann war das?»

«So um fünf Uhr am Nachmittag.»

«Und erst wieder aufgemacht, als der schwarze Mann kam?»

«Richtig.»

«Wer fehlt dir noch?»

«Castro, Raimondi, de Carlo, Agnello. Und Celesti.»

«Ich möchte, dass die Polizei auch weiterhin nichts erfährt. Wenn ich den Eindruck habe, dass du den Mund gehalten hast, bringe ich dir die anderen vorbei.»

«Einverstanden.» Paolo zögerte kurz. «Wissen Sie denn, wer der Mönch ist?»

«Ja. Und ich werde ihn besuchen. Kannst du mir sagen, wo ich hier telefonieren kann?»

«Klar. Sagen wir ... einen de Carlo?»

«Vielen Dank», grummelte Petrus. «Ich suche selber.»

«Na schön. Weil Sie der Papst sind: Sie gehen das Gässchen entlang und dann rechts. Dann kommen Sie zu Sandri. Haben Sie eigentlich kein Handy?»

«Ich bin für den Heiligen Geist immer erreichbar. Das genügt.»

«Außer Sie wollen selbst telefonieren.»

«Gott segne dich und deine Weisheit, mein Junge.»

«Was ist, wenn der schwarze Mönch Sie auch umbringt?», rief ihm Paolo hinterher.

Petrus blieb stehen, drehte sich um und betrachtete nachdenklich den kleinen Jungen, der mit seinem Fußball in der hellen Sommersonne Roms stand und vom Sterben sprach.

VIII

«Nummer 52 gibt es nicht», sagte Giulia und musterte die Häuserreihe. Rostrote Wände, bröckelnder Putz, geschlossene Fensterläden: Die Bewohner hielten auf gute Sitten und waren nicht gewillt, die geheiligte Mittagspause mit Alltagsgeschäften zu entweihen. Nur eine ungeheuer fette, gelbgetigerte Katze strich durch die verlassene Gasse im Stadtteil Trevi und sah sich nach dem merkwürdigen Pärchen um: einem Mönch in dunklem Habit, der mit einem Stadtplan kämpfte, und einer hochgewachsenen Frau im geblümten Sommerkleid, die mit ihren Stöckelschuhen eine Coladose aus dem Rinnstein vor sich herkickte. Die Katze ahnte, was ihr bevorstand, und suchte zischend das Weite, noch bevor Giulia die Dose mit einem scharfen Tritt in ihre Richtung beförderte.

«Du magst es albern finden, Giulia – aber auch diese Katze ist ein Geschöpf Gottes.» Francesco hatte kapituliert und sah traurig auf das Papierungetüm in seinen Händen. Er litt unter der Niederlage. In Umbrien hatte er keine Karten benötigt.

«Nein, Francesco.» Giulia beobachtete die Kellerluke, in der die Katze verschwunden war, und bereitete sich auf eine zweite Attacke vor. «Die Landkatzen in deiner Heimat sind vielleicht Geschöpfe Gottes. Aber römische Katzen sind Geschöpfe der Hölle, mein Lieber. Soll ich dir helfen?»

Giulia prüfte die komplizierte Faltung. Ein schnelles Wirbeln der Seiten – und der errötende Francesco hielt den perfekt geknickten Plan in Händen.

«Danke», sagte Francesco und betrachtete verstohlen die Knickstellen. Es wäre ganz einfach gewesen, er hatte nur zu früh aufgegeben.

Giulia lächelte ihn freundlich und nur ein klein wenig spöttisch an. Schnell suchte er nach einem anderen Thema. «Kennst du diesen Pinello eigentlich persönlich?»

«Ich habe einige Vorlesungen bei ihm gehört. Petrus ist übrigens nicht gut auf ihn zu sprechen, weil Pinello die Neugestaltung der päpstlichen Gemächer ablehnt. Petrus hatte ihn als Berater hinzugezogen und war enttäuscht, dass seine Vorschläge auf wenig Gegenliebe stießen.»

«Was hat er denn vor?»

«Er möchte die Bilder seiner Vorgänger auf dem Flur abhängen und durch Landschaftsdarstellungen ersetzen. Keine alten Männer mehr, sondern die Schönheit der Schöpfung – wie er sich ausdrückt: Zypressen in der Toskana im Morgenlicht. Sonnenuntergang an der Cinque Terre im Abendlicht. Merkwürdig, dass Pinello nicht einverstanden ist. So, und nun sollten wir uns endlich der Frage zuwenden, wo Professore Pinello eigentlich wohnt», sagte Giulia. «Nummer 52 – haben sie im Vatikan gesagt.»

«Nummer 51 ist ein Antiquitätenhändler», meinte Francesco. «Dann kommt eine zerfallene Kirche und dann Nummer 53, eine Bar.»

«Folglich wohnt Professore Pinello in dieser Kirchenruine.»

«In der Kirche wohnt höchstens der Heilige Geist», antwortete Francesco mit Würde.

«Ich glaube nicht, dass der sich hier allzu wohl fühlt», entgegnete Giulia.

Beide blickten an der verwitterten Barockfassade empor: zwei Säulen, ein einziges, mittlerweile mit Brettern vernageltes Fenster, darüber ein Giebel, der schwer an der Last seiner Jahre trug. Einziger Schmuck war das fast unkenntliche Relief einer Madonna mit Kind, die in einem Stuckrahmen direkt über dem Portal schwebte. Entschlossen ging Giulia auf den Eingang zu und lehnte sich, ohne Rücksicht auf ihr Kleid, mit ihrem ganzen Gewicht gegen die Tür. Nach einem kurzen Widerstand gab sie knarrend nach.

«Es ist offen!», erklärte sie zufrieden. «Der Heilige

Geist scheint daheim zu sein. Wir wollen ihn auf einen Caffè besuchen.»

Sie setzte ihre Sonnenbrille ab und trat ein, während sich Francesco bemühte, hinterherzukommen. Ein eigenartiges Halbdunkel herrschte in dem langgestreckten Raum. Links und rechts standen zwei Seitenaltäre, die mit großen weißen Tüchern verhängt waren und durch unzählige Spinnennetze silbrig glänzten. Der Steinfußboden war uneben und löchrig und vom Schmutz ganz stumpf geworden.

Vorne im Altarraum brannte eine runde Stehlampe. Im Lichtkegel sahen sie einen Mann von Anfang fünfzig, der ihnen durch eine altmodische Brille verwirrt entgegenblickte. Sein glattes Haar war ungekämmt; schwarze Strähnen fielen ihm in die Stirn. Er war, trotz des Sommers, sehr bleich, trug ein zerknittertes Jackett in einem unbestimmten Grau und war gerade dabei, Papiere in einen zierlichen Sekretär einzusortieren. Eilig schob er die kleinen Schubladen zu, als sie näher kamen. Auf der heruntergeklappten Schreibtischplatte vor ihm stapelten sich Bände mit alten Kupferstichen, und zwischen den trüben Kirchenfenstern ringsum türmten sich hohe Bücherregale. Zeichnungen und Papierrollen waren scheinbar achtlos zwischen die Folianten geschoben. Der Altar diente ebenfalls als Ablage. Ihn zierte unter dem Bild der heiligen Margarethe mit dem Drachen eine kleine, skurrile Truppe kopfloser Heiliger und eine Sammlung mit silbernen Bilderrahmen in unterschiedlichen Größen. In einer Nische zwischen den Regalen konnte Giulia sogar – halb durch einen Paravent verdeckt – einen Waschtisch mit Porzellankrug und

Schale erkennen. Und ein gewaltiges Bett aus dunklem Holz, verziert mit dicken Putten und schweren Blumenranken.

«Nett haben Sie's hier, Professore.» Giulia hatte sich von dem Anblick erholt. «Mir sind hohe Altbauwohnungen auch am liebsten.»

«Ein wenig ungewöhnlich, ich weiß.» Pinello sprach mit leiser, ein wenig schnarrender Stimme und musterte sie immer noch ratlos durch seine Brillengläser. «Sie sind Pressesprecherin des Heiligen Stuhls, nicht wahr?»

«Richtig. Und dies hier ist Padre Francesco, Privatsekretär des Heiligen Vaters.»

«Nehmen Sie doch Platz, bitte.» Er deutete auf ein großes Sofa aus rotem Brokatstoff, mindestens so alt wie das Bett. «Möchten Sie vielleicht einen Caffè?»

Giulia warf Francesco einen triumphierenden Blick zu. «Gerne. Wir nehmen beide einen.»

Der Professore wandte sich einem Ungetüm von Espressomaschine zu, das an der Altarrückseite auf einem gewaltigen Refektoriumstisch stand.

«Ich wohne schon einige Jahre hier, wissen Sie.» Umständlich klapperte er mit den Tassen. Die uralte Maschine rumpelte und zischte.

«Vor vielen Jahren schon starb überraschend meine Mutter.» Der Blick des Professore streifte kurz ein kleines Gemälde auf dem Sekretär, dann die Bildergalerie auf dem Altar. Alle Fotos zeigten dieselbe dunkelhaarige Frau, wie Giulia erst jetzt bemerkte. «Ich hatte einen Haufen alter Möbel von ihr geerbt. Als ich Professor wurde, wollte ich mir eigentlich eine Wohnung kaufen, irgendwo in Universitätsnähe. Doch dann sah ich diese

Kirche hier.» Pinello balancierte zwei der Tassen ungeschickt zum Sofa. «Ich bin Kunsthistoriker, verstehen Sie. Das Gebäude war baufällig und wäre bald eingestürzt. Ich kaufte es und ließ von dem restlichen Geld den Dachstuhl erneuern. Für eine Wohnung reichte es dann natürlich nicht mehr, also bin ich hier eingezogen.»

Pinello stellte die dünnwandigen Porzellantassen auf einem Biedermeiertisch ab und ging eine dritte holen, die umgedreht auf dem Rahmen des Altarbildes stand. Amüsiert beobachtete Giulia, wie Francesco es kaum wagte, die filigranen Kunstwerke in die Hand zu nehmen. Sie nahm sich Zucker aus einer schweren silbernen Dose.

«Aber zumindest einen Weinkeller haben Sie sich zugelegt.» Giulia deutete auf einige Holzbretter im Boden, von einem ausgetretenen Perserteppich notdürftig verdeckt.

«Die Krypta. Baufällig, seit ich hier wohne.» Pinello schwieg und setzte sich ihnen in einem Lehnstuhl gegenüber. «Darf ich fragen, Gnädigste, was Sie hierher führt?»

«Professore!» Giulia gab ihrer Stimme einen offiziellen Tonfall. «Wir benötigen Ihren Rat. Ihren Rat als Kunsthistoriker.»

«Es handelt sich um die Vorfälle in Santa Maria del Fiore, wie ich vermute», sagte Pinello und begann umständlich, seine Brille mit einem Stofftaschentuch zu putzen, das er aus seinem Jackett gezogen hatte.

«Richtig. Ein Engel fällt vom Himmel – eine Madonna weint. Was hat das alles zu bedeuten, Professore?»

«Da müssen Sie die Polizei fragen. Ich bin Professor

für Kunstgeschichte – von Kriminalistik verstehe ich nichts.»

«Sie sind Professor mit dem Schwerpunkt christliche Ikonographie und Symbolik. Und genau deshalb sind wir bei Ihnen. Denn ein Marmorengel ist eine etwas ungewöhnliche Mordwaffe. Wer sie wählt, möchte nicht nur töten, sondern auch ein Zeichen setzen. Aber welches, Professore Pinello?»

«Nun ja.» Der Professore räusperte sich. «Der Engel in Santa Maria del Fiore gehört zu einer sogenannten Verkündigungsgruppe: Der Erzengel Gabriel erscheint der Heiligen Jungfrau und verkündet ihr, dass sie Gottes Sohn gebären wird. Nachzulesen im Lukas-Evangelium, erstes Kapitel. Ein freudiges Ereignis – nicht für Kardinal Rotondo, natürlich.»

Giulia zögerte. «Sie hatten eben einen ... merkwürdigen Unterton. Für einen Moment dachte ich ...»

«Was dachten Sie, Contessa?»

«... dass Ihnen das Schicksal des Kardinals nicht gleichgültig ist, wenn ich das so sagen darf.»

Pinello setzte seine Brille wieder auf und blickte aus seinen trübblauen Augen melancholisch zu Giulia.

«Sie mögen recht haben. Den Kardinal und mich verbindet, nun ja, ein besonderes Schicksal.»

«Sie kannten ihn?»

«Sagen wir, er kannte jemanden, der mir sehr nahestand. Es ist eine traurige Geschichte, Contessa. Und sie ist sehr lange her. Ich möchte eigentlich, wenn Sie gestatten, nicht darüber reden.»

«Natürlich. Wie Sie wünschen.» Giulia straffte sich. «Unterhalten wir uns also über die Symbolik des Anschlags. Am meisten beschäftigt mich die Frage, warum die Madonna weinte. Schließlich hat ihr der Engel verkündigt, dass sie ein Kind bekommen wird. Sie müsste lachen – nicht weinen!»

«Richtig. Welche Mutter weint schon, wenn sie ein Kind bekommt?» Der Professore hielt inne, trank einen Schluck Caffè und blickte an Francesco und Giulia vorbei. «Somit scheint das Verbrechen nichts mit Schwangerschaft und Geburt zu tun zu haben. Wenden wir uns also einer anderen Erklärung zu.»

«Es gibt noch eine andere Erklärung?» Gespannt rutschte Giulia auf ihrem Sessel nach vorne.

«Warten Sie», sagte Pinello.

Er stand auf, ging zu einem verschnörkelten Stehpult neben der Lampe und blätterte umständlich in einem großen Folianten. «Im Alten Testament finden sich die Prophezeiungen des Jesaja. Dort ist von einem stürzenden Engel die Rede. Von einem Erzengel sogar. Hier ist es. Ich lese es Ihnen vor: *Du aber hattest in deinem Herzen gedacht: Ich ersteige den Himmel; dort oben stelle ich meinen Thron auf, über den Sternen Gottes. Ich steige weit über die Wolken hinauf, um dem Höchsten zu gleichen. Doch in die Unterwelt wirst du hinabgeworfen, in die äußerste Tiefe. Alle Könige der Völker ruhen in Ehren, jeder in seinem Grab; du aber wurdest hingeworfen ohne Begräbnis, wie ein verachteter Bastard.*»

«Über den Sternen Gottes wollte der Engel seinen Thron aufstellen», wiederholte Giulia. «Und zur Strafe wurde er hinabgeworfen in die äußerste Tiefe. Sie denken an den Höllensturz, nicht wahr?»

«Richtig. Der Erzengel Luzifer will sein wie Gott. Zur

Strafe wird er mit seinen Anhängern aus dem Himmel gestürzt. Eine rätselhafte Geschichte. Nicht nur der Prophet Jesaja berichtet davon; sie wird in vielen Büchern der Heiligen Schrift erzählt. Besonders ausführlich in der Apokalypse des Johannes. Dort erfahren wir auch, wie der Engel Luzifer genannt wurde, nachdem Gott ihn aus dem Himmel gestürzt hatte.»

«Satan», sagte Francesco. «Von da an hieß er Satan, nicht wahr?»

«So ist es. Von da an war das Böse in der Welt. Kein Wunder, dass die Madonna weint, meinen Sie nicht?»

«Aber was sollte Rotondo mit dem Satan zu tun haben?», antwortete Giulia. «Er mag ein etwas ... ungewöhnlicher Geistlicher gewesen sein. Aber ganz sicher war er ein gläubiger Christ.»

«Luzifer, den man später Satanas nannte, glaubte auch an Gott. Aber das hinderte ihn nicht daran, sich über Gott zu erheben.»

«Weshalb sollte sich Rotondo denn über Gott erheben wollen?», fragte Francesco.

«Nicht über Gott vielleicht.» Pinello lächelte freundlich. «Aber vielleicht hat er in seinem Leben noch mehr angestrebt als das Amt eines Kardinals ... Wie dem auch sei, immerhin habe ich Ihnen nun zwei Erklärungen angeboten. Verkündigung und Höllensturz – das ist doch etwas!»

«Und zu welcher Erklärung neigen Sie selbst?», fragte Giulia.

«Ich maße mir kein Urteil an, Contessa. Jeder von uns verbirgt in seiner Seele etwas, das er niemand anderem offenbaren würde, das er hütet wie einen Schatz.»

Mit einem Mal wirkte Pinello völlig geistesabwesend und blickte starr in das Dunkel des Kirchenraums. Giulia folgte seinem Blick und bemerkte nun, dass die Fotos der schönen, dunkelhaarigen Frau nicht nur auf dem Altar standen: Von Säulen und Balustraden, von Statuen und Mauervorsprüngen blickte sie mit ihren großen, traurigen Augen auf den Professore und seine Besucher.

IX

Sandri war eine alte Bar: Vor einem großen, deckenhohen Spiegel stand, bedeutsam wie der Hauptaltar von Sankt Peter, die große Kaffeemaschine – schon einige Generationen alt, aber auf Hochglanz poliert. Die Jalousien der Läden außen herum waren noch heruntergelassen, und bei der brütenden Mittagshitze war die winzige Gasse menschenleer.

«Ich mache Ihnen ein faires Angebot», sagte Petrus zum Barista. «Sie holen Ihr Handy und machen ein Bild von mir: der Papst am Tresen der Bar. Der Papst an der Kaffeemaschine – was Sie wollen. Sie dürfen das Bild rahmen und aufhängen. Und als Gegenleistung verzichten Sie darauf, das ganze Stadtviertel in Ihre Bar zu lotsen, um den Papst zu bestaunen. Ich möchte in Ruhe einen Caffè trinken. Und telefonieren. Einverstanden?»

Petrus hatte seine Sonnenbrille abgesetzt und stellte sich in Positur. Nicht unfreundlich, aber mit gesetzter Miene betrachtete er den Barista, der hektisch sein Handy unter dem Tresen hervorholte. Es blitzte kurz auf.

«Was darf ich Ihnen bringen, Heiliger Vater?»

«Caffè. Einen doppelten, bitte. Und ein Telefon.»

«Sofort.»

Der Barista schob ein Telefon über den Tresen. Petrus fingerte sein Taschenbrevier aus den Tiefen seiner Soutane, in das er alle Telefonnummern und Passwörter eingetragen hatte, die er auf keinen Fall vergessen durfte: das Codewort zu den Geheimarchiven des Vatikans, die Zugangsdaten zu dem Tresor in seinem Arbeitszimmer (mit dem vierten Geheimnis der Madonna von Fatima, einem Autogramm mit Widmung von Luigi Riva und dem geheimen Autopsiebericht von Johannes Paul I.), die Handynummer von Rotondo. Ganz hinten, am Beginn des 12. Kapitels der Apokalypse, hatte er die Nummer von Immaculatas Telefon in der päpstlichen Küche notiert – neben einer Stelle, die ihn stets an seine Haushälterin erinnern würde.

Petrus wählte. Während es klingelte, las er den Text neben der Zahlenfolge: «Ein anderes Zeichen erschien am Himmel: ein Drache, groß und feuerrot, mit sieben Köpfen und zehn Hörnern und mit sieben Diademen auf seinen Köpfen. Sein Schwanz fegte ein Drittel der Sterne vom Himmel und warf ...»

«Pronto?»

Allein mit ihrer Stimme konnte sie auch das zweite Drittel der Sterne vom Himmel fegen.

«Ich brauche einen Wagen. Sofort. In die Viale di Santa Maria del Fiore.»

Der Barista klopfte mit energischen Bewegungen den Behälter mit dem alten Kaffeepulver aus: Zwei harte Hiebe, und die Masse fiel in die Schublade.

«Im Wohnzimmer», erklärte Immaculata mit Würde, «sitzen drei Mexikaner.»

«Ich habe sie nicht dorthin gesetzt. Aber ich brauche einen Wagen! Dringend!»

Mit einem Löffel verstrich der Barista das neue Kaffeepulver.

«Möglicherweise», sagte Immaculata und fegte mit eisigem Ton auch das letzte Drittel der Sterne vom Himmel, «hängt die Anwesenheit der drei Mexikaner damit zusammen, dass heute Nachmittag die Ad-limina-Besuche der nordmexikanischen Bischöfe anstehen.»

Die Ad-limina-Besuche! Petrus mochte diese Sitte: Alle fünf Jahre hatten die Bischöfe beim Papst vorzusprechen und über ihre Diözesen zu berichten. Meistens gab es originelle Gastgeschenke, heitere Anekdoten und pittoreske Erzählungen von fernen Ländern. Mit den Mexikanern hätte er sich gerne unterhalten – allein: Rotondo ging vor.

«Irgendjemand wird sich schon finden, der sich mit ihnen befassen kann. Oscuro oder sonst wer. Ich lasse jedenfalls herzlich grüßen. Und jetzt besorge mir bitte ...»

Der Barista klinkte den Behälter mit Kaffeepulver an der Maschine ein und öffnete den Dampfhahn. Die sämige braune Brühe rann langsam in die Tasse. Sekunden später stand sie auf dem Unterteller vor Petrus.

«Verstehe ich Sie richtig», flötete Immaculata, «dass sich eine Persönlichkeit aus dem Umfeld des Heiligen Vaters um die drei mexikanischen Bischöfe kümmern soll?»

«Du verstehst mich richtig, wenn du mir nun einen Wagen schickst.»

«Außerdem möchte ich noch einmal auf den merkwürdigen Anruf von Kardinal Rotondos Haushälterin zu sprechen kommen. Heute Nacht.»

«Ich kann mich jetzt nicht darum kümmern. Ich benötige einen Wagen, Immaculata! Sofort!»

«Ich habe verstanden.» Eisige Kälte in Immaculatas Stimme. «Meine Aufgabe ist es, Ihren Haushalt zu versorgen und ansonsten den Mund zu halten. Wie der Apostel Paulus sagt: Die Frau schweige in der Gemeinde. Bitte, das können Sie haben.»

«Schick den Wagen zu der Bar Sandri, das ist ...»

«Tut-Tut-Tuuuut ...»

Fassungslos blickte Petrus auf den Hörer. Immaculata hatte aufgelegt.

Er löffelte Zucker in seinen Caffè. Der Löffel klirrte laut gegen die Tassenwand, als er wütend umrührte. Er hätte es wissen müssen. Natürlich würde sie keinen Wagen schicken. Schon gar nicht in eine Bar, wo die Sünder der ewigen Stadt gesüßte, koffeinhaltige Heißgetränke oder Schlimmeres konsumierten. Es war die zweite Niederlage an diesem Tag, und er hatte das unangenehme Gefühl, dass weitere folgen könnten.

Der bitter-süße Geschmack des Espresso stellte sein seelisches Gleichgewicht wieder her. Er würde sich schon zu helfen wissen. Petrus kratzte die Zuckerreste aus der Tasse und winkte dem Barista. «Bestellen Sie mir ein Taxi, bitte. Ich warte draußen.»

«Sofort, Heiliger Vater.»

Petrus nickte ihm würdevoll zu und verließ die Bar.

«Der Caffè geht aufs Haus», rief ihm der Barista hinterher.

X

«Solange Ferronetti verletzt ist, kann das nichts werden», sagte der Taxifahrer, ging vom Gas und versuchte in der holprigen Fahrbahn der Via Appia Antica den Schlaglöchern auszuweichen. «Miller ist ein irrsinnig schneller Stürmer. Wenn unsere linke Flanke völlig offen liegt, schicken die Engländer einfach Miller vor, und – zack! – haben wir einen gefangen.» Beim *Zack* schlug er mit der Hand auf die Hupe. Eine Gruppe japanischer Touristen trippelte vor dem turmartigen Grabmal der Cecilia Metella aufgeregt zum Straßenrand, der italienische Reiseleiter drohte mit der Faust.

«Ich frage mich, ob man nicht Lodi aus dem linken Mittelfeld nach hinten ziehen könnte.» Petrus saß versunken in den Polstern. «Er wäre dann Linksverteidiger. In Genua hat er früher auf dieser Position gespielt.»

«Und wer spielt dafür im Mittelfeld?» Der Taxifahrer sah selbst von hinten missmutig aus – vielleicht wegen der antiken Pflastersteine auf der Via Appia, die seinem Taxi arg zusetzten, ganz sicher jedoch wegen der Aussicht, den Vorstößen der Engländer über deren rechten Flügel nichts entgegensetzen zu können.

«Defendi könnte das machen. Er ist kein strategisches Genie, aber technisch kann er alles.»

«Trotzdem – wir brauchen Ferronetti.» Der Taxifahrer schien nicht sehr angetan von den strategischen Überlegungen des Papstes. «Wir wollen Radio hören. Vielleicht gibt es Neuigkeiten.»

Der alte Fiat klapperte so laut, dass Petrus auf der

Rückbank kaum etwas verstehen konnte. Es ging nur um Politik: Finanzkrise, Regierungskrise, Nahostkrise. «Hören Sie mal», sagte der Taxifahrer und schaltete lauter. «Das ist doch mal eine gute Nachricht für Sie!»

Es gebe neue Hoffnung für die Kirche in Latein- und Südamerika, berichtete der Nachrichtensprecher: Die Stiftung «Heilige Jungfrau von Guadalupe» habe den gesamten Immobilienbesitz der Kirche von Mexiko übernommen. Sie wolle überflüssige Grundstücke abstoßen, die Gebäude renovieren und weitere Spenden sammeln. Wer hinter der Stiftung stehe, wisse man nicht.

«Immobilien in Peru nützen mir nichts, wenn ich einen Mittelfeldspieler brauche», brummte Petrus.

Resigniert sah er aus dem Fenster: Pinien überschatteten die antiken Grabdenkmäler, von denen die Straße über viele Kilometer gesäumt war. Mächtige Mausoleen wechselten mit kleinen Gedenksteinen, dazwischen warteten Prostituierte auf Freier und kleine Drogendealer auf Kundschaft. Je weiter sie stadtauswärts fuhren, desto trostloser und kahler wurde das Umland.

«Wie lange dauert es noch bis zum Kloster?»

«Wir sind gleich da.»

Im Rückspiegel sah Petrus, dass ihn sein Chauffeur beobachtete und dabei gelegentlich an seinem grauen Schnauzer zupfte. «Matteo Rustico» stand auf dem Namensschild, das direkt über dem Radio pappte.

«Was wollen Sie denn bei der Bruderschaft der Gegeißelten Jünger Christi?»

«Ich möchte Don Alvarez besuchen, den Vorsteher der Bruderschaft.»

«Don Alvarez, der Kapuzenmann.» Matteo bemühte

sich um einen lockeren Tonfall, doch Petrus bemerkte eine gewisse Anspannung in seiner Stimme. «Keiner hat je sein Gesicht gesehen. Angeblich ist er nur nachts auf den Beinen und betet. Immer in einer Kirche, die dem Tagesheiligen geweiht ist. Und dabei ...»

«Sprich weiter, mein Sohn.»

«Sie heißen nicht ohne Grund die ‹Gegeißelten›, sagt man. Angeblich quälen sie sich selbst bis aufs Blut. Mit Stricken, Ketten, Ruten. Um für ihre Sünden zu büßen. Don Alvarez soll besonders bußfertig sein. In den Kirchen muss man putzen, wenn er dort eine Nacht verbracht hat.»

«Sie kennen sich gut aus.»

«Rom ist ein Dorf, Heiliger Vater. Es wird viel geredet.»

«Das ist wahr.»

Petrus rekapitulierte in Gedanken den Vatikan-Klatsch über die Gegeißelten: Bei Bauarbeiten waren vor zehn Jahren die Reste einer Katakombenanlage gefunden worden, sehr weit draußen – dort, wo man eigentlich keine Grabmäler mehr vermutet hatte. Es gab den üblichen Streit: Die Archäologen wollten graben, die Bauherren weiterbauen, und die Kommune hatte kein Geld, um die Anlage zu erhalten. Das Angebot der Gegeißelten bot für alle eine befriedigende Lösung: Die Mönche kauften das Gelände, finanzierten den Archäologen eine zweijährige Grabung – und zogen danach selbst in das weitverzweigte Tunnelsystem ein. Sie wollten den Märtyrern nahe sein und sich vom eitlen Treiben in der Stadt nicht ablenken lassen, hieß es.

«Sie machen auf Mittelalter, wissen Sie», sagte Matteo, «oder auf frühe Christen – ich weiß auch nicht genau. Man sagt, sie haben weder Strom noch fließend Wasser. Die Betten sind in den nackten Stein gehauen, und sie schlafen teilweise noch in den alten Gräbern.» Er schüttelte sich.

«Wie groß ist denn das Gelände?»

«Ziemlich groß. Sie haben über die Jahre immer mehr Land dazugekauft, über Strohmänner. Inzwischen muss es eine richtige Stadt geben da unten. Auch da hört man so einiges. Von Folterungen ist die Rede, von perversen Riten und ... So, da wären wir.»

Das Taxi hielt am Straßenrand bei einer antiken Mauer. Matteo deutete auf eine Baumgruppe, ein ganzes Stück weit entfernt von der Straße. Sonst war nichts zu sehen. «Dahinten ist es. Im Mittelalter haben sie ein Kloster über den Eingang gebaut. Irgendwo dort geht es runter.»

«Warten Sie hier, Matteo.» Petrus stieg aus. «Wenn ich in zwei Stunden nicht zurück bin, rufen Sie ...»

«... die Polizei?»

«Nein. Ich geb Ihnen eine Nummer. Sie rufen Schwester Immaculata an. Im Vatikan.»

«Eine *Nonne* soll Sie da rausholen?»

«Sie ist nicht einfach eine Nonne», seufzte Petrus. «Was auch immer sie ist: Man sollte nicht ihr Feind sein. Ich weiß, wovon ich rede.»

Er nickte dem Fahrer zu und ging, einem staubigen Trampelpfad folgend, auf die Bäume zu. Zwischen den Pinien ragten die Reste eines Campanile hervor, ein großer Torbogen führte direkt in den Innenhof des ehemaligen Konvents: Er war vollständig leer. Still war es hier, und Petrus hörte nur das Zirpen der Grillen und Zikaden. Ratlos sah er sich um. Er schwitzte unter seinem Pileolus und hätte ziemlich viel gegeben für ein Glas Wasser. Nichts deutete darauf hin, dass hier in den letzten Jahrzehnten überhaupt ein Mensch vorbeigekommen war.

Als er sich erschöpft auf einen der Mauerreste sinken ließ, wuchs vor ihm plötzlich eine weiße Gestalt aus dem Boden. Der Mönch hatte die Kapuze fast bis über die Augen gezogen, seine Füße waren nackt. Er zeigte keinerlei Regung, als er dem Papst gegenüberstand.

«Ich möchte Don Alvarez sprechen», sagte Petrus.

Der Mönch drehte sich wortlos um und verschwand in einer niedrigen Tür in der Klostermauer, die Petrus zuvor gar nicht bemerkt hatte. Die Stille war fast ebenso drückend wie die Hitze. Petrus wartete und betrachtete eine Eidechse, die sich auf den alten Steinen sonnte. Als er sich schon fast auf den Rückweg zu seinem sicheren Taxi machen wollte, kehrte der schweigsame Mönch zurück. Er trug eine Fackel in der Hand und lief an ihm vorbei, die Klostermauer entlang. Petrus folgte ihm bis zum Ende des Gebäudes.

In einiger Entfernung bemerkte er einen Hügel. Ein schwarzes Loch klaffte dort zwischen den Bäumen, ein Höhleneingang, halb verdeckt von einem riesigen Stein, der mit einem ungeheuren Kraftaufwand zur Seite gerollt worden war. Es hätte keines mehrjährigen Theologiestudiums bedurft, um die Symbolik des Ortes zu erkennen.

«Das Grab Christi», murmelte er.

XI

«In die Unterwelt wirst du hinabgeworfen, in die äußerste Tiefe» – die Prophezeiung des Jesaja fiel ihm wieder ein: Der hochmütige Engel, gestürzt vom allerhöchsten Thron in die finstere Nacht. Ein verachteter Bastard, ein Nichtswürdiger vor den Augen Gottes. Welch ein passendes, ein geradezu prophetisches Ende für Rotondo. Doch der Alte lebte, und er selbst lag im Staub.

Er lag im Staub. Aber sein Herz schlug noch, wilder als zuvor.

Er musste es wagen.

Jetzt.

Der Gegner war erwacht, er war gewarnt. Ein kleiner Fehler nur, ein Zögern im falschen Augenblick – es wäre entschieden. Das Tier in ihm zuckte erschöpft. Fahrig wälzte es sich im Schlaf. Die nächste Jagd würde kurz sein und schrecklich: kein langsames Anschleichen aus dem Hinterhalt, sondern ein schneller und heftiger Kampf. Er richtete sich auf.

Es blieb nur wenig Zeit.

Am besten, er weckte das Tier.

Jetzt.

XII

Nach kurzer Zeit hatte Petrus die Orientierung verloren. Breite und schmale Gänge folgten aufeinander. Im Licht der Fackel konnte er die roh gemauerten Grabnischen erkennen, einige Male sogar Bilder, rötlich blasse Wandmalereien: eine Frau. Einen Fisch. Striche, die vorüberflimmerten. Menschen sah er nicht. Es wurde kühler, und die Luft roch dumpf und schwer. Er hätte nicht sagen können, ob sie fünf Minuten oder eine Viertelstunde unterwegs waren, er war sich nur sicher, dass sie immer weiter nach unten gingen.

Schließlich blieb sein Führer vor einem Torbogen stehen und deutete, immer noch schweigend, auf ein kleines, in die Wand geschlagenes Becken mit Weihwasser. Petrus bekreuzigte sich. Das Wasser war eiskalt. Der Mönch trat einen Schritt zurück und gab den Weg frei in einen schmalen Gang, der sich in eine große Rotunde öffnete. In der Mitte unter der weitgespannten Kuppel lag ein Mensch. Der nackte Oberkörper von Striemen überzogen, die Arme ausgebreitet, das Gesicht im Staub. Vor ihm ragte ein Kreuz mehrere Meter hoch, fast bis zur Decke der Halle. An den gekreuzten Stämmen hing der Leib Christi, gemartert, zu Tode gequält, mit Blut überströmt. Noch nie hatte Petrus eine so lebensechte Darstellung gesehen. Der Papst kniete sich auf eine schmale Gebetsbank an der Seite, faltete die Hände und blickte zwischen den Fingern auf den Gekreuzigten: Sogar die Kratzer, Prellungen und Hautschürfungen hatte man nachgebildet. Die Abdrücke der Dornen in der Haut, die tiefe Wunde unterhalb der Rippen ... Petrus versank ins Gebet.

«Ave verum corpus», flüsterte eine heisere Stimme neben ihm. Petrus zuckte zusammen. Er spürte Alvarez mehr neben sich, als dass er ihn sah. Der Mönch hatte sich vom Boden erhoben und verschwamm im zuckenden Licht der Fackel zu einem kaum wahrnehmbaren Schatten. Er trug nun wieder seinen dunklen Habit, die Kapuze verdeckte ihn bis zur Unkenntlichkeit. Niemand wusste genau, wie Alvarez aussah. Es gab keine Bilder, keine Fotos. Niemand hatte ihn je unverhüllt gesehen. Man munkelte, dass sein Gesicht von der fortwährenden Selbstverstümmelung völlig zerstört war, eine Fratze, die er vor der Welt verbergen musste.

«Gegrüßt, wahrer Leib», flüsterte die Stimme, «geboren aus der Jungfrau Maria, der gelitten hat und für die Menschen ans Kreuz genagelt worden ist, aus dessen durchstoßener Seite Blut und Wasser floss. Esto nobis praegustatum in mortis examine.»

«Amen», antworte Petrus, kniete sich wieder auf die Gebetsbank und fügte hinzu: «Ich entbiete Ihnen meinen päpstlichen Gruß und Segen, Don Alvarez.»

Alvarez antwortete nicht.

«Der Engel des Herrn ist niedergestürzt», begann Petrus. «Und hat einen Diener der Kirche zerschmettert. Kardinal Salvatore Rotondo, meinen Freund ...»

«Er *war* Ihr Freund.»

«Er *ist* mein Freund. Rotondo liegt in der Gemelli-Klinik – und er lebt. Es scheint, als wollte Gott ihn noch auf Erden lassen. Damit er Gutes tun kann – zum Wohle der Menschen und des Glaubens.»

«Zum Wohle der Menschen und des Glaubens ...» Alvarez' Stimme hatte einen höhnischen Unterton.

«Sie schätzen Rotondo nicht?»

«Es gibt Menschen, die vom Fleisch nicht versucht

werden», flüsterte Alvarez heiser. «Sie kennen keine Leidenschaften, keine Wollust, keine Gier. Rotondo gehörte nicht zu diesen Glücklichen. Ich werfe ihm das nicht vor, Heiliger Vater. Ich werfe ihm nicht vor, dass er ein Getriebener des Fleisches war. Doch ich werfe ihm vor, dass er nicht dagegen gekämpft hat. Er hätte sich wehren müssen gegen das, was ihn wegreißen wollte vom Licht und von der Wahrheit. Doch stattdessen hat er dem Verführer nachgegeben. Er hat den Herrn verleugnet, immer wieder, Hunderte Mal, wenn der Schoß des Weibes ihm mehr galt als das Antlitz der Heiligen Jungfrau.»

«Sie wissen, was der Herr sprach, als man die Ehebrecherin steinigen wollte: Wer frei von Schuld ist, werfe den ersten Stein.»

Der Mönch schwieg lange. «Ich werde für seine arme Seele beten», sagte er dann. «Gott liebt auch die Sünder.»

«Sie waren in der Nähe, als man seine arme Seele aus seinem Körper entfernen wollte. Heute Nacht, in Santa Maria del Fiore.»

«Ich habe die Reinheit unserer Bruderschaft zu den Menschen getragen», sagte Alvarez. «Gestern feierten wir ein Fest zu Ehren der Heiligen Jungfrau. Darum ging ich zu Santa Maria del Fiore. Die Kirche sollte neu geweiht werden. Ein Neuanfang. Eine Auferstehung. Ich habe dort gebetet und das Gotteshaus geheiligt.»

«Niemand kann eine Kirche heiligen außer Gott dem Herrn»

Die Bewegung des Mönchs kam so plötzlich, dass Petrus sie nicht mehr abwehren konnte: Mit seinen langen, überschlanken Fingern umklammerte Alvarez sein Handgelenk, bis es schmerzte.

«Was wissen Sie von Heiligkeit, Vater», höhnte er. «Wenn Ihr darüber etwas erfahren wollt, so sehet hin! Sehet, was Glaubenskraft vermag – falls Ihr den Mut dazu aufbringt!»

Und Petrus sah hin. Er hatte davon gehört, dass Alvarez stigmatisiert sei. Aber er war schockiert, die aufgerissenen, blutenden Hände wirklich zu sehen, das rohe Fleisch, das zwischen den schwarzgetrockneten Rändern hervorsah, die frische Wunde.

«*Dafür* solltet Ihr Euch interessieren, Heiliger Vater. Nicht für die Umstände, unter denen ein eitler Kardinal sein Ende fand. Ich habe den Kelch des Leides bis zur Neige ausgetrunken. Ich bin eins geworden mit dem sterbenden Korpus des Herrn. Falls ich gesündigt haben sollte vor dem Auge des Herrn, so habe ich gebüßt wie kein anderer. Hätte der feiste Kardinal auch nur ein Zehntel jenes Leides auf sich genommen, das ich ertragen habe – der Engel des Herrn wäre nicht herniedergestiegen, um ihn zu zermalmen.»

Mit den Fingerspitzen, um die Schmerzen nicht noch weiter zu vergrößern, schlug Petrus ein Kreuz über der Wunde: Behutsam und beinahe zärtlich berührte er die gemarterten Hände des Mönchs. Die Ärmel seiner eigenen Soutane waren bereits rotgefärbt von Blut, dort, wo Alvarez ihn umklammert hatte. Es war ganz still in der Rotunde. Die Fackeln brannten langsam nieder, und im Flackern schien es Petrus plötzlich, als ob sich der Gekreuzigte bewegen würde, als ob er sein Haupt höbe zu einem letzen Schrei.

«Ich werde nicht eher von hier fortgehen, bis ich erfahren habe, was in Santa Maria del Fiore geschehen ist.»

«Ich werde Ihnen erzählen, was ich sah und hörte», sagte Alvarez und zog seine Hände mit einer heftigen Bewegung zurück. «Damit Ihr mich in Frieden lasst und zurückkehrt in Euren Vatikan, diesen Ort der Eitelkeit und der Wollust.» Er atmete tief durch und wandte sich ab. «Es war schon dunkel, als ich mich zur Kirche fahren ließ. Der Messner und der Pfarrer warteten auf mich. Sie schlossen mich in der ersten rechten Seitenkapelle ein. Ich kniete mich vor den Altar mit dem Bild der Schmerzensmutter, meine Knie berührten den kalten Steinfußboden. Ich blickte direkt auf die Knochen eines Heiligen, die in einem Glassarkophag unter dem Altar aufgebahrt waren. Ich begann meine Exerzitien. Sie wissen, dass das Fleisch gezüchtigt werden muss, um zum reinen Glauben zu gelangen. Ich hörte nichts, ich sah nichts, ich war eins mit Gott. Doch irgendwann, nach einigen Stunden, hörte ich Schritte aus dem dunklen Kirchenschiff. Klappernde Geräusche und Schritte ...»

Petrus hatte Mühe, sich in der zunehmenden Dunkelheit auf die Worte des Mönchs zu konzentrieren.

«Sonst bemerkte ich nichts. Und ich zog es vor, mich ruhig zu verhalten. Aber dann sah ich jemanden: Eine Gestalt ging durch das Kirchenschiff. Ein Mann vermutlich, aber sicher weiß ich es nicht. Ich blieb im Schatten der Kapelle. Wieder vernahm ich Geräusche: ein Klirren, ein Schleifen, Schritte. Dann kann die Gestalt zurück: klein, gedrungen und breitschultrig. Sie trug einen dunklen, weitgeschnittenen Mantel – ein Dämon in der nächtlichen Kirche.»

Die Flammen in den Fackelschalen ringsum wurden kleiner, bis es beinahe vollkommen finster war in der Rotunde.

«Karfreitag», flüsterte Alvarez mit Blick auf den überlebensgroßen Kruzifixus. «Die Todesstunde des Herrn. Nun steigt er hinab in die Unterwelt.»

«Und dann wird er auferstehen», sagte Petrus.

«Aber er wird die Wundmale seines Todes tragen», antwortete Alvarez mit kehliger Stimme. «Sie zeugen davon, dass er die Schuld der Welt auf sich genommen hat. Dass er gebüßt hat für uns alle. Auch für Sie, Papst Petrus. Und für den Kardinal, der nun im Sterben liegt. Damit hat er uns ein Vorbild gegeben. Denn der Sinn unserer Existenz, Heiliger Vater, ist Reue und Buße.»

«Der Sinn unserer Existenz ist Liebe und Mitleid», sagte Petrus. «Ich danke Ihnen, Don Alvarez. Möge Gott mit Ihnen sein.»

Alvarez antwortete nicht.

Petrus stand auf und wandte sich um zu dem finsteren Gang, aus dem er gekommen war.

«Gott, mein Gott», flüsterte Alvarez hinter ihm. Petrus hielt inne, um ihn besser zu verstehen. Aus den Augenwinkeln sah er, wie sich der Mönch auf die Knie niedersinken ließ. Und er hörte ihn die Worte des sterbenden Christus zitieren: «Gott, mein Gott: Warum hast du mich verlassen?»

XIII

«Ich möchte, dass Sie das Radio leise drehen, keine Fragen stellen und mich direkt zum Vatikan fahren», sagte Petrus, als er in Matteos Taxi einstieg.

Matteo drehte das Radio leise, stellte keine Fragen und fuhr los. Petrus hing seinen Gedanken nach. Die katholische Welt war weit, dachte er, und es gab viel Merkwürdiges in ihr. Auf den Philippinen sollte es Leute geben, die sich am Karfreitag kreuzigen ließen, nur für ein paar Stunden natürlich. Bitte, wem es gefiel: Büßen und Geißeln – das hatte es immer gegeben und würde es immer geben. Petrus selbst lag es fern, seinen Körper – zu dem er ein ungetrübt positives Verhältnis hatte – zu quälen. In der Fastenzeit verzichtete er auf alle Versuche, Cornetti in den Vatikan zu schmuggeln, und verschaffte damit Immaculata so etwas wie Ferien von ihrem allmorgendlichen Wachdienst. Aber das musste genügen. Ihre Aufforderung, an allen Fastensonntagen auf die Sportschau zu verzichten, hatte er zurückgewiesen: Für ihn, der er nicht Fußball spiele, sei Fußball etwas für die Seele, nicht für den Körper, hatte er argumentiert. In der Fastenzeit soll man jedoch seinen Körper züchtigen, nicht seine Seele. Und darum schaue er auch in der Fastenzeit Fußball. Diese bestechend logische Argumentation konnte selbst Immaculata nicht zurückweisen. Wozu so ein Theologiestudium doch nützlich sein konnte!

Was ihn störte an Alvarez und seinen Brüdern, war ihre Verbissenheit, ihre selbstquälerisches Gehabe und vor allem: ihre Humorlosigkeit – falls man nicht die unterirdische Geisterbahn für eine Äußerung bizarren Humors halten wollte. Petrus liebte das Leben, und das Leben hatte diese Zuneigung meist erwidert. Er war dankbar, dass ihm seine Mutter (als Werkzeug des Herrn natürlich, dem man letztlich alles verdankte) diese Gabe mit auf den Weg gegeben hatte. Dafür verzichtete er auch gerne auf Stigmata und Heiligenscheine. Behutsam betastete er die Innenfläche seiner Hände und freute sich an den weichen Pölsterchen. Ob die Stigmata des Don Alvarez echt waren, wusste er nicht. Aber in nicht wenigen solcher Fälle hatten die Heiligenanwärter nachgeholfen – Giulia hatte ihm erst kürzlich, in einer ihrer gotteslästerlichen Anwandlungen, einen längeren Vortrag darüber gehalten.

«Matteo! Wie sieht es mit Ferronetti aus? Haben Sie Nachrichten gehört in der Zwischenzeit?»

«Unverändert. Ich glaube nicht, dass er spielen wird.»

Petrus antwortete mit einem unbestimmten Grunzen. Mittlerweile hatten sie die Stadtgrenze erreicht. Die Wohnsilos an der Peripherie waren zwar trostlos, doch Petrus fühlte sich, als er aus dem Fenster blickte, merkwürdig erfrischt. Er sah die Wäsche auf den Balkonen, die Bar-Tabacchi-Schilder und vor allem die Menschen. Normale Menschen. Ohne Stigmata. Schon als kleiner Junge hatte er dieses Gefühl geliebt: wieder in Rom zu sein. So gerne er ans Meer gefahren war oder zu den Großeltern nach Bologna – es war doch fremdes Land, potenziell bedrohlich. *Mamma Roma,* sagte man, und Petrus verstand genau, was diese Redensart meinte. Geborgenheit gab es nur innerhalb der Stadtgrenzen, genau genommen sogar nur innerhalb der alten Stadtmauer des Kaisers Marc Aurel. Die Steine dort hatten alles erlebt, sie waren weise geworden im Lauf der Jahrtausende und gelassen. Fanatiker wie Alvarez wussten das, vermutete Petrus, und siedelten sich außerhalb an.

«Matteo!»

«Heiliger Vater?»

«Rufen Sie die Kriminalpolizei an. Es gibt dort einen Commissario Brunelli. Fragen Sie, ob er da ist. Wenn er da ist, möchte ich vorbeikommen und ihm etwas bringen.»

XIV

Petrus versank in seinem Ohrensessel. Es war später Nachmittag, die Sonne war eben hinter dem mächtigen Kuppelrund des Petersdoms verschwunden, und das Arbeitszimmer des Papstes lag bereits im Schatten. Doch es war immer noch sehr heiß, und Petrus hätte – wäre er noch Bischof oder gar Priester – um diese Zeit eine kleine Bar aufgesucht, irgendwo in Trastevere, und einen Aperitif genommen. Als Papst konnte er sich diesen Luxus nur selten erlauben, und so betrachtete er melancholisch das Tablett, auf dem ein Campari Soda stand, daneben einige Schälchen mit Pistazienkernen und Oliven. Ein schwacher Ersatz in den Augen des Papstes – eine unverzeihliche Sünde nach Meinung seiner Haushälterin. Schon lange trachtete Immaculata danach, den Schlüssel zu seiner päpstlichen Hausbar zu ergattern – um ihn dann zufällig und auf Nimmerwiedersehen zu verlieren. Bisher ohne Erfolg: Petrus verwahrte ihn in seinem Tresor, dessen Codewort Immaculata (und sie hatte es oft versucht, daran zweifelte er nicht) bislang nicht hatte knacken können.

«Unsere tägliche Besprechung musste heute Morgen ausfallen. Wegen der Ereignisse in Santa Maria del Fiore, über die wir uns später noch unterhalten werden. Trotzdem verfahren wir wie immer. Giulia fasst zusammen, was die Medien über unsere Kirche berichten. Dann liefert Francesco einen Überblick über die aktuellen Regierungsgeschäfte. Bitte, Giulia.»

Die Contessa saß auf der kleinen Besuchercouch unter dem Fenster, das zum Petersplatz hinausführte. Sie hatte ihre Sandalen ausgezogen und massierte sich mit der linken Hand ihre Füße, während sie mit der rechten ein Glas balancierte.

«Die Medien kennen heute nur ein Thema: den Anschlag auf Kardinal Rotondo. Es wird viel spekuliert.» Sie stellte das Glas ab und sortierte ihre Notizen. «Ich lese mal einige Überschriften vor: ‹Krieg der Kardinäle›, ‹Rotondo: Die Rache des Rivalen?›, ‹Gott, was bedeutet dein Zeichen?› Es gibt Hunderte von Verdächtigen, aber keine These. Man wartet, was der Heilige Vater sagen wird. Ansonsten war nicht viel los gestern. Das Übliche eben: Im spanischen Bergland ist die Heilige Jungfrau erschienen. Zwei Wunderheilungen in Lourdes. Und in den USA übernimmt eine Stiftung den gesamten Immobilienbesitz der Kirche. Sie wollen die Gebäude renovieren und Spenden sammeln. Man weiß nicht, wer dahintersteckt. Angeblich ein katholischer Multimilliardär aus New York.»

Petrus brummte unwillig: «Und bei dir, Francesco?»

«Morgen sind die Ad-limina-Besuche der südmexikanischen Bischöfe. Sie empfangen außerdem die Vorsitzenden der Kongregationen für den Weltfrieden und für die Ökumene. Und dann haben Sie übermorgen noch eine Heiligsprechung.»

«Die Vorsitzenden verschieben wir. Die Heiligsprechung muss ich ja wohl machen. Und die Bischöfe ...»

Petrus wandte sich an Immaculata, die neben der Tür auf einem unbequemen Holzstuhl saß, den sie sich aus ihrer Küche mitgenommen hatte. Ihre Anwesenheit bei den Besprechungen des Heiligen Vaters hatte sie sich mit der ihr eigenen Penetranz erstritten: Irgendwann war es Petrus leid geworden, sie während der Konferenzen am Staubwischen, Fensterputzen, Papierkorbleeren und Polsterausklopfen im päpstlichen Arbeitszimmer zu hindern. Also gehörte sie nun offiziell dazu. Während sie mit unbewegter Miene den Ausführungen des Heiligen Vaters folgte, häkelte sie Strümpfe für einen Wohltätigkeitsbasar, der für die Missionierung der «armen Heidenkinder» veranstaltet wurde.

«Die Bischöfe heute», teilte Immaculata würdevoll mit, «mussten sich mit mir zufriedengeben. Aber sie konnten durchaus profitieren von diesem Gespräch. Ich konnte ihnen wertvolle Anregungen für ihre Tätigkeit vermitteln. Der Katholizismus in Nordmexiko wird sich in den nächsten Jahren festigen und stärken.»

«Davon bin ich überzeugt. Dann wirst du morgen auch die Südmexikaner belehren. Wir – Giulia, Francesco und ich – werden uns mit dem Schicksal Rotondos befassen. Immerhin sind mir schon einige Merkwürdigkeiten aufgefallen.»

Petrus berichtete von seinem Gespräch mit dem fußballbegeisterten Paolo. Und von seinem Gang in die Unterwelt, zu Don Alvarez. Francesco und Giulia referierten die apokalyptischen Thesen des Professore Pinello.

«Und nun?» Der Papst blickte forschend in die Runde. «Was geschieht nun?»

«Ich bin nur eine einfache Nonne», flötete Immaculata und sah mit einem Blick, den sie vermutlich für schüchtern hielt, auf ihr Häkelzeug. «Und ich verstehe nichts von den Intrigen und Ränken im Vatikan. Aber dennoch möchte ich einen kleinen Beitrag zur Aufklärung des Rätsels leisten.»

Wenn sie so begann, wusste Petrus, hatte sie eine Sensation parat.

«Bitte, Immaculata.»

«Heute Nacht um vier Uhr rief Giovanna an, die Haushälterin des Kardinals Rotondo. Sie wollte mitteilen, dass Rotondo einen Schwächeanfall hatte und die Messe nicht zelebrieren kann.» Immaculata genoss es, ihr Wissen auszubreiten. «Eine Katastrophe für ihn, das war mir gleich klar: Er hat jahrelang auf diesen Augenblick hingelebt. Seine Titularkirche wird eröffnet – und er kann die Messe nicht halten. Aber Verschieben war nicht möglich, es waren ja alle eingeladen, Politiker, Presse und so weiter. Rotondo sah das genauso, sagte Giovanna. Aber er hatte einen Vorschlag, den er Ihnen mitteilen wollte.»

Giulia hatte aufgehört, ihre Füße zu massieren. Petrus

stellte sein Glas ab, und Francesco beobachtete nervös, wie sich das Gesicht des Heiligen Vaters zu röten begann.

«Immaculata?»

«Bitte, Heiliger Vater?»

«Immaculata!» Francesco, der noch nie erlebt hatte, dass Petrus laut wurde, duckte sich unwillkürlich. «Ich wünsche, dass ich solche Informationen *sofort erhalte. Sofort!!!*»

Immaculata häkelte ungerührt weiter.

«In der Nacht wollte ich Sie nicht wecken. Heute früh waren Sie nur mit Ihrer Sportzeitung beschäftigt; ein vernünftiges Gespräch war da leider nicht möglich. Als Sie mich aus dieser Bar anriefen, schwadronierten Sie dauernd von einem Wagen. Ich kam kaum zu Wort. Und jetzt, bei der Besprechung, habe ich gewartet, bis die Reihe an mir war. Ich weiß, wo mein Platz ist, Heiliger Vater. Wo war ich stehengeblieben? Ach ja, bei dem Vorschlag des Kardinals. Nun, es war ein sehr ungewöhnlicher Vorschlag: Kardinal Oscuro sollte die Messe lesen. Rotondo selbst wollte sich dazusetzen und zusehen, er selbst sei zu schwach zum Zelebrieren, sagte Giovanna.» Immaculata schlug die Augen nieder und lächelte milde. Es war still im Raum.

«Er wollte, dass Oscuro die Messe liest?», wiederholte Francesco ungläubig. Wenn es einen Menschen im Vatikan gab, den Petrus nicht ausstehen konnte, dann war es Kardinal Oscuro – das war sogar schon bis zu Francesco vorgedrungen. Oscuro, der mächtige Gegenspieler bei der Papstwahl. Oscuro, der Verlierer dieser Papstwahl. Oscuro, der einflussreichste Mann der Kurie – nach und neben Kardinal Rotondo. Petrus hatte schon oft versucht, ihn loszuwerden, aber ein Papst, das hatte Francesco gelernt, musste Rücksichten nehmen: auf mächtige Clans in der Kirche, auf nationale Interessen, auf graue Eminenzen im Hintergrund. Aber musste deshalb Oscuro gleich die Messe für den erkrankten Rotondo lesen? «Warum gerade Oscuro?», fragte er.

«Zunächst einmal deshalb», brummte Petrus, «weil sie gleichrangig sind. Irgendein einfacher Bischof hätte nicht einspringen können. Protokollarisch war es die sauberste Lösung.»

Er trank demonstrativ langsam einen Schluck Campari-Soda – ein kleiner, aber wirkungsvoller Versuch, Immaculata zu provozieren.

«Darüber hinaus, mein Sohn, darfst du Folgendes nicht vergessen: Rotondo ist alt. Und ein alter Kardinal denkt an seinen Nachruhm. Nach so vielen Schlachten dem Feind zu verzeihen – das ist doch etwas! Rotondo vergibt Oscuro, lässt ihn die Eröffnungsmesse der eigenen Titularkirche lesen! O christliche Tugend der Feindesliebe! Die große Geste eines alten Mannes. Eitel, wie Rotondo ist, sähe ihm das ähnlich. Und schließlich – es hat ihm einfach Spaß gemacht, Oscuro vorzuführen. Er sitzt in der ersten Reihe, gezeichnet vom Schwächeanfall, und Oscuro muss vor ihm zelebrieren. Der Schauspieler Oscuro vor dem Zuschauer Rotondo.»

Mit Wehmut erinnerte sich Francesco an sein Heimatkloster: Niemals wäre es dem alten Abt Hieronymus eingefallen, irgendwelche Konkurrenten und Feinde, die er sowieso nicht hatte, öffentlich vorzuführen. Er dachte an Umbrien, an das helle Grün der Kastanien- und Eichenwälder und die dunklen Schatten. An das Kloster auf dem steilen Felsvorsprung, den Nachthimmel darüber und wie es klang, wenn die Orgelmusik bis zu den Sternen reichte. Er dachte an die Stille. Und fühlte sich plötzlich sehr fehl am Platz.

«Salvatore hat einen Schwächeanfall», murmelte Petrus. «Und wenige Stunden später erfahre ich, dass er Opfer eines Mordanschlags geworden ist. Wie passt das alles zusammen?»

«Man kann sich nun fragen, ob der Anschlag wirklich Rotondo galt – oder nicht eigentlich Oscuro», sagte Giulia. «Er ist ja auch so ein Kandidat, der bei der Wahl zum ‹Größten Sympathieträger des Vatikans› eher einen hinteren Platz belegen würde ... Allerdings müsste der Täter dann gewusst haben, dass Rotondo erkrankt ist und Oscuro einspringen wird. Und er müsste sich eine Gelegenheit verschafft haben, die Falle zu installieren. Und zwar zwischen dem Schwächeanfall – also um vier Uhr morgens – und dem Öffnen der Kirche.»

Petrus pulte nachdenklich einige Pistazienkerne aus den Schalen. «Wie dem auch sei, wir sollten Oscuro einen Besuch abstatten. Besser gesagt: Francesco sollte das tun. Allein – ohne weibliche Begleitung.»

«Ich – zu Oscuro?»

«Wer sonst? Mir wird er nichts sagen und sich nur arrogant benehmen. Ich mag das nicht. Dich kann er nicht leiden, Giulia, weil du als intelligente Frau nicht in sein Weltbild passt. Dich, Francesco, wird er zwar nicht ernst nehmen, aber es kann sein, dass er dich dabei unterschätzt.»

«Und was soll ich ihn fragen?»

«Unterhalte dich mit ihm über Rotondo, über die Messe, über seine Pläne nach Rotondos Tod – was dir einfällt.»

«Ich bringe dich hin», sagte Giulia. «Wenn man das erste Mal zu Oscuro kommt, ist es etwas einschüchternd.»

Petrus blickte grimmig zu seiner Haushälterin. «Ach ja, Immaculata – was ich dir noch sagen wollte: Heute Abend kommen einige Freunde vorbei. Ganz spontan. Sie wollen mich trösten, wegen Rotondo, vermute ich. Wir werden gemeinsam das Spiel ansehen, Brasilien gegen Deutschland. Mach uns bitte einige Häppchen zurecht und sieh nach, ob genügend Rotwein da ist. Ich habe einen Karton Chianti vor die Küchentür gestellt, das müsste reichen. Wir werden zu viert sein: Erzbischof Mancesi, Kardinal Dimitrios und Bischof James. Und natürlich ich.»

«Davon wusste ich gar nichts», sagte Giulia, als Immaculata mit Märtyrer-Miene entschwunden war.

«Ich wusste auch nichts davon», sagte Petrus. «Aber sie werden schon kommen. Ich musste mich bei ihr revanchieren, verstehst du? Erst schickt sie mir keinen Wagen, dann unterschlägt sie wichtige Informationen. Irgendwie muss ich meine Autorität als Papst auch vor dieser Nonne bewahren.»

Ein lautes Klirren unterbrach seine Worte. In der Küche musste etwas zerbrochen sein: Glas wahrscheinlich – und nicht gerade wenig.

«Ach, wie ungeschickt», rief Immaculata, «die ganze Kiste ist kaputt!»

Petrus trank sein Glas aus und rechnete. Es stand 3 : 1 für Immaculata: Er konnte die Sportzeitung für sich verbuchen, sie hatte ihn in der Bar sitzenlassen, die Nachricht von Rotondos Anruf verschwiegen und die Chianti-Kiste vernichtet.

Es war kein guter Tag.

XV

«Die Herrschaften möchten zur heiligen Messe?» Der in Blau und Silber gewandete Lakai nickte ihnen blasiert zu. «Sie beginnt erst in einer Stunde. Im Vorraum haben wir eine Erfrischung serviert. Wenn Sie mir bitte folgen wollen.»

Giulia blickte ihn erstaunt an. «Zur heiligen Messe?»

«Ganz richtig, Signora.» Der Lakai erstarrte in Vornehmheit. «Kardinal Oscuro wünscht, dass eine heilige Messe gefeiert wird zur raschen Genesung seines verletzten Kollegen. Wesentliche Vertreter des Vatikans und des öffentlichen Lebens in dieser Stadt werden sich später in der Privatkapelle des Palazzo versammeln und Fürbitten sprechen.»

«Ich verstehe. Aber wir möchten nicht zur Messe. Der Padre hier wurde vom Heiligen Vater angemeldet.»

«Ich werde ihn melden.» Der Livrierte entschwand.

«Warum veranstaltet er eine heilige Messe zur Genesung Rotondos?», fragte Francesco.

«Wieso wollte Rotondo, dass Oscuro ihn bei der Einweihung von Santa Maria del Fiore vertritt?», antwortete Giulia. «Weil es besonders edel ist, wenn man seinem Feind verzeiht.»

«Und alle wissen das und kommen trotzdem.»

«Natürlich. Schon aus Vorsicht. Denn wenn Rotondo stirbt, ist sein großer Gegenspieler Oscuro der mächtigste Mann im Kirchenstaat. Abgesehen von Petrus natürlich. Man sollte sich gut mit ihm stellen.»

«Aber warum lässt er die Messe nicht in einer Kirche lesen?», fragte Francesco. «Dann könnten auch einfache Menschen kommen. Aus der Bevölkerung. Rotondo war doch sehr beliebt in Rom.»

«Ist doch viel exklusiver, wenn man die ganze Vatikan-High-Society in seine Hauskapelle einlädt. Oscuro stammt ja selbst aus dem Hochadel und hält viel auf Exklusivität: unten das Volk – oben die Herrscher. Unten sind die einfachen Gläubigen – oben die Kardinäle.»

«Es muss eine ziemlich große Hauskapelle sein.»

«Eigentlich ist es eine Kirche. Wie du schon hier in der bescheidenen Eingangshalle siehst, wurde an nichts gespart.»

Francesco blickte die mit rotem Teppich ausgelegte Freitreppe empor, über die sich ein üppiges Deckengemälde in Rosa und Hellblau wölbte: Apoll als strahlender Sonnenkönig in seinem Wagen, gestützt von rötlich spiegelnden Marmorsäulen. Dazwischen hing in großen Ölgemälden die versammelte Familie der Oscuro – allesamt Bischöfe und Kardinäle.

«Nur ein Papst war nie dabei», sagte Giulia, die seinem Blick gefolgt war. «Gerade deshalb wollten seine Vorfahren zumindest die Sixtinische Kapelle toppen.

Die Ausstattung ist vom Feinsten, da können die wenigsten Kirchen dieser Stadt mithalten. Übrigens kann er von seiner Wohnung aus direkt ins Allerheiligste sehen. Sein Arbeitszimmer führt auf eine Art Loge, einen Balkon. Wahrscheinlich zeigt er es dir, er ist mächtig stolz drauf.»

Der Livrierte kehrte zurück. «Kardinal Oscuro lässt bitten.»

«Ciao, Francesco. Viel Erfolg. Ach, und noch etwas: Wenn du möchtest, komm später bei mir vorbei. Ich mach uns Pasta, und du kannst erzählen. Campo de' Fiori, direkt über dem Cinema Farnese.»

Giulia klackerte auf ihren hohen Absätzen davon. Francesco, verlegen und verwirrt, raffte seinen Habit und folgte dem Diener.

XVI

«Was hätte ich für einen wunderbaren Verdächtigen abgegeben – wenn ich nicht beinahe selbst das Opfer gewesen wäre.» Das Gesicht des Kardinals lag im Schatten. Das Kabinett, in dem er saß, war bis zur Decke mit wertvollen Gobelins ausgekleidet. Ohne aufzublicken, bewegte Oscuro mit Daumen und Zeigefinger die weiße Dame über das Schachbrett und nahm, in derselben schwungvoll-eleganten Bewegung seiner Hand, mit Mittel- und Ringfinger einen schwarzen Bauern vom Feld. Dabei beugte er sich vor ins Licht. Francesco sah ein markant geschnittenes Gesicht mit dunklen Augen und buschigen Brauen, die noch vollen schwarzen Haare von Silberfäden durchzogen.

«Wir waren einander in herzlicher Abneigung verbunden, Rotondo und ich. Hat Ihnen der Heilige Vater das erzählt? Aber er war ein ebenbürtiger Gegner. Man braucht einen ebenbürtigen Gegner. Ansonsten muss man allein spielen, notfalls gegen sich selbst.» Wieder zog er, diesmal mit den schwarzen Figuren. «Spielen Sie Schach?»

«Nein. Und um ehrlich zu sein, ich mag das Spiel nicht besonders.»

«Ach!» Endlich blickte Oscuro auf und betrachtete Francesco lange und aufmerksam. Nicht unfreundlich, aber ein wenig so, als würde er zum ersten Mal eine bislang unbekannte, höchst merkwürdige Tierart erblicken. «Nehmen Sie Platz, Padre.» Oscuro deutete auf einen der hohen, geschnitzten Stühle, legte seinen Arm jedoch nicht zurück auf die gepolsterte Lehne. Francesco begriff und küsste den Kardinalsring, bevor er sich setzte.

«Was missfällt Ihnen am Schachspiel?»

«Es ist so ... gnadenlos. Es geht nur darum, die Figuren des Gegners zu schlagen. Die Spieler sitzen da, schweigen und berechnen die nächsten Züge. Grausamkeit und Logik – das ist nicht meine Welt. Ich mag es, wenn der Zufall eine Chance hat. Bei Würfelspielen zum Beispiel. Gott braucht den Zufall. Dort, wo Zufälle möglich sind, kann er unauffällig eingreifen. Alle denken, es war Zufall – dabei war es Gott.»

«Ich dagegen liebe dieses Spiel, Padre. Demnach wäre ich also ein grausamer und strenger Mensch.» Oscuro lachte und trank einen Schluck Wein aus einem geschliffenen Glas.

Beinahe zärtlich führte er den nächsten Zug aus. «Unsere Welt ist Chaos. Darum braucht sie Ordnung. Schach ist Ordnung. Die heilige Messe ist Ordnung. Eine Sinfonie von Mozart ist Ordnung. Die lateinische Sprache ist Ordnung.» Oscuros Stimme wurde immer lauter und voller. «Und welche Ordnung, Padre, fasst all diese Ordnungen zusammen, welches ist die höchste aller Ordnungen?»

«... Gott?»

«Gott. Aber die göttliche Ordnung ist zu groß, wir können sie nicht begreifen. Gott weiß das und hat darum eine irdische Ordnung geschaffen, die wir begreifen können.»

«Die Kirche!»

«Richtig. Die Kirche. Sie ist tausendfach schöner als das Schachspiel oder die Musik Mozarts. Ich liebe die Kirche, Padre. Sie ist ein reines, harmonisches Gebilde, ein Abbild der göttlichen Ordnung. Wir müssen sie schützen vor allen Angriffen. Vor Angriffen von außen – und mehr noch vor Angriffen von innen.»

«Wer greift sie denn von innen an?»

Oscuro nahm sein Glas, hielt es gegen das Licht und schwenkte es. Dann stellte er es abrupt ab.

«Ich werde Ihnen jetzt etwas sagen, das Sie überraschen wird. Verstehen Sie es nicht falsch. Sie fragten, wer die Kirche von innen angreift – und ich sage Ihnen: Rotondo war ein solcher Feind der Kirche. Denn er war ein Feind ihrer inneren Ordnung. Zu ihrer inneren Ordnung gehören Disziplin, Hierarchie, Strenge und Selbstzucht – Eigenschaften, die Rotondo beständig untergrub. Ich meine nicht seine Weibergeschichten, Padre. Ich meine seine beständigen Versuche, das Oben und das Unten, Fürst und Volk zu vermischen. Er wollte verzeihen, wo er hätte strafen müssen. Die Ordnung, Padre, kann nur bestehen, wenn Respekt herrscht – vielleicht sogar Furcht. Furcht und Liebe schließen sich nicht aus. Ich kann fürchten, was ich liebe, und lieben, was ich fürchte. Rotondo wollte das nicht akzeptieren. Für ihn gab es nur Liebe und Verzeihen. So hat er Chaos verbreitet. Ich möchte es sehr hart formulieren: Für die Kirche wäre es besser, wenn Rotondo nicht weiterleben würde. Vielleicht hat Gott ihn ausgeschlossen aus dem Kreis der Lebenden, weil er spürte, dass die göttliche Ordnung der Kirche in Gefahr war. Nicht umsonst ist ihm ein Engel auf den Kopf gestürzt.»

«Wenn er nicht zufällig vor dem Gottesdienst zum Altar gegangen wäre, hätte der Engel auf den Kopf des Kardinals Oscuro fallen können.»

«Das ist richtig. Aber er ist nicht auf mich gestürzt. Ein bedeutungsvoller Unterschied. Ein Unterschied zwischen Leben und Tod.» Oscuro lächelte. «Doch der Heilige Vater hat Euch nicht geschickt, um mit mir über theologische und philosophische Fragen zu debattieren. Was möchte er wissen?»

«Er möchte wissen, was in jener Nacht geschah.»

«Ein sympathischer Zug. Wer Ordnung halten will in seinem Haus, muss verstehen, wie sich die Dinge entwickeln. Aber ich meine, dass er schon recht gut Bescheid weiß. Schließlich hat seine Haushälterin mir Rotondos ungewöhnlichen Wunsch ausrichten lassen, dass ich, ihm gleich in Rang und Würde, die Messe lesen möge. Ich sagte zu. Meine Bediensteten teilten dem Messner von Santa Maria del Fiore mit, dass er mich um sieben Uhr morgens vor der Sakristei erwarten solle, damit ich die liturgische Ausstattung der Kirche besichtigen könnte.»

«Warum so früh, Eminenz?»

«Wenn ein Kardinal der Römischen Kirche eine Messe feiert, dann bedarf es eines gewissen Aufwands, mein Sohn. Kein billiger Kelch, der wie vergoldetes Blech wirkt. Keine Messdiener, deren Kragen schmutzig sind. Keine Heilige Schrift, die abgestoßen und zerfleddert aussieht. Die Kirche – wir sprachen vorhin darüber – ist die höchste und reinste Ordnung dieser Welt. Die Menschen verstehen das nicht immer. Darum muss sie sich machtvoll und prächtig darstellen. Ich habe es mir deshalb angewöhnt, in fremden Kirchen die Ausstattung genau zu inspizieren. Man erlebt häufig unschöne Überraschungen. Wenn das Messgerät meinen Vorstellungen nicht genügt, bringe ich eigene Gerätschaften mit. Also muss ich rechtzeitig kommen. Eine mühevolle Aufgabe. Doch ich kann sie keinem anderen übertragen.»

«Und war alles so, wie Sie es wünschten?»

«Ja. Rotondo war – ist, wenn Gott ihn am Leben lässt – ein eitler Mensch. Er hatte für eine prachtvolle Eröffnung seines Gotteshauses gesorgt.»

«Und danach …»

«… ließ ich mich nach Hause fahren und habe gefrühstückt. Dann erhielt ich den Anruf, der mich über Rotondos Unfall informierte, und eilte sofort zur Kirche.»

Alles war gesagt, doch Francesco spürte, dass er noch nicht entlassen war.

«Woher stammen Sie, Padre?»

«Aus einem kleinen Kloster in Umbrien. Wir lebten in den Hügeln, Abt Hieronymus, Bruder Pius und ich.»

«Sie waren glücklich dort?»

«Ja.»

«Warum sind Sie dann nach Rom gekommen?»

«Die Kirche hat mich gerufen. Ich durfte mich nicht verweigern. Gott hat mich auf diesen Platz gestellt.»

Oscuro nickte bedächtig. «Ich glaube, dass wir etwas gemeinsam haben, Francesco. Wir beide lieben die Kirche und wollen ihr dienen. Und wir wissen, dass es nicht um uns geht, sondern um etwas Größeres. Das ist das eine, was wir gemeinsam haben. Das andere ist unsere Liebe zur Heimat. Sie wissen, woher ich komme?»

«Aus Sizilien, sagt man.»

«Sizilien ist anders als Umbrien. Bei Ihnen, Padre, sind die Hügel grün und die Gemüter der Menschen mild. In Sizilien hat ein harter Wind aus Afrika die Hügel blank gefegt. Es ist heiß dort, und die Menschen sind zornig und aufbrausend. Man soll nicht zornig sein, Padre Francesco, ich weiß das. Es ist eine Todsünde. Und doch …»

Oscuro stellte sein Glas ab und stand auf.

«Kommen Sie, ich will Ihnen etwas zeigen.»

Er ging zu dem schweren Samtvorhang, der das Kabinett nach hinten abgrenzte, und zog ihn einen schmalen Spalt auseinander.

«Sehen Sie hinunter.»

Francesco betrat einen kleinen Balkon und beugte

sich über die Brüstung. Die Privatkapelle Oscuros stand den großen Barockkirchen der Stadt in nichts nach. Tief unter ihnen wogten Bischöfe und Kardinäle in ihren schwarzen und roten Roben durch einen mit Lüstern hellerleuchteten Kirchenraum. Marmor spiegelte die Lichter wider, der Hochaltar zeigte die Auferstehung Jesu und war von überlebensgroßen Heiligenfiguren flankiert und mit Goldstuck verschwenderisch eingerahmt. Die Kleriker fanden sich zu kleinen Gruppen zusammen, gestikulierten heftig und trennten sich wieder; ein geistliches Ballett mit einer geheimen, nur dem Kenner des Vatikans bekannten Choreographie. Als einige Eminenzen Francesco entdeckten und nach oben zeigten, trat er schnell zurück und stieß fast gegen Oscuro, der hinter ihm stand.

«Als ich nach Rom kam, haben sie mich verspottet. Ich entstamme einer alten Familie, Padre, ruhmreich und angesehen. Aber sie lebte in der Provinz. Im dreckigen Süden. Durch Erbschaft fielen mir Besitz und Titel der Oscuro zu. Ich zog nach Rom, in diesen Palast. Man ließ mich spüren in den besseren Kreisen der Stadt, dass ich ein Emporkömmling war, ein Homo novus. Das kränkte mich zwar, doch ich verstand es auch. Wir sind in Sizilien nicht anders verfahren mit jenen, die unter uns standen. Eines aber konnte ich nicht akzeptieren: All diesen heiligen Hütern der göttlichen Ordnung war die Kirche völlig egal! Sie schlugen sich die Bäuche voll, kämpften um Positionen und pflegten ihre Eitelkeiten. Sie hatten kein Bewusstsein davon, dass die Welt geordnet werden muss und dass sie berufen waren, ihr diese Ordnung zu geben. Dabei hätten sie kämpfen müssen – kämpfen gegen die

Mächte des Chaos. Oh, wie ich sie verachtete, diese Feiglinge. Kommen Sie, wir gehen wieder hinein.»

Die Orgel spielte Mozart. Francesco erkannte die Musik, denn Bruder Pius hatte sie manchmal gespielt.

Die scharfe, schneidende Stimme Oscuros fuhr in seine Gedanken. «Ein Letztes möchte ich Ihnen noch sagen, Padre. Es wird Augenblicke geben, in denen Sie sich fragen werden, ob Sie nicht in Ihr Kloster zurückkehren sollten. Zu Abt Hieronymus. Zu den grünen Hügeln Umbriens.»

Als ob er geahnt hätte, was in ihm vorging, dachte Francesco.

«Es wird Zeiten geben, in denen Sie den Vatikan verachten werden», fuhr Oscuro fort. «‹Meine Rede sei ja, ja oder nein, nein›, heißt es in der Schrift. Aber die vatikanischen Speichellecker scheinen die Schrift nicht zu kennen, ihre Rede lautet: Vielleicht, ach lieber doch nicht, obwohl, unter Umständen. Man wird versuchen, Ihnen einzureden, man könne die Welt nicht in Schwarz und Weiß einteilen. Es gebe auch ein Grau, viele Grautöne sogar, und die meisten Angelegenheiten der vatikanischen Diplomatie würden sich in diesem Bereich bewegen.»

«Petrus ist nicht so», entgegnete Francesco.

«Nein. Petrus ist nicht so. Aber er ist zu schwach, sich gegen diese rückgratlosen Geschöpfe des Halbdunkels durchzusetzen. Ich sage Ihnen, die Ordnung der Welt ist ganz einfach: Gott ist gut, und der Satan ist böse. Dazwischen ist nichts. Es gibt kein Grau, Padre Francesco, nur das reine Weiß der Kirche Jesu Christi und die nachtschwarze Finsternis der Hölle. Wenn Sie einmal verzagt sind, wenn Sie Gut und Böse nicht mehr zu trennen vermögen, dann kommen Sie zu mir. Ich biete es Ihnen an, weil Sie anders sind als das kardinalsrote Pack dort unten. Es wird einen Zeitpunkt geben, an dem Sie sich entscheiden müssen: für die heilige Ordnung der Kirche – oder für das Chaos. Bleiben Sie standhaft, wenn die Entscheidung ansteht.»

Oscuro öffnete mit zwei Fingern den Deckel einer goldenen Dose, die hinter ihm auf dem Schreibtisch stand, und reichte Francesco eine Visitenkarte daraus. Dann trank er sein Glas leer. «Ich bin dankbar, dass Gott Sie an die Seite des Heiligen Vaters gestellt hat, Padre. Gehen Sie zu ihm und dienen Sie ihm in Frieden. Aber gedenken Sie stets des Satzes, den der Herr zu seinen Jüngern sprach und den ich zum Wahlspruch meines Hauses erkoren habe: ‹Ziehe die Waffenrüstung Gottes an.› Dem Heiligen Vater würde das nicht einfallen. Zu ihm passt ein Satz, den ich heute in der Zeitung las: ‹Wenn wir gewinnen, ist es gut. Wenn wir nicht gewinnen, war der Gegner besser.› Wissen Sie, wer das gesagt hat?»

Francesco schüttelte stumm den Kopf.

«Der Trainer der italienischen Nationalmannschaft.»

Oscuro hob den Arm von der Lehne, und Francesco küsste den Ring. Der Kardinal läutete nach dem Lakaien und wies ihn an, den Besucher hinauszuführen. Dann ging er zurück zu seinem Schachbrett – und setzte seinen unsichtbaren Gegner mit einem eleganten Damenzug matt.

XVII

Giulia öffnete. «Komm rein.» Sie trug Jeans und ein schwarzes T-Shirt. Ihre langen dunklen Haare hatte sie hochgesteckt und war barfuß. Francesco blieb für einen kurzen Augenblick der Atem weg. Die Treppe, dachte er, sechster Stock ohne Aufzug. Noch bevor er sich eine angemessene Begrüßung überlegt hatte, war Giulia schon wieder im endlos langen Flur verschwunden. Links und rechts reichten die überquellenden Bücherregale bis zur Decke, auf dem Fußboden türmten sich hohe Stapel von Katalogen und Kunstzeitschriften.

«Irgendwo dazwischen ist ein bisschen Platz zum Durchgehen», rief sie aus der Küche. «Den nimmst du.»

«Was machst du mit all den Büchern?»

«Ich hatte zuerst nur Handtaschen und Schminkkoffer in den Regalen. Wie Frauen eben so sind. Es war aber noch so viel Platz übrig – da hab ich ein paar Bücher dazwischengestellt. Magst du Saltimbocca alla Romana? Eine römische Spezialität.»

«Bestimmt.» Francesco hatte sich bis zur Küche durchgekämpft. «Ich hab dir Blumen mitgebracht.»

«Blumen? Wo hattest du die vorhin an der Tür?»

«Ich hab sie hinter meinem Rücken versteckt. Ich wusste nicht, wie man sie überreicht.»

«Oh, schön, weiße Rosen. Vielen Dank.» Giulia stellte sich auf die Zehenspitzen und angelte eine Vase vom Küchenregal. «Es ist übrigens ganz einfach. Man hält sie vor sich und sagt: Die sind für dich.»

«So ähnlich dachte ich mir das auch. Aber mir fehlt da ... die Erfahrung.»

«Komm, setz dich. Aber pass auf, die Stühle sind noch aus dem Palazzo meiner Eltern. Sie standen früher in der Dienerküche. Dort saß ich immer und habe Hausaufgaben gemacht. Als ich auszog, habe ich sie mitgenommen. Zusammen mit einigen Büchern natürlich ...»

Die Küche war winzig, nur ein Herd, ein Kühlschrank, ein Regal und ein altes, wackeliges Tischchen mit zierlichen Stühlen. Dafür gingen die hohen Fensterflügel direkt auf den Campo de' Fiori hinaus. Die Buchhandlung Fahrenheit war noch hell erleuchtet, vor dem Cinema Farnese hatte sich eine Schlange gebildet, und das Lachen und Murmeln, das Knattern der Motorini drang mit einer warmen, süßlichen Sommerabendluft bis zu ihnen unters Dach.

«Wenn wir uns später noch auf den Balkon setzen wollen, müssen wir durchs Fenster klettern. Die Vermieter sind seit der Antike nicht dazu gekommen, eine Tür einzusetzen.» Giulia nahm eine Flasche aus dem Regal. «Kannst du mal den Wein aufmachen, bitte? So etwas hattet ihr im Kloster doch auch?»

«Wir hatten sogar einen kleinen Weinberg. Dort haben wir Sagrantino angebaut», erklärte Francesco, während er die Flasche öffnete.

«Schön, dass du da bist.» Giulia häufte Spaghettini mit Öl, Knoblauch und scharfen Peperoncini-Stückchen auf seinen Teller, während die Kalbsschnitzel nebenan auf dem Herd brutzelten. «Iss erst mal. Und dann erzähl von Oscuro.»

Der Salbeiduft der Saltimbocca erinnerte Francesco

an den Kräutergarten hinter seinem Kloster. Und für einen Moment kam er sich merkwürdig vor, hier allein mit einer Frau zu sitzen, mitten im nächtlichen Rom. Der Weißwein stieg ihm schon zu Kopf, wenn er ihn nur ansah. Das Gespräch mit Oscuro hatte ein unangenehmes Gefühl in seiner Magengegend hinterlassen, er wusste selbst nicht genau, wieso. Und Giulias nackte Füße fand er mindestens irritierend. Aber wenn das alles hier zur katholischen Kirche gehörte – bitte. Er hatte sich zu fügen. Zögernd nahm er einen Schluck Weißwein und begann von Oscuro zu erzählen.

«Er hat dich beeindruckt», sagte Giulia nachdenklich. «Und ich kann dich verstehen. Er ist ... kein schlechter Typ. Ein bisschen eitel vielleicht. Aber er hat Ideale. Es geht ihm nicht nur um sich selbst, sondern auch um die Kirche.»

«Ich mag Petrus sehr. Aber er ist kein ... Herrscher. Auch kein Heiliger. Abt Hieronymus zum Beispiel – wer ihn sah, wurde ganz fromm.»

«Die Menschen mögen Petrus. In Rom und überall. Weil er einer von ihnen ist. Kein abgehobener Denker. Kein Bürokrat. Kein Mystiker. Einfach ein freundlicher, dicker Papst. Mit großem Herzen. Und einem sehr eigenen Draht zu Gott. Möchtest du von dem Fleisch?»

«Gerne, vielen Dank.»

Giulia stand auf, holte die Pfanne vom Herd und musterte Francesco dabei verstohlen von der Seite. Anfangs hatte sie dem neuen Privatsekretär des Papstes nur wenige Wochen gegeben. Nun war er nach einigen Monaten immer noch da, genauso fromm und liebenswürdig wie zu Beginn. Wie er es geschafft hatte, mit seiner

Naivität im vatikanischen Haifischbecken zu überleben, war ihr ein Rätsel.

«Warum bist du eigentlich nicht im Kloster geblieben und hast Abt Hieronymus beerbt?», fragte sie, während sie die Gasflamme abdrehte. «Allzu groß wird die Konkurrenz um diesen Posten doch wohl nicht gewesen sein?»

«Wir lebten zu dritt im Kloster», erläuterte Francesco mit Würde.

«Mit Hieronymus oder ohne?»

«Mit Hieronymus. Außer uns gab es noch den blinden Bruder Pius. Es war meine größte Sorge, ob die beiden es alleine schaffen würden; ich wollte bereits absagen. Aber dann hat der Herr Bruder Pius zu sich genommen.»

«Und nun ist Abt Hieronymus ein Ein-Mann-Kloster.»

«Gewissermaßen. Er hat das Kloster aufgelöst und in eine Einsiedelei verwandelt.»

«Ich verstehe.» Giulia sah ihn nachdenklich an. «Bereust du es schon, dass du hierhergekommen bist?»

«Manchmal. Aber immer seltener. Gerade gar nicht.»

Giulia hatte es plötzlich eilig, die Teller abzuräumen. «Wenn ich nur wüsste, was Petrus vorhat. Denn ich bin mir sicher, dass er schon einen Plan hat. Und das bedeutet meistens nichts Gutes.»

Das Telefon im Flur klingelte. Giulia, die gerade eine zugedeckte Schüssel aus dem Kühlschrank genommen hatte, winkte ab. «Ich lass es klingeln. Der Anrufbeantworter ist dran.»

Sie stellte die Schüssel auf den Tisch und deckte sie auf: Tiramisu, mit tiefschwarzem Kakao überpudert.

«Geheimrezept unserer ehemaligen Köchin», sagte sie.

«Du kannst ruhig rangehen; ich weiß genau, dass du da bist.» Es war Petrus' Stimme, die da laut und vernehmlich auf den Anrufbeantworter schnaubte. «Und falls du weißt, wo sich Francesco herumtreibt, richte ihm Grüße von seinem Chef aus. Ich brauche ihn dringend.»

«Und er braucht ab und zu etwas Privatleben.» Giulia hatte den Hörer abgenommen, ihre Stimme klang gefährlich ruhig. «Er ist Ihr Sekretär und nicht Ihr Sklave.» Sie reichte Francesco den Hörer und stellte den Lautsprecher an. Lass dich auf nichts ein, sagten ihre hochgezogenen Augenbrauen.

«Francesco! Mein Junge! Was machst du bei meiner Pressesprecherin? Was auch immer, ich habe eine schöne Überraschung für dich, eine Abwechslung vom Büroalltag.»

Giulia stöhnte: «Wenn er schon so anfängt ...»

«Du hast morgen Gelegenheit, der Bruderschaft der Gegeißelten beizutreten. Ich habe alles arrangiert. Über Umwege. Niemand weiß, dass ich dahinterstecke. Der Prior erwartet dich um sieben Uhr dreißig bei den Parkplätzen an der Calixtus-Katakombe. Du kannst ruhig sagen, dass du im Vatikan arbeitest; verrate nur nicht, bei wem. Halt die Augen offen und mach dich nach zwei bis drei Tagen davon. Alles klar, Francesco?»

«Ich werde ... mein Bestes tun.»

«Gute Nacht, Francesco.»

«Gute Nacht, Heiliger Vater.»

Giulia löffelte das Tiramisù in kleine Schälchen. Dann

klemmte sie sich die Flasche Wein unter den Arm und schwang ihre Beine aus dem Fenster. «So, die Nacht ist lau, und sie ist noch lang. Nimm die Gläser mit. Und nach dem dritten Glas Wein erkläre ich dir dann, was sich hinter der netten Abwechslung vom Büroalltag wirklich verbirgt.»

XVIII

Petrus tastete im Dunkeln nach den roten Samtpantoffeln mit dem päpstlichen Wappen und schlich los. Das knarzende Bodenbrett neben dem Kleiderschrank. Die quietschende Tür – von Immaculata immer noch nicht geölt, trotz mehrfacher Aufforderung. Schließlich der lange Flur. Hier drohte keine Gefahr. Der dicke rote Läufer dämpfte die Schritte. Ob Francesco im Stockwerk über ihm schon nach Hause gekommen war?

Die Küchentür stand meistens offen. Behutsam schob sich Petrus hinein. Nur noch wenige Meter – aber vorsichtig! Die Ledersohlen machten tapsende Geräusche auf den Steinfliesen.

Dann war er am Ziel.

Leise summte der Kühlschrank in der Dunkelheit; so nah – und doch unerreichbar fern: Denn das laut schmatzende Geräusch beim Öffnen würde Immaculata unweigerlich aufwecken. Mit Schaudern dachte er an die unerfreuliche Szene kurz nach seinem Einzug. Er hatte mit Rotondo gefeiert, sie bekamen Hunger und wagten sich in das Reich der Haushälterin – wo der schmatzende Kühlschrank ihrem Vorstoß ein jähes Ende bereitete. Immaculata hatte nach einer längeren Moralpredigt einige Kekse spendiert, damit waren sie abgezogen.

Aber Rotondo hatte einen Plan entwickelt, wie man künftig erfolgreicher sein könnte.

Einen ungeheuer einfachen Plan.

Einen Plan, den Petrus heute ausprobieren wollte, nach einem mehr als mäßigen Fußball-Fernsehabend ohne Rotwein!

Rotondo zu Ehren.

Ach, Salvatore!

Er setzte sich für einen Moment an den blankgescheuerten Küchentisch, zog seine Pantoffeln aus, rieb die Füße aneinander und dachte an seinen Freund. Er sah ihn vor sich in der dunklen, staubigen Sakristei von Santa Maria in Trastevere, ein junger Priester damals, der sich zusammen mit den Ministranten auf die Messe vorbereitete. «Drei Dinge sind wichtig im Leben», erläuterte er den ehrfürchtig lauschenden Jungen, «der feste Glaube an die heilige Kirche – die Liebe zu eurer Mutter – und die Hoffnung, dass endlich der einzig wahre römische Fußballverein wieder Meister wird. Glaube, Liebe, Hoffnung. Versteht ihr?»

Dann, es musste Jahre später gewesen sein, spazierten sie beide quer über die Piazza di Spagna, und überall waren da Mädchen, oh, so viele Mädchen in unerhört kurzen Röcken. «Schau sie dir an», sagt Rotondo bei jeder. «Schau sie dir an. Und dann überlege dir gut, ob du wirklich Priester werden möchtest.» Petrus schaute sie an. Er seufzte. Aber da war es zum Umkehren längst zu spät. «Du musst dich, wenn du wirklich im Zölibat lebst, irgendwie mit den Versuchungen des Lebens arrangieren. Aber ich glaube nicht, dass dir das leichtfallen wird. Ich spüre das.» Rotondo hatte sich mit den Versuchungen auf seine Art arrangiert. Doch er machte Karriere, wurde Bischof von Cremona, kehrte an die Kurie zurück, wo er schließlich die Glaubenskongregation leitete. Gleichzeitig begann die Karriere eines jungen Priesters aus Rom, der eigentlich Gemeindepfarrer werden wollte. Am besten in Rom. Und am liebsten in Trastevere. Für dieses Amt hatte Gott ihn auserwählt, da war er sich ganz sicher. Aber Gott und Rotondo wollten es offensichtlich anders.

Der Plan. Petrus sah auf die Uhr: Gleich war es so weit.

Für dich, Salvatore!

Er griff zur Kühlschranktür.

Und lauschte in die Dunkelheit. Gleich würde er es hören, klar und machtvoll.

Ein genialer Plan!

Und wieder sah Petrus seinen Freund vor sich, ein alter Mann inzwischen, mit dichtem, schneeweißem Haar, wie er diskutierte, verhandelte, feilschte. Es war in einer der Pausen der Papstwahl, ein Patt zwischen dem konservativen Sizilianer Oscuro und dem gemäßigten Nigerianer Umgabe lähmte das Konklave. Es herrschte gereizte Stimmung, doch Rotondo blieb ruhig, er redete und redete, fast mit jedem – nur nicht mit ihm. Erst Stunden später begriff Petrus, um wen es in diesen Gesprächen ging – als nämlich im fünften Wahlgang die ersten Kardinäle für ihn votierten, im sechsten noch mehr, im siebten schon fast die Mehrheit und im achten schließlich mehr als zwei Drittel. Schon ab dem sechsten Wahlgang folgte Petrus dem Geschehen ungläubig. Beim letzten Wahlgang spürte er eine leichte Übelkeit in sich aufsteigen, als die Kardinäle an den Altar traten, die Wahlzettel in die Höhe hielten und die vorgegebenen Worte sprachen: «Ich rufe Christus, der mein Richter sein wird, zum Zeugen an, dass ich gewählt habe, von dem ich glaube, dass er nach Gottes Willen gewählt werden sollte.»

Als das Ergebnis verkündet wurde, herrschte Stille in der Sixtina. Petrus suchte den Blick Rotondos, der stolz wie ein Vater zu ihm herüberschaute. Der Kardinaldekan fragte ihn, ob er die Wahl annehme. Was bleibt mir übrig, hätte Petrus gerne ausgerufen, wenn Gott es doch will! Doch ihm gelang nur ein Nuscheln, welches als Zustimmung gedeutet wurde. Dann folgte die nächste, die entscheidende Frage: «Quo nomine vis voccari?» Wie willst du dich nennen? Ja, wie eigentlich? Um Zeit zu gewinnen, setzte er zu einer gedrechselten Antwort an, in bestem Latein: «Petrus, der Apostel des Herrn, der erste Bischof von Rom, er stehe mir bei, wenn ich mein Amt ausübe unter dem Namen ...» Aber die Kräfte reichten nicht mehr aus. «Petrus», brachte er gerade noch heraus, rang nach Luft und blickte verzweifelt auf den Kardinaldekan, der ihn mit hochgezogenen Augenbrauen anstarrte, sich dem Kollegium zuwandte und laut wiederholte: «Petrus.»

Ein Stöhnen ging durch die Reihen. Denn alle wussten: Petrus, der Römer, so die Weissagung des heiligen Malachias, würde der letzte Papst sein. Danach kam nur noch der Untergang der Kirche. Und das Jüngste Gericht. Die Prophezeiungen des Malachias waren zwar längst als Fälschung entlarvt worden, doch hatte es bisher kein Papst gewagt, sich diesen Namen zu geben. Aber nun war es zu spät. «Habemus papam», verkündete wenig später der Kardinalprotodiakon auf dem Balkon des Petersdoms einer jubelnden Menge, «welcher sich den Namen Petrus II. gegeben hat.»

Rotondo betrank sich noch am selben Abend. Er sei schuld, wenn die Kirche in Kürze untergehe. Hätte er den Kollegen nicht die Wahl eines Verrückten nahegelegt, der sich unbedingt *Petrus* nennen musste und zudem, ganz wie Malachias prophezeit hatte, aus Rom kam, dann würde es den Vatikan noch in tausend Jahren geben. Aber diesem Wahnsinnigen würde es im Laufe seines Pontifikats sicherlich gelingen, die Kirche Gottes in den Abgrund zu stürzen. Deshalb: Lang möge sein Pontifikat dauern! Lang lebe Papst Petrus II.!

Jetzt! Die Glocken von Sankt Peter dröhnten durch die Nacht – ein Geräusch, das den Bewohnern des Vatikans so vertraut war, dass es sie nicht mehr weckte. Und laut genug, um eine schmatzende Kühlschranktür zu übertönen.

Mit einem entschlossenen Ruck zog Petrus sie auf, begleitet vom dumpfen Hall der Glocken. Ein heller, verräterischer Lichtschein fiel in die Küche und auf den Flur. Petrus griff sich eine Flasche Pirrone (sie wurde für «Gäste» bereitgehalten), dazu eine ziemlich beträchtliche Salami am Stück, eine Ecke Pecorino und ein noch fast volles Glas Oliven. Dann trat er den Rückzug an.

Es würde eine lange Nacht werden. Er musste überlegen: Einiges fügte sich gut zusammen, anderes gab Rätsel auf.

Er musste nachdenken.

Und beten.

«Ach, Herr, erleuchte mich», flüsterte er in die Dunkelheit, während er auf dem roten Teppich zurücktapste. «Weise mir den Weg und zeige mir dein Angesicht.»

Zweiter Tag

1

Er konnte den letzten Glockenton hören. Mitternacht vorbei. Bis zur Engelsbrücke hatte er sich fahren lassen, hatte den Tiber überquert und war durch die engen Gassen des Borgo bis zum Petersplatz gelaufen. Er war wach, überwach. Nun stand er hier, lauernd, ein Tier vor dem Sprung.

Wenn Petrus aus dem Fenster schauen würde, könnte er ihn sehen, eine dunkle Gestalt am Rande des menschenleeren Platzes. Aber er schlief, sicher schlief er, und so würde er ihn nicht bemerken; er sah ihn nicht, obwohl er ihm nahe war, lange schon, so nahe, dass er seinen Atem spüren müsste. Wohlgefällig und frei von Zweifeln wälzte er sich in seinem prächtigen Bett: ein dicker Papst, mit sich, mit der Welt, mit der Schöpfung im Reinen. Er hörte die Glocken nicht mehr, weil er sie gewohnt war, er hörte den Herzschlag Gottes nicht, hier, an dieser Stelle, im Zentrum der höchsten Macht. Er spürte die Kraft der Kirche nicht. Ein Feld von Kraft, verborgen, verkrustet von Sünde und Wollust.

Die Kirche musste gereinigt werden, durchspült mit einem neuen Geist. Und Petrus, der Liebling der Massen, Papà Buono, wie sie ihn nannten, das Werk des eitlen Rotondo, der Irrtum der Kirchengeschichte, musste beseitigt werden. Es würde nicht mehr lange dauern, sein Plan war perfekt. Mitten ins Herz würde er zielen, er würde Petrus dort treffen, wo er am verwundbarsten war. Er würde ihm zeigen, was Macht und Gottesfurcht wirklich bedeuteten. Er würde ihn vernichten.

Und danach die herrliche Auferstehung der Kirche feiern.

11

Im Hinterhof fauchten die Katzen. Giulia konnte nicht mehr schlafen. Die drei Monstren, fette, widerliche Viecher, veranstalteten einen Lärm, als wären sie direkt aus dem Raubtierkäfig der Villa Borghese entwischt. Sie tastete nach dem Handy auf ihrem Nachttisch. Das Display leuchtete schal: genau fünf Uhr. Sie setzte sich auf. Noch zwei Stunden, bis sie Francesco zu den Gegeißelten fahren musste. Es war einfach zu heiß. Und sie selbst war zu unruhig. Was sicherlich – ganz bestimmt! – mit dem gestürzten Engel zu tun hatte. Und ganz bestimmt nicht mit Francesco und der Tatsache, dass er wirklich geistvoll sein konnte, nach dem dritten Glas Wein. Und dass sie sich schon lange nicht mehr so wohlgefühlt hatte wie mit ihm zusammen auf ihrem winzigen Balkon.

Giulia stieg aus dem Bett und schlüpfte in ihr grünes

Seidenkleid, von dem Francesco neulich behauptet hatte, die Farbe erinnere ihn an die Hügel von Umbrien. Sie schnürte die Riemen ihrer hochhackigen Sandalen und schnappte sich eine Handtasche. Dann griff sie nach ihrem altertümlichen Haustürschlüssel und ließ die Tür einfach hinter sich zufallen. Entschlossen klapperte sie die Marmorstufen hinunter, entriegelte die Eingangstür und fiel in die feuchtwarme Luft des römischen Morgens. Auf dem Campo de' Fiori knallten die ersten Bauern ihre Holzkisten aufs Pflaster, Kleinlaster knatterten vorüber. Giulia erkannte ihre Marktfrau Antonella, die in all dem Trubel auf einem Hocker saß, eine blaue Plastikschüssel auf dem Schoß, und ungerührt Puntarelle-Salat in feine grüne Streifen schnitt. Sie winkte ihr zu und bog um die Ecke in die Via dei Giubbonari ein.

Einfach nur gehen und an nichts denken. Sie liebte ihr Viertel, den Menschentrubel auf dem Markt, den Geruch nach Pizza biancha mittags und nach den beißenden Holzfeuern abends. Sie liebte die Frische des Sprühregens, der von den Brunnen herüberwehte, und die muffige Ausdünstung der zerlesenen Bildbände in den engen Antiquitätengassen. Aber jetzt waren die schweren Gitter der Geschäfte alle noch heruntergelassen, und für einen seltenen Moment war es fast still in der Stadt. Selbst aus Sandris Bar drang noch kein Klappern der Kaffeetassen, kein Zischen der Espressomaschine. In der Viccolo Santo Spirito zögerte Giulia kurz, bog dann mit Schwung auf die Piazza vor Santa Maria del Fiore ein. Und brachte sich gerade noch in Sicherheit, als ein Kamerateam rückwärts auf sie zurollte: Der kleine stille Platz vor der Kirche war nicht wiederzuerkennen.

Unter weißen Zeltdächern waren mehrere mobile Verkaufsstände aufgebaut. Männer in blauen Hemden mit goldfarbenem Logo wuchteten Pappkartons mit Postkarten, Schlüsselanhängern, Kristallkugeln, Wimpeln und blinkenden Mini-Altären auf die Tische. Mehrere Hostessen, blond, in blauen, tiefdekolletierten Blusen und goldfarbenen Schals, drapierten den Nippes in Drehständer, Vitrinen, Fahnenhalter. Giulia zählte zwei weitere Kamerateams, die Kabel ausrollten, Scheinwerfer installierten und auf dem Boden Markierungen vornahmen. Überall hingen Poster der weinenden Madonna, die sie selbst tags zuvor noch in der Kirche gesehen hatte. Fassungslos blickte Giulia auf das Treiben, steuerte dann aber energisch auf eine der Blondinen zu.

«Ich schreibe eine Reportage für ‹Vanity Fair›; Titel: ‹Mamma mia – die Italiener im Madonnen-Rausch›.»

«Great! Really great! Ich stelle dir sofort eine Auswahl zusammen.» Die Blondine schaufelte Marienposter, eine Barbie-Madonna und Tränen-Tattoos in eine Tüte.

«Wer ist eigentlich verantwortlich für all das hier?»

Die Blondine deutete nach oben.

«Ja, natürlich», sagte Giulia. «Unser Vater im Himmel ist für alles verantwortlich. Ich meine – wer leitet diesen Jahrmarkt hier?»

Die Blondine deutete immer noch nach oben. Jetzt folgte Giulia ihrem Blick. Hoch über den Buden schwebte Bischof Saldi auf einer Drehleiter und war gerade dabei, ein goldglänzendes Transparent zwischen den Ständen zu befestigen. «Das Wunder von Santa Maria del Fiore», stand darauf. Und, etwas kleiner darunter: «Sehen Sie Gottes Zeichen mit eigenen Augen!»

III

Petrus streckte die Zehen aus. Er suchte, tastete. Nichts. Er rieb sich die Stirn und die Augen. Sein Wecker zeigte auf zehn Minuten vor sechs. Er hatte grauenhaft geschlafen und seltsamerweise von Professore Pinello geträumt, der mit verwirrtem Blick durch Rom gezogen war und alle Marienstatuen mit roter Farbe beschmiert hatte. Mit einem Messer in der Hand war er vor ihm aufgetaucht, er hatte geschrien, dass er im Auftrag Oscuros unterwegs sei, um die katholische Kirche von allen Sünden zu befreien. Er, Papst Petrus, müsse sterben, um Platz zu machen für den großen Erneuerer Marcello Trapani – den Trainer der italienischen Nationalmannschaft. Er müsse außerdem alle seine Paninibildchen vernichten, als Werk des Satans. Noch bevor Pinello zustechen konnte, schwebte eine weiße Engelsgestalt drohend auf ihn zu: Sie hatte die Gesichtszüge von Immaculata. Petrus war bei diesem Anblick sofort hochgeschreckt und erwacht. Mit einem eisigen Gefühl in der Brust. So absurd der Traum auch war, so enthielt er doch ein Detail, über das er bisher noch nicht nachgedacht hatte. Ein wichtiges Detail. Er spürte das – aber er kam einfach nicht darauf, was es war.

Wieder suchte Petrus mit den Füßen unter seinem wuchtigen Himmelbett. Und zuckte zusammen, als er den eisigen Marmorboden berührte. Da fiel es ihm wieder ein. Er hatte seine päpstlichen Pantoffeln gestern Nacht unter dem Küchentisch stehen lassen. Madonna Santa! Nun konnte er sich nur noch in Gottes Hände befehlen. Immaculatas Vergeltungsschlag würde nicht lange auf sich warten lassen. Oh, was für ein entsetzlicher Tag: Kein Frühstück – Francesco war zu den Gegeißelten abkommandiert. Keine Sportzeitung – er hatte gestern noch mit angehört, wie Immaculata telefonisch das Abonnement gekündigt und dafür die Frauenzeitschrift «Der unbefleckte Haushalt – Kochen und Putzen wie die Heilige Jungfrau» bestellt hatte. Keine Giulia – den ganzen Tag über war sie mit wichtigen Terminen verplant. Das geradezu aussichtslose Viertelfinale gegen die Engländer am späten Nachmittag. Und womöglich die Begegnung mit einem Mörder, der irgendwo hier über die Flure schlich und versuchte, seinen ersten Patzer wieder wettzumachen.

Vor allem aber: Rotondo, der im Sterben lag.

Da hörte er sie auch schon: Schritte auf dem Gang, im Vorzimmer, an der Tür. Reflexartig ließ er sich wieder in die Kissen sinken.

«Gott segne diesen wunderbaren Morgen», flötete Immaculata, während sie mit Schwung die schweren Samtvorhänge vor den Fenstern aufzog. «Da Francesco heute nicht bei uns sein kann, werde ich mich besonders um Sie bemühen, Heiliger Vater.»

Petrus verkroch sich tiefer unter die Decken. Als er die Augen wieder öffnete, stand Immaculata direkt vor ihm, ein Glas mit einer trüben Flüssigkeit in der Hand.

«Ich habe Ihnen schon einmal ein Alka-Seltzer zurechtgemacht. Sie müssen ganz fürchterlich unter Magendrücken leiden, nach dem opulenten Mahl gestern Nacht um zwölf in der Küche. Seit sie die Kirchenglocken von Sankt Peter vor zwei Wochen neu eingestellt haben, wache ich immer auf. Ich habe ja so einen leichten Schlaf, wissen Sie, und da hörte ich die Kühlschranktür und dachte: Morgen früh muss ich ihm ganz zeitig ein Mittelchen bringen. Zum Frühstück habe ich Ihnen einen Haferschleim zubereitet – Sie müssen jetzt ein bisschen auf sich achten, in diesen aufregenden Zeiten. Schonkost und Heilwasser aus der Quelle von Lourdes. Nach einer Woche werden Sie sich nicht wiedererkennen.»

Das fürchtete Petrus auch.

IV

«Bischof Saldi? Auf der Leiter?» Francesco drehte sich überrascht zu Giulia um.

«Ja. Wie der Engel der Verkündigung. Strahlend.» Giulia fuhr scharf um die Ecke und parkte ihren Cinquecento neben einem überquellenden Mülleimer auf dem Parkplatz der Calixtus-Katakombe. Sie schaltete den Motor aus.

«Er ist doch der Chef der Vatikanbank, oder?»

«Ja, der ‹Banca di Regina di Saba›. Und extrem geschäftstüchtig. In diesem Fall etwas *zu* geschäftstüchtig.»

«Was meinst du damit?»

«Damit meine ich, dass ich ihm heute noch einen Besuch abstatten werde. Und – oh, guck mal, sie kommen dich holen …»

Mit diskretem Brummen bog eine schwarze Limousine auf den Parkplatz. Ein schlanker, hochgewachsener Mann stieg in einer Staubwolke aus, entdeckte den Cinquecento und musterte ihn ruhig. Er war gekleidet wie ein Mönch. Und trug eine Sonnenbrille.

«So sieht also ein leibhaftiger Gegeißelter aus. Hätte ich mir anders vorgestellt.»

«Wie denn?»

«Härenes Büßergewand. Kapuze. Blutunterlaufene Augen.»

Der Mönch ging einige Schritte auf sie zu und hob kurz die Hand. Giulia starrte ihn an, als wollte sie sich jede Einzelheit einprägen.

Francesco packte seine Tasche.

«Danke, dass du mich rausgefahren hast.»

«Francesco …»

«Ja?»

«Vielleicht irre ich mich, aber … irgendetwas stimmt nicht mit dem Prior der Gegeißelten.»

«Wieso?»

«Ich war neulich mit Carlo essen. Er ist Direttore in einer Bank, ein netter Kerl. Den ganzen Abend fuchtelte er mit seiner Sonnenbrille herum: Setzte sie ab. Setzte sie auf. Schob sie ins Haar. Kaute am Bügel. Bis ich ihm den Gefallen tat.»

«Welchen Gefallen?»

«Ihn nach der Brille zu fragen. Und siehe da: Es war ein ungeheuer unerschwingliches Luxusmodell.»

«Wie kommst du denn jetzt darauf?»

«Der bußfertige Mönch da vorne trägt die gleiche Sonnenbrille. Es kann keine Fälschung sein; dazu ist sie erst zu kurz auf dem Markt. Und auch sonst ist das ein recht gepflegter Bursche. Achte mal drauf: Rasur. Fingernägel. Zähne.»

«Warum soll man nicht fromm sein und trotzdem auf sich achten?» Francesco warf einen kurzen Blick auf seine gerade geschnittenen Nägel.

«War nicht persönlich gemeint. Natürlich kann man das. Aber vermutlich hättest du mächtig Ärger mit deinem Abt bekommen, wenn du mit einer Nobelsonnenbrille zur Abendandacht erschienen wärst.»

«Warum kommt er eigentlich nicht näher?»

«Wahrscheinlich hält er uns für ein Liebespaar. Die treffen sich manchmal auf Parkplätzen am Stadtrand. Zum Rosenkranzbeten.»

«Ich sollte dann wohl gehen.»

«Solltest du. Pass auf dich auf und melde dich, wenn es Ärger gibt. Hast du ein Handy dabei?»

«Ja.»

«Wahrscheinlich funktioniert es nicht da draußen. Aber besser als nichts.»

Francesco nickte abwesend. «Was soll ich ihm sagen, wenn er fragt, wer du bist?»

«Lass dir was einfallen. Du wirst dir jetzt überhaupt ziemlich oft etwas einfallen lassen müssen.»

Giulia vermied es, ihm in die Augen zu sehen. «Ciao, Francesco.»

«Ciao, Giulia.»

Francesco stieg aus, nahm seine Tasche und ging

langsam auf den Mönch zu. Hinter ihm ließ Giulia den Motor an und fuhr los.

«Meine Schwester», sagte Francesco, als der Cinquecento beschleunigte und an ihnen vorüberfuhr. «Sie hat mich rausgefahren.»

V

Von außen sah Saldis Amtssitz aus wie ihr Elternhaus: ein Barockpalast mit prunkvoller Fassade, zwei mächtigen Säulen und einem hohen Giebel über dem Portal. Von innen allerdings erinnerte nichts an die abgewetzten Brokatteppiche, die wackeligen Samtstühle und die mit Familienporträts vollgestopften Wände, zwischen denen Giulia aufgewachsen war. Schon die Eingangshalle wirkte so nüchtern wie eine Konzernzentrale. Keine schwungvolle Marmortreppe, stattdessen eine Theke aus Glas und Stahl, dahinter zwei frisch frisierte Anzugträger und eine Blondine vom selben Typus, wie sie Giulia schon heute früh vor Santa Maria del Fiore kennenlernen durfte.

Neben der bischöflichen Bürotür strahlten kleine Signallampen. Eine zeigte ein Dollarzeichen, eine ein Kreuz, eine ein Sofa. «Wenn die Dollarnote leuchtet, sieht man, dass sich Bischof Saldi in einer wichtigen Besprechung befindet», erläuterte die Vorzimmerdame. «Wenn das Kreuz leuchtet, dann betet und meditiert er. Er ist ja so fromm, wissen Sie. Und wenn das Bett leuchtet, ruht er sich aus – aber das Bett leuchtet eigentlich nie.»

Im Augenblick strahlte das Kreuz.

«Sie kommen ja vom Vatikan, da kann man ihn sicher bei der Andacht stören.» Die Blondine kicherte. «Ist ja irgendwie auch was Religiöses, wenn man mit jemandem vom Vatikan spricht.»

Giulia trat ein. Ganz am Ende des ehemaligen Ballsaals sah sie einen Mann, der mit höchster Konzentration seinen Golfschläger hob. Eine kleine weiße Kugel rollte über dicke Teppiche, am Schreibtisch mit den vielen Telefonen und Monitoren, dem Konferenztisch und der Sessellandschaft vorbei und stoppte kurz vor Giulias Sandalen.

Saldi war klein und trug sein schütteres Haar gefärbt und sorgfältig über die Glatze gekämmt. In seine Soutane waren feine Nadelstreifen gewebt. Er lehnte den Golfschläger an einen Sessel und reichte Giulia die Hand: «Willkommen, Contessa! Wie schön, Sie nach so langer Zeit wiederzusehen.»

Er deutete einladend auf seine schwarzen Ledersitze.

«Ich hatte Sorgen, Sie in Ihrer Andacht zu stören, Exzellenz», sagte Giulia. «Aber damit hatten Sie wohl schon abgeschlossen.»

«Nein, Contessa! Sie haben mich bei der Andacht angetroffen, aber nicht gestört. Wir haben heute völlig veraltete Ansichten von religiöser Kontemplation, meine ich. Man findet Gott überall, nicht nur in düsteren Kirchen, wo alte Weiblein Rosenkränze leiern. Gott ist Leben, meine Liebe, Schwung, Energie! Und darum finde ich Gott im Golfspiel. Ich spüre seine Kraft, wenn der Schläger heruntersaust; ich spüre seine Dynamik, wenn der kleine Ball seinem Ziel entgegenrollt ...»

Saldi, der offensichtlich versuchte, das professionelle Auftreten der päpstlichen Pressesprecherin mit ihrer weiblichen Gesamtstruktur in Einklang zu bringen, wirkte für einen Moment irritiert.

«Contessa! Sie haben gestern meine kleine Verkaufsausstellung vor Santa Maria del Fiore gesehen. Meine Assistentin sagte mir, dass Sie sich darüber näher informieren möchten. Ich werde Ihnen meine Pläne erläutern. Und prophezeie Ihnen: Sie werden begeistert sein!»

Saldi beugte sich vor und griff zur Fernbedienung, die auf dem Besprechungstisch lag. Der Raum verdunkelte sich, ein barockes Ölgemälde schwebte zur Seite und gab den Blick auf einen Flatscreen frei.

«Ich habe Pläne», sagte Saldi. «Große Pläne.»

Auf dem Schirm erschien eine Erdkarte. «Betrachten Sie nur einmal die finanzielle Situation der Weltkirche. In allen Ländern, die dunkelrot eingefärbt sind, ist die finanzielle Situation der Kirche einigermaßen befriedigend. Alle hellroten Staaten müssen einem Finanzfachmann Sorgen bereiten. Und in allen rosa markierten Ländern», Saldi wirkte ehrlich betroffen, «ist die Kirche, wenn man die Sachlage wirklich nüchtern betrachtet, eigentlich pleite. Denn dort gibt es niemanden, der eine offene Geldbörse hat und Gutes tun möchte. Und wenn – dann geht er zur Konkurrenz, zu den Sekten, Freikirchen, Pfingstgemeinden ...» Saldi spie die Begriffe voller Verachtung aus. «In Südamerika beherrschen sie schon beinahe den Markt. In zehn Jahren werden sie die katholische Kirche überrundet haben. Und was ist ihr Geheimnis, Contessa?»

Saldi drückte einen Knopf an der Fernbedienung.

An der Wand erschien ein kompliziertes Geflecht aus Kästchen, Linien, Pfeilen und Schriftzügen, das an den Schaltplan eines elektrischen Geräts erinnerte. An der Beschriftung erkannte Giulia, dass die verwirrende Struktur etwas mit Religion zu tun haben musste: In den Kästchen standen Begriffe wie «Liturgie», «Eschatologie», «Eucharistie», «Erbsünde», «Gottesmutterschaft».

«Hier haben meine Mitarbeiter versucht, die Lehren der katholischen Kirche in stark vereinfachter Form darzustellen. Zum Vergleich zeige ich Ihnen die Botschaft irgendeiner dieser amerikanischen Erweckungskirchen.»

Ein weiterer Klick – und die Struktur bestand nur noch aus wenigen Feldern, in denen «Love», «Jesus», «Peace» und «Hope» standen, weiter unten «Hell» und «Devil».

«Unser Problem sind nicht die etwas ...», Saldi suchte nach Worten, «... veraltet wirkenden Ansichten zu bestimmten Fragen des alltäglichen Lebens. Diese Sekten vertreten da noch weit radikalere Meinungen. Nein, Contessa, unser Problem ist, dass wir im Lauf der Jahrtausende zu umständlich und zu kompliziert geworden sind. Wir sind wie ein Auto mit ungeheuer vielen Knöpfen, Hebeln und Schaltern am Armaturenbrett – so vielen, dass sich niemand mehr damit auskennt. Wer will so ein Auto? Die Menschen wollen Autos mit einfachen, überschaubaren Funktionen. Und in Glaubensdingen verhält es sich nicht anders.»

«Nun wird es aber nicht möglich sein, unseren katholischen Oldtimer einfach auf den Schrottplatz zu fahren», meinte Giulia sanft.

«Gewiss nicht. Das wäre sogar außerordentlich unklug. Denn unser Oldtimer, wie Sie die Kirche nicht ganz unzutreffend bezeichnen, kann auch gewisse Vorzüge aufweisen. Wenn Sie mir erlauben, es in der Sprache der Wirtschaft auszudrücken: Die katholische Kirche ist eine eingeführte Marke. Sie hat Glanz, wenngleich er etwas verblichen ist. Wir müssen uns auf die Stärken dieser Marke besinnen – Stärken, mit denen die Kirche einmal viel Geld verdient hat.»

«Woran denken Sie, Exzellenz?»

Er klickte auf seine Fernbedienung. An der Wand sah man ein Arrangement von Wachskerzen, kleinen Marienfiguren, Kruzifixen.

«Möchten Sie irgendwas von diesem Ramsch besitzen, Contessa? Vielleicht eine Madonna mit integrierter Kölnisch-Wasser-Duftampel für Ihr Bad? Oder ein Kaffeekannen-Wärmer mit aufgesticktem Petersdom?»

Verächtlich betrachtete Saldi das Bild.

«Wir brauchen eine völlig neue Devotionalien-Kultur. Zielgruppengenauer! Wir haben deshalb mehrere völlig unterschiedliche Produktlinien entwickelt: für Manager. Für trendorientierte Jugendliche. Für Hausfrauen. Für Familien. Und ich wäre Ihnen außerordentlich dankbar, Contessa, wenn Sie sich beim Heiligen Vater für mein Vorhaben einsetzen würden.»

Saldi drückte eine Taste seines Handys, die Türflügel schwangen auf, und im Licht der Morgensonne stolzierten drei seiner blonden Mädchen herein, Servierwagen vor sich herschiebend.

«Natürlich ist es nur eine kleine Auswahl. Ich schlage vor, Contessa, Sie nehmen unsere Kataloge mit und sehen alles in Ruhe mit dem Heiligen Vater durch. Und vielleicht nehmen Sie ihm noch eine schöne Kleinigkeit mit, etwa – dies hier!»

Saldi griff zu einem kostbar wirkenden Etui und öffnete es: Auf blauem Samt glitzerte eine Herrenarmbanduhr.

«‹Memento Mori› heißt dieses Modell. Ein Prunkstück der Herrenkollektion. Die Uhr hat zwei Einstellungen: entweder die normale Uhrzeit. Oder Ihre ablaufende Lebenszeit. Es ist ganz einfach: In die Uhr ist ein kleiner Computer integriert, der ausrechnet, wie lange Sie vermutlich noch leben werden. Ihr verbleibendes Zeitbudget wird in Jahre, Tage und Stunden umgerechnet und läuft rückwärts ab. So werden Sie daran erinnert, dass wir alle sterblich sind und unsere Zeit nutzen sollten – zur Buße, zur Umkehr, Sie wissen schon.»

Saldi strahlte stolz.

Eine der Blondinen streifte ein Schmuckband im dezenten Violett der katholischen Kirche über die Uhrenschatulle. Auf der hübschen Papiertasche mit lila Kordel erkannte Giulia entsetzt ein Porträt des lächelnden Papstes und daneben die Worte: «Der Himmel steht nicht jedem offen – Saint's Shop schon.»

«Ob dem Heiligen Vater die Produktserien gefallen werden, kann ich noch nicht sagen. Aber diese Tüte hier wird er sicherlich sofort aus dem Verkehr ziehen.»

Saldi überhörte ihren Einwand und winkte seine Damen hinaus.

«Aber damit nicht genug, Contessa. Das bisschen Merchandising ist bei weitem zu wenig. Wir müssen auch unsere Pilgerziele atmosphärisch aufrüsten. Neben

Lourdes und Fatima sollten wir uns auf ausgewählte Städte konzentrieren, die auch touristisch attraktiv sind. Wir brauchen das eine oder andere Wunder ...»

«Ein erster Anfang ist ja bereits gemacht.»

«Woran denken Sie, Contessa?»

«Ich habe vorhin Santa Maria del Fiore besucht. Die Kirche war kaum mehr zu sehen, so groß war das Verkaufszelt auf dem Platz davor.»

«Eine weinende Madonna ist eine Sensation. Genau die Art von Wunder, die wir brauchen. Und das Beste ist: Sie weint nicht in irgendeinem Nest in einem hinteren Winkel dieser Welt, sondern in der Hauptstadt der Christenheit. Gott hat die katholische Kirche nicht verlassen, will uns dieses Wunder sagen! Ohne Wunder keine Hoffnung. Ohne Hoffnung keine Pilger. Ohne Pilger kein Profit. Die Welt muss von diesem Wunder erfahren, Contessa, deshalb habe ich ein Zelt aufstellen lassen. Ich bedaure es, dass ich Sie als Pressesprecherin des Vatikans nicht einbinden konnte, aber wir mussten schnell handeln. Mittlerweile stehen weitere Zelte: Andenkenshops. Ein Restaurantzelt, wir servieren Pasta Lacrimosa – weinende Pasta –, eine Kreation mit essbaren Perlen. Es hätte nicht besser kommen können: Unser Programm beginnt mit einem der bewegendsten Symbole des Christentums: einer weinenden Madonna!»

«Und mit einem toten Kardinal.»

«Ein Rätsel, gewiss. Aber es erhöht den Reiz: Warum weint die Madonna? Weint sie über seinen Tod? Oder gar über die Last seiner Sünden? Wir wissen es nicht.»

«Ich könnte mir vorstellen, dass Ihr Programm ohne diesen Tod nicht ganz so erfolgreich angelaufen wäre.»

«Das ganze Christentum basiert auf einem rätselhaften Tod! Ohne den Tod Jesu keine Auferstehung – ohne Auferstehung kein Christentum. Contessa, messen Sie nicht mit zweierlei Maß! Die Welt braucht rätselhafte Wunder. Hier haben Sie eines! Darf ich in meinem Vortrag fortfahren?»

Euphorisch klickte Saldi das Bild weg. «Sehen Sie, Contessa, natürlich können wir diese Unternehmen nicht im üblichen Rahmen organisieren, als kirchliche Stiftungen oder dergleichen. Wir brauchen Börsenkapital, um überhaupt loslegen zu können. Wir könnten einige Aktiengesellschaften gründen, zusammengefasst in einer Holding. Und das könnte nur der erste Schritt sein – wenn sich die Kirche, beziehungsweise ihr Oberhaupt, endlich einmal entschließen könnte, ein bisschen an die Finanzen zu denken.»

Erschöpft tupfte sich Saldi die Stirn ab.

«Sie denken sich die Kirche als global agierenden Konzern, Bischof Saldi – habe ich Sie richtig verstanden?»

«Der kritische Unterton ist mir nicht entgangen, Contessa. Aber ich werde Sie überzeugen! Sie werden sehen, dass Katholizismus und Kommerz zusammengehören wie Petrus und Paul ... wie Adam und Eva ... wie ...»

«Kain und Abel?»

Saldi gluckste.

«Andere Religionen sind im Investment-Bereich viel weiter als wir. Sie wissen sicherlich, dass ab heute das ‹Interreligiöse Forum für göttlichen Reichtum› hier in Rom stattfindet. Parallel zur Fußball-WM. Morgens Andacht, mittags Geschäftsessen, nachmittags Verhandeln und abends die Spiele. Wir diskutieren dort über Kapitalanlagen, die mit den Geboten der diversen Gottheiten, Erlöser, Propheten im Einklang stehen. Kein einfaches Geschäft, Contessa: Jede Religion hat da ihre ganz eigenen Ansichten. Wir zum Beispiel dürfen nicht in Rüstung, Pornographie, Gentechnik und Glücksspiel investieren. Da bleibt nicht mehr viel. Aber es ist mein Anliegen, die großen Weltreligionen nicht nur im religiösen, sondern auch im geschäftlichen Bereich zu Partnern zu machen. Und das sollte nicht nur mein Anliegen sein, sondern auch dasjenige Ihres Chefs – wenn ich den Heiligen Vater einmal so bezeichnen darf, Contessa.»

«Eine letzte Frage, Bischof: Was haben Sie in jener Nacht getan, bevor der Engel auf Kardinal Rotondo stürzte?»

Saldi lachte. «Sie lassen nicht locker! Nun, am Abend fand ein Bankett statt. Mit den Ehrengästen des ‹Interreligiösen Forums für göttlichen Reichtum›. Eine Festtafel mit Zeugen, die meine Anwesenheit gerne bestätigen. Die Veranstaltung dauerte bis nach Mitternacht. Und danach ... nun, sagen wir: Mein Schutzengel war bei mir. Er ist mein Alibi.»

«Ein blonder Schutzengel, nehme ich an?»

«Engel sind doch immer blond, nicht wahr?» Saldi beendete die Präsentation. «Sehen wir uns später bei der Konferenz? Zum Pressetermin? Mir wurde avisiert, die Pressesprecherin des Heiligen Stuhls würde teilnehmen.»

«Ich werde da sein.»

«Und Sie werden begeistert sein. Tiefgläubige Vertreter aller Weltreligionen, die der Wille eint, den Reichtum des Glaubens in irdischen Reichtum zu verwandeln. Ich freue mich auf Sie, Contessa.»

VI

Ein flammend roter Sonnenball versank im tiefschwarzen Meer, davor – wie ein Schattenriss – kleine Boote und die Häuser eines Fischerdorfes. Gerührt betrachtete Petrus das Foto und reichte es Professore Pinello: «Die Cinque Terre. Als Student habe ich dort einmal Urlaub gemacht. Ich würde das Bild gerne neben die Klotür hängen. Dafür kommt dieser düstere Ölschinken dort weg.»

«Sie meinen das Porträt von Pius IX.?»

«Er mustert mich immer kritisch, wenn ich auf die Toilette gehe. Und grinst spöttisch. Als wollte er sagen: Ich habe heute schon dreihundert Hexen verbrannt und zweieinhalb protestantische Heere in die Flucht geschlagen – und was hast du getan?»

«Wenn ich mir die Bemerkung erlauben darf: Als Papst Pius IX. lebte, wurden längst keine Hexen mehr verbrannt. Und die Zeit der Religionskriege war vorbei.»

«Wie auch immer: Er kann mich nicht leiden. Und er neigt zum Hochmut. Darum muss er weg.»

«Es gibt auch sympathische Papstporträts. Aus der Renaissance zum Beispiel. Denken Sie nur an Julius III., der die Villa Giulia erbaut hat. Ein lebensfroher, heiterer Papst. Von ihm haben wir ein Bild, das in freundlichen, hellen Farbtönen gehalten ist.» Pinello nahm die Brille ab und putzte sie an seinem Ärmel. Er wirkte erschöpft.

«Ich mag keine dicken Päpste neben der Klotür», sagte Petrus. «Sie machen mir ein schlechtes Gewissen. Nein, Professore: Ich fürchte, dass es keine Alternative gibt zur Cinque Terre. Das Bild ist äußerst stimmungsvoll. Ich denke dabei an das Bibelwort: ‹Bleib doch bei uns; denn es wird bald Abend, der Tag hat sich schon geneigt.›»

Seit über einer Stunde diskutierte Petrus mit dem Leiter der päpstlichen Kunstsammlung über die Frage, wie seine Wohnung angemessen bebildert werden könnte. Eigentlich hatte er den nebensächlichen Termin wegen Rotondos schlechtem Zustand verschieben wollen, doch nach Giulias gestrigem Bericht (und dem messerschwingenden Pinello in seinem Albtraum) hatte er es sich anders überlegt. Pinello erschien ihm jedoch nicht anders als all die anderen Male zuvor: nervös, ein wenig verwirrt, aber beharrlich bei seiner Verteidigung der europäischen Kunstgeschichte. Endlich einigte man sich auf einen Kompromiss: Der Professore würde in den Kunstdepots nach hochwertigen und gleichzeitig ansprechenden Fotos italienischer Landschaften suchen. («Wer Gott wahrhaft liebt, erfreut sich an seiner Schöpfung, verehrter Professore. Und nun seien wir ehrlich: Was ist an den gichtigen Fingern meines bekanntlich geizigen und geldgierigen Vorfahren Clemens so sehenswert? Dann schon lieber diese Badeszene an der Adria. Hätte auch Rotondo gut gefallen.») Dafür erklärte sich Petrus bereit, auf Kirchensilhouetten vor Sonnenuntergängen zu verzichten.

Immaculata brachte den Gast zur Tür, und Petrus lauschte kurz auf die sich entfernenden Schritte. Bevor seine Haushälterin zurück sein konnte, umwickelte er seine rechte Hand mit der Soutane, griff nach Pinellos Glas und eilte über den Flur in die Sakristei seiner Privatkapelle. In dem kleinen Raum, nicht viel größer als eine Abstellkammer, befanden sich ein großer Spiegel, ein Schrank für die Messgewänder und eine Kommode für Kerzen und Weihrauch. Auf der Kommode standen noch die Gerätschaften von der Morgenmesse. Petrus öffnete vorsichtig das Weihrauchfass: Die Körner waren völlig verbrannt, nur etwas hellgraue Asche lag in dem silbernen Gefäß. Mit einem Löffelchen, das sonst zum Einfüllen des Weihrauchs diente, bestäubte der Papst das Trinkglas des Professore, blies zu dick geratene Ascheschichten ab – und betrachtete erfreut die klar und deutlich hervortretenden Fingerabdrücke.

Dann öffnete er leise die Tür zu seinem Arbeitszimmer. Aus einer Schublade zog er Tesafilm, schnitt einen Streifen ab und legte ihn vorsichtig auf die feinen Linien. Behutsam löste er ihn wieder ab, drückte ihn auf einen Notizzettel, vermerkte das Datum und steckte das Papier in einen Briefumschlag.

Auf den Umschlag schrieb er: «Commissario Brunelli – Hauptquartier der römischen Kriminalpolizei – dringend!»

VII

Im Licht der Fackel sah Francesco eine kleine, roh in den Fels gehauene Kammer. Die Decke war so niedrig, dass er leicht gebückt gehen musste; in die Wände hatte man Nischen geschlagen – übereinandergestapelt wie Stockbetten. Sie waren gerade so lang, dass ein menschlicher Körper dort Platz hatte.

«Dein Schlafplatz, Francesco. Eine Grabnische aus dem 2. Jahrhundert. Du bist den Märtyrern hier ganz nahe.»

Der Prior blickte ihn an: herablassend, aber nicht unfreundlich. Seine Hände waren schlank und sehr gepflegt – wie Giulia es vorhergesagt hatte. Er trug noch immer seine Sonnenbrille und kontrollierte, indem er sanft mit den Fingerspitzen über die Bügel strich, ihren Sitz. Sein Italienisch hatte einen starken Akzent, den Francesco nicht erkannte. Im Auto hatte er sich als James vorgestellt.

«Ein stiller, meditativer Ort, nicht wahr?» James lockerte das Stroh in der Grabnische, während Francesco seine Habseligkeiten auspackte – die Heilige Schrift, Waschzeug, einen Ersatzhabit. «Du wirst die sogenannte Zivilisation hier bald vergessen: all die Annehmlichkeiten, die das Leben angeblich leichter machen – die aber eigentlich nur dazu führen, dass man träge und bequem wird. Hier, dieses Gitter solltest du übrigens nachts vor deine Schlafnische klappen. Wegen der Ratten. Sie finden wenig Nahrung hier unten und reagieren oft etwas … aggressiv, wenn sie auf ein lebendiges Wesen treffen.»

«Außer mir wohnt niemand in dieser Kammer?»

«Unsere Mönche schlafen immer allein», erläuterte der Prior. «In der Isolation finden sie leichter zu Gott. Die Gegeißelten sind eine äußerst strenge Gemeinschaft, wie du weißt.»

«Gerade deshalb bin ich gekommen.»

«Man sollte genau wissen, warum man hierherkommt. Von wem hast du eigentlich den Hinweis auf unsere Bruderschaft?»

«Nun ... ich ...»

«Du möchtest nicht darüber reden, ich verstehe. Weil du niemandem schaden willst. Es ist dein gutes Recht, über dein früheres Leben wenig zu erzählen. Viele hier halten es genauso. Aber du kannst mir gegenüber ganz offen sein. Wenn ich deinen Weg kenne, finde ich leichter den richtigen Platz für dich in der Bruderschaft.»

«Ich danke Ihnen.»

«Du bist Franziskaner, wie ich sehe?» Der Prior musterte Francescos Habit.

«Das ist richtig.»

«Es kommt häufiger vor, dass sich Mönche für unsere Bruderschaft interessieren. Weil wir konsequenter sind als die meisten Orden. Wir sind für jeden offen. Es darf auch jeder seine Ordenstracht tragen. Leider sehen es die Äbte der meisten Orden nicht gerne, wenn ihre Mönche sich bei uns aufhalten. Du wirst dich eines Tages entscheiden müssen. Bis dahin bist du uns herzlich willkommen.»

«Ich lebe nicht im Kloster, sondern im Vatikan. Ich arbeite dort in der ... Verwaltung. Gerade habe ich Urlaub und wollte mir die Bruderschaft ansehen.»

«Ich verstehe. Nun, wenn du dich etwas eingerichtet hast, möchte ich dir gerne das Kloster zeigen», sagte James.

Sie gingen, jeder eine Fackel in der Hand, durch das verwirrende Labyrinth aus Gängen, die sich manchmal zu größeren Hallen weiteten, manchmal zu kaum betretbaren Kammern verengten. James schritt voraus, Francesco hinterher, eingeschüchtert von der strengen Erscheinung des Priors und seinem unterkühlten Tonfall. Schon der weißgekleidete, schweigende Wächter am Eingang der Grabanlage hatte ihn frösteln lassen. Links und rechts öffneten sich Grabkammern, jede mit einem großen Gittertor verschlossen. Manchmal sahen sie schwarzgekleidete Gestalten, wie Schatten in ihren Kapuzenmänteln.

«Zurzeit leben etwa fünfzig Brüder in den Katakomben», sagte James. «Die Bruderschaft der Gegeißelten folgt einer besonderen Regel: Viele Brüder – es sind ungefähr zwei Drittel – gehen normalen bürgerlichen Berufen nach. Sie sind Laien, keine Geistlichen, und leben nur im Urlaub in der Bruderschaft. Manche auch am Wochenende, wenn sie in der Nähe wohnen. Wir haben viele mächtige, bekannte Persönlichkeiten in unseren Reihen. Natürlich sind auch unsere Laienbrüder unverheiratet und befolgen außerhalb des Klosters unsere strengen Vorschriften. Hier im Kloster tragen sie Mönchskleidung, so wie ich – außerhalb nicht. Ein Drittel der Brüder sind Priester. Nicht wenige von ihnen arbeiten übrigens im Vatikan.»

Der Prior öffnete eine Gittertür.

«Hier ist unser Duschraum. Eigentlich unnötiger

Luxus; die meisten Brüder waren dagegen. Aber dann haben wir uns doch dazu entschlossen – aus hygienischen Gründen.» Er zog an der Schnur: Der rostige Eimer unter der Decke neigte sich zur Seite, rotbraunes Wasser ergoss sich über den Boden. «Es ist Regenwasser. Wir leiten es durch die oberen Gräber hier hinunter. Als Badezimmer ist so ein Grab natürlich nicht geeignet.»

«Es wird schon gehen. In meinem früheren Kloster waren wir auch nicht gerade verwöhnt», sagte Francesco und blickte nachdenklich auf den fingerdicken Wurm, der langsam die Wand emporkroch.

Sie verließen den muffigen Raum. Francesco wusste längst nicht mehr, wo er war: Die Gänge mit Mönchszellen sahen alle ähnlich aus. Der Prior zeigte ihm den Essraum (ein langer, schmaler Holztisch mit roh zusammengezimmerten Bänken), die Toiletten (ein Raum mit Eimern, die regelmäßig hinauf zur Oberfläche getragen wurden) und einen hellerleuchteten, in den Felsen gehauenen Flur – den Zugang zur Rotunde des Meisters.

«Don Alvarez ...», Francesco zögerte. «Wann werde ich ihn kennenlernen?»

«Der Meister befasst sich kaum mit den alltäglichen Geschicken der Bruderschaft. Er ist unser spiritueller Führer, unser Vorbild. Er betet für uns, und an hohen Festtagen hält er die Predigt. Persönlich wirst du ihn wohl nie kennenlernen.»

«Aber wer entscheidet dann über meine endgültige Aufnahme in die Bruderschaft?»

«Der innere Kreis. Eine kleine Gruppe von Mönchen, die den Meister unterstützen. Ich werde dem inneren

Kreis demnächst eine Empfehlung vorlegen. Üblicherweise folgt man mir.»

Der Prior musterte ihn aufmerksam, mit einem forschenden und intensiven Blick, den Francesco schwer deuten konnte.

«Es geht zunächst darum, dich näher kennenzulernen. Ich möchte erfahren, warum du zu uns gekommen bist. Viele suchen uns auf, weil sie im äußeren Leben in schwere Sünde gefallen sind. Sie wollen für ihre Schuld büßen. Wir Gegeißelte wissen, wie man sich durch körperliche Züchtigung reinigen kann. Bist du aus diesem Grund zu uns gekommen?»

«Nein. Ich meine, natürlich sind wir alle Sünder vor Gott, und es ist mein Wunsch, vor ihm Gnade zu finden. Aber deswegen bin ich nicht gekommen.»

«Andere fühlen sich von unserer Lebensweise angezogen.» James zögerte. «Sie vermuten hier ... eine besondere Form des brüderlichen Zusammenlebens.»

«Ich würde die Mönche des inneren Kreises sehr gerne kennenlernen.»

«Man wird sehen.»

An einer Tür ganz am Ende eines Ganges blieb der Prior schließlich stehen, bekreuzigte sich und öffnete sie.

Sie standen in einem großen, gekachelten Raum. An den Wänden hingen blutrünstige Märtyrerszenen: Schaudernd erkannte Francesco den heiligen Erasmus, dem mit einer Seilwinde die Gedärme aus dem Leib gezogen wurden; neben ihm hing eine Darstellung des heiligen Dionysius, der auf einem Tablett seinen Kopf trug, den man ihm eben abgeschlagen hatte. In der Mitte stand ein

Gestell mit Geißeln verschiedenster Art und Größe, daneben eine große Liege aus Metall, an der Arm- und Fußfesseln angebracht waren.

«Unsere Streckbank», sagte James. «Eine Neuanschaffung, wir haben sie erst seit kurzem. Sie war nicht billig. Unsere Brüder, die in Sünde leben und diesen Raum gerne und oft aufsuchen, versprechen sich viel davon: Man kann sie allein nutzen, während man für Geißelungen kräftiger Art einen Helfer benötigt. Hinter der Glasscheibe dort hinten ist übrigens unsere Krankenstation. Die Brüder übertreiben es manchmal ein wenig, und darum ist es gut, wenn ein Chirurg in der Nähe ist.»

Er nahm eine Peitsche aus dem Gestell. «Diese hier ist lang genug für dich. Mit kürzeren kann man den unteren Rückenbereich nur sehr schlecht behandeln. Den Bußgürtel bekommst du nebenan in der Kleiderkammer, Pflaster und Wundsalbe in der Krankenstation. Ich werde dich dann in deine Zelle zurückführen und einschließen, damit du die nötige Ruhe für deine Übungen findest.»

Wieder dieser seltsame Blick.

«Ich werde dir für die ersten Tage hier in der Bruderschaft einen Begleiter schicken. Du wirst ihn nötig haben.»

VIII

Der Beichtstuhl war aus dunklem Holz, groß und viel zu wuchtig für die kleine Kapelle. Er saß im völligen Dunkeln wie in einer Höhle. Er wartete, dass sie kommen würden, seine Verbündeten, seine Brüder im Geiste. Er musste sie um sich scharen, jetzt, in der Zeit des Wartens. Er musste sich versichern, dass sie bei ihm waren, dass sie an seiner Seite kämpfen würden, wenn es so weit war. Er musste Petrus isolieren, im inneren wie im äußeren Kreis des Vatikans …

Draußen zog jemand den Vorhang zur Seite.

«Auge um Auge, Zahn um Zahn», sagte eine Stimme.

«Die Rache ist bei Gott, nicht bei den Menschen», antwortete er.

«Auch ich will Gottes Werkzeug sein.» Das waren die vereinbarten Worte.

«Ein Sünder ist gefallen», sagte er. «Der Engel Gottes hat ihn gestraft. Doch er lebt.»

«Gottes Wege sind unergründlich», antwortete der andere.

«Die weiße Taube ist erwacht.»

«Die Zeit der Heimsuchung ist gekommen, die Zeit der Vergeltung.»

«Wir sind die Jäger, die das kranke Vieh ausrotten sollen aus der Herde», sagte er.

«So sei es», kam die Antwort.

«Wenn du deinem Gott ein Gelübde tust, so sollst du nicht zögern, es zu bezahlen.»

«Ich werde nicht zögern.»

«Des Herrn Tag wird kommen, wie ein Dieb in der Nacht», sagte er.

«Darauf wollen wir hoffen und bauen.»

«Danket dem Herrn, denn er ist gütig.»

«Sein Erbarmen währt ewig.»

«So gehet hin in Frieden.»

Als die Schritte verklungen waren, erhob er sich und öffnete die schwere Tür.

Dreimal hatte er heute Nachmittag die Beichte abgenommen. Dreimal hatte er die Absolution erteilt. Und das war noch nicht alles. Weitere würden kommen. Sie würden ganz sicher kommen. Und sie alle würden ihm folgen. Er war nicht allein.

Staub wirbelte auf, als er auf die Straße hinaustrat. In der Ferne glänzten die Pflastersteine der Via Appia Antica. Alles war bereit.

IX

Giulia lümmelte in der Lobby des Cavalieri Hilton und musterte die Teilnehmer des ‹Interreligiösen Forums für göttlichen Reichtum›: Turbanträger aus Indien, buddhistische Mönche in bunten Farben, Scheichs in weißen und katholische Geistliche in schwarzen Gewändern. Es war Kaffeepause; die bunte Menge wogte durch die Halle. Die exotische Versammlung war eine Abwechslung zu den Versammlungen im Vatikan, wo meist Schwarz dominierte, aufgelockert nur durch etwas Purpur. Dennoch waren Giulia die Ziele dieser frommen Veranstaltung nicht ganz geheuer. Misstrauisch beobachtete sie Bischof Saldi, der eifrig von einer Gruppe zur anderen huschte, und sah sich die Notizen zur Pressekonferenz durch, die gleich beginnen sollte.

«Wenn du noch länger herumträumst, kommst du zu spät zur Vorlesung.»

Sie drehte sich um. Vor ihr stand ein Araber in bodenlangem, traditionellem Kleid mit Kopftuch. Ein Dreitagebart zog sich über sein braungebranntes Gesicht. Er hatte große, dunkle Augen. Und er lächelte.

«Oxford?» Giulia durchforstete ihr Männer-Archiv nach gutaussehenden Arabern mit bodenlangen Gewändern. Viele waren es nicht.

«Harvard. Erinnerst du dich an die Vorlesung ‹Mystik des Islams› bei Miller? Du kamst zehn Minuten zu spät, und zur Strafe hat er dich die Gesänge des Hadid übersetzen lassen.»

«Dabei sprach er ein ganz grauenhaftes Arabisch. Arabisch mit Ostküsten-Akzent. Wirkte besonders peinlich, wenn er aus dem Koran vorlas. Der Prophet hätte ihn sofort zur Steinigung freigegeben.»

«Du hast ein merkwürdiges Bild vom Propheten, Giulia. Trotz Studiums der Religionswissenschaften und der Arabistik. Sobald der Prophet jemanden trifft, der kein Supermuslim mit perfekten Arabisch-Kenntnissen ist, sucht er sich ein Säckchen Steine zusammen und sorgt für klare Verhältnisse?»

«Bevor es hier zu einem interkulturellen Konflikt kommt: Wer bist du eigentlich? Sorry, aber ich kann mich nicht mehr erinnern. Hattest du damals auch schon das Wüstenprinz-Outfit an?»

«Die Kufija – aber das weißt du natürlich – ist die traditionelle Kopfbedeckung im Land meiner Väter. Damals trug ich die traditionelle Tracht des amerikanischen Studenten: T-Shirt und Jeans. Das T-Shirt eher ungewaschen, mit Antikriegsparolen drauf, die Jeans ausgefranst. Haare lang. Linke Hand Cola-Flasche, rechte Hand Ghettoblaster mit Bruce-Springsteen-Kassette.»

«So wie alle.»

«Ich wollte die Kultur des Westens kennenlernen. Die Amerikaner waren unsere Erzfeinde. Ich sagte zu meinem Vater: Lass mich in den Westen gehen und die Erzfeinde studieren. Vielleicht sind sie wirklich böse, dann weiß ich hinterher, wie man sie besiegen kann. Vielleicht sind sie gar nicht so schlimm, dann weiß ich, wie man mit ihnen auskommen kann. Es gab etwas Ärger, aber schließlich hat er mich gelassen. In Harvard habe ich dann vor allem ‹westliche Kultur› studiert. Das gab es zwar nicht als Studienfach, aber im Selbststudium ging es auch: Was essen sie? Wie schlafen sie? Wie reden sie? Ich habe alles selbst ausprobiert. Ein Selbstversuch in vier Semestern.»

«Und? Wie sind wir?»

«Ich mag euch. Ihr tut mir leid, aber im Grunde seid ihr nett.»

Giulia durchforstete ihr Männer-Archiv nach den Suchkriterien ‹Merkwürdiger Araber mit T-Shirt in Harvard›.

«Moment! Ich glaub es nicht. Du bist …»

«Genau. Ich bin der durchgeknallte Araber, der auf Ami machte.»

«Du wolltest immer diskutieren. Warum die Amerikaner so viele Kriege führen. Warum der Kapitalismus so oberflächlich ist. Warum Amerikanerinnen Sex vor der Ehe haben. Und wenn dir die Argumente ausgingen, hast du deinen Teppich ausgerollt und dich nach Mekka gewandt. Sehr unamerikanisch, übrigens.»

«Mir gingen die Argumente nie aus.»

«Und nach vier Semestern Harvard hast du dein Kamel gesattelt und bist zurück ins Morgenland getrabt – als ob nichts gewesen wäre.»

Giulia merkte, dass sie zu weit gegangen war. «Entschuldige. War nicht so gemeint. Aber im Ernst: Was machst du auf dem ‹Forum für göttlichen Reichtum›? Bist du als Dolmetscher hier?»

«Ich bin als Vertreter der Arabischen Halbinsel hier.»

«Vertreter der Arabischen Halbinsel ist doch ein Scheich ... Augenblick mal: *Du* bist ein arabischer Scheich? Und warst es damals auch schon? Und veranstaltest jetzt diese Konferenz?!»

«Prinz Abdullah Abu l-Husn bin Djabbar Al-Udhri. Das ist die Kurzform, für den ganzen Namen müssten wir uns mal einen Nachmittag Zeit nehmen. Mir gehört die rechte untere Ecke.»

«Wovon?»

«Von der Arabischen Halbinsel. Zumindest ein Teil der rechten unteren Ecke. Aber es reicht für die Familie.»

«Mit Öl oder ohne Öl?»

«Mit Öl. Wenn du mal ein Fässchen brauchst: Ruf mich an.»

«Ich habe mit einem Ölscheich studiert. Mit einem

Ölscheich, der eine seltsame Mischung aus linken Politparolen und islamischer Mystik verbreitet hat. Bist du wenigstens reich? Oder hat dich der Clanchef enterbt nach deinem Harvard-Ausflug?»

«Nummer siebzehn. Ich bin Nummer siebzehn.»

«Wovon?»

«Nummer siebzehn der reichsten Männer der Erde. Stand kürzlich im Economist. Um ehrlich zu sein: Ich weiß es nicht genau. Letztlich ist es mir auch egal. Übrigens bin ich selbst der Clanchef.»

«Du bist auf Platz siebzehn von sechs Milliarden?»

«Sechzehn Plätze hinter Bill Gates. Und ich weiß genau, was du jetzt denkst: Hat er einen Privat-Jumbo? Sind die Wasserhähne aus echtem Gold? Hat er einen Harem mit fünfhundert samtäugigen Scheherazaden? Wie viele Rolls-Royce stehen in seiner Garage? Weißt du, was ich nicht leiden kann an euch Menschen im Westen? Euren widerlichen, plumpen Materialismus.»

«Und?»

«Was meinst du mit ‹und›?»

«Hast du einen Jumbo? Sind die Wasserhähne aus echtem Gold?»

«Genau das meine ich! Also: Ich habe einen Jumbo. Die Wasserhähne sind aus Gold. Ich habe keinen Harem. Ich habe keinen Rolls-Royce.»

«Keinen Rolls-Royce?»

«Keinen. Als ich in der Pubertät war, habe ich mal zehn Ferraris gekauft. Aus Liebeskummer, um mich zu trösten. Eine Jugendsünde. Ich hab sie später den Gärtnern geschenkt. Bist du jetzt zufrieden?»

«Weißt du, was ich nicht leiden kann an euch Wüstenprinzen? Ihr sitzt auf einem Riesenhaufen Geld, schaut auf uns arme Schlucker herab und bedauert uns: weil wir so materialistisch sind. Weil wir so hinter dem Geld her sind. Als Nummer siebzehn wäre ich auch nicht mehr materialistisch. Da fiele für meinen Gärtner auch mal der eine oder andere Ferrari ab. Jedenfalls, solange es schwarz aus dem Wüstensand blubbert.»

«Wir sind schon lange nicht mehr vom Öl abhängig, Giulia. Jeder dort unten weiß, dass das Ölzeitalter zu Ende geht. Wir suchen nach neuen Geschäftsfeldern. Darum bin ich übrigens hier.»

«Ferraris werden in Mailand hergestellt, nicht in Rom.»

«Ich möchte keinen Ferrari kaufen.»

«Sondern?»

«Ich möchte die katholische Kirche kaufen. Und ich möchte mit dir essen gehen. Wie wäre es mit morgen Abend? Ich lade dich ein ins Cavalieri Hilton.»

«Nicht mal den Fußabstreifer von Sankt Peter werden wir dir verkaufen. Und im Cavalieri Hilton werde ich Schweineschnitzel bestellen, wenn du nicht mit deinem hochnäsigen Wüstenprinz-Getue aufhörst.»

X

Das Forum Romanum klebte als vergilbte Fototapete hinter der Antipasti-Vitrine. Die Wände waren bis zur Decke geschmückt mit Mannschaftsfotos, Vereinswimpeln und Autogrammkarten aus vielen Jahrzehnten: In der Pizzeria da Luigi war die Zeit stehengeblieben. In der Küche schimpfte Luigis Gattin, der Padrone selbst tänzelte zwischen den Tischen, schenkte aus Literflaschen Rotwein nach und blickte nahezu im Sekundentakt zu dem großen Fernseher, der in der Ecke an der Wand hing. Dort erläuterte eben der britische Trainer, warum sein Team ganz sicher ins Finale einziehen werde.

Alle waren da: Renzo Litrico, der pensionierte Carabiniere. Luca Moreni, der einen Fischstand in den Markthallen betrieb. Sein Bruder Carlo, Ingenieur bei der Staatseisenbahn. Und Fabio Remi, der es zu etwas gebracht hatte: Er war Vorstand einer Bank und trug Uhren, die alle anderen nur als Imitate an den Verkaufsständen der illegalen Händler kannten. Außerdem Alessandro Michele, der Klempner, den man in Rom einfach kennen *musste,* um den Alltag zu überleben. Und Fabio, der Maler, einer der wenigen, die noch in Trastevere lebten. Er sei steinreich und mime nur den armen Künstler, weil es gut für das Geschäft sei, behaupteten manche; andere sagten, dass es in sein Atelier hineinregnete.

Mitten unter ihnen saß Petrus. Er hatte es zum Papst gebracht – eine immerhin respektable Karriere. Andernorts wäre er aufgefallen, hier aber ging es nicht um Stand und Einkommen, um Herkunft und Religion – es ging um Höheres:

Um den Calcio. Den Fußball. Und um die Ehre der Nation.

Petrus trug eine schlichte Soutane. Neben ihm hatte Giovanni Frascati Platz genommen, sein ehemaliger Mannschaftskamerad in Straßenfußballschlachten.

Petrus war zwei Klassen über Giovanni gewesen und hatte ihn beschützt, wenn die Moreni-Brüder den schmächtigen Brillenträger wieder einmal verprügeln wollten. Später war Giovanni Arzt geworden, und Petrus war noch als Pfarrer einige Male in seiner Praxis gewesen. Frascati galt als großes Talent, er veröffentlichte in wissenschaftlichen Zeitschriften und hatte sich vor allem in der Anästhesie einen Namen gemacht. Trotzdem war seine Berufung als Chefarzt an die Gemelli-Klinik vor drei Jahren überraschend gekommen. Giovanni, hatte Petrus damals gesagt, es kann gut sein, dass ich mein Amt nicht überleben werde. Wenn sie mich in die Gemelli-Klinik stecken, möchte ich einen Römer um mich haben, jemanden, der etwas von Fußball versteht und in der Frage, ob man für Lazio oder AS Rom eintritt, einen vernünftigen Standpunkt einnimmt. Ich denke, du wärst der richtige Mann für diese Position.

Als Rotondo in die Klinik eingeliefert wurde, hatten sie sich zum ersten Mal wiedergesehen. Frascati kannte Rotondo noch von früher, als dieser Pfarrer in Santa Maria di Trastevere gewesen war. Und Frascati hatte ihn auch heute, nach seinem abendlichen Besuch bei Rotondo, mit hierher in die vertraute Umgebung der Kindheit genommen. Der Kardinal lag inzwischen im künstlichen Koma, die Chancen für ihn standen «fünfzig-fünfzig», wie Giovanni ihm sagte. «Aber er hätte auf jeden Fall gewollt, dass wir dieses Fußballspiel sehen. Er wäre selbst dabei gewesen. Und jetzt müssen wir für ihn die Stellung halten.»

In der kleinen Pizzeria herrschte dichtes Gedränge, alle Tische waren besetzt. An der Bar, entlang der Wände und am Eingang zur Küche standen Männer und diskutierten die Thesen des englischen Trainers.

Die italienische Nationalhymne. Wer saß, erhob sich. Die Zeichen standen nicht gut: Ferronetti blieb verletzt, stattdessen spielte Celesti, ein Jungstar, den noch kaum einer kannte. Die Kamera zeigte erbarmungslos, dass sein Bartflaum erst sehr zart zu sprießen begann. Wie viele Länderspiele waren es noch gleich, die er schon bestritten hatte? Madonna mia, was sollte das nur werden …

In diesem Augenblick der höchsten Konzentration kam ein Mann zur Tür herein, der ganz offensichtlich nicht dazugehörte. Er drängelte sich durch die stehenden Gäste, entschuldigte sich umständlich, stieß ein Bierglas um, was zu allgemeinem Unmut führte, und erreichte schließlich den Tisch des Papstes.

«Commissario Brunelli! Was, um Himmels willen, machen Sie hier?»

«Ich möchte mit Ihnen reden. Über die Fingerabdrücke. Und über das Blut.»

Die italienische Hymne war zu Ende. Geschrei, Getrampel, Geklatsche erfüllten die Pizzeria.

«Wie haben Sie mich gefunden?»

«Ihre Haushälterin war so freundlich, mir einen Hinweis zu geben. Eigentlich will er ja nicht gestört werden, hat sie gesagt. Aber wenn es um wichtige polizeiliche Ermittlungen geht, wird er das Fußballspiel sicherlich gerne unterbrechen.»

«Unsinn.» Petrus brummte unwillig: Immaculata hatte ihn ausfindig gemacht. Und gleich einen besonders infamen Versuch unternommen, ihn vom Fußballschauen abzuhalten.

«Warum sitzen Sie eigentlich nicht auch mit ein paar Freunden zusammen, um dieses Spiel anzusehen, Commissario?»

Tiefe Falten zeigten sich auf der Stirn des traurigen Commissario. «Mein Chef hat es verboten. Wir sollen erst eine heiße Spur liefern, hat er zu meinem Team gesagt. Dann können wir uns wieder mit den schönen Seiten des Lebens befassen.»

«Ihr Chef ist ein Sadist.»

Brunelli nickte traurig. Die englische Hymne war vorüber; die Spieler liefen auf ihre Positionen.

«Wie wird das Spiel ausgehen, Commissario?»

«Wir haben keine Chance.»

«Mit dieser Einstellung hätte Jesus gar nicht erst antreten müssen, damals, in Gethsemane.»

«Die Sache ging ja auch prompt schlecht aus.»

«Die Kreuzigung war nur der Halbzeitstand, Commissario. Mit dem Schlusspfiff ist er auferstanden.»

«Würden Sie mir nun meine Fragen beantworten, Heiliger Vater?»

«Commissario! In wenigen Augenblicken beginnt das Spiel. Ich werde folglich nicht in der Lage sein, mich mit Ihnen zu unterhalten. Sie können aber, falls ich Ihre heiße Spur bin, gerne bis zur Halbzeitpause hier warten. Oder bis zum Schlusspfiff. Währenddessen können Sie ein Bier trinken. Notgedrungen müssen Sie dabei das Spiel betrachten. Sie können natürlich auch zur Wand schauen, falls Sie Angst vor Ihrem Chef haben.»

Der Commissario nickte dankbar und winkte Luigi. Dann begann das Spiel. Die englischen Spieler sahen alle gleich aus, fand Petrus: blond, hellhäutig, rotgesichtig und drahtig. Wie eine einzige Welle rollten sie wieder und wieder in den italienischen Strafraum. Halbzeitpfiff. Sofort setzte lautes Stimmengewirr ein; die Männer analysierten das Spiel.

«Sie wollten mich etwas fragen, Commissario.»

«Kürzlich haben Sie mir Fingerabdrücke geschickt. Sie sind identisch mit denjenigen, die wir auf dem Schraubenzieher in Santa Maria del Fiore gefunden haben. Woher haben Sie die Abdrücke?»

«Ich bin mir noch nicht sicher, ob ich Ihnen das sagen möchte. Sie haben vorhin von Blut gesprochen. Was hat es damit auf sich?»

«Sie wissen genau, was ich meine: Gestern sind Sie zu mir ins Kommissariat gekommen. An Ihren Händen und an den Ärmeln Ihrer Soutane waren Blutspuren.»

«So ist es», sagte Petrus freundlich. «Sie stammen von einem Mönch, den ich kürzlich besuchte.»

«Sie kamen ins Kommissariat und haben darum gebeten, das Blut zu untersuchen. Wenn Sie nicht der Papst wären – ich ... ich hätte Sie dabehalten müssen. Nun, wir haben also das Blut untersucht – und es wird Sie nicht überraschen, was wir herausgefunden haben.»

«Es ist identisch mit der blutigen Schrift auf dem Altartuch.»

«Richtig. Doch der Fingerabdruck und die Blutflecken – das ist nicht nur eine heiße Spur, das sind gleich zwei. Ich würde Ihnen gerne folgen, Heiliger Vater.»

«Ich komme gleich wieder.» Schnaufend erhob sich Petrus und ging zur Toilette. Als er wiederkam, begann die zweite Halbzeit.

Abgekämpfte, müde Italiener; wuchtige, breitschultrige Engländer: dasselbe Bild wie in der ersten Halbzeit. Immerhin gab es Möglichkeiten zum Konter, vorgetragen meist von Celesti. Gerne zeigte das Fernsehen den Jungstar in Großaufnahme: schwarze lange Haare, ein klassisches Profil. Da! Wieder rannte er auf den gegnerischen Strafraum zu, den Ball eng am Fuß, als er plötzlich sein Gesicht in grauenhaftem Schmerz verzog, aufschrie und stürzte – nein, nicht stürzte, er flog, ein azurblauer Vogel, weit durch die Luft und hinein in den englischen Strafraum, wo er sich mehrmals überschlug und dann liegen blieb, in verzweifeltem Schmerz sein Bein umklammernd.

Ein vielstimmiger, wütender Schrei gellte durch Luigis Pizzeria, durch die Stadt Rom, über die ganze Halbinsel; sicherlich war er noch in Afrika zu hören als fernes Echo. Es konnte nur eine Antwort geben auf dieses hässliche Attentat – und der Schiedsrichter kannte sie: Er griff zur Pfeife und zeigte auf den Elfmeterpunkt.

«Niemals», sagte der Commissario mit Würde, «niemals war das ein Foul.»

Das Fernsehen wiederholte die Szene. Tatsächlich schien es so, als stünde der englische Verteidiger einige Meter hinter dem stürzenden Celesti, als blickte er irritiert auf den Vogel, der da plötzlich vor ihm ansetzte zum Flug.

«Man wird wohl», sagte Petrus, «nicht im engeren Sinne von einer Berührung sprechen können. Aber der Wille zum Foul war zweifellos vorhanden. Wie anders hätte der Brite ihn auch stoppen wollen? Im nächsten Augenblick hätte er das Bein ausgestreckt. Es ist wie beim Ehebruch: Schon wer die Frau eines anderen begehrt, versündigt sich, sagt Jesus. Es muss noch gar nichts passiert sein. Der Schiedsrichter handelt völlig korrekt.»

Erneut pflanzte sich ein Schrei fort über das Mittelmeer, euphorischer Torjubel diesmal – und von da an verriegelten zehn Italiener ihren Strafraum derart, dass kein Engländer ihn auch nur betreten konnte.

«Ich habe nachgedacht», sagte Petrus nach dem Schlusspfiff. «Ich möchte Ihnen nicht sagen, woher das Blut stammt und von wem die Fingerabdrücke. Es ist noch zu früh. Aber Sie können Ihrem Chef trotzdem sagen, dass Sie zwei heiße Spuren haben. Und ich versichere Ihnen: Dabei wird es nicht bleiben.»

Dritter Tag

I

Es war finster.

Eine Schwärze, so vollkommen, wie Francesco sie noch nie erlebt hatte. Kein Schemen – nichts zeichnete sich in seiner Zelle ab. Die Frühmesse war schon vorbei: ein mystischer Singsang vermummter Gestalten in einem kahlen, aus rohem Stein gemeißelten Raum. In der Ferne hatte er Don Alvarez gesehen, der dem Gesang mit eigentümlich wiegenden Bewegungen lauschte.

Die Beklemmung, die Enge in den Katakomben war ihm schon nach diesen wenigen Stunden körperlich fast unerträglich. Wie hielten die Mitglieder das nur aus, wieso krochen sie *freiwillig* mehrmals im Jahr in diese düsteren Löcher? Francesco richtete sich auf, stieß mit dem Kopf gegen die niedrige Decke seiner Grabnische und krabbelte mühsam heraus. Er tastete nach seinen Sandalen und zog den Strick um seinen Habit straff. In der Seitentasche spürte er das Handy, nahm es heraus und schaltete es an, um zu überprüfen, was ihm schon vor Stunden aufgefallen war: Immer noch hatte er, obwohl tief unter der Erde, Empfang. Ein Rätsel – doch ungeheuer beruhigend. Schnell schaltete er das Handy, um den Akku zu schonen, wieder aus und tastete sich im Dunkeln weiter vorwärts, entlang der feuchten Zellenwand, bis er das kalte Metall eines Gitters fühlte: die Zellentür. Langsam schob er sie auf.

Wie nie zuvor sehnte er sich nach der Ruhe des Gebets. In den grünen Tälern Umbriens war alles so klar und richtig gewesen. Er kannte seinen Platz, wusste um seine Aufgaben und fand seinen Frieden: bei Gott – in der kleinen Kirche ihrer Einsiedelei. Hier dagegen schien ihm alles düster und verwirrend; die Ordnung seiner Welt war zerbrochen, und zwischen den Scherben seines alten Lebens lagen neue, schillernde Bruchstücke, die nicht passen wollten zum alten Gefäß. Da war das Wissen, tief unter der Erde begraben zu sein, in einem verzweigten System düsterer Gänge. Da war ein Prior, dessen Fingernägel glänzten; eine teure Sonnenbrille steckte in seinem Haar. Da waren Foltergeräte und Peitschen, täglich benutzt von Menschen, die hier unten hausten, um ihre Sündenlast abzuarbeiten – würden sie ihre Schuld doch bloß in einem Krankenhaus oder einem Waisenhaus abtragen, dachte Francesco.

Auf dem Gang brannten Fackeln in rostigen Halterungen. Die Katakombe war ein Labyrinth, aber mit etwas Glück würde er die Kapelle wiederfinden. Er würde sich Gott anvertrauen in dieser dunklen Stunde, würde gestärkt die Aufgabe zu Ende bringen, die Petrus ihm zugedacht hatte. Tastend folgte er den feuchten Felswänden, immer bemüht, nicht an den scharfen Kanten und Vorsprüngen hängen zu bleiben.

Noch einmal um die Ecke, dann den langen Gang entlang, und er hatte die Tür zum Andachtsraum erreicht. In der abgesägten Schädeldecke eines Märtyrers schimmerte das Weihwasser. Memento mori. Francesco fröstelte, tupfte sich ein Kreuz auf die Stirn und trat ein. Es musste die frühen Christen viel Mühe gekostet haben, diesen großen Raum aus dem Gestein zu schlagen. Jede Generation hatte die Kirche ein wenig erweitert, zwei schmucklose Säulen waren eingezogen. In einer Nische entdeckte Francesco sogar einen Altar, der ihm beim nächtlichen Gottesdienst nicht aufgefallen war. Wenige Kerzen erleuchteten eine große Statue aus Holz: der heilige Sebastian, an einen Stamm gefesselt. In seinem Körper steckten zwei Pfeile, die Wunden unterhalb des Herzens und am rechten Oberschenkel bluteten.

Francesco kniete sich auf den Steinboden nieder, senkte den Kopf und begann zu beten: einen schmerzensreichen Rosenkranz, ein Bittgebet, noch einen Rosenkranz. Es fiel ihm schwer, sich zu konzentrieren; stockend glitten die Perlen durch seine Finger. Er hatte sie selbst geschnitzt, aus dem Holz des alten Olivenbaums neben seinem Kloster, hatte den Ast geteilt, die Kugeln herausgeschnitten und mit rauem Papier glatt und rund geschmirgelt. Wenn er sie in den Händen hielt, fühlte er sich verbunden mit seinem alten Leben. Und getröstet in der Zwiesprache mit Gott. So war es auch jetzt. Nach einigen Gebeten wurde er ruhiger, und als er schließlich aufstand, fühlte er sich zwar steif und durchgefroren, aber wieder mit sich selbst im Reinen.

Als er sich gerade zurücktasten wollte, hörte er

Schritte. Zwei Mönche glitten durch den Raum wie Schatten. Offensichtlich hatten sie ihn nicht gesehen, denn er stand hinter einer der Säulen fast verborgen. Sie näherten sich dem heiligen Sebastian, doch statt vor dem Andachtsbild niederzuknien, berührte der eine mit schnellem, geübtem Griff die Pfeile, die aus Brust und Oberschenkel ragten. Nach einem kurzen Moment der Stille hörte Francesco ein leises, mechanisches Klicken. Dann öffnete sich die Felswand hinter der Figur und gab den Blick in einen hohen, hellerleuchteten Raum frei. Die beiden Mönche verschwanden im Licht, der Durchlass verschloss sich wieder. Francesco blieb allein zurück und mit ihm der heilige Sebastian, der ihn mit schmerzerfüllten Augen ansah.

11

«Wenn Sie den Messkelch direkt vors Gesicht halten, kann man Sie nicht sehen.»

Giulia schob den schweren Goldkelch etwas nach unten.

«So ist es besser. Genau so. Jetzt müssten Sie noch den Gesichtsausdruck verändern. Etwas mehr Feierlichkeit, bitte. Etwas mehr Würde. Dieses Mürrische muss ganz weg. Sie werden bei einer Heiligsprechung sein und nicht beim Zahnarzt. Ja, schon besser.»

Sie standen vor dem wuchtigen, golden gerahmten Wandspiegel im Schlafzimmer des Papstes. Petrus trug ein üppig besticktes Messgewand, hielt einen reichgeschmückten Kelch vor sich und übte mit Giulia für die Heiligsprechung.

«Gott sei Dank warst du noch nicht geboren, als Jesus gekreuzigt wurde.» Petrus musterte sich missmutig im Spiegel. «Du hättest sonst Palästina TV bestellt und dem armen Jesus Tipps gegeben: Wie muss ich den Kopf halten, damit mir die Blutstropfen möglichst effektvoll in den Bart rinnen? Damit die Schweißperlen im Abendsonnenschein funkeln. Etwas mehr Feierlichkeit, bitte. Etwas mehr Würde. Dieser Schmerz muss ganz weg. Sie sind bei einer Kreuzigung und nicht beim Zahnarzt.»

«Jesus hatte es einfach besser.» Ungerührt betrachtete Giulia ihren Chef und zupfte einige Gewandfalten glatt. «Mit Problemen wie der richtigen Kelchhaltung musste er sich nicht herumschlagen.»

«Natürlich nicht. Weil er keine Pressesprecherin hatte.» Petrus übte einen würdig-päpstlichen Blick und betrachtete das Ergebnis kritisch im Spiegel.

«Nein. Weil man keinen Kelch halten kann, wenn man gerade gekreuzigt wird.» Sie zupfte einige Falten am päpstlichen Messgewand zurecht und musterte zufrieden ihr Werk.

«Eine Kreuzigung ist sicherlich kein Vergnügen», sagte Petrus. «Aber ein Festgottesdienst bei glühender Hitze auf dem Petersplatz ist auch kein Spaß.»

«Sie können den Gottesdienst morgen ja in den Petersdom verlegen. Aber passen Sie auf, dass Ihnen kein Marmorengel auf den Kopf fällt.»

Petrus setzte sich auf sein Bett. «Hast du irgendetwas von Francesco gehört?»

«Nein.»

«Aber du scheinst beunruhigt zu sein?»

«Quatsch. Er wird sich schon durchschlagen.»

«Wir machen Fortschritte. Ich bin sehr gespannt, wie Francescos Erkenntnisse zu dem passen, was die Polizei – mit etwas Unterstützung von meiner Seite – herausgefunden hat.»

«Was hat die Polizei denn herausgefunden?»

«Nun, es gibt eine ganze Reihe von Verdächtigen.»

«Das ist nichts Neues. Da wäre zunächst Oscuro. Er hat mehr als eine Rechnung mit Rotondo offen. Und er will irgendwann Papst werden – was Rotondo zeitlebens verhindert hat. In Frage kommt Saldi: Er will endlich Geld verdienen mit der Kirche. Rotondo war immer gegen seine halbseidenen Geschäfte, das weiß er. Und Saldi braucht Märtyrer, um Rom wieder zum internationalen Wallfahrtszentrum zu machen. Ein Angriff auf das Mekka-Monopol. In Frage kommt außerdem Alvarez, der den Sündenpfuhl Vatikan trockenlegen will. Und schon mal mit Rotondo einen Anfang macht. Waren das alle potenziellen Täter?»

«Ich denke schon.»

«Und alle haben ein mehr oder weniger gutes Alibi – vermute ich.»

«So ist es. Am Vortag wurde in der Kirche geputzt. Der Messner und die Frauen aus der Gemeinde hätten die Falle bemerkt, wenn sie schon installiert gewesen wäre. Um 17 Uhr wurde die Kirche verschlossen. Irgendwann danach hat sich der Täter ans Werk gemacht. Alvarez war zwar in der Kirche, aber eingeschlossen in der Seitenkapelle. Saldi war beim Bankett des ‹Forums für göttlichen Reichtum›, und danach – nun ja. Oscuro war in seinem hochherrschaftlichen Palast, umgeben von Heerscharen von Bediensteten. Und weder Oscuro noch Saldi hatten einen Schlüssel. Doch da ist noch jemand, den wir nicht außer Acht lassen sollten. Immaculata hat mir gestern Abend unseren Commissario Brunelli vorbeigeschickt. Zu Luigi, wo ich gerade das Spiel sah – vermutlich, um mich vom Fußballschauen abzuhalten.» Petrus' Miene verfinsterte sich für einen kurzen Augenblick. «Jedenfalls hat er mir etwas Interessantes berichtet. Sie haben völlig überraschend herausgefunden, von wem die Fingerabdrücke auf dem Schraubenzieher in Santa Maria del Fiore stammen. Na, und was würdest du sagen?»

«Keine Ahnung.»

«Von Arturo Pinello, unserem geschätzten Professor für Kunstgeschichte. Er ist einer der profundesten Kenner christlicher Symbolik und Inszenierung.»

«Das macht mich sprachlos. Was hatte denn Pinello in der Kirche zu suchen?»

Giulia begann, im Zimmer herumzulaufen. «Als ich ihn mit Francesco besucht habe, hat er sich sehr zurückhaltend über Rotondo geäußert. Für einen kurzen Moment dachte ich sogar, dass er ihn nicht leiden kann – aber Rotondo ist ja aus verschiedenen Gründen», ein kurzer Blick zu Petrus, «nicht der Liebling des Vatikans. Als ich ihn darauf ansprach, sagte er allerdings etwas Merkwürdiges, in etwa: ‹Den Kardinal und mich verbindet ein besonderes Schicksal …›»

«Tatsächlich …» Petrus blickte sie aufmerksam an.

«Man könnte natürlich ein bisschen recherchieren, Vergangenheit, Jugendzeit, Aufstieg in den Vatikan, mögliche Begegnungen mit Rotondo ... um zu verstehen, was er damit meinte.»

«So ist es.» Petrus schien auf einmal glänzender Laune. Er hatte sich wieder in seine normale Soutane gezwängt, betrachtete sich im Wandspiegel und strich sich zufrieden über den Bauch. «Eine reizvolle Aufgabe. Da Francesco sich in die Katakomben zurückgezogen hat, bitte ich dich, dieser Sache nachzugehen. Vergangenheit, Jugendzeit – alles, was du genannt hast. Unser Professore Pinello verbirgt ein Geheimnis. Dieses Geheimnis musst du entdecken. Dann werden wir vieles klarer sehen.»

«Schön, dass Sie mir vertrauen. Hoffentlich gewöhnen Sie sich nicht zu sehr an mich. Sonst darf ich auch noch irgendwann jemanden für Sie um die Ecke bringen.»

«Man weiß nie, was noch passiert, Giulia.»

III

Giulia starrte schon eine ganze Weile auf ihren Bildschirm. Zuerst hatte sie sich mit einer Meldung über den Gesundheitszustand des Kardinals Salvatore Rotondo gequält: «Bisher keine Besserung. Die Ärzte hoffen weiter. Der Heilige Vater betet für seinen Vertrauten und Freund.» Nun beschäftigte sie sich mit einer Presseerklärung zum Abschluss der Fußballweltmeisterschaft. Der Text bereitete ihr Schwierigkeiten. Als Papst müsse er neutral sein, hatte ihr Petrus grummelnd erklärt. Dennoch solle ganz deutlich werden, dass nur Italien den Titel verdient habe. Und nicht irgendwelche anderen

Nationen, mochten dort noch so viele Christen oder gar Katholiken leben.

Giulia trank einen Schluck Wasser, massierte sich die Schläfen und tippte: «Das Herz des Heiligen Vaters schlägt für Italien. Doch gewinnen soll, so Papst Petrus II., derjenige, der mit sportlicher Fairness den schönsten Fußball spielt.» Im Geist sah sie die Pressekonferenz vor sich: hundertfünfzig feixende Journalisten, die ihr kein Wort glaubten.

Das Telefon. Gut, wenn es jemand war, der sie ablenken konnte. Schlecht, wenn es ihre Mutter war, die einen neuen Heiratskandidaten gefunden und ein Abendessen arrangiert hatte. Oder Petrus mit einem seiner Einfälle.

«Pronto?»

«Ein altes arabisches Sprichwort sagt: ‹Der Fremde ist blind, auch wenn er Augen hat.›»

Der Wüstenprinz. Der hatte ihr gerade noch gefehlt.

«Die Weisheit Arabiens ist so groß, wie die Wüste weit ist», sagte sie. «Doch was, Prinz Abdullah, möchtest du mir damit sagen? Verblendet ist mein Geist vom oberflächlichen Materialismus des Westens, und ich vermag den tieferen Sinn deiner Worte nicht zu erkennen.»

«Prinz Abdullah möchte dir sagen: Er ist fremd hier. Er hat Augen, aber er kann die Schönheit der Ewigen Stadt nicht erkennen, weil niemand sie ihm zeigt. Und darum wandelt er als Blinder durch die Straßen Roms.»

«Du möchtest einen Stadtbummel machen?»

«Mit dir. Zeige mir die Schönheiten Roms. Wir sind zwar heute Abend verabredet, aber jetzt ist Konferenzpause, und ich habe etwas Zeit.»

«Ich werde dir die Augen öffnen, Fremder. Wir treffen uns um 13 Uhr am Trevi-Brunnen. Weißt du, wo das ist?»

«Ich habe schon davon gehört.»

«Ich hatte es befürchtet. Aber um eines gleich klarzustellen: Ich bin nicht blond. Und du bist nicht Marcello Mastroianni. Bis nachher, Wüstenprinz.»

Giulia legte auf. Und ärgerte sich. Der Arbeitstag war durch dieses Treffen reichlich angeknackst. Andererseits brauchte sie dringend etwas Abwechslung von Mord und Totschlag. Und wenn sie schon auf dem Weg in die Innenstadt war, konnte sie mit dem Motorino schnell noch bei Pinello vorbeischauen, eine päpstliche Order erfüllen. Sie griff sich Schlüssel und Tasche und sah auf ihr Handy: noch immer keine Nachricht von Francesco. Allmählich spürte sie ein ungutes Gefühl im Bauch.

IV

«Agnello. Mit Autogramm. Das muss reichen.» Petrus hielt dem Jungen das Panini-Bildchen hin, würdevoll und feierlich, als handelte es sich um die Oblate bei der Messe.

Er hatte den Kleinen wieder hinter der Kirche beim Fußballspielen entdeckt. Der Haupteingang von Santa Maria del Fiore war mit Saldis Souvenir-Zelten vollkommen zugestellt, und auf der kleinen Piazza drängelten sich trotz der frühen Stunde die Leute, alle in der Hoffnung, die polizeilich versiegelte Kirchentür könnte plötzlich aufgehen. Noch immer hatten die Menschen von der Straße das Wunder der weinenden Madonna nicht gesehen, doch es kursierten Bilder, sogar im Internet, wie ihm Giulia erzählt hatte. Und die Touristen kauften wie im Rausch, Andenken, Fahnen und Karten. Sogar eine täuschend echte Plastikmadonna, die auf Knopfdruck weinen konnte, hatte Saldi aufgetrieben. Petrus trug die schlichte Soutane eines Priesters und hatte sich, für einen kurzen Moment nur, unter das Volk gemischt. Doch der ganze Rummel war ihm zuwider. Hier hinten war es, Gott sei Dank, still. Paolo griff mit seinen schmutzigen Fingern nach dem Panini-Bildchen, betrachtete es kurz und setzte dann eine scheinbar gleichgültige Miene auf. «Na schön. Kommen Sie mit.»

Er führte ihn um die Kirche herum, fingerte einen rostigen Schlüssel unter einer Gedenktafel hervor und öffnete die Hintertür. Sie standen in der Sakristei.

«Eigentlich ist es verboten, dass wir hier reingehen», sagte Paolo. «Die Polizei hat gesagt, dass der Raum zubleiben soll.»

«Es sieht alles noch so aus wie vor dem Anschlag?»

«Genau. Niemand durfte was verändern.»

Mächtige, dunkle Schränke zogen sich entlang der Wände. Davor einige Polstersessel, die mit verschlissenem rotem Samt bezogen waren. Durch die schmalen, hochgelegenen Fenster fiel trübes Licht herein. Staub tanzte in den Strahlen. Es roch muffig und ungesund. In der Mitte des Raumes stand ein schwerer Holztisch, der zum Ausbreiten der Chorgewänder diente. Soutane, Mozzetta und das Zingulum lagen bereit, so wie Kardinal Oscuro sie am Morgen des Unglücks für die Messe vorbereitet hatte. Der goldene Kelch stand unberührt auf dem Tisch, bedeckt mit dem Velum, daneben das Kännchen. Petrus hob den Deckel. Es war halbvoll mit Wein.

«Das Abendmahl – daran habe ich noch gar nicht gedacht», murmelte er, wie zu sich selbst. Dann wandte er sich an Paolo: «Du hast mir schon jetzt sehr geholfen, mein Junge, aber nun möchte ich sehen, wo er eingesperrt war.»

Hohe Gitter, frisch vergoldet, trennten die kleinen Kapellen von den Seitenschiffen. Dahinter aber sah es wüst aus. Plastikplanen lagen zusammengerollt in den Ecken, Farbrollen, Leitern und Eimer von der Renovierung türmten sich noch auf den staubigen Altären. Vor der vordersten Tür blieb Paolo stehen. «Hier war er drin, der schwarze Mann.»

Petrus rüttelte leicht an den massiven, engstehenden Stäben, die oben in kleinen spitzen Flammen ausliefen. «Darüber geklettert ist er jedenfalls nicht. Es sei denn, der Herr hat ihm in seiner Güte die Gabe des Fliegens verliehen», brummte Petrus. «Aber vielleicht konnte er unten durchrutschen?»

Er bückte sich ächzend. Tatsächlich berührten die Gitterstäbe nicht den Boden, sondern endeten eine Handbreit über den alten Steinplatten.

«Glaub ich nicht. Da komm ja nicht mal ich durch», sagte Paolo.

Zwischen den Stäben war ein altertümliches Schloss montiert, in dem ein riesiger Schlüssel steckte. Paolo drehte ihn und öffnete die Tür.

Petrus erhob sich mühsam und klopfte den Staub von seiner Soutane. «Steckt der Schlüssel immer hier?»

«Immer.»

Drinnen war eine wacklige Gebetsbank zu sehen, an den Wänden hingen Grabplatten, deren Inschriften kaum mehr lesbar waren. Unter dem Altar lag das Gerippe eines Heiligen – wie Alvarez es erzählt hatte. Das staubige Altartuch schmückten zwei armdicke, heruntergebrannte Kerzen und ein langer, schmaler Kerzenanzünder. Darüber hing ein stark verdunkeltes Ölgemälde in einem wuchtigen Barockrahmen, auf dem der heilige Sebastian einen Rosenkranz betete. Um ihn scharten sich römische Folterknechte, Pfeil und Bogen bereits im Anschlag.

Petrus ging zur Gittertür und schloss sie von innen. Er versuchte, zwischen den Stäben hindurchzulangen und den Schlüssel, der außen im Schloss steckte, zu erreichen. Es gelang ihm nicht. Er wandte sich zum Altar, musterte alle Gegenstände – und plötzlich erschien ein außerordentlich zufriedener Ausdruck auf seinem Gesicht.

Sie verließen die Sakristei, und Paolo schloss ab. Der Papst bekreuzigte sich, als sie an der Madonna vorbeigingen. Die Tränen liefen ihr noch immer über die Wangen. «Ein Wunder, er müsste wirklich ein Wunder sein», dachte er. In diesem Augenblick erleuchtete ein Strahl der Morgensonne den Altar und ließ die wertvolle Ikone hoch oben im Strahlenkranz golden und unversehrt glänzen. Petrus stutzte. Fast widerwillig machte er einige Schritte vorwärts, kniff dann die Augen zusammen – und drehte sich zu Paolo um.

«Mein Junge, meine Augen sind nicht mehr die allerbesten. Kannst du mir sagen, was das Bild auf dem Hochaltar zeigt?»

Paolo sah gar nicht hin. «Das sollten Sie als Papst aber wirklich wissen. Die Kirche heißt ‹Santa Maria del Fiore›, weil da eine Maria drauf ist. Mit Jesuskind. Und so einer weißen Blume in der Hand. ‹Del Fiore› – mit Blume, klar?»

«Klar», sagte Petrus und konnte sich ein Lächeln nicht verkneifen. Die Ikone am Altar zeigte eine Frau mit streng hochgesteckten Haaren. In ihrer Hand hielt sie keine Blume, sondern ein Rad mit eisernen Nägeln: die heilige Katharina von Alexandrien mit ihrem Marterwerkzeug. Wenn man ihm etwas lassen musste, dann waren es seine scharfen Augen. Und nie hatte er besser gesehen als heute.

V

Giulia sah sich um. «Professore Pinello?» Ihre Stimme hallte wider in dem hohen Raum. Vorne in der Apsis brannte, wie bei ihrem ersten Besuch, die altmodische Stehlampe, doch von Pinello war nichts zu sehen. Giulia wusste, dass er um diese Zeit seine Vorlesung zur Plastik des römischen Barock hielt, «Unter besonderer Berücksichtigung der Bildhauerei Gian Lorenzo Berninis».

Drei Stunden lang.

Drei Stunden, in denen niemand hier war.

Und trotzdem hatte Giulia das merkwürdige Gefühl, es würde sie jemand beobachten.

Schnell drehte sie sich um und sah die Augen, überall. Erst jetzt wurde ihr bewusst, wie viele Bilder seiner

Mutter der Professore aufgestellt hatte. Sie lehnten an den Regalen, hingen an den Säulen, standen in kleinen Silberrahmen auf den Kommoden und dem Beistelltischchen. Schon bei ihrem ersten Besuch war ihr der antike Waschtisch aufgefallen. Er stand genau an der Stelle, an der sich früher der Hauptaltar befunden hatte. In dem großen, ovalen Spiegel, der daran befestigt war, sah sie ihr eigenes Gesicht, die aufgelösten Locken, die helle Sommerbluse, ihr vor Aufregung gerötetes Gesicht. Sie fühlte sich ertappt und sah schnell wieder weg.

Das Geheimnis.

Sie musste das Geheimnis entdecken, hatte Petrus gesagt.

Unten im Spiegelrahmen klemmte eine Schwarz-Weiß-Fotografie. Giulia zog sie heraus und sah sie sich an. Sie zeigte, wie auch anders, Pinellos Mutter: eine zierliche Frau mit dunklen, hochgesteckten Haaren. Doch sie hatte sich zur Seite gewandt, und ihr Gesicht bedeckte ein feiner schwarzer Schleier. Auf ihrem dunklen Samtkleid leuchtete eine Perlenkette. Giulia suchte auf der Rückseite vergeblich nach dem Aufdruck eines Fotostudios. Das Bild wirkte besonders intim und war wohl auch von einer Privatperson aufgenommen worden. Vielleicht von Pinellos Vater? Dieser schien allerdings im Leben seines Sohnes keine Spuren hinterlassen zu haben. Zumindest hatte sie bisher kein einziges männliches Porträt in der ganzen Kirche entdecken können.

Giulia steckte das Foto wieder in den Rahmen – und stutzte. Neben dem Krug und einer runden weißen Porzellanschüssel stand eine halbgeöffnete Schmuckschatulle mit wertvollen Einlegearbeiten. Mit zwei Fingern hob sie den Deckel an. Auf blauen Samtkissen lag dort eine Perlenkette. Ein schneller Blick sagte ihr, dass es dieselbe war, die sie gerade eben noch auf dem Foto bewundert hatte. Darunter lag ein zusammengerolltes Stückchen Papier. Giulia nahm es in die Hand und öffnete es: ein Brief, wellig und ein wenig steif, als hätte er zu lange im Wasser gelegen, die Schrift, blassblau und verwischt, die Worte nicht mehr zu entziffern. Ein abgegriffenes Heiligenbildchen fiel heraus. Giulia erkannte die heilige Agnes, die in Flammen stand, ihr langes Haar hatte Feuer gefangen, die Flammen leckten an ihrem Kleid, doch die Märtyrerin strahlte zuversichtlich dem Himmel entgegen, die Hände fromm nach oben gereckt. Gedankenverloren rollte Giulia Papier und Bildchen wieder zusammen.

Als sie den Deckel der Schatulle gerade wieder schließen wollte, sah sie darin die Adresse eines Juweliers eingraviert. Sie beugte sich vor: «Gioielleria di Fabrizii» stand da zu lesen. Sie kannte den Namen: Ein traditionsreicher und vornehmer Laden war das, nicht weit von hier. Ihr eigener Vater hatte dort den Verlobungsring für ihre Mutter ausgesucht – damals, als noch Geld da war.

Das Geheimnis.

Pinellos Worte fielen ihr wieder ein: «Jeder von uns verbirgt in seiner Seele etwas, das er niemand anderem offenbaren würde, das er hütet wie einen Schatz.» Und irgendwo musste sie ja schließlich anfangen. Warum nicht hier?

Giulia zögerte und sah auf die Uhr: zwei Stunden, vierzig Minuten. Bis dahin musste die Schatulle samt

Perlen wieder an ihrem Platz sein. Sie griff nach dem Kästchen, verschloss es sorgfältig mit dem winzigen Haken und steckte es in ihre Handtasche.

Eine Viertelstunde später stand sie in der Gioielleria di Fabrizii zwischen unzähligen tickenden Uhren. In den gläsernen Schaukästen vor ihr lagen Ringe, Broschen, Ketten und kleine Babys aus Silberblech, als Dankesgabe für die Madonna del Parto. Und mittendrin, kaum sichtbar hinter dem Verkaufstresen, saß ein alter Herr, knochig wie der Tod. Die durchsichtige Haut, wie Pergament über den Schädel gespannt, verzog sich zu merkwürdigen Mustern. Langsam ließ er die Kette durch seine Finger gleiten, tastete nach den Perlen und spürte den golden eingefassten Verschlüssen nach.

Giulia beobachtete fasziniert und ein wenig erschrocken, wie sich das Schmuckstück durch seine Finger schlängelte, als hätte es ein Eigenleben.

Sie hatte den Laden schnell gefunden und dem jungen Herrn, den sie für den Verkäufer hielt, die Schatulle hingehalten. Freundlich und professionell hatte dieser die Kette mit einer beleuchteten Lupe vor dem Auge geprüft und dann nach hinten gerufen: «Papà, eine Signora ist da, mit alten Perlen. Das solltest du dir mal ansehen.»

«Mein Vater hat sich einfach alles gemerkt», sagte er dann, zu Giulia gewandt. «Er erkennt jedes Schmuckstück, das er gefertigt hat. Obwohl er es nicht einmal mehr sehen kann, nur fühlen, seit er blind ist.»

Jetzt warteten sie beide auf das Urteil des Alten. Aber der schwieg immer noch, fast zärtlich wog er die Kette in seiner Hand.

«Ja, das habe ich gemacht», sagte er dann. «Aber es ist sehr lange her.

Das war eine andere Zeit, damals», murmelte er und bettete die Perlen wieder auf das Samtkissen. «Als noch Leben war auf der Via Veneto. Als die Ekberg im Trevi-Brunnen badete.» Er lächelte flüchtig. «Damals kauften kultivierte Menschen ein. Und sie wussten das alte Handwerk noch zu schätzen. Die Schneider in den Modegeschäften nannten meinen Namen, wenn die Kunden passenden Schmuck verlangten. Der Schah von Persien ließ bei mir fertigen. Alain Delon war hier, um für Romy Schneider ein Collier zu erwerben.»

«Und wer hat diese Kette gekauft?»

«Ein Signore. Damals kannte ihn niemand. Heute ist er mächtig.»

«Sie wollen mir nicht sagen, um wen es sich handelt?»

«Schmuck wird nicht nur von Ehemännern gekauft, Signora. Diskretion ist eine wichtige Grundlage unseres Geschäfts. Nicht wahr, Luca?»

Der Sohn nickte.

«Und die Dame? Für die der Schmuck bestimmt war?» Giulia ließ nicht locker. «Wissen Sie, wer sie war?»

Nachdenklich strich der alte Juwelier über die Perlen. «Sie war dabei, als er die Kette für sie aussuchte. Aber sie trug einen Schleier vor ihrem Hut. Damals machte man das noch so. Ihr Gesicht war nicht zu erkennen.»

«Aber Sie wissen trotzdem, um wen es sich handelte.»

Di Fabrizii lächelte. Er sah ein wenig traurig aus, fand Giulia. «Und es war sicherlich nicht ihr Ehemann, der ihr die Kette kaufte?»

«Nein. Die Signora, sie ist eines Tages einfach ... verschwunden. Ich habe sie nie wiedergesehen. Ihr Mann lebte noch lange; ein verbitterter alter Menschenfeind.»

«Sie wissen nicht, was mit der Signora geschehen ist?»

«Geschichten gibt es immer. Man kann sie glauben oder nicht.»

«Traurige Geschichten?»

«Ich habe mein Leben mit Schmuck zugebracht.» Er lächelte melancholisch. «Und ich habe viel über ihn nachgedacht. Darf ich Ihnen die Essenz meines Nachdenkens mitteilen, Signora?»

«Ich bitte darum.»

«Es gibt viele Gründe, einer schönen Dame Schmuck zu offerieren. Manche tun es aus schlechtem Gewissen. Andere aus Geltungssucht. Wieder andere aus Eroberungslust. Der reinste Grund ist Liebe.»

Behutsam schloss er den Deckel der Schatulle.

«Was ich damit sagen will, ist dies: Es gibt Schmuck, der ohne Liebe geschenkt wird. Die Frau trägt ihn dennoch, vielleicht auf einem Fest. Dort lernt sie jemanden kennen, der sie anbetet und sie glücklich macht, für den Rest ihres Lebens.»

Vorsichtig erhob er sich von seinem Hocker und schob die Schatulle über den Ladentisch. Bevor er sich zum Gehen wandte, blieb er noch einmal stehen. «Aber auch Schmuck, der aus tiefer Zuneigung heraus geschenkt wird, bringt seiner Besitzerin nicht immer nur Freude. Manchmal bringt er Krankheit und Einsamkeit. Und manchmal, Signora – manchmal bringt er auch den Tod.»

VI

Sie war vollkommen gewesen. Gottgefällig – ja, das war das richtige Wort. Und sie hatte seine Seele besessen, lange bevor das Tier sich darin eingenistet hatte. Sein Leben wäre ein anderes geworden mit ihr. Und er selbst wäre ein anderer, er wusste das. Aber Rotondo hatte sie ihm genommen, er, den der Teufel zu seinem Widersacher bestimmt hatte. Wie viele Jahre seines Lebens hatte er damit zugebracht, ihn zu jagen? Er war ihm immer auf den Fersen. Und Rotondo spürte das. Er hatte ihn fast zu Fall gebracht, doch Rotondo stand wieder auf. Er torkelte, und aus dem Nichts schuf er einen Papst, sinnenfreudig und sündig wie er. Einen Gutmenschen statt eines Gottesfürchtigen. Einen Reformer statt eines Regenten. Rotondo beschmutzte die Kirche, er rüttelte an ihren Fundamenten, er zerstörte eine jahrtausendealte Ordnung. Ein Zeichen, es musste ein Zeichen sein, dass ihn ein Engel Gottes gefällt hatte. Es war an ihm, das Werk zu vollenden. Und er tat es mit Gottes Hilfe – und im Andenken an sie.

VII

Die Stimme des Priors klang nicht mehr ganz so herablassend.

«Ich habe aus unseren Gesprächen gestern und heute Vormittag den Eindruck gewonnen, dass du offen bist für neue Erfahrungen und Einsichten. Darum habe ich dir, wie angekündigt, einen Begleiter geschickt: Bruder Marco, der dir als Novizenmeister zur Seite stehen und dich in die Lehren unserer Bruderschaft einweisen wird.»

James nickte Francesco zu, kontrollierte den Sitz seiner Sonnenbrille und verließ die Zelle. Hinter ihm trat Bruder Marco mit einer Fackel ein – in jeder Hinsicht das Gegenteil des Priors: mattschwarz glänzendes Haar, ein kräftiger Körper, ein rundliches Gesicht mit gesunder Farbe. Alles an ihm strahlte Vitalität und Lebensfreude aus, und im Gegensatz zu James war er glänzend gelaunt: Herzlich lächelte er Francesco an.

«Schön, dass du zu uns gefunden hast. Der Prior sagte mir schon, dass du auf dem richtigen Weg bist.»

«Ich fühle mich wohl hier», sagte Francesco und betrachtete den Totenkopf, der im Schein der Laterne glänzte, als ob man ihn täglich polieren würde. «Allerdings fällt es dir noch schwer, dich ganz zu öffnen», sagt der Prior. «Darum dachte ich mir, dass wir uns zunächst in die Betrachtung der Heiligen Schrift vertiefen. Im Gespräch über die Lehren des Testaments findet man schnell zueinander.»

Marco zog ein Buch aus den Falten seines Habits und stellte seine Laterne in die Graböffnung.

«Komm, wir setzen uns auf dein Bett», sagte er und öffnete die Heilige Schrift. «Wir wollen eine Stelle aus dem Evangelium des Johannes lesen. Kapitel 13, Vers 21 bis 25.» Er räusperte sich und begann: «Nach diesen Worten war Jesus im Innersten erschüttert und bekräftigte: Amen, amen, das sage ich euch: Einer von euch wird mich verraten. Die Jünger blickten sich ratlos an, weil sie nicht wussten, wen er meinte. Einer von den Jüngern lag an der Seite Jesu; es war der, den Jesus liebte. Simon Petrus nickte ihm zu, er solle fragen, von wem Jesus spreche. Da lehnte sich dieser zurück an die Brust Jesu und fragte ihn: Herr, wer ist es?»

Marco schwieg und sah Francesco erwartungsvoll an.

«Eine bewegende Stelle.»

«Nicht wahr?» Marco strahlte. «Für mich ist es die wichtigste Stelle überhaupt in der ganzen Heiligen Schrift. Die Schlüsselstelle. Was bewegt dich so daran?»

«Der Herr weiß bereits, dass man ihn verraten wird», sagte Francesco. «Er weiß sogar, wer es sein wird: einer seiner Jünger. Ein Vertrauter.»

«Nun ...» Marco schien enttäuscht.

«Was fesselt dich denn so an dieser Stelle?», fragte Francesco.

«Es gab einen Jünger, den Jesus liebte», sagte Marco, das Wort «liebte» betonend. «Der an seiner Brust lehnte!»

«Jesus war ein liebevoller, fürsorglicher Mensch. Natürlich liebte er seine Jünger.»

«Aber diesen besonders», beharrte Marco und zeigte auf den Text. «Hier steht es. Und er liebte ihn nicht nur besonders – der Jünger durfte sogar an seiner Brust lehnen.»

«Ich stelle mir einen sehr jungen Jünger vor», überlegte Francesco. «Einen, auf den er besonders aufpassen musste.»

«Sehr jung – genau!» Endlich schien Marco zufrieden

mit seiner Antwort. «Es ist eine ganz spezielle Freundschaft zwischen ihnen. Viel enger als zu Petrus, Paulus, Matthäus und all den anderen. Denn Jesus liebt diesen Jünger – so heißt es wörtlich in der Schrift. Jesus möchte ihm nah sein. Er möchte, dass dieser Jünger an seiner Brust lehnt.»

«Ich habe noch nie darüber nachgedacht, warum Jesus gerade diesen Jünger liebt», sagte Francesco.

«Ach nein?» Marco schien überrascht. «Viele, die in die Bruderschaft eintreten, interessieren sich für diese Stelle ganz besonders. Sie kommen zu uns, weil sie glauben, dass wir ihnen den tiefen Sinn dieser Worte enthüllen können.»

«Und? Könnt ihr das?»

«Ja.» Marcos Stimme hatte einen feierlichen Klang. «Denn wir haben die geheimen Schriften gelesen. Die apokryphen Schriften. Jene Bücher, die von den Taten des Herrn berichten – und trotzdem nicht in die Heilige Schrift aufgenommen wurden. Kennst du sie?»

«Ich habe davon gehört.» Francesco zögerte. «Aber gelesen habe ich sie nie. In der Heiligen Schrift steht so viel über die Taten des Herrn – das genügte mir immer.»

«Aber manches, was man wissen sollte, steht nicht in der Heiligen Schrift.» Marco zog ein zweites Buch hervor – kleiner, noch abgegriffener. «Das Geheime Markusevangelium! Ich lese dir vor, wie Jesus einen Toten zum Leben erweckt.» Er blätterte und begann: «Und näher tretend, rollte Jesus den Stein vom Eingang des Grabes weg. Und sogleich ging er hinein, wo der Jüngling war, streckte seine Hand aus und zog ihn hoch, indem er dessen Hand ergriff. Aber der Jüngling, als er ihn ansah, liebte ihn und fing an, ihn anzuflehen, dass er bei ihm sein möge. Und sie gingen aus dem Grab heraus und kamen in das Haus des Jünglings, denn er war reich. Und nach sechs Tagen sagte ihm Jesus, was er tun solle, und am Abend kommt der Jüngling zu ihm, ein leinenes Tuch über seinem nackten Körper tragend. Und er blieb diese Nacht bei ihm, denn Jesus lehrte ihn das Geheimnis des Reiches Gottes.»

«Eine schöne Wundertat», sagte Francesco. «Sie erinnert an viele Wunder aus der richtigen Heiligen Schrift.»

«Aber diese Erzählung ist besonders tiefsinnig. Denn sie wirft Fragen auf, die nicht leicht zu beantworten sind.»

«Ich finde, dass man die Wunder des Herrn nicht immer hinterfragen soll. Es gibt bestimmt ganz natürliche Erklärungen dafür, dass jemand plötzlich vom Tode aufersteht. Aber ...»

«Es geht mir nicht um das Wunder.»

«Worum dann?»

«Die entscheidenden Fragen lauten: Was geschah in jener Nacht, als der Jüngling bei Jesus blieb? Und: Was ist mit jenem ‹Geheimnis des Reiches Gottes› gemeint, das Jesus den Jünger lehrte?»

Francesco überlegte.

«Ich denke, dass sie zusammen gebetet haben», sagte er nach längerem Nachdenken.

«Das», antwortete Marco matt, «könnte natürlich auch sein.»

VIII

Natürlich wohnte er im Cavalieri Hilton – das Hassler an der Spanischen Treppe wäre für einen Ölscheich mit Gefolge zu beengt gewesen. Sie saßen auf der Dachterrasse des Gourmetrestaurants La Pergola, im Park des Hotels raschelten die Palmen, der Pool leuchtete türkisfarben, und Giulia meinte sogar, tropische Vögel zu hören. Rom lag weit, weit entfernt in einem diffusen Licht, das Fremde für romantisch und Einheimische für Smog hielten. Giulia beschloss, sich heute wie eine Fremde in der eigenen Stadt zu fühlen und die Aussicht vom Monte Mario für romantisch zu halten: Die unzähligen Kirchen verschwammen in der Dämmerung, und in der Mitte schwebte leuchtend die Kuppel von Sankt Peter vor den dunklen Schemen der Albaner Berge.

«Warum nennen dich selbst die Kellner hier ‹Contessa›?»

«Weil ich eine bin. Contessa heißt Gräfin. Ganz alter römischer Adel. Wir haben schon Bibliotheken angelegt und Gemälde gesammelt, als dein Clan noch im Zelt saß und ...»

«... unschuldige Christen am Spieß gebraten hat, falls keine Hammel mehr da waren. Es liegt wahrscheinlich an deinem Job, dass du harmlose arabische Prinzen als islamische Fundamentalisten beschimpfst. Wirst du selbst denn den hohen und hehren Ansprüchen der katholischen Kirche gerecht?»

«Ich denke schon. Jedenfalls im Großen und Ganzen.»

«Wenn ich an Harvard zurückdenke», Abdullah sah sich im Vorteil und genoss es, «bin ich mir da nicht so sicher. Da gab es zum Beispiel Sam, den muskulösen Basketballer. Da gab es John, diesen blonden Superjuristen mit den lässigen Sommerjacketts. Und dann war da noch dieser Kleine mit der Intellektuellenbrille, ich habe den Namen vergessen …»

«Baldwin. George Baldwin. Hat gerade den Pulitzerpreis gewonnen.»

«Drei Namen in vier Semestern. Ob das dem Papst gefiele?»

«Wer sagt dir, dass ich mit allen im Bett gewesen bin? Die Kirche ist nur beim Sex sensibel. Freunde kannst du haben, so viele du willst. Nebenbei: Du hast ja ziemlich genau hingeschaut, mit wem ich unterwegs war …»

«Alle haben ziemlich genau hingeschaut, mit wem du unterwegs warst.»

«Viele denken, im Vatikan gäbe es nur Nonnen, die jede Anwandlung von guter Laune in Grund und Boden beten. Und fiese Priester, die ständig Verbote und Strafen aussprechen: Alles ist Sünde, und am Ende landest du sowieso in der Hölle. Aber so ist es nicht bei uns. Petrus ist der verständnisvollste Mensch, den ich kenne – wenn nicht gerade sein Lieblingsverein verloren hat. Okay, seine Haushälterin Immaculata ist ein Drachen. Aber das wäre sie auch außerhalb des Vatikans, wahrscheinlich ist es angeboren. Über meinen Lebenswandel hat sich jedenfalls noch niemand beschwert. Und falls es doch einmal jemand tun sollte – es wäre mir egal.»

«Das ist ja genau das Problem bei euch im Westen.

Bei euch Christen. Bei euch Europäern und Amerikanern: Es ist euch egal.»

«Was ist uns egal?»

«Alles. Der Papst sagt, ihr sollt nicht ehebrechen – ihr tut es trotzdem. Der Papst sagt, ihr sollt am Sonntag in die Kirche gehen – und ihr macht es nicht. Der Papst sagt, ihr sollt keinen Sex haben vor der Ehe – und ihr ignoriert das.»

«Das habt ihr natürlich besser gelöst. Der Koran sagt, man soll nicht ehebrechen – und wer trotzdem die Ehe bricht, wird gesteinigt. Zumindest, wenn es sich um eine Frau handelt.»

«Nicht in allen islamischen Ländern. Und auch nur in Extremfällen.»

«Aber wenn es dich trifft, bist du hinterher extrem tot.»

«Du lenkst ab. Was Onkel Saud in Saudi-Arabien macht, ist manchmal ... etwas überzogen. Aber darum geht es nicht. Es geht um die Frage, warum der Islam für uns Muslime der Mittelpunkt unseres Lebens ist. Warum wir dort Sicherheit und Frieden finden. Warum wir dort die Gewissheit finden, dass alles gut ist und richtig so, wie es ist. Für euch Christen ist das Christentum ... eine nette Dekoration: für Weihnachten. Für die Hochzeit. Aber nichts, was euch wirklich wichtig ist. Nichts, wofür ihr eure Hobbys aufgeben würdet. Zum Beispiel das Ehebrechen.»

Giulia stocherte in ihrem sündteuren Scampi-Tatar und sagte nichts.

«Und warum ist das Christentum nur Dekoration für euch? Weil ihr nicht wirklich daran glaubt. Gott wohnt im Himmel? Ach nein, noch kein Astronaut hat ihn gesehen. Gott hat den Menschen erschaffen? Aber nein, das hat doch die Evolution gemacht. Gott hilft uns in der Not? Brauchen wir nicht, dafür haben wir doch gute Versicherungen.»

«Und deshalb sollten wir das ganze Christentum jetzt endlich verschrotten und Muslime werden? Das ist es doch, was du eigentlich meinst. Im Islam bekommen die Menschen zwar gelegentlich mal einen Arm abgehackt, aber wenigstens sind sie fromm.»

«Nein. Ihr sollt nicht Muslime werden. Ihr sollt endlich anfangen, eure eigene Kultur zu lieben. Im Christentum ist so viel Schönheit enthalten, so viel Weisheit und Tiefe. Gestern Abend war ich in einer Kirche, in der Innenstadt. Die Abendsonne fiel schräg durch die Fenster, die Säulen leuchteten golden. Im Lichtstrahl sah man die Weihrauchschwaden aufsteigen. Die Menschen sangen leise. Es war eine große Ruhe in dem ganzen Raum, ungeheuer wohltuend. Aber es war kaum jemand da, Giulia. Zwanzig alte Mütterchen. Mehr nicht.»

Giulia trank einen Schluck Champagner und wartete.

«Ich glaube, dass das Christentum krank ist. Aber nicht todkrank. Man kann ihm helfen. Und ich werde ihm helfen.»

«Du?»

«Die Menschen müssen wieder die spirituelle Tiefe des Christentums erkennen. Seinen Kern. Ich will das Christentum reinigen.»

«Und wie willst du das anstellen?»

«Ich werde die Kirche kaufen.»

«Das hast du gestern schon gesagt. Ich habe das

für einen Witz gehalten und möchte es auch weiterhin tun.»

«Die Kirche ist bankrott. Jedenfalls in den meisten Ländern. Sie braucht Geld, und ich habe Geld. Ich gebe ihr das Geld und bekomme dafür Einfluss.»

«Aber die Kirche wird dein Geld nicht nehmen.»

«Das Geld wird nicht von mir kommen, sondern vom Vatikan.»

«Petrus und die Petrodollars. Der Heilige Vater zieht durch die Welt und verteilt das Geld der Ölscheichs. Abdullah, ich glaube, du spinnst.»

«Nicht der Papst verteilt das Geld. Sondern wohlhabende katholische Kreise, die nicht genannt werden möchten. Wer weiß denn, ob es superreiche katholische US-Amerikaner sind – oder arabische Ölscheichs? Es wird eine Stiftung gegründet, die nach und nach den Immobilienbesitz der Kirche sowie das Personal übernimmt. Erst in einigen Ländern, wo es rechtlich keine Schwierigkeiten gibt – und schließlich überall. Und dann wird investiert.»

«Worin willst du denn investieren?»

«In alles. Die Kirchen werden wieder zu Anlaufzentren – für Menschen in allen Lebenslagen. Wie bei uns die Moscheen. Wer nach dem Sinn seines Lebens sucht, geht in die Kirche. Wer den Sinn seines Lebens schon gefunden hat, geht in die Kirche. Wer in Not ist, geht in die Kirche. Wer sich freut, geht in die Kirche. Die kirchlichen Krankenhäuser müssen wieder führend werden, genauso die kirchlichen Schulen. Das kostet ungeheuer viel Geld. Aber das Geld wird da sein.»

«Deine Ideen sind – ehrlich gesagt – ein alter Hut. Wir

alle möchten, dass es so kommt. Und wir haben schon einiges versucht. Aber die anderen waren stärker.»

«Welche anderen?»

«Alle, die den Sinn des Lebens verkaufen: das Fernsehen. Die Hersteller von Antidepressiva. Die Wissenschaftler. Nicht zuletzt der Fußball.»

«Ihr wart nicht konsequent genug. Natürlich genügt es nicht, das Geld in das alte System zu pumpen. Die Kirche muss erneuert werden. Gereinigt, wie ich schon sagte. Warum überzeugt die Kirche nicht mehr? Frage einen Katholiken, und du erhältst immer dieselben Antworten: der Zölibat. Die verstaubten Gottesdienste. Die seltsamen Lehren in eurer Theologie: Vater, Sohn und Heiliger Geist. Drei und doch eins. Wer soll das verstehen? Man muss die richtigen Theologen stärken und die anderen zurückdrängen; es gibt genügend kluge Leute bei euch, die ganz vernünftige Ansichten vertreten. Schwanger werden als Jungfrau. Glaubst du daran, Giulia?»

«Aber die Auferstehung Jesu darf bleiben?»

«Das wird sich zeigen. Gott ist groß, und er wird die Menschen erleuchten. Es geht darum, den gemeinsamen Kern der Religionen festzustellen. Ganz im Innern sind alle Religionen gleich.»

«Und der Kern lautet: Allah ist groß, und Mohammed ist sein Prophet. Was machst du eigentlich, wenn dein Geld nicht reicht?»

«Das Geld wird nicht nur reichen, es wird sich sogar vermehren.»

«Moment! Du willst die Kirche kaufen – und damit auch noch Geld verdienen?»

«Das Erdöl sprudelt nicht ewig. Wir sprachen schon davon, glaube ich. Für uns Wüstenprinzen, wie du uns nennst, geht es jetzt darum, die Geschäftsfelder der Zukunft zu erschließen. Man kann in Biotechnologie investieren, in Kommunikationstechnologie, in erneuerbare Energien – in was auch immer. Ich investiere in Sinn. In Lebenssinn. Die Menschen werden immer reicher, Giulia. Sie haben Häuser, Autos, Handys – aber ihr Leben hat keinen Sinn. Ich will, dass ihr Leben wieder Sinn bekommt. Und ich will, dass sie den Sinn dort finden, wo wir Araber ihn finden: dort, wo Gott wohnt.»

«Und gleichzeitig willst du ordentlich Kohle machen.»

«Man nennt das eine Win-win-Situation, Giulia. Alle profitieren: Die Kirche erhält neuen Zulauf. Die Menschen erhalten Lebenssinn. Ich erhalte Geld. Und am meisten profitiert der Weltfrieden. Die Menschen führen weniger Kriege, weil sie sich geborgen fühlen in Gott. Weil sie erkannt haben, dass die anderen Religionen keine Feinde sind, sondern Freunde.»

«Statt des Friedensnobelpreises, den du am Ende deiner Tage sicherlich erhalten wirst, verleihe ich dir die Erlaubnis, den nächsten Gang zu verspeisen.»

«Du glaubst nicht an mein Projekt?»

Giulia legte ihre Gabel weg. «Es gibt mehrere Möglichkeiten. Vielleicht bist du einfach nur ein Spinner. Ein Tagträumer. Ungeheuer faszinierend, das gebe ich zu – aber verrückt. Oder du bist ein islamischer Terrorist mit besonders fiesen Methoden. Ein Geldbeutel-Osama. Aber vielleicht hast du auch die Lösung für alle Probleme der westlichen Welt gefunden. Ich weiß es gerade nicht, und ich mag im Augenblick auch nicht darüber nachdenken. Lass uns nach den nächsten sechs Gängen an die Bar gehen, du trinkst deinen Tee, und ich trinke etwas Vernünftiges. Und morgen – oder übermorgen – sage ich dir, was ich davon halte.»

IX

Er musste hier raus.

Seit einer knappen Stunde schon saß Petrus hinter seinen Akten im Arbeitszimmer und wartete auf eine günstige Gelegenheit. Jedes Mal, wenn er zum Telefon griff, um Giulia anzurufen, öffnete sich die Tür und Immaculata kam herein. Sie schob auf ihrem Servierwagen einen Stapel sorgfältig vorsortierter und abgehefteter Unterlagen vor sich her – und genoss es sichtlich, Francescos Aufgaben zu übernehmen. Mit Rot hatte sie «wichtig», «unwichtig» und «überflüssig» auf die Mappen geschrieben. Die «überflüssigen» Papiere griff sich Petrus zuerst. Er entdeckte darin Pinellos Konzept zu den neuen Bildern in seinen Privaträumen. Giulias Vorschlag für den päpstlichen Segen zum Abschluss der Fußballweltmeisterschaft. Und das Programm der Ökumene zum Weltjugendtag.

Kurze Zeit später brachte Immaculata ihm mit vielsagender Miene den Hut, den Kardinal Dimitrios neulich beim Fußballschauen vergessen hatte. Sie holte ihm eine Tasse Kräutertee «für den angegriffenen Magen» und unterrichtete ihn, dass Commissario Brunelli schon zweimal angerufen und nach ihm gefragt hatte. Und sie legte ihm den aufgeschlagenen Osservatore Romano vor, in dem von einem neuen Wunder in der römischen Hauptstadt die Rede war: Eine moderne Christusfigur in der wenig besuchten Chiesa Santa Maria Madre del Redentore blutete aus allen Wundmalen. Es war bereits zu einem Volksauflauf gekommen. Bischof Saldi, schrieb der Osservatore, habe umgehend und völlig unbürokratisch einen mobilen Pilgerstand, einen Sonderverkauf von Devotionalien und die Nachtöffnung der Kirche genehmigt.

Und da war sie, die Gelegenheit: Petrus schickte Immaculata nach seiner Lesebrille (die er im Schlafzimmer liegen hatte und aus Prinzip nie trug) und startete die Flucht nach vorne: Schnell steckte er das schnurlose Telefon in seine Soutane, spurtete los und schaffte es gerade noch bis zum Zimmeraufzug, als sich hinter ihm die Tür wieder öffnete. Er fuhr nach oben in sein Wohnzimmer und machte sich über die Hintertreppe an den Aufstieg zum Dachgarten.

Es dämmerte bereits. Der Fischbrunnen plätscherte, der Verkehr rauschte in der Ferne – und Petrus atmete auf. Er setzte sich unter einen der Bäume, die hier aus riesigen Kübeln wuchsen, und wählte die Nummer von Giulia. Wieder der Anrufbeantworter. Wo steckte sie nur? Normalerweise war seine Pressesprecherin Tag und Nacht verfügbar – «zumindest für den Papst», wie sie sagte. Doch jetzt probierte er es schon den ganzen Abend. Und Francesco hatte sich aus den Tiefen seiner Katakomben noch immer nicht gemeldet. Petrus griff wieder zum Telefon und rief seinen Freund Frascati in der Gemelli-Klinik an.

«Pronto? Bist du's, Giovanni? Wie geht es ihm? Na ja, das sagtest du ja schon. Morgen also? Pass auf, ich habe Verstärkung geschickt, ja, nur dass du dich nicht wunderst. Von wegen Wachen genug, ich hab's ja gestern selbst gesehen: Der Polizist flirtet mit deiner Nachtschwester, und meine Schweizer Gardisten spielten Karten. Nein, mein Lieber, es wird also noch ein bisschen voller auf eurer Station ... Wie meinst du? Ich sage dir: Du darfst nicht verzweifeln. Du musst auf Gott vertrauen! Und ein kleiner Tipp: Gebete zum heiligen Judas Thadäus haben in ausweglosen Situationen noch nie geschadet ... Na, eben, wenn Celesti spielt, wird alles gut. Ich segne dich und wünsche dir eine gute Nacht!»

Er legte auf – und vernahm im selben Augenblick ein kleines metallisches Klicken in der Leitung. Wieder wählte er Giulias Nummer. Wieder hörte er nur ihre Mailbox. Und dann, laut und vernehmlich, Immaculatas eisige Stimme aus dem Hörer: «Da Sie sich schon seit Stunden bemühen, Ihre Pressesprecherin zu erreichen, halte ich es für meine Pflicht, Sie darüber aufzuklären, dass Contessa Giulia nicht erreichbar ist. Sie speist gegenwärtig zu Abend.»

«Warum dieser Unterton, Immaculata? Die Schrift verbietet nicht, ein Abendessen einzunehmen. Jesus selbst hat dies gelegentlich getan. Ich erinnere nur an das Abendmahl am Gründonnerstag.»

«Sie speist mit einem *Mann.*»

«Jesus hat sogar mit elf Männern gespeist.»

«Sie speist mit einem *ausländischen* Mann.»

«Jesus war auch kein Italiener.»

Petrus genoss die lange Pause: ein Volltreffer!

«IHRE Pressesprecherin Contessa Giulia», schnaubte Immaculata, «verbringt augenblicklich romantische Stunden mit Scheich Abdullah Abu l-Husn bin Djabbar Al-Udhri. Mit einem Muslim! Und zwar in seinem sehr teuren Hotel!»

«Dann wollen wir hoffen, dass der Scheich die Rechnung zahlt.»

Das war zu viel für Immaculata.

«Die Lesebrille liegt auf Ihrem Schreibtisch, Heiliger Vater.» Immaculatas Stimme erstarb. «Und wenn Sie von Ihrem spontanen Spaziergang auf dem Dachgarten zurück sind, wünsche ich Ihnen eine geruhsame Nacht.»

Die ersten Sterne zeigten sich über der Kuppel von Sankt Peter. Rom lag ihm zu Füßen, und Petrus verspürte plötzlich einen tiefen Frieden. «Der Herr ist mein Hirte, nichts wird mir fehlen», murmelte er und tauchte ein in den Schatten der Bäume. «Muss ich auch wandern in finsterer Schlucht, ich fürchte kein Unheil; denn du bist bei mir, dein Stock und dein Stab geben mir Zuversicht.»

Vierter Tag

1

Giulia fühlte sich miserabel.

Der Champagner, der Wein, die Drinks an der Bar. Und ein Abschied von Abdullah, der herzlicher ausgefallen war, als sie beabsichtigt hatte. Sie sah auf ihr Handy: noch immer keine Nachricht von Francesco. Im Gehen zog sie ihr rotes Baumwollkleid über, vermied den Blick in den großen Spiegel im Flur, taumelte in ihre Küche, nahm ihre größte Bialetti-Maschine vom Haken und stopfte das Sieb randvoll mit Espresso. Sie fand ein letztes Streichholz, zündete die Gasflamme an – und setzte sich in Bewegung. Bis der Espresso gurgelnd durchgelaufen war, schaffte sie es genau bis zu Massimo, ihrem Giornalaio an der Piazza Farnese – und zurück. Ein starker Caffè und die Zeitung – und die Welt würde sich wieder richtig herum drehen.

Draußen auf dem Campo de' Fiori drängelten sich bereits die ersten Hausfrauen, um noch vor der Mittagshitze frische Blumen, Artischocken und Puntarelle-Salat heimzuschaffen. Um Antonellas Stand hatte sich eine kleine Menschentraube gebildet. Ihre kräftige Stimme fuhr unheilvoll zwischen Auberginen und Zucchiniblüten, umkreiste Pampelmusen und Paprika und echote bis zu den stumpf glotzenden Schwertfischen vor der Buchhandlung.

«Blut. Blut. Überall war Blut. Heilige Mutter Gottes, hilf! Sie haben deinen Namen beschmutzt. Sünder! Mörder! Brennen werden sie.»

Giulia blieb stehen. Antonellas Gemüsestand war legendär. Ihre Gabe, Geschichten zu erzählen, aber auch.

«Unser verehrter Kardinal Rotondo war in Rot gekleidet. Wie es sich für einen Kardinal gehört.»

Antonella setzte eine ihrer großen Tomaten aus der Campagna vor sich auf das Schneidebrett.

«Aber er war krank, Maria, hilf, man merkte es sofort, ganz blass sah er aus. Zwei Priester mussten ihn stützen.» Sie griff sich zwei dünne Auberginen aus der Kiste.

«Er zitterte und atmete mühsam. Als ob er es geahnt hätte! Ein unschuldiges Lamm, das zur Schlachtbank geführt wurde.»

Sie klemmte die Tomate zwischen die Auberginen.

«Dann gingen sie die Stufen hinauf. Der Kardinal schwankte, er stolperte und fiel ...»

Antonella ließ die Tomate los. Rund um ihren Stand hatte sich inzwischen das halbe Viertel versammelt. Selbst die beiden Gewürzhändler von nebenan hielt es nicht mehr hinter ihren Ständen.

«Über dem Altar, ihr wisst es ja, hing unser wunderbarer Engel, Dio, wie schön. Sein Kleid weiß und golden, die Lilien in seiner Hand – doch dann ...»

Entschlossen packte Antonella die Kelle, mit der sie Oliven aus den Holzbottichen schöpfte, und ließ sie heruntersausen. Sie traf die Tomate: Roter Saft spritzte auf ihre Unterarme, ihre Schürze, ihr Gesicht. Ihre Stimme war nur noch ein Flüstern: «Er stürzte hinunter. Ungeheuer schnell. Überall war Blut. Blut!»

Sie schluchzte auf: «Und die Madonna weinte! Echte Tränen! Ich habe es mit eigenen Augen gesehen. Der Herr ist mein Zeuge. Die Madonna weinte! Dio mio. Die Mörder werden brennen, wir werden es alle erleben ...» Ihre Stimme versagte.

Giulia riss sich los. Ihre Zeitung. Der Caffè. Schnell lief sie an den Bars vorbei zur Piazza Farnese. Sie konnte es einfach nicht fassen: Rotondo war noch nicht einmal tot und wurde vom römischen Volk schon zum Märtyrer erhoben ...

«Contessa ...»

Massimo rappelte sich strahlend aus seinem grünen Holzhäuschen hoch und reichte ihr unaufgefordert die Repubblica. Giulia zögerte einen kurzen Augenblick und kaufte die Gazzetta dello Sport gleich mit: Es konnte nicht schaden, Petrus vor den Strapazen der Heiligsprechung noch ein wenig bei Laune zu halten.

Auf dem Weg zurück las sie die Schlagzeilen: «Wird Fußballgott Celesti uns ins Paradies führen?» titelte die Gazzetta. Und die Repubblica verkündete: «Rom – Stadt der tausend Wunder!» Giulia schlug die Zeitung auf.

«Magie oder Manipulation? Nach dem ebenso tragischen wie mysteriösen Vorfall in Santa Maria del Fiore gibt es täglich neue Meldungen über wundersame Geschehnis-

se in den Kirchen der Stadt: Die Madonna der Verkündigung weint noch immer echte Tränen, der moderne Kruzifixus von Mario Ceroli in Santa Maria Madre del Redentore blutet aus den Wundmalen an Händen und Füßen. Und gestern wollen drei japanische Touristen bemerkt haben, wie die Marmorstatue der heiligen Agnes in Borrominis Kirche an der Piazza Navona plötzlich in Flammen stand. Mehrere Expertenteams befassen sich inzwischen mit den Untersuchungen, die ersten Busse mit Gläubigen aus ganz Italien treffen heute in der Hauptstadt ein. Lesen Sie dazu den Kommentar des Kunsthistorikers Arturo Pinello. Und das große Interview mit Bischof Saldi: ‹Geben ist seliger denn nehmen – spendet zu Ehren der weinenden Madonna!›»

Wie in Trance ging Giulia die Treppen zu ihrer Wohnung hoch. Als sie die Tür aufschloss, schlug ihr der angebrannte Geruch entgegen: der Caffè! Sie wickelte sich ein Küchentuch um die Hand und zog die Maschine vom Feuer: Der Plastikgriff war geschmolzen, der Dichtungsring in die Kanne eingebrannt. Und auf dem Herd hatte sich eine schwarze, klebrige Masse gebildet: verkrustet – wie getrocknetes Blut.

11

Er sah ihn vor sich, wie er da lag und röchelte. Das feiste Gesicht eingefallen. Zur Maske des Todes erstarrt. Alles war bereit. Aber der Alte war zäh, im Tod wie im Leben. Das Herz pumpte und pumpte, als könnte es noch entkommen, als wären die letzten Stunden nicht schon gezählt. Eine königliche Inszenierung hätte es werden sollen in vollem Ornat und Glanz. Jetzt würde es ein geheimes Kammerspiel geben. Die Wachen waren bestochen, die Krankenschwestern genauso. Ein schneller Schnitt, ein letzter Atemzug – vorbei.

III

Es war kein Problem gewesen, die Akten anzufordern. Sebastiano, Mitarbeiter in der Personalabteilung des Vatikans, war der Schwager ihrer Cousine Alessia. Und ihr wegen der erfolgreichen Stellenvermittlung noch einen kleinen Gefallen schuldig … Ein kurzer Anruf – und eine Viertelstunde später stand Sebastiano mit den Papieren unter dem Arm in ihrem Büro.

«Ciao, Giulietta.»

Giulia hasste es, wenn man sie Giulietta nannte. In ihrer weitläufigen Familie ließ sich der Kosename allerdings nicht ausrotten.

«Ciao, Sebà.»

«Ich habe dir alles zusammengesucht. Es war allerdings ein bisschen mühsam, weil die Akte aus zwei Teilen besteht.»

«Wie, aus zwei Teilen?»

«Na ja, einmal seine ganze Karriere: Studium, Stipendien, ein Auslandsaufenthalt in Frankreich, Promotion, Lehrauftrag, Habilitation, Berufung an die Gregoriana … Aber dann habe ich hier noch einen dünnen Ordner gefunden: Manche fangen eben früh an mit ihrer Vatikanlaufbahn …»

«Wie meinst du das – gib mal her!»

Giulia zog die schmale, abgegriffene Mappe zu sich heran.

«Ich will damit nur sagen, dass dein Professore Pinello schon früh aktenkundig geworden ist. Als Zögling des römisch-katholischen Erziehungsheims ‹Maria voll der Gnaden›.»

«Davon hab ich ja noch nie etwas gehört.»

«Wundert mich nicht. Das ist eine eher, wie soll ich sagen, private Einrichtung. Man muss schon vermittelt werden, um dort einen Platz zu bekommen.»

«Könntest du vielleicht ein bisschen deutlicher werden, Sebà? Oder du darfst die Vorbereitungen zu Tante Marthas Sechzigstem allein übernehmen …»

«Entschuldige, Giulietta, ich habe mein Handy drüben liegenlassen und erwarte einen wichtigen Anruf, ich muss nur kurz …»

Damit war Sebastiano zur Tür hinaus. Eine Sekunde später steckte er den Kopf nochmal herein. «Am besten ist es vielleicht, wenn du selbst mal vorbeischaust und nach Kinderfotos des kleinen Arturo fragst. Via Annia, soweit ich mich erinnern kann, neben der Apotheke. Im Quartiere San Giovanni. Die stehen nämlich nicht im Telefonbuch!»

IV

Merkwürdig still war es heute Morgen. Es regnete leicht, er hatte die Fenster geschlossen, und auch vom Flur drang kein Laut. Immaculata war immer noch beleidigt wegen seiner Flucht auf den Dachgarten und hatte ihm ein Tablett mit Toast und Wasser kommentarlos *vor* das Arbeitszimmer gestellt. Petrus saß wohlig in seinem Lieblingsohrensessel und raschelte leicht mit den Seiten der Gazzetta dello Sport. Giulia war da gewesen – und ebenso schnell wieder verschwunden. Sie sah ein wenig konfus aus, fand Petrus, außerdem war sie genauso wenig zum Sprechen aufgelegt wie Immaculata. Aber sie hatte nicht nur die Zeitung, sondern auch noch eine zerdrückte Brioche in einer Tüte und einen Pappbecher mit einem «Espresso to go» dabei. Braves Mädchen!

Er hatte sie nicht auf ihren Scheich angesprochen. Ein kurzer Blick – und ihm war klar, dass der Augenblick für ein Gespräch über Differenzen und Gemeinsamkeiten im westöstlichen Dialog nicht gerade günstig war. Sie hatte ihm nur aufgebracht die Repubblica mit Saldis Interview vor die Nase gehalten und bissig angemerkt, dass der Bischof seinen Plan, die Kirche ökonomisch aufzurüsten, schon äußerst tatkräftig umsetze – und wie er als Papst mit den langsam überhandnehmenden Wundern umzugehen gedenke. Dann hatte sie etwas von seltsamen Begebenheiten im Leben des Arturo Pinello gemurmelt, ihren Latte macchiato hinuntergestürzt, den Pappbecher zerknüllt und nervös ihr Handy kontrolliert. Im nächsten Moment war sie schon zur Tür hinaus, nicht ohne ihn noch einmal scharf anzublicken und zu sagen, er solle sich keine Hoffnungen machen: Sie sei rechtzeitig zur Heiligsprechung wieder zurück – und das Ganze werde streng nach Protokoll *und ohne Ausflüchte* seinen höchst formellen Gang nehmen. Schließlich sei es ja heute nicht mehr so heiß.

Petrus stand auf und öffnete das Fenster. Es nieselte immer noch. Ordner in grauen Uniformen bestuhlten den grauen Platz mit grauen Plastiksitzen. Von dem angekündigten festlichen Farbenrausch zu Ehren des Heiligen war noch nichts zu sehen.

Mit Sorge dachte er an Francesco, der sich aus seiner Grabkammer gar nicht mehr zurückmeldete. Wenn Francesco bis zum Abend nicht wieder auftauchte, musste er selbst noch einmal in die Katakomben steigen, und dazu drängte es ihn nicht gerade. Doch die Zeit wurde knapp. Rotondo atmete und kämpfte um sein Leben – und irgendwo hinter den Kulissen liefen bereits die Vorbereitungen zum letzten Akt.

Er selbst jedenfalls würde nicht untätig bleiben. Bis zur Heiligsprechung am Nachmittag hatte er alle seine Termine abgesagt. Er musste sich noch einmal vergewissern: Das Blut auf dem Altartuch, der eingeschlossene Alvarez, das Kommen und Gehen in der nächtlichen Kirche – er hatte eine vage Vorstellung, wie das alles zusammenhing, aber er musste sich an Ort und Stelle ein Bild machen.

Der Wind sprühte ihm einige Regentropfen ins Gesicht.

Petrus schloss das Fenster und wandte sich zum Gehen.

V

Die Schatten der Palmwedel lagen wie ein verwirrendes Muster auf den rostroten Steinen: schwarze dünne Linien, die sich kreuzten, verschränkten und manchmal sanft bewegten, wenn ein Windhauch die Kronen streifte. Wie ein hellgrün schimmerndes Dach überspannten die Zweige den kleinen Innenhof. Es war noch ein wenig kühl und regenfeucht, doch die Sonne schickte ihre ersten Strahlen auf Zitronen- und Orangenbäumchen, auf silbrige Olivenblätter und üppige Rosenbüsche: eine Oase, ein Hortus conclusus mitten in Rom.

Die alte Nonne saß in einem Schaukelstuhl aus Korb, eine Decke über die Knie gebreitet. Sie hatte die Augen geschlossen und wippte sanft. Ihr kleines, rundes Gesicht war sonnengebräunt und von feinen Falten überzogen.

«Schwester Elisabetta?»

Die Nonne öffnete die Augen. Ihr Blick war klar und aufmerksam.

«Gott sei mit Ihnen, mein Kind. Möchten Sie sich setzen?»

Sie wies auf einen Stuhl.

Giulia nahm Platz. Die Nonne, hellwach und gut gelaunt, beobachtete sie aufmerksam.

«Ich kann mich an die meisten Kinder aus dem Heim erinnern», sagte Schwester Elisabetta. «Aber ich weiß im Augenblick wirklich nicht, wann Sie bei uns gewesen sind.»

«Ich war nicht selbst hier», sagte Giulia. «Aber ich

interessiere mich für das Heim. Genauer gesagt: Ich interessiere mich für ein Kind, das einmal bei Ihnen war.»

«Wie heißt es?»

«Pinello. Arturo Pinello.»

«Natürlich, ich erinnere mich.» Schwester Elisabetta lächelte zufrieden. «Ein sehr zarter, durchscheinender Bub. Schmales Gesicht. Brille, glaube ich. Er war sehr schüchtern und las viel. Ein kluger Kopf. Ich weiß nicht mehr, was aus ihm geworden ist, aber sicher etwas Bedeutendes. Vielleicht Arzt?»

«Professor. Arturo ist Professor geworden. Für Kunstgeschichte.»

«Natürlich!» Elisabettas Augen folgten einer Eidechse, die über die Steinfliesen huschte und zwischen zwei Begonientöpfen verschwand. «Ich hätte es wissen müssen. Er liebte ja die Kunst so sehr. Unserer Schwester Anna – Gott habe sie selig – ging er immer zur Hand, wenn sie in der Kirche putzte. Denn dabei durfte er die Statuen abstauben und konnte sie ganz aus der Nähe besehen. Stunden verbrachte er vor den Altären.»

«Wie alt war er, als er zu Ihnen kam?»

«Kaum fünf, meine ich. Er ging noch nicht zur Schule und war ...»

«Was war mit ihm?»

«Er war ... verstört. Ja – das ist das richtige Wort. Nicht, dass er aufsässig gewesen wäre. Oder gemein zu seinen Kameraden. Aber ... er war nicht ganz in dieser Welt.»

«Warum war er in Ihrem Heim?»

Elisabetta wippte lange. Dann wandte sie sich zu

Giulia und musterte sie scharf. «Warum interessiert Sie das alles?»

«Ich arbeite für den Heiligen Stuhl. Wir interessieren uns für Professore Pinello. Aus Gründen, über die ich nicht sprechen kann.»

«Für den Heiligen Stuhl?»

Giulia hatte sich bewusst für ein Kostüm entschieden, das auch den Ansprüchen einer Ordensschwester genügen musste. Doch offenbar gab es immer noch Verbesserungsbedarf.

«Bitte, rufen Sie doch einfach im Vatikan an», sagte Giulia. «Ich kann sehr gut verstehen, dass es Sie irritiert, wenn ich hier einfach auftauche und merkwürdige Fragen stelle. Man wird Ihnen dort bestätigen, dass alles seine Richtigkeit hat. Obwohl ich vielleicht nicht ... ganz so würdig aussehe wie so mancher ehrenwerte Monsignore.»

«Nein, nein, Kindchen!» Elisabetta lachte vergnügt. «Ich freue mich, wenn im Vatikan nicht nur schlechtgelaunte ältere Männer unterwegs sind. Es ist nur so, dass man es gerade im Vatikan nicht schätzt, wenn wir Schwestern über unsere Zöglinge reden.»

«Aber warum nicht?»

«Unser Kinderheim ist ... eine ganz besondere Einrichtung. Es handelt sich nicht um ein gewöhnliches Waisenhaus. Viele unserer Kinder haben durchaus Eltern, die am Leben sind. Aber aus bestimmten Gründen ist es ihnen nicht möglich, bei ihnen zu leben. Obwohl ihre Väter hohes Ansehen genießen. Nur verträgt sich diese Würde nicht ganz mit Vaterfreuden.»

«Ich verstehe.»

«Aber wo sollen sie hin, die armen Würmer? Die Mütter – nun ja: Sie sind nicht immer in der Lage, die Kleinen großzuziehen. Woher soll das Geld kommen? Vor allem aber wollen die jungen Mädchen irgendwann heiraten und in Ehren leben. Ein Kindchen, dem der Vater fehlt, ist da ein großes Hindernis. Also bringen sie ihre Kinder zu uns. Wir sorgen für sie. Manchmal kommt es auch zu einer Adoption, andere werden bei uns groß. Gott hat ihnen verboten, bei ihren Vätern zu leben, Signora. Aber er hat auch dafür gesorgt, dass sie es gut haben. Und sie haben es wirklich gut bei uns. Das müssen Sie mir glauben.»

«Eines verstehe ich noch nicht, Schwester: Vorhin sagten Sie, Pinello sei mit kaum fünf Jahren zu Ihnen gekommen. Die ... besondere Situation seines Vaters bestand aber doch ... von Geburt an.»

«Sie haben gut aufgepasst», sagte Elisabetta und versetzte ihren Schaukelstuhl in sanftes Wippen. «In der Tat: Die meisten Kinder kommen sehr früh zu uns. Viele als Säuglinge. Es ist ungewöhnlich, dass ein Kind erst mit fünf Jahren bei uns einzieht. Aber bei Arturo war vieles ungewöhnlich.»

«Wovon sprechen Sie?»

«Üblicherweise sind es die Mütter, die ihre Kinder hier abgeben. Manche still und heimlich, andere unter entsetzlichen seelischen Schmerzen. Arturo dagegen wurde von einem Mann gebracht.»

«Und dieser Mann war ein ...»

«So ist es. Erstaunlich allerdings war, dass er sich auch weiterhin für den Jungen interessierte. Als Arturo das Abitur machte, erhielt er ein Stipendium. Aus einer kirchlichen Stiftung. Er war ein vorzüglicher Schüler, keine Frage. Aber er war auch mit einem Makel behaftet, den die Kirche gewöhnlich nicht gerne sieht. Dennoch wurde er ausgezeichnet.»

«Darf ich Sie bitten, mir den Namen dieses Mannes zu sagen?»

«Als Arturo hier ausschied, erschien jener Mann, der ihn gebracht hat. Er war sehr liebenswürdig und bedankte sich vielmals bei uns. Vielen Schwestern war es fast ... ein wenig peinlich. Sie hatten ja Anlass, in diesem Mann Arturos Vater zu vermuten. Der Mann segnete uns alle und verpflichtete uns zeitlebens zur absoluten Diskretion: Niemand dürfe erfahren, was es mit dem Jungen auf sich habe. Kurze Zeit später genehmigte uns die Diözese ein neues Dach. Später erhielten wir sogar einen Aufzug. Einige Schwestern, so auch ich, sind nicht mehr gut zu Fuß. Als man unser Heim schließen wollte, kurz vor dem Heiligen Jahr, um hier ein Hotel zu bauen, schrieb ich diesem Mann einen Brief. Daraufhin wurden die Pläne fallengelassen. Sie sehen: Ich habe guten Grund, ihm verpflichtet zu sein.»

«Sie möchten mir also nichts sagen?»

«In Rom wird ohnehin zu viel geredet. Und in unseren Kreisen sowieso.» Elisabetta rückte ihr Kissen zurecht. «Konnte ich Ihnen ein wenig weiterhelfen, Signora?»

Giulia begriff, dass sie entlassen war. «Ich danke Ihnen vielmals. Und ich verstehe, dass Sie mir nicht alles sagen konnten.»

«Gott sei mit Ihnen.»

Giulias Absätze klackten auf den alten Steinfliesen. Unter den Arkaden, die den Hof umschlossen, drehte sie sich nochmals um: Elisabetta hatte die Augen geschlossen und schaukelte gelassen.

VI

Wenn Oscuro von seinem Arbeitszimmer zu den Speisesälen gelangen wollte, musste er die große Gemäldegalerie durchqueren.

Bis zur Decke hinauf waren die Wände des langgestreckten Saales mit Bildern behängt. Eindrucksvolle Schlachtenszenen prangten neben kleinen Blumenstillleben; entrückte Heilige beteten zwischen rosigen Nymphen und Nereiden, verwunschene Landschaften im Morgenlicht schimmerten neben düsteren Herrscherporträts. Stolze Kardinäle blickten streng, zarte Madonnen sanft auf Oscuro herab, der langsam über den langen roten Teppich schritt.

Plötzlich blieb er stehen.

Dann ging er auf ein kleines Bild zu, das unscheinbar, in dunklem Rahmen, zwischen zwei prunkvollen Papstkrönungen hing. Es zeigte den heiligen Franziskus, gekleidet in ein grobes Gewand, mit einem Strick umgürtet. Mit seinem Körper stützte er ein Kirchengebäude, das zusammengebrochen wäre, hätte es sich nicht an Schulter und Rücken des Mönchs angelehnt. Neben Franziskus schlief, in vollem Ornat und mit der Tiara auf seinem Haupt, ein Papst in seinem goldenen Bett.

Oscuro nahm das Bild von der Wand. Er ging zurück zu seinem Arbeitszimmer und legte es behutsam auf den

Schreibtisch. Dann läutete er mit der silbernen Glocke, die auf einem kardinalsroten Kissen lag.

Lautlos erschien ein Diener.

«Wir essen später», sagte Oscuro. «Geben Sie der Küche Bescheid. Und dann verpacken Sie dieses Bild. Edel, aber nicht protzig. Es soll ein Geschenk sein.»

Der Diener nickte, hob das Bild vorsichtig auf und ging.

Oscuro nahm einen Bogen seines Schreibpapiers, auf dem rechts oben das Wappen seines Hauses zu sehen war, umgeben von den Insignien der Kardinalswürde. Dann begann er zu schreiben:

Mein Padre,

unser Gespräch am gestrigen Abend hat mich beeindruckt. Nur selten findet man in Rom, dieser Welthauptstadt der Speichellecker und Intriganten, einen Mann, der die Kirche mit reinem Herzen liebt, mit wahrer Leidenschaft und dem Mut, sich dem Auftrag des Herrn völlig hinzugeben.

Ich möchte Ihnen ein Bild schenken, Padre. Sie finden es in diesem Paket. Es stammt aus der Galerie meines Hauses. Ein kleines Tafelgemälde, das Werk eines unbekannten Meisters aus dem Seicento. Für den, der nur das Materielle schätzt, hat es keinen großen Wert. Doch Sie, Padre, werden erkennen, dass der Wert dieses Bildes nicht in seinem Preis besteht, sondern seiner spirituellen Kraft.

Sie kennen das Motiv. Jedes Kind in Umbrien, vielleicht in ganz Italien weiß um diese Legende. Viele Künstler haben sie dargestellt. Es ist die Geschichte von Papst

Innozenz III., der vom Untergang der Kirche träumt. Sie ist morsch geworden, haltlos und schwankend. Sie wankt – wie das Kirchengebäude auf dem Bild. Aber sie stürzt nicht ein. Denn ein frommer Mann, der heilige Franziskus, erscheint. Er stützt das wankende Gebäude. Er gibt ihm Halt. Er richtet es wieder auf.

Sie wissen, was uns dieses Bild sagen will, mein Padre. Die Kirche muss untergehen, wenn sie nicht von frommen Menschen gestützt wird. Aus eigener Kraft kann sie nicht bestehen – erst die Kraft des Glaubens gibt ihr Festigkeit. Der große Papst Innozenz kann nicht sein ohne den einfachen, gläubigen Mönch Franziskus. Vielleicht haben Sie an dieses Motiv gedacht, als Sie sich entschlossen, dem Ruf des Heiligen Vaters zu folgen.

Der mächtige Papst bedarf eines Helfers. Eines frommen Mannes. Ist das schon alles? Gewiss nicht, mein Padre. Dringen Sie zum wahren Geheimnis dieses Bildes vor! Bedenken Sie: Warum stützt der einfache Mönch Franziskus die Kirche? Weil es ihm ein Anliegen ist! Weil er will, dass die Kirche Bestand hat! Er könnte ja das dekadente Rom dem Untergang preisgeben, in die Einsamkeit ziehen und mit seinen Anhängern eine neue Kirche bauen. Eine Kirche der Einfachheit, der Armut, der Stille. Aber das will er nicht. Er will nicht nur das stille Gebet in der Einsamkeit, sondern er will auch die päpstliche Macht. Er will, dass die Ordnung der Kirche fortbesteht. Er glaubt an ihre Herrlichkeit, an ihre Pracht, an ihren Reichtum.

Denken Sie darüber nach, mein Padre.

Stellen Sie das Bild in Ihrem Kämmerlein auf. Meditieren Sie über sein Mysterium. Stützen Sie die Kirche und diejenigen, die ihre Größe, ihre Schönheit und ihre Gewalt erhalten wollen.

Sprechen Sie mit mir, Padre, wenn Ihnen danach zumute ist. Sie wissen, wie Sie mich erreichen können.

Oscuro

Der Kardinal legte den kostbaren Federhalter zur Seite, las das Schreiben durch und faltete es zusammen. Als der Diener kam, legte er es in das Paket.

«Verschließen Sie es. Und bringen Sie es noch heute zum Vatikan. Es ist für den Privatsekretär des Papstes bestimmt. Persönlich.»

VII

Zuerst hatte er sich verlaufen und war mit einem Mal im Stockdunkeln zwischen zwei Felsen eingeklemmt. Aber er musste zurück in die Kapelle, musste sehen, was es mit diesem geheimen Gang auf sich hatte. Die Finsternis setzte ihm allmählich zu, er fühlte sich traurig und niedergeschlagen. Er dachte an sein Kloster, an den Pfad im Wald, an die silbrigen Olivenbaumblätter. Er dachte an sein helles Zimmer im Vatikan, an die Freundlichkeit von Petrus, die Cornetti und das Frühstücksritual. Und er dachte an Giulia auf dem Balkon hoch über dem Campo de' Fiori, an die Wärme der Abendsonne, an die fast leere Flasche Wein, an ihre nackten Füße und – er musste wirklich aus den Katakomben ans Tageslicht. Hier unten fing er noch an, zu halluzinieren.

Inzwischen hatte er die Kapelle wiedergefunden und sah sich um: Er war allein. Die Figur des heiligen Sebastian glänzte wie am Tag zuvor im Kerzenschein. «Sei mir gnädig, o Gott», betete Francesco. Dann zog er, wie er es gesehen hatte, die Pfeile aus Brust und Oberschenkel der Statue. Ein Klicken, die Felsen öffneten sich und gaben den Blick in den hohen, hellen Flur frei. Geblendet schloss er für einen Moment die Augen. Vorsichtig ging er weiter, der Gang fiel leicht ab und verbreiterte sich zusehends. Er glaubte, Stimmen zu hören und leise Musik, er beschleunigte seine Schritte und fand sich plötzlich an der Schwelle zu einem Saal wieder, der sich vollkommen von dem düsteren Andachtsraum unterschied.

In einer Sitzgruppe aus weißem Leder saßen Mönche in gedämpftem, aber ohne Zweifel elektrischem Licht, unterhielten sich und tranken Tee. An einem Flügel – ebenfalls weiß – klimperte ein Novize die Préludes von Chopin. Exotische Blütenstängel steckten in hüfthohen Vasen und flankierten einen weißen Läufer, der über helles Parkett zu einem Empfangstresen am anderen Ende führte. Dort stand der Mönch, den Francesco noch vor kurzem am Eingang zu den Katakomben gesehen hatte: bleich, tiefe Ränder unter den Augen, in einem ebenso weißen Habit. Nun trug er einen hellen Anzug, die Augenringe waren verschwunden, und seine Wangen glänzten sanft bronziert.

Aufmunternd lächelte er Francesco zu. «Willkommen, Bruder!»

Dann wandte er sich zu einem Schlüsselbrett. «Würdest du so freundlich sein, mir die Nummer deiner Umkleidekabine zu nennen?»

Francesco zögerte. «Es ist so … ich war sehr lange nicht mehr hier, deshalb …»

«… hast du keine Kabine gebucht, ich verstehe.» Der Bronzierte lächelte verständnisvoll und nahm einen Schlüssel. «Nimm doch die 37. Wie ich sehe, hast du auch nichts zum Umziehen dabei?»

«Nein … ich …»

«Macht nichts, wir haben ja vorgesorgt!» Unter seinem Tresen zog er eine kleine Reisetasche hervor. «Hier ist alles drin, was du brauchst. Kleidung findest du in der Kabine. Ich hoffe, du kennst dich noch aus, wenn du schon länger nicht mehr hier warst?»

«Doch, sicher … wenn man aus der Umkleidekabine kommt …»

«… dann ist gleich vor einem das *Paradies*, richtig! Wenn du zur *Auferstehung* möchtest, folgst du einfach dem Bachlauf. Das Dampfbad ist übrigens inzwischen fertig. Das *Dormitorium* liegt genau darüber – wenn du dich noch entschließen möchtest, zu übernachten. Falls du eine Kleinigkeit essen willst: Im La Chapelle bieten sie heute Wachteln an.»

«Vielen Dank. Ich finde mich schon zurecht.»

Der Mönch beugte sich vor und senkte die Stimme: «Versteh mich nicht falsch, mein Freund, aber du siehst mitgenommen aus. Vielleicht möchtest du ein kleines Extra buchen? Akupunktur? Pediküre? Energiearbeit? Massage?»

«… vielleicht … eine Massage …?»

«Ich buche dir ein halbes Stündchen bei Dimitri. Sagen wir in einer Stunde? In der Rosenlaube?» Er tippte in die Tastatur. «Wie lautet der werte Name?»

«Francesco.»

«Perfekt!» Der Bronzierte strahlte. «Bitte hier rechts entlang, den Gang hinunter bis zur Nummer 37. Einen schönen Aufenthalt.»

Francesco nickte benommen. Er wandte sich zu den Kabinen und bemerkte nicht mehr, wie der Bronzierte das Lächeln einstellte, nach dem Telefon griff und mit leiser Stimme Anweisungen erteilte.

In Nummer 37 gab es Dusche und Waschbecken, eine Kofferablage, Schrank und Ruhesessel. Gegenüber der Eingangstür hing ein bunter Vorhang aus Holzperlen, die sich leicht im Wind bewegten.

Francesco war verwirrt. Er öffnete den Schrank: Mehrere Sommeranzüge in verschiedenen Größen hingen an der Stange; in den Regalen fand er farblich passende Hemden in drei Kragenweiten. Die Reisetasche enthielt vor allem Shampoo, Rasierzeug und Kosmetika. Er sah sich ratlos um. Dann zog er sich mechanisch aus, duschte, rasierte sich und wählte einen Leinenanzug in Beige und ein hellblaues Hemd. «Paradies S. Sebastien» war in die Hemdtasche eingestickt. Er steckte sein Handy ein – der Empfang war noch immer tadellos. Und faltete schließlich seine Mönchskleidung auf dem Ruhesessel zusammen.

Dann ging er zum Perlenvorhang und zog die Schnüre auseinander.

Und da war es: das Paradies.

Mächtige Palmen und tropische Baumriesen überschatteten einen samtigen englischen Rasen, der von Wassersprengern ununterbrochen berieselt wurde. Geharkte Kieswege schlängelten sich zwischen üppigen

Blumenrabatten und verloren sich in der Ferne; Lauben und kleine Gartenpavillons blitzten zwischen den Sträuchern. Ein leichter, beinahe nebliger Dunst schwebte über der Landschaft und verdeckte die Decke der unterirdischen Halle.

Francesco ging wie betäubt den Kiesweg entlang. Die Luft war schwer, er fühlte sich fremd in der weltlichen Kleidung und immer noch benommen durch die plötzliche Helligkeit nach dem Dunkel der Katakomben. Er überquerte eine zierliche, weißgestrichene Brücke und sah überrascht, dass im Bach tatsächlich regenbogenfarbene Fische schwammen. Er kam an einem Rosenbeet mit überschweren Blütendolden vorbei. In der Ferne glitzerte ein See, auf dem Boote schaukelten, die Segel zusammengerollt. Francesco geriet in ein Labyrinth aus hohen Buchsbaumhecken und fand sich auf der anderen Seite in einem Zitronenhain wieder. Er folgte bewachsenen Steinstufen eine Zypressenallee hinunter, gelangte an ein Wasserbecken mit plätschernder Fontäne. Und sah dort auf einer Bank Marco sitzen, der andächtig im «Geheimen Evangelium des Markus» las.

«Francesco! Was machst du denn hier?»

Marco sprang auf und sah ihn fassungslos an.

«Ich suche die Rosenlaube», sagte Francesco matt. «Ich habe dort einen Termin. Bei Dimitri.»

«Aber ... ich meine ... wie kommst du hierher?»

«Durch die Kapelle. Wie alle hier», sagte Francesco.

«Aber ... du gehörst nicht zum inneren Kreis! Du darfst hier nicht sein!»

«Ihr alle dürft hier nicht sein», sagte Francesco. «Ihr müsstet eigentlich in den Katakomben sitzen, ihr müsstet euch geißeln und büßen. Ich bin noch etwas ... mitgenommen von alldem, Marco, und weiß nicht, was ich davon halten soll.»

«Weil du noch nicht reif bist für den inneren Kreis! Aber jetzt, Francesco, wo du schon einmal hier bist – jetzt musst du doch fühlen, dass du dazugehörst.» Marco kämpfte um seinen Schüler. «Die Katakomben sind nur die äußere Hülle! Hier, wo du jetzt bist, schlägt das Herz unserer Bruderschaft! Hier ist die Welt so, wie Gott sie gemeint hat: ein Paradies freier Männer! Sie leben hier so, wie Männer leben wollen: in Freundschaft und Harmonie. Wie Jesus mit seinen Jüngern. Es ist eine Welt voller Schönheit und Glück.»

«Darum nennt ihr diesen Garten das ‹Paradies›?»

«Findest du nicht, dass es passt?»

«Sicher ... Und was ist das ‹Dormitorium›?»

«Wir haben ein kleines Hotel eingerichtet. Für Übernachtungsgäste.»

«Und was ist die ‹Auferstehung›?»

«Der Wellness-Bereich.»

«Ihr habt an alles gedacht. Darum funktionieren auch die Handys in den Katakomben, nicht wahr?»

«Es ist das Paradies, Francesco! Der Ort, wo alle Wünsche wahr werden!»

«Ich verstehe», sagte Francesco und beobachtete ein zahmes Reh, das unter einem Orangenbaum graste. «Wenn du mir jetzt den Weg zur Rosenlaube zeigen könntest?»

«Du kannst dort nicht hin! Weil du kein Recht hast, hier zu sein. Du musst schleunigst wieder verschwinden!»

Francesco stand auf. «Ich möchte aber dorthin.»

«Dann begleite ich dich!» Marco war verzweifelt. «Du kannst hier nicht allein herumlaufen. Sie verstehen keinen Spaß, wenn sich jemand einschleicht.»

Francesco ging schnell, und Marco hatte Schwierigkeiten, ihm zu folgen. Sie durchquerten ein Rhododendron-Wäldchen. Zur Rechten glänzte ein Teich; Schwäne glitten unter Trauerweiden dahin.

«Wir sind jetzt bei der ‹Auferstehung›», sagte Marco. «Dort hinten, in dem Rokoko-Pavillon, ist der Körperpflege-Bereich. Maniküre und so. In der Fischerhütte am Ufer sind die Schlammbäder. Die Rosenlaube steht da vorne.»

Sie gingen den Hügel hinauf. Francesco sah einen Tempel im griechischen Stil, mit weißen zierlichen Säulen, überwuchert von Kletterrosen. Ein schwerer, süßlicher Geruch lag in der Luft. Er bog einen Zweig zur Seite und trat ein, gefolgt von Marco, der nervös eine Dornenranke von seinem lindgrünen Poloshirt zupfte.

«Guten Tag», sagte Francesco. «Ich habe einen Termin. Bei Dimitri.»

In der Laube standen zwei Massagebänke. Auf der hinteren sah er den Rücken eines nackten Mannes, der gerade von einem breitschultrigen, ungeheuer muskulösen Riesen durchgewalkt wurde. Der Masseur hatte gutmütige Gesichtszüge und trug eine Art weißer Toga mit Ledersandalen. Neben der vorderen Massagebank stand noch ein Riese – ebenfalls in einer Art weißem Leinentuch mit nacktem Oberkörper.

«Hi. Ich bin Vassili. Dimitri hat noch Kundschaft. Mach dich schon mal frei.»

Wortlos legte Francesco sein Jackett ab und knöpfte das Hemd auf. Marco sah diskret zur Seite und bemerkte nicht, wie Francesco das Handy aus der Innentasche zog und eine Taste drückte. Dann legte er sich auf die Massagebank.

Vassili träufelte Massageöl auf seinen Rücken.

«Einmal Standardprogramm?»

Francesco murmelte etwas in das Kissen. Vassili begann. Seine tellergroßen Hände waren angenehm warm. Vorsichtig strich er die Rückenpartie entlang.

«Wir kennen uns gar nicht», sagte er nach einer Weile. «Was machst du im normalen Leben?»

«Vatikan», murmelte Francesco.

«Klar, dort arbeiten zwei Drittel der Jungs hier. Ich übrigens auch. Aber wir sind uns noch nie begegnet, nicht wahr?»

Francesco brummte etwas Unbestimmtes.

Plötzlich hörte Francesco eine weitere Stimme: Es war der Mann, der gerade von Dimitri behandelt wurde. Der Klang kam ihm irgendwie bekannt vor. «Ich glaube, unser junger Freund hier möchte etwas kräftiger massiert werden.»

«Okay», sagte Vassili.

Der Druck wurde stärker und unangenehm.

«Also noch einmal», sagte Vassili. «Wo genau arbeitest du im Vatikan?»

Wieder brummte Francesco.

Da schoss auf einmal ein heftiger, heller Schmerz durch seinen Rücken. Francesco schrie, und Marco stürzte sich auf Vassili.

«Setz dich, Marco», sagte der Mann, der von Dimitri massiert wurde. Marco wich zurück, sank auf einen Hocker und verbarg verzweifelt seinen Kopf in den Händen.

«Dann also zum dritten Mal», sagte Vassili. «Wo arbeitest du im Vatikan?»

«... Papst», keuchte Francesco.

«Willkommen, Heiliger Vater», sagte Vassili und drückte fester. «Erstaunlich, was die Bruderschaft bewirkt. Ein Jungbrunnen: verschlankt und verjüngt.»

Wieder dieser Schmerz. Francesco stöhnte, Marco wimmerte.

«Schluss jetzt», sagte der Mann scharf. «Padre, Sie haben Vassili jetzt kennengelernt. Er wird Sie gerne noch weitermassieren. Aber vielleicht ziehen Sie es vor, sich ein wenig mit mir zu unterhalten? Über sich, Ihr Interesse an der Bruderschaft, Ihre weiteren Pläne?»

Francesco hob den Kopf. Auf der Massagebank richtete sich der Prior auf, schwang seine Füße auf den Boden und griff nach einem Bademantel. Es war das erste Mal, dass Francesco ihn ohne Sonnenbrille sah.

VIII

Sie hatte das Schlimmste verhindert – mehr konnte sie nicht mehr tun. Seit Tagen schon stritt Giulia erbittert mit dem Leiter des Büros für Liturgische Feiern mit dem Heiligen Vater. Es ging um die Szenographie der Heiligsprechung, genauer: um ein Gesamtkunstwerk – denn als solches wollte der Zeremonienmeister Vittorio seine

Schöpfung verstanden wissen. Eine Heiligsprechung für einen Afrikaner! Endlich einmal eine wirklich mitreißende, rhythmische, ja leidenschaftliche Messe. Eine Farbenpracht, ein Farbenrausch, eine Orgie aus Grün, Blau, Rot und Gold.

«Das Grün steht für die weiten Urwälder Afrikas», behauptete Vittorio, «das Blau für die Wasser des Nils, das Rot für den Wüstensand und das Gold für den Heiligen Geist, der unsere Missionare erleuchtet.»

«Der Nil ist eine braune Brühe», hatte Giulia geantwortet. «Und diese roten Federpuschel hier – wofür stehen die? Für die Flammen, in denen unsere Missionare geröstet wurden?»

«Sie stehen für den Kopfschmuck der Eingeborenen», hatte der Zeremonienmeister mit Würde geantwortet. «Ich strebe eine Synthese von europäischen und afrikanischen Symbolen an. Das Abendland und der Schwarze Kontinent begegnen sich im Zeichen des Kreuzes.»

«Bei Ihnen begegnen sie sich im Zeichen des Federpuschels.»

«Es handelt sich um eine Straußenfeder. Der Strauß ist der Vogel Afrikas. Viele Stammesführer schmücken sich mit seinen Federn. Ich habe das recherchiert.»

«Wir veranstalten eine Heiligsprechung. Und keinen Triumphzug!»

Am Ende hatten sie sich auf einen Kompromiss geeinigt. Der Zeremonienmeister durfte weiterhin in Farben schwelgen und musste dafür auf alles verzichten, was an Voodoo-Rituale, Regenzauber und Medizinmann-Kostüme erinnerte. Auch die Straußenfeder, die aus der Mitra des Heiligen Vaters ragen sollte, hatte Giulia ihm untersagt.

Die letzte Stunde vor der Heiligsprechung war trotzdem noch die Hölle. Giulia bestand darauf, die Ankleide zu überwachen: In der Sakristei des Petersdoms zupfte sie an den Kragen der Ministranten, ging mit dem Chefdirigenten nochmals die Abfolge der Choräle durch und übte mit dem Heiligen Vater, wie man die Namen der diversen Stammesfürsten korrekt aussprach. Sie verteilte Pressemitteilungen, führte eine Delegation von Medienleuten durch die Sakristei («Nein, die Federpuschel setzen wir nicht ein, die stehen hier nur als Raumschmuck herum»), suchte den Kamm des Heiligen Vaters, stritt mit dem Zeremonienmeister («Wir hatten vereinbart, dass es keine Federpuschel gibt!») und beruhigte den Feuerwehrmann («Die Federpuschel können kein Feuer fangen, weil wir sie gar nicht einsetzen. Wenn der Zeremonienmeister etwas anderes sagt, lügt er!»). Schließlich scheuchte sie, das Drehbuch in der Hand, die Kardinäle und Bischöfe, Priester und Ministranten nach draußen, versehen mit freundlichen Ermahnungen, und bestritt eine letzte Auseinandersetzung mit Vittorio, der unauffällig versucht hatte, den Kozelebranten einen Federpuschel aufzustecken.

Als alle draußen waren, ließ sie sich erschöpft auf einen Stuhl fallen, schaltete den Fernseher an und legte ihr Handy griffbereit. Erfahrungsgemäß rief die Weltpresse immer dann an, wenn die Messe schon begonnen hatte.

Das Spektakel war pompös, aber Petrus hatte sichtlich Spaß. Die Stimmung im Dom war großartig, die

Vorberichte in den Medien – Giulia blätterte in der Pressemappe, während sie die Messe verfolgte – ausschließlich positiv. Man rühmte das Interesse der Kirche an der afrikanischen Kultur, referierte die Biographie des gerösteten Heidenmissionars und lobte die Liturgie der Heiligsprechung. Besonders die Messgewänder («textile Kulturtoleranz») gefielen. Giulia fragte sich, ob ihr Kampf gegen die Federpuschel nicht doch ein Fehler gewesen war.

Ein lauter, brummender Ton ließ sie hochschrecken: ihr Handy. Auf dem Display leuchtete eine bekannte Nummer.

«Francesco?» Giulia hätte beinahe das Gerät fallen lassen. «Pronto, Francesco?»

Sie hörte erst ein Rauschen, dann ein klatschendes Geräusch. Irgendwo schrie jemand auf. Ein Schmerzensschrei. Die Verbindung brach ab.

Petrus. Sie musste sofort mit Petrus sprechen. Aber der saß ja auf dem Petersplatz und zelebrierte die bunteste Show, die dort je veranstaltet wurde. Es war unmöglich, die Liturgie zu stören. Sie starrte auf den Fernseher. Die Kamera schwenkte über die Menschenmenge, erfasste den Baldachin, senkte sich auf den Altar und strich über die Gesichter der Ministranten.

Die Ministranten!

Sie waren das Risiko jedes Gottesdienstes. Sie schubsten ihre Nachbarn, schnitten Grimassen und winkten ihren Mamis – warum sollten sie nicht aus Versehen durch den Altarraum stolpern?

Giulia riss eine Seite aus ihrem Organizer und kritzelte eine Kinderzeichnung darauf: ein großes Feuer. Darüber ein Gestell, an dem ein Mönch hing. «Lebensgefahr!» schrieb sie daneben.

Dann lief sie in den Nebenraum, wo die Ersatzministranten warteten. Im Hintergrund lief ein Fernseher; davor fochten drei Jungen mit Federpuscheln. Sie schnappte sich einen und zog ihn vor den Fernseher.

«Weißt du, wer der Papst ist?»

«Der dicke Mann mit dem bunten Kostüm?»

«Richtig. Ich bringe dich jetzt nach draußen. Dann rennst du einfach zu dem dicken Mann und gibst ihm dieses Bild hier. Du musst schnell sein, denn irgendjemand wird versuchen, dich aufzuhalten. Alles klar?»

«Und was passiert dann?»

«Dann muss sich der dicke Mann etwas einfallen lassen.»

Als Giulia wieder vor dem Fernseher saß, schlug der Junge gerade einen Haken um den Leiter der Kongregation für den Weltfrieden, schlüpfte unter der Balustrade durch und rannte auf den Papstthron zu. Die Kamera zoomte ran: kleine Kinderfüße, ein wehendes Gewand, eine Kinderzeichnung, dem Papst entgegengereckt.

Petrus beugte sich vor, lächelte gerührt, nahm das Bild. Er las, strich dem Jungen über die Haare und stand auf.

Der Kommentator im Fernsehen wurde hektisch. Das war nicht vorgesehen.

Der Heilige Vater hob den Jungen hoch. Ein Bild für die Ewigkeit, wusste Giulia. Heute noch würde es um die Welt gehen. Sie standen da, der große dicke Papst, auf seinem Arm der kleine, dunkelhäutige Junge. Sie tuschelten. Der Junge lachte. Dann endete ein pathetischer Orgelsatz.

Jetzt begann die Predigt.

Petrus beugte sich zum Mikrophon: «Dieser kleine Junge hier ist ein Landsmann des großen Glaubenszeugen, den wir heute heiligsprechen wollen. Er kam zu mir und sagte: ‹Papà, warum dauert es so lange, bis er heilig ist?› Ja, habe ich mich gefragt, warum dauert es so lange? Wissen wir es nicht alle? Brauchen wir dafür endlose Predigten, Rituale und Choräle? Ich frage dich nun, mein Sohn: Soll er ein Heiliger sein, dein seliger Landsmann? Ist er dazu würdig genug?»

«Ja», rief der Junge. «Heilig soll er sein!»

«Amen», sagte Petrus und segnete die Menge.

Zehn Minuten später saß er neben Giulia im Taxi.

IX

Francesco hielt dem Prior wortlos sein Handy hin.

James nahm es und drückte einige Tasten.

«Sie haben unser Gespräch gesendet», sagte der Prior. «Wer ist der Empfänger?»

«Die Pressesprecherin des Heiligen Stuhls.»

«Sie gehören tatsächlich zum Umfeld des Papstes.»

«Ich bin sein neuer Privatsekretär.»

Der Prior ging zum Eingang des kleinen Tempels, bog eine Rosenranke zur Seite und sah auf den Park. Zwischen Palmenwipfeln blitzte der See. Am anderen Ende der gigantischen Halle ging malerisch die Sonne unter und tauchte den Raum in blutrotes Licht.

«Hat der Heilige Vater Sie hierher geschickt?»

Francesco nickte.

«Aus welchem Grund?»

«Wegen Don Alvarez.»

«Ich dachte es mir.» Der Prior lachte bitter. «Alvarez sollte unsere Tarnung sein – und ist der Anfang vom Ende unserer Bruderschaft.»

Dann drehte er sich um.

«Ich werde Ihnen erzählen, was es mit der Bruderschaft auf sich hat. Berichten Sie dem Heiligen Vater davon. Und übermitteln Sie ihm meine herzliche Einladung: Er möge kommen und sich alles ansehen. Und dann entscheiden, wie er mit den Gegeißelten zu verfahren gedenkt. Denn über eines muss er sich im Klaren sein: Der Skandal wird beispiellos sein, wenn die Öffentlichkeit von unserem Geheimnis erfährt.»

Er setzte sich auf seine Liege. Dimitri brachte ein Tablett mit Caffè und servierte.

«Eine Eliteuniversität. Lernen, Forschen, Diskutieren. Viel Arbeit, wenig Freizeit. So war mein Studium, Padre, und es war eine großartige Zeit. Wir waren eine verschworene Clique: Theologen vor allem, aber auch Kunsthistoriker, Philosophen und einige Ökonomen – wie ich. Wir standen uns nahe, wir halfen und trösteten uns in allen Sinn- und Lebenskrisen. Mädchen gehörten nicht zu unserem Kreis, und ich hatte nie das Gefühl, dass mir etwas fehlte. Einige aus unserer Runde wurden Priester und trafen sich eines Tages wieder – im Vatikan. Wir blieben immer im Kontakt. Uns alle verband das

Gefühl, nicht ganz von dieser Welt zu sein. Wir gehörten zu den Besten in unseren Fächern, wir waren eine Elite. Und wir waren gläubig. Auf unsere Weise. Es ist mir wichtig, dass Sie das ernst nehmen, Padre.»

Der Prior schwieg und betrachtete einen kleinen Vogel, der in den Rosenranken turnte und leise zwitscherte.

«Am erfolgreichsten von uns allen war ich, Padre. Ich ging zu einer Bank. Man schickte mich nach New York, als Investmentbanker. Nach einigen Jahren machte ich mich selbständig. Heute gehört mir die viertgrößte Gesellschaft für Investmentbanking auf dieser Welt. Eine Wohnung mit Blick auf den Central Park, ein Privatjet, eine Yacht. Aber die innere Ruhe fehlte mir, das Miteinander mit den Kameraden. Die Freundschaft. Eines Tages traf ich auf dem Flughafen einen Kommilitonen von damals: Enrico. Auf dem Flug erzählte er mir von seinem Leben. Er leitete die Niederlassungen seines Ordens in den USA, hatte Karriere gemacht in der Kirche – und war todunglücklich. Es ging ihm noch schlechter als mir: Ich hatte immerhin Geld, konnte mir Freiheit kaufen, mich abschirmen. Aber Enrico lebte in einem Käfig. Er war mit einem Jungen aus dem Orden zusammen, schon viele Jahre, aber sie konnten nicht einmal zusammen in den Urlaub fahren. Diese Begegnung hat mich erschüttert, Padre. Ich hatte das Gefühl, dass ich etwas tun müsste für die alten Freunde. Ich hatte die materiellen Möglichkeiten – sie nicht.

Ich arrangierte ein Ehemaligentreffen. Hier in Rom. Zwanzig Vatikan-Mitarbeiter waren da, außerdem

Geistliche aus aller Welt – und Manager, Medienleute, Ärzte. Eine bunte Mischung. Ich stellte ihnen meine Idee vor: einen gut abgeschirmten Ort in Rom zu schaffen, wo man sein Wochenende verbringen kann, seinen Urlaub. Das Problem war die Tarnung: Wohin kann ein Geistlicher fahren, ohne sich verdächtig zu machen? Natürlich zu Exerzitien. Und je strenger die Übungen sind, desto wohlgefälliger ruht das Auge seiner Oberen auf ihm. Darum gründeten wir die Bruderschaft der Gegeißelten. Und fanden mit Alvarez einen Vorsteher, mit dessen Glaubensstrenge es niemand aufnehmen kann.»

Francesco hatte sich aufgerichtet. «Weiß Alvarez von alldem?»

«Nein. Alvarez ist unser Schutzherr und unsere Tarnung. Er wacht über das Wohlergehen der Bruderschaft – aber er weiß nicht, warum es die Bruderschaft gibt. Unsere Gemeinschaft wurde schnell größer. Viele waren fasziniert von den Gegeißelten. Unter ihnen gab es zwei Gruppen: Einige wussten, welche Aufgabe die Bruderschaft tatsächlich hat. Andere sehnten sich nach Buße und Schmerzen. Nun, hier konnten beide glücklich werden: Wer Männerfreundschaft suchte, wurde in den inneren Kreis aufgenommen. Wer sich auspeitschen wollte, durfte dies tun – und stärkte damit unseren Ruf, besonders fromm zu sein.»

Er schwieg eine Zeitlang.

«Wir nehmen vor allem lebenserfahrene Männer auf. Die meisten leben in festen Partnerschaften. Wer lange im Vatikan gearbeitet hat, bleibt selten allein. Man lernt hier interessante Menschen kennen. Wer einen Partner fürs Leben sucht, wird im Vatikan leichter fündig als in einem Kloster oder gar auf einer Pfarrstelle. Sie werden das auch noch feststellen.»

«Und so werden wir immer mehr», ergänzte Marco in schwärmerischem Ton. «Unsere Leute steigen in verantwortungsvolle Positionen auf, werden Bischöfe und Äbte in aller Welt. Leiten vatikanische Kongregationen. Ein Netzwerk entsteht – eine Organisation reiner Männer, die untereinander Liebe und Freundschaft pflegen. Wie Jesus mit seinen Jüngern. Irgendwann können wir offen darüber sprechen. Die Tabus werden fallen. Und wir können den Menschen sagen, was es mit jenem Jünger auf sich hatte, den Jesus liebte.»

«Marco ist unser kleiner Schwärmer», sagte der Prior. «Doch um es ganz offen zu sagen, Padre: Es geht uns darum, eine Zufluchtsstätte zu haben. Einen Ort der Gemeinsamkeit. Wir alle führen ein besseres Leben, seit wir uns hier treffen können. Jeder bringt sich auf seine Weise ein.»

«Aber warum in den Katakomben?»

«Wir haben uns viele Räumlichkeiten angesehen in Rom: alte Ordenshäuser, leerstehende Palazzi, sogar aufgegebene Fabriken am Stadtrand. Aber keines dieser Gebäude hatte dieselben Vorteile wie diese Katakomben: Versteckt, aber doch weitläufig. Sicher, wir haben einigen Aufwand betrieben: Dieses ganze unterirdische Paradies ist ein Wunderwerk modernster Technik. Wir haben neue Räume graben lassen, überkuppelt und bewässert. Wir haben einige Ingenieure in der Bruderschaft, die sich jahrelang mit nichts anderem befasst haben. Dort, wo die Möglichkeiten ausgeschöpft waren, arbeiteten wir mit Projektionen. Der See, den Sie in der Ferne gesehen haben, ist beispielsweise nur eine Fata Morgana. Der Fluss mit den Fischen dagegen ist echt. Wir haben eine ganz eigene Welt geschaffen, paradiesische Zustände. Man hat überall Handy-Empfang hier unten. Die Katakomben sind mit der Welt verbunden, aber die Welt hat keinen Zugang zu den Katakomben. Sie sind ein völlig sicherer, kontemplativer und hermetisch abgeschirmter Ort. Zumindest», fügte er bitter hinzu, «glaubten wir das – bis Sie hier erschienen.»

«Ich wollte ... Ihre Welt nicht kaputt machen.»

«Das haben Sie aber getan.»

Marcos Handy klingelte. Er nahm ab, hörte kurz zu und wandte sich dann an den Prior: «Zwei Leute sind am Eingang. Ein dicker Mann in bunten Klamotten und eine junge Frau. Wollen Sie die beiden sehen?»

Der Prior nickte. Vassili nahm eine Fernbedienung und richtete sie auf die Rosenranken. Ein großer Plasmabildschirm fuhr aus dem Gezweig hervor. Erst flimmerte es. Dann sahen sie, was eine versteckte Kamera am Eingang der Katakomben aufzeichnete: Papst Petrus, die Arme über dem Bauch verschränkt, mit grimmigem Gesichtsausdruck. Neben ihm Contessa Giulia im Sommerkleid. Und vor ihnen ein Gegeißelter, der offensichtlich nicht wusste, wovor er sich mehr fürchten sollte: vor dem gereizten Papst – oder vor dem tiefgeschnittenen Dekolleté der Pressesprecherin.

X

Immaculata liebte es, ihre Küche zu scheuern.

«Die Welt ist voller Schmutz», pflegte sie zu sagen. «Eine alte Nonne ist zu schwach, um dagegen anzukämpfen. Aber zumindest meine Küche soll voller Reinheit sein!»

Petrus stand schon eine ganze Weile im Flur und beobachtete, wie Immaculata ihre Arbeitsplatte mit Scheuerpulver und Drahtbürsten traktierte. Dann griff sie zu ihrer Abwaschbürste, tunkte sie in das kleine Weihwasserbecken neben der Spüle und benetzte die Fläche durch ruckartiges, energisches Wedeln. Bald hatten sich kleine Pfützen gebildet. Teufelchen und andere Unholde mussten schlichtweg ertrinken – eine Strategie der Dämonenbekämpfung, die schon häufiger zu Konflikten mit ihrem Vorgesetzten geführt hatte: Denn Petrus schätzte es gar nicht, sich abends in nasskalte Bettlaken zu legen, die Immaculata sorgfältig mit Weihwasser angefeuchtet hatte. Um Dämonen zu vertreiben. Und sündhaften Träumereien vorzubeugen.

Befriedigt betrachtete sie ihr Werk. Der Papst nutzte diesen seltenen Anflug guter Laune und betrat, was nur selten vorkam, die Küche.

«Wir bekommen einen Gast, Schwester Immaculata. Er wird einige Tage bei uns wohnen.»

Immaculata blickte ihn misstrauisch an, die Abwaschbürste kampfbereit in der Rechten. «Wird er im Gästehaus wohnen – oder hier in der päpstlichen Wohnung?»

Sie fragte nicht ohne Grund, wie Petrus wusste.

Über angenehme Schlafgäste hatten er und Immaculata grundlegend andere Vorstellungen. Fromme, asketische und bußfertige Besucher mussten stets im Gästehaus wohnen. («Alles Langweiler», pflegte Petrus zu sagen. «Worüber soll ich mit ihnen reden?») Geistliche, die Immaculata als Säufer, Wüstlinge und Barbaren einordnete, durften hingegen in der päpstlichen Wohnung nächtigen – solche also, die zum Essen ein Glas Wein tranken, in die Unterhaltung gelegentlich einen Scherz einflochten und gerne über Contessa Giulias silbernes Kruzifix im Ausschnitt meditierten. In Immaculatas Augen waren es Verdammte, deren unheilige Ausdünstungen nach ihrer Abreise mit ganzen Eimern voller Weihwasser beseitigt werden mussten.

Petrus grinste breit. «Er wird hier in der Wohnung bleiben», sagte er – und bevor Immaculata zu einer längeren Litanei ansetzte: «Es handelt sich um Don Alvarez, Vorsteher der Bruderschaft der Gegeißelten Jünger Christi.»

Das saß. Immaculata erbleichte, und Petrus beobachtete amüsiert, wie sie ihr Weltbild sortierte: Warum lud Petrus diesen Mann ein? Und warum folgte Alvarez einer Einladung des Heiligen Vaters?

Alvarez gehörte zu den wenigen lebenden Christen, die nach Immaculatas Meinung einen Platz im Himmel verdient hatten. Seine Schriften zählten zu ihrer bevorzugten Lektüre; besonders «Zucht und Strafe – Das kleine Buß-Brevier für die katholische Hausfrau» lag immer auf ihrem Nachttisch, ebenso sein Bestseller «Der Vatikan im Würgegriff des Bösen: Teuflische Einflüsse auf die Politik der Kurie».

«Don Alvarez ... wird uns die Ehre geben», stotterte sie. «Ich ... ich ...»

«Don Alvarez befindet sich in schlechter Verfassung.» Petrus genoss seinen Triumph. «Ich möchte, dass Sie ihn etwas pflegen, Immaculata. Er soll sich erholen im Vatikan. Die Nähe des Petrus-Grabes wird ihm Kraft geben.»

«Er ist erkrankt?»

«Ein Nervenzusammenbruch. Padre Francesco hat sich kürzlich im Zentrum der Gegeißelten umgesehen. Dabei sind ihm Dinge aufgefallen, die – wie soll ich mich ausdrücken – nicht ganz den Idealen unseres frommen Abts entsprechen. Ich hielt es für meine Pflicht, Don Alvarez darüber zu informieren, und führte ihn in einige Bereiche seines Klosters, die er noch nie gesehen hatte. Dieser Rundgang hat ihn außerordentlich viel Kraft gekostet. Er ist seitdem psychisch etwas angeschlagen.»

«Meiner Pflege wird es an nichts fehlen.»

«Davon bin ich überzeugt. Sobald er wieder ganz bei sich ist, möchte ich mit ihm sprechen.»

«Sie möchten ihm die Beichte abnehmen?»

«So kann man es ausdrücken.»

Fünfter Tag

I

Padre Francesco lag im päpstlichen Arbeitszimmer – auf dem Sofa mit der altmodisch geschwungenen Lehne. Rings um ihn türmten sich troddelbehängte und bestickte Kissen («Die Pfarrgemeinde San Luca gratuliert dem Heiligen Vater zum Priesterjubiläum» und «Petrus der Zweite – Wir steh'n an deiner Seite: Katholischer Hausfrauenbund des Bistums Brixen»). Als Giulia mit einem Caffè zur Tür hereinkam, schlief Francesco bereits. Behutsam stellte sie das Tablett auf dem Sofatisch ab, setzte sich in Petrus' Lieblingsohrensessel und betrachtete ihn. Er sah mitgenommen aus: Dunkle Ränder umschatteten seine Augen, er war blass, die Locken standen ihm wirr vom Kopf ab. Aber er trug noch immer den Leinenanzug und das hellblaue Hemd. Zum ersten Mal, seit sie ihn kannte, sah er nicht aus wie ein Mönch, sondern wie ein Mann. Und wie ein gutaussehender noch dazu. Giulia fand das verwirrend.

Wahrscheinlich träumt er von Umbrien, dachte sie. Giulia kannte viele Männer, aber von niemandem – nicht einmal von Petrus – konnte sie sagen, dass er glücklich war. Francesco dagegen – glaubte sie – war glücklich. Andererseits: Darf man glücklich sein, indem man die Gegenwart einfach ignoriert? Sie sah ihn vor sich: mit Bruder Pius im Klostergarten, Heilkräuter zupfend. Auf einem klapprigen Fahrrad, einer Einödbäuerin die Krankenkommunion zu bringen. Wahrscheinlich predigte er heimlich den Vöglein, wie der heilige Franz von Assisi. Ein Wunder, dass er den Ausflug in die sündigen Gefilde der Gegeißelten überhaupt überstanden hatte.

«Nichts, gar nichts ist von einem solchen Mann zu halten», sagte die Party-Giulia in ihr. «Wenn du schon langweilige Männer bevorzugst», sagte sie, «dann nimm einen mit Geld. Dann langweilst du dich wenigstens komfortabel.» Sie mochte Party-Giulia; sie hatten schon viel Spaß gehabt zusammen. Nach Spaß sah Francesco so gar nicht aus. Andererseits ...

«Party-Giulia ist eine blöde, oberflächliche Schickse», sagte die Philosophen-Giulia in ihr. «Was willst du mit einem reichen Macho? Machos sind die wahren Langweiler. Worüber willst du mit ihnen reden, wenn gerade keine Party ist?»

«Die Kunst des guten Lebens besteht darin, die Phase zwischen zwei Partys möglichst kurz zu halten», dozierte Party-Giulia. «Siehst du – ich kann auch philosophisch sein. Übrigens will ich gar nicht mit ihm reden. Ich will mit seiner Kreditkarte reden – und zwar in den Umkleidekabinen der Via Condotti.»

«Dafür habe ich dich nicht in Harvard studieren lassen», maulte Philosophen-Giulia. «Einen oberflächlichen Macho hättest du auch hier finden können.»

«Nimm doch wenigstens den Araber.» Party-Giulia ließ nicht locker. «Der kann schlau daherreden und hat trotzdem Kohle.»

«Aber Party machen darf er nicht», stänkerte Philosophen-Giulia. «Der Prophet hat's verboten.»

Ganz weit hinten konnte sie noch Familien-Giulia erkennen, die eine tickende Uhr hochhielt. Du hast mir gerade noch gefehlt, dachte Giulia. Schließlich kam Katholiken-Giulia, die sofort zu moralisieren anfing: «Mit einem Mönch? Ich bitte dich!»

Giulia wusste, dass Katholiken-Giulia recht hatte. Mit einem Mönch – nein, das ging nicht. Wie war sie überhaupt auf solche Gedanken gekommen? Schließlich waren sie nicht mehr als gute Kollegen, die sachlich und vernünftig miteinander umgingen. Kurz hatte sie ein unscharfes und verschwommenes Bild vor Augen, sie sah das Lichtermeer auf dem Campo de' Fiori, die Gläser mit Wein, das Lachen von Francesco. Sie schloss für einen Moment die Augen und löschte die Erinnerung aus dem Kurzzeitgedächtnis.

«Recht so», sagte Party-Giulia. Philosophen-Giulia betonte das ethische Argument: «Einverstanden – schließlich hast du auch eine Verpflichtung gegenüber Petrus.» Katholiken-Giulia brauchte sie gar nicht erst zu fragen. Nur Familien-Giulia hatte noch einen Einwand: «So einen guten Vater für deine Kinder findest du nie wieder. Er ist so fürsorglich, so liebevoll. Ihr könntet doch der Welt entsagen, euch auf einen kleinen Bauernhof in Umbrien zurückziehen und eine Großfamilie gründen …»

«Schluss jetzt», brüllte Giulia, die Einzige – lautlos, aber unmissverständlich.

Da schlug Francesco die Augen auf. Große, dunkelbraune Augen. Klug und warmherzig. Er lächelte sie an. «Ich bin eingeschlafen, nicht wahr?»

«Bist du. Ist ja auch kein Wunder nach deinem Katakomben-Trip.»

«Es geht mir schon besser. Eine Dusche, ein bisschen Ruhe – und ich bin wiederhergestellt. Allerdings habe ich einen Riesenhunger.»

«Lass dir doch von Immaculata etwas Leckeres brutzeln. Zum Beispiel Oblaten vom Vortag an Weihwasser-Mousse, garniert mit einem Spritzer Märtyrerblut. Spezialität des Hauses.»

«So gut wie dein Tiramisù schmeckt das sicher nicht», sagte er mit einem seltsam hungrigen Blick in den Augen.

O nein, so nicht, dachte Giulia. Es ging ihm nicht gut nach diesem Ausflug, nein, aber jetzt gab es keine Alternative mehr: Sie konnte nicht einen zweiten, womöglich noch netteren Abend mit ihm verbringen – und ihm anschließend auseinandersetzen, dass vielleicht doch ein wenig mehr Distanz angemessen sei. Sie waren Kollegen, nicht mehr. In einem ziemlich harten Job. Mehr Vaticano – weniger Vino: So würde ihr Verhältnis in Zukunft aussehen. Sie musste das klären, denn er selbst würde in seiner Naivität wahrscheinlich nicht einmal merken, dass die Grenze überschritten war. Sie würde sich schlecht fühlen danach, aber diesen Preis musste sie eben zahlen:

«Leider kann ich heute Abend nicht für dich kochen. Ich bin schon verabredet. Mit Prinz Abdullah. Vom ‹Forum für göttlichen Reichtum›.»

«Oh, du hast ein Geschäftsessen heute?»

«Wir sind privat verabredet.» Das muss reichen, Francesco, dachte Giulia. Jeder lebenserfahrene Mann wusste, was diese Mitteilung bedeutete: Man hatte gerade einen Korb bekommen – mit einem kleinen Zettel dran, auf dem stand: Zieh dich bitte dezent zurück, akzeptiere die Dinge so, wie sie sind, und stell keine dummen Fragen.

Aber leider war Francesco kein lebenserfahrener Mann.

«Du gehst mit einem Muslim aus?»

«Mit einem Muslim. Nicht weniger gläubig als wir hier.» Giulia begann sich zu ärgern: Was ging ihn das an? Und was sollte dieser Gesichtsausdruck? «Er ist Scheich.»

«Unermesslich reich, nicht wahr?»

«Ja.»

«Ach so.»

Verdammt nochmal, dachte Giulia, jetzt reicht es: Er hat kein Recht, mich für oberflächlich und geldgierig zu halten. Er hat auch kein Recht, schlecht über Abdullah zu denken. Und vor allem hat er kein Recht, mich noch länger mit seinen großen, braunen, traurigen Augen anzusehen.

Giulia spürte, wie ganz unvermittelt eine kaum bezähmbare Wut in ihr aufstieg. Es war zwei Uhr in der Nacht, sie war zu Tode erschöpft von den Ereignissen der letzten Tage, von dem Mordanschlag auf Rotondo, der Jagd nach Pinello, von all der Heiligsprecherei – und der quälenden Sorge um Francesco. Erst jetzt merkte sie, wie sich Angst und Anspannung in ihr lösten. Sie hätte losheulen können: Und weil das schließlich nicht ging, hier auf dem Papststuhl vor dem päpstlichen Privatsekretär, musste sie sich anders Luft verschaffen. Sie war wütend auf Party-Giulia, weil sie ihr regelmäßig gutsituierte Schnösel, aber niemals jemanden wie Francesco vorstellte. Wütend auf Philosophen-Giulia, die ihr ganzes Leben immer nur kompliziert gemacht hatte. Wütend auf Katholiken-Giulia mit ihrem Katechismus voller Verbote und Strafen. Und vor allem wütend auf Familien-Giulia und ihr romantisches umbrisches Familienidyll.

Ja, sie hatte es ihm nett sagen wollen. Nein, sie wollte ihm nicht wehtun. Aber sie musste jetzt irgendetwas tun, damit diese braunen Augen aufhörten, sie so anzuschauen. Irgendetwas, das einen Schlussstrich zog. Etwas Radikales. Ja, es würde ihm wehtun. Nein, es ging nicht anders. «Jetzt hör mir mal genau zu.»

Ein Schatten flog über Francescos Gesicht; er sah ein Unheil kommen, mit dem er überhaupt nicht gerechnet und das er, wie Giulia wusste, auch nicht verdient hatte. Aber es war zu spät, um noch anzuhalten.

«Ja, ich gehe mit einem sehr reichen Muslim essen. Aber nicht deshalb, weil er sehr reich ist. Sondern deshalb, weil er ein gebildeter, kultivierter, charmanter Mann ist. Ganz ohne Zweifel bist auch du gebildet, kultiviert und charmant. Aber im Gegensatz zu meinem arabischen Prinzen bist du ein Träumer. Wach endlich auf, Francesco! Die Welt besteht nicht nur aus umbrischen Klostergärten. Sie braucht Männer, die etwas bewegen wollen. Die eine Vision haben. Dazu genügt es nicht, mit Bruder Pius über Gott und die Welt zu philosophieren. Ich mag dich wirklich gerne, Francesco, und Einfühlsamkeit, Weisheit und Rücksichtnahme in Ehren: alles schöne Eigenschaften. Aber man braucht auch Härte, Gerissenheit und Durchsetzungsvermögen. Sei endlich ein Mann, Francesco. Sei ein Italiener!»

Selten hatte sie einen Menschen gesehen, der so fassungslos war. Giulia fühlte, wie die Tränen in ihr aufstiegen, griff nach dem Tablett und ging, ohne sich umzudrehen, aus dem Zimmer.

11

Den Schlaf hatte er sich abgewöhnt. Seit vielen Jahren schon schlief er nicht mehr in der Nacht. Ein, zwei Stunden am Stück. Dann weckte ihn das Tier. Als er jung war, hielt ihn die Sehnsucht nach Gott gefangen. Nächtelang betete er, kasteite sich, suchte dem Einen, dem Einzigen gerecht zu werden. Dann hielt ihn die Liebe wach: die reine Liebe zu einem engelsgleichen Geschöpf. Der Kummer um sie, der Verrat an ihr brachten ihn um den Schlaf – und beinahe um den Verstand. Später riss ihn der Hass aus seinen Träumen, der Hass auf den Mann, der ihm nacheinander alles genommen hatte: Liebe, Macht und Gottvertrauen. Nie hatte er ihn aus den Augen verloren, während all der Jahre nicht. Er war ihm näher als ein Schatten. Rotondo wusste das, hatte es immer gewusst, konnte ihn sehen, wenn er sich umdrehte, konnte ihn spüren, wenn er ihn nicht sah. Er war bei ihm, in den Stunden des Triumphes und der

Niederlagen. Rotondo schien es nicht zu stören; unangreifbar lief er vor ihm her, unversehrt durchquerte er die Feuer, unermüdlich stieg er nach oben. Doch da: War das nicht ein Zögern? Ein Stolpern? Ein Innehalten – nur einen Herzschlag lang? Das Tier in ihm hatte längst seine Fährte aufgenommen, hatte Rotondos Angst gewittert, setzte an zum Sprung. Es würde ihn vernichten, zerfleischen, bis nichts mehr von ihm übrig blieb, kein Glauben, keine Macht, kein Herz. Und es würde Rotondos Geschöpf mit ihm reißen, diesen Clown, der durch Spielerei das höchste Amt des Erdkreises innehatte. Es würde ihn demütigen, entehren, vom Thron Gottes stoßen in den Staub. Es würde ihm das Liebste nehmen, das er besaß. Und er selbst würde sich alles zurückholen: Gottvertrauen und Glaube und Macht.

III

Er schlief nicht, sondern saß aufrecht auf dem Bett. Ein Schatten, körperlos fast in seinem Habit. Das Dämmerlicht des Morgens drang durch die Vorhänge und tauchte das ganze Zimmer in ein fahles Licht. Petrus schloss leise die Tür.

«Gott sei mit Ihnen, mein Sohn.»

«Gott ist nicht mehr bei mir», antwortete Alvarez.

Petrus setzte sich auf einen Stuhl, dem Bett gegenüber. Er beugte sich vor. «Der Herr ist ganz sicher bei Ihnen. Denn Er spricht: ‹Selig sind die Trauernden, denn sie werden getröstet werden.› Vor allem hat er Ihnen seinen guten Engel gesandt, Schwester Immaculata. Sie kümmert sich rührend um Sie, wie ich sehe.» Petrus betrachtete den Nachttisch, auf dem Medizinfläschchen, eine Duftschale, Riechsalz und mehrere Gläser mit undefinierbaren Flüssigkeiten bereitstanden. «Und nun möchte ich Ihre Genesung unterstützen, indem ich Ihnen die Beichte abnehme, Don Alvarez.»

«Es gibt nichts zu beichten, Heiliger Vater. Bei der Heiligen Jungfrau und allen Heiligen.»

«Ich meine damit nicht den etwas ... ungewöhnlichen Lebensstil Ihrer Mönche. Ich meine die Ereignisse in Santa Maria del Fiore.»

«Darüber ist schon alles gesagt.»

«Ebendas bezweifle ich.»

Alvarez schwieg. Er schien fast in seinem Habit zu verschwinden. Sein Gesicht war unter der Kapuze nicht zu erkennen, nichts war von ihm zu sehen, nicht einmal die Hände, die er in den weiten Ärmeln verborgen hielt.

«Vor kurzer Zeit habe ich Santa Maria del Fiore besucht und mir einige Gedanken gemacht», sagte Petrus. «Ich habe mir Folgendes überlegt: Unser verehrter Don Alvarez kann mit dem Mordanschlag auf Kardinal Salvatore Rotondo nichts zu tun haben, weil er ja eingeschlossen war. In einer Seitenkapelle. Richtig so weit?»

Alvarez schwieg.

«Also habe ich mir diese Seitenkapelle näher angesehen. Sie ist mit einem Gitter von der Kirche abgetrennt. Man kann nicht darübersteigen – es ist zu hoch. Man kann nicht zwischen den Stäben durchschlüpfen – sie stehen zu eng. Und man kann nicht darunter durchkriechen – die Lücke ist nicht groß genug. Ich bin hineingegangen und habe versucht, zwischen den Stäben hindurchzulangen und den Schlüssel umzudrehen, der außen im Schloss steckte. Doch ich bekam ihn nicht zu fassen. Kurzum: Sie waren eingeschlossen, mein Sohn. Ohne jede Möglichkeit, Ihr selbstgewähltes Gefängnis zu verlassen. Ich sah mich um – und da fiel mir der Kerzenanzünder auf. Ein langer, sehr schmaler silberner Stab, mit einem Docht am Ende. Erinnern Sie sich an den Kerzenanzünder, Don Alvarez?»

«Es mag sein, dass dort ein Kerzenanzünder war.»

«Es war einer dort. Er lag auf dem Altar. Man musste ihn nur nehmen, in das Schlüsselloch stecken und den Schlüssel anschieben. Dann fiel er auf der anderen Seite herunter. Auf den Fußboden der Kirche, nicht wahr?»

«Wohin auch sonst?»

«Auf den Habit eines Mönchs zum Beispiel, den jemand unter der Gittertür hindurchgeschoben hatte. Nun musste dieser Jemand nur noch diesen Habit zurückziehen und mit dem Schlüssel die Gittertür aufsperren. So könnte es doch gewesen sein, oder?»

Alvarez schwieg.

«Meines Wissens hatte jener Mönch, der sich damals in der Kapelle befand, seine Kleidung abgelegt. Er wollte sich geißeln, wollte büßen für seine Sünden. Der Habit lag also irgendwo in der Kapelle. Vielleicht auf dem Altar, gleich neben dem Kerzenanzünder? Wer weiß. ‹Und führe mich nicht in Versuchung›, sprach der Herr. Doch die Versuchung war groß. Denn vom Kirchenschiff drangen merkwürdige Geräusche in die Seitenkapelle. Dunkle Gestalten huschten herum. Da musste man einmal nach dem Rechten sehen.»

Alvarez schwieg.

«Es ist nicht sehr anregend, sich mit Ihnen zu unterhalten, mein Sohn. Eigentlich eher ein Monolog. Aber nun bin ich fertig mit meiner Geschichte. Denn ich weiß nicht, was dann geschah. Ich weiß nur, dass am nächsten Morgen ein Engel niederstürzte. Dass die Madonna bittere Tränen vergoss. Und dass auf dem Altar die Worte ‹Dies Irae› standen – in blutiger Schrift. Und noch eines weiß ich, Don Alvarez: Die Buchstaben waren mit *Ihrem* Blut geschrieben.»

Petrus lehnte sich zurück und versuchte in der schwarzen Gestalt vor ihm irgendeine Regung zu erkennen: Überraschung, Abwehr, Ärger. Aber Alvarez blieb erstarrt wie zuvor. Eine schwarze Silhouette vor dem zunehmend heller werdenden Fenster.

«Ich habe Ihre Wundmale berührt, Don Alvarez. Wie einst der ungläubige Jünger des Herrn den Finger in die Wunde legte. Es blieb Blut an meinen Händen zurück. Ich habe dieses Blut von der Kriminalpolizei untersuchen lassen. Und siehe: Commissario Brunelli überbrachte mir die Botschaft während des Halbfinalspiels. Es war identisch mit jenem Blut, das man auf den Altartüchern gefunden hatte.»

Keine Reaktion.

«Und noch etwas habe ich mich gefragt, mein Sohn: Das Schicksal Rotondos scheint Ihnen nicht gleichgültig zu sein. Als ich Sie besuchte, schien mir fast, als ginge Ihnen Rotondos Schicksal unter die Haut, als wollten Sie Ihren eigenen Körper züchtigen, zerfleischen für die Sünden eines anderen …»

Alvarez sprang auf. Seine langgliedrigen Hände

fuhren aus den Ärmeln hervor, und mit einer einzigen schnellen Bewegung riss er sich die Kapuze vom Kopf. Petrus zuckte zurück. Er hob unwillkürlich die Hände, um sich vor dem grauenhaften Anblick des Versehrten zu schützen, vor seinen Wundmalen, vor der Fratze, die einmal ein Gesicht gewesen war. Doch als er seine Arme sinken ließ, erschrak er umso mehr: Alvarez blickte ihn aus dunkel umschatteten Augen an, das Haar fiel ihm schwarz in die Stirn. Sein Gesicht war glatt und ebenmäßig, die Nase schmal und gerade, die Lippen voll. Nicht eine Narbe entstellte seine Wangen – er war einfach makellos. Petrus rang um Fassung. Er verstand nicht viel von diesen Dingen. Aber dies war ein griechischer Gott, der mit Abstand schönste Mann, den er je gesehen hatte. Er dachte an den zerschundenen Körper des Abtes, er dachte an die Striemen auf dem Rücken, die er gesehen hatte, als er ihn besuchte. An die kaum verheilten Wundmale, die Wut, mit der er seinen verhassten, seinen perfekten Leib zerstörte.

«Ich verstehe», murmelte er. «Ich verstehe.»

«Nichts verstehen Sie», zischte Alvarez. «Nichts ahnen Sie von den Qualen, den Versuchungen, die einem ein solcher Körper auferlegt. Ja, ich habe mich gegeißelt bei der Nachricht von Rotondos Unfall, ich habe meine Peitsche bis zur Besinnungslosigkeit benutzt, ich hätte mir am liebsten die Haut abgezogen, um alle Verderbnis, alle Sünde aus meinem Körper zu tilgen. Rotondo war mein Bruder im Geiste. Er war wie ich, genusssüchtig und sinnenfroh. Und er war gleichzeitig auch mein Antipode, mein größter Feind. Denn ich halte der Versuchung stand, ich strafe mein Fleisch und verhülle mein verhasstes Selbst, das anderen allzu anziehend erscheinen mag. Rotondo aber hat nie gekämpft. Er hat alldem nachgegeben. Er hat ein widerliches, ein verderbtes, ein zutiefst verachtenswertes Leben geführt. Er ist dafür gerecht bestraft worden, denn der Engel des Herrn selbst hat ihn gezüchtigt.» Seine Stimme versagte.

«Wenn Sie wissen wollen, was in dieser Nacht geschah», fuhr er fort, «so kann ich Ihnen nur sagen: Ich habe mit eigenen Augen die Tränen der Madonna gesehen, ich habe gesehen, wie sie weinte in dieser Kirche, die ein Sünder am nächsten Tag weihen sollte. Ich spürte ihren Kummer – und ich wurde zornig. Es war der Zorn Gottes, der in mir glühte. Ich wollte ein Mahnmal setzen, und ich schrieb mit meinem Blut die Warnung Gottes, die ich in dieser Nacht empfand. Ich schrieb ‹Dies Irae› auf den Altar, damit alle es sehen, alle es spüren konnten.»

Alvarez sank erschöpft auf das Bett zurück.

«Ich konnte nicht wissen, wie diese Nacht enden würde, Heiliger Vater. Ich habe mich hinreißen lassen in einem Moment der Verzweiflung, ich habe mich hinreißen lassen, obwohl alles in mir nach Zucht und Selbsterniedrigung strebt. Ich wollte ein Mahner sein – aber ich bin kein Mörder. Und, das müssen Sie mir glauben, Heiliger Vater, niemals hätte ich Rotondo eine Falle gestellt. Niemals hätte ich eingegriffen in das himmlische Strafgericht. Denn: ‹Mein ist die Rache, spricht der Herr.›»

IV

Für Giulia war der Tag vorbei, bevor er überhaupt angefangen hatte. Nach einer schlaflosen Nacht, mit einer Flasche Wein auf dem Balkon, machte sie sich mit ihrem Motorino auf den Weg, die Augenringe mit einer riesigen Greta-Garbo-Sonnenbrille getarnt. Die Zeitungen feierten den «Papa dei Populi», sie zeigten Petrus bei der Heiligsprechung, den kleinen schwarzen Jungen auf dem Arm, sie rühmten den «menschlichsten und warmherzigsten Papst aller Zeiten». Bei all der Begeisterung hatte sich seine Pressesprecherin eine kleine Auszeit verdient, fand Giulia. Für den Vormittag hatte sie sich im Vatikan abgemeldet. Sie hatte keine Lust, Francesco über den Weg zu laufen, außerdem wollte sie sich noch einmal mit Pinellos Vergangenheit beschäftigen, ehe sie Petrus einen Bericht erstattete.

Doch die Probleme blieben auch so nicht aus: «O Fürstin in der Hauptstadt der Christenheit, wie gerne würde ich mit dir den aufsteigenden Mond über all euren Kirchen erleben. Sagen wir um 18 Uhr am Pantheon?»

Bevor sie Abdullahs Nachricht auf ihrer Mailbox beantwortete, brauchte sie erst einmal einen kühlen Kopf. Mit dem Motorino schlängelte sie sich durch die enge Via Portico d'Ottavia im ehemaligen Ghetto, vorbei an der jüdischen und der österreichischen Bäckerei, aus denen es bereits verführerisch nach Mandel-Kirsch-Kuchen und Apfelstrudel duftete. Sie überquerte den Lungo Cenci an der Synagoge und ließ sich mit dem Roller über die Ponte Fabricio auf die Tiberinsel gleiten. Dort parkte sie und lief die Stufen bis zum Wasser hinunter. Der Tiber rauschte gleichmäßig und beruhigend. Giulia setzte sich auf den hellen Steinboden, baumelte mit den Beinen und versuchte ihre Gedanken zu sortieren. Nach einigen Minuten gelang es ihr endlich, Francescos entsetzten Blick ins Unterbewusstsein weiterzuschieben und sich ihrer aktuellen Recherchearbeit zu widmen.

Sie hatte noch keine Gelegenheit gehabt, mit Petrus über Pinellos Geheimnis zu reden, geschweige denn, sich selbst ein Bild aus all den verwirrenden Einzelheiten zu machen. Doch heute Nachmittag, bei ihrer täglichen Konferenz, würde er nachfragen. Zeit, ein erstes Fazit zu ziehen. Da war zum einen die Perlenkette aus dem Schatzkästchen seiner Mutter. Ein Geschenk, eine Liebesgabe, wie der alte Juwelier di Fabrizii ihr erzählt hatte. Daraus folgte in jedem Fall, dass sie ein Verhältnis gehabt haben musste, eine heimliche Affäre, von der niemand wusste.

Dann war da noch das Heiligenbildchen, eingerollt in einen unleserlichen Brief, versteckt in der Schmuckschatulle. Es zeigte die römische Stadtheilige Agnes, umzüngelt von Flammen, die lieber den Tod erlitt, als den unchristlichen Sohn des römischen Präfekten zu heiraten. Giulias Großmutter hatte ihr die Geschichte oft erzählt. Immer dann, wenn sie mit ihrer Enkelin im großen Spielzeugwarenladen auf der Piazza Navona einkaufen ging – und anschließend mit ihr eine Kerze in der Kirche Sant Agnese anzündete. Ihre Gebete sprachen sie vor der Statue der Heiligen, die mit aufgelösten Haaren in einem Flammenmeer stand. Das Feuer, erzählte ihre Großmutter, habe der gottesfürchtigen Agnes nichts anhaben können. Was allerdings nichts daran änderte, dass ihr im Anschluss die Kehle durchstoßen worden war. Eine christliche Märtyrerin also, die für ihren Glauben bereitwillig ihr Leben ließ. Was aber bedeutete das für Pinellos Mutter?

Giulia starrte auf die braunen Wassermassen, die sich zu ihren Füßen dahinwälzten, und dachte an die schöne Unbekannte. Sie wäre jetzt in etwa so alt wie ihre eigene Großmutter. Giulia liebte es, die alten Fotos im Album ihrer Nonna zu betrachten, die jungen Frauen in ihren langen schwarzen Kleidern, den hochgesteckten Haaren. Sie sahen nicht glücklich aus, aber auch nicht unzufrieden: Mit Gottvertrauen, Willensstärke und ein wenig Selbstverleugnung lebten sie ihr einförmiges, aber sicheres Leben; geachtet und geehrt, ohne Höhepunkte und vielleicht deshalb so begierig nach den wenigen Sensationen, die der Alltag bereithielt: der Kindstod im Haus nebenan, die Insolvenz des Kaufmanns am Corso.

Was aber, wenn das eigene Leben plötzlich aus dem Fahrwasser der Belanglosigkeit geriet, wenn ein Mann, und nicht der eigene, eine wertvolle Halskette schenkte – und ein Versprechen dazu? Was, wenn diese Liason nicht ohne Folgen blieb? Plötzlich fügte sich alles vor Giulias Augen zu einer einzigen tragischen Geschichte. Die Erinnerung des alten Uhrmachers in der Gioielleria di Fabrizii an das heimliche Liebespaar. Und die Erzählung der Nonne Elisabetta über den kleinen Jungen Arturo, der eines Tages von einem Priester gebracht wurde, verwirrt und allein. Sie erinnerte sich an Pinellos merkwürdigen Satz über Rotondo: «Den Kardinal und mich verbindet … nun ja: ein besonderes Schicksal. Er kannte jemanden, der mir sehr nahestand. Es ist eine traurige Geschichte, Contessa. Und sie ist sehr lange her.»

War es möglich, dass Salvatore Rotondo der Geliebte von Pinellos Mutter – und damit womöglich auch dessen Vater war? War es möglich, dass Pinello, um die Ehre seiner Mutter wiederherzustellen, den Engel herunterstürzen ließ? Der Sündenfall – hatte er nicht selbst davon geredet? Aber was war mit der schönen Signora Pinello geschehen? Was hatte das Heiligenbildchen zu bedeuten? Und der Brief, der verwaschene Brief, der aussah, als hätte er zu lange im Wasser gelegen?

Giulia sah jetzt alles vor sich, sah die junge Frau in ihrem schwarzen Kleid die Straßen hinuntereilen, die Treppen, bis sie den Tiber erreichte. Am Körper trug sie das Heiligenbildchen und einen letzten Brief. Konnte sie nicht mehr mit der Lüge leben? Mit einem Kind, das von einem anderen stammte? Mit einem Mann, der ihr nicht christlich genug war? Oder den sie nicht liebte? Und mit dem anderen, den sie nicht lieben durfte? Hatte ihr Gatte etwas bemerkt? Hatte der junge Priester sie verlassen? Das Wasser war kalt, der Stoff klebte ihr schwer und nass an den Beinen. Da schloss sie die Augen und machte einen letzten Schritt.

«Roberto?» Giulia presste ihr Handy ans Ohr. «Ich brauche deine Hilfe. Und zwar sofort. Du musst mir etwas besorgen.»

«Aber natürlich!» Glucksendes Lachen, anzüglicher Unterton. Ihr alter Schulfreund Roberto, heute Chefredakteur des Lokalteils, hatte sich seit ihrer gemeinsamen Schulzeit kaum verändert. «Sage mir, wo du bist, und ich komme sofort und besorge dir etwas. Ich muss nur morgen um elf wieder in der Redaktion sein.»

«Lass deine bescheuerten Witze. Ihr habt doch sicherlich ein Archiv in eurem Schmierblatt?»

«Selbstredend, bella Giulia.»

«Und als Chef des Lokalteils wird man dir deine Recherchewünsche sofort erfüllen?»

«Mir werden gewöhnlich *alle* Wünsche sofort erfüllt.»

«Keine blöden Witze, habe ich gesagt. Also: Ich brauche alle Artikel über Frauen, die um 1960 herum im Tiber Selbstmord begangen haben.»

«Es geht dir wirklich nicht gut, Giulia. Tod durch Ertrinken ist ziemlich scheußlich. Langsames, qualvolles Ersticken. Vielleicht doch besser ein kleines Candle-Light-Dinner?»

«Schick mir die Artikel ins Büro. Per Kurier. So schnell wie möglich.»

«Ein kleiner Tipp, worum es dabei geht?»

Giulia sah auf den Tiber. Und legte auf.

V

Der Prior trug keinen Habit mehr, sondern einen dunkelgrauen, engtaillierten Anzug von Armani, ein weißes Maßhemd und handgenähte Loafer. Die mattschwarze Sonnenbrille hatte er auch in den lichtdurchfluteten Gemächern des Papstes nicht abgesetzt. Trotz seiner sanft bronzierten Haut wirkte er müde.

Petrus beobachtete ihn durch die angelehnte Tür, wie er langsam die Bilderfolge in seinem Vorzimmer abschritt: ein Taubenschwarm auf dem Markusplatz. Toskanische Zypressen im Mondlicht. Ein Fischerdorf an der Amalfiküste.

«Der Heilige Vater lässt bitten», sagte Immaculata, die von der anderen Seite unbemerkt eingetreten war.

Der Prior deutete auf die Wände. «Kürzlich hingen hier noch andere Bilder. Man sieht es an der Tapete. Papst Petrus hat einen ... interessanten Kunstgeschmack.»

«Bis gestern waren hier seine großen Vorgänger zu sehen. Fromme, glaubensstarke Männer. Aus der alten Zeit, in der die Kirche noch mächtig und gefürchtet war.»

«Die blaue Grotte von Capri ist zweifellos schöner als ein greiser Papst», sagte der Prior und betrachtete die Fotografie eines Ruderbootes, das durch glitzernde azurblaue Wellen glitt.

«Wahre Schönheit findet sich nur im Glauben. Alles andere ist Blendwerk des Verführers. Hier entlang, bitte.»

Petrus hatte sich hinter seinen Schreibtisch platziert, die Hände auf seinem voluminösen Bauch gefaltet. Freundlich musterte er den Prior und bedeutete ihm, auf dem samtüberzogenen Besucherstuhl Platz zu nehmen. «Willkommen, Bruder.»

Der Prior deutete eine Verbeugung an und setzte sich steif. «Ich grüße Sie, Heiliger Vater.»

«Wenn ich mir eine Bemerkung erlauben darf: Im Anzug sehen Sie noch schlanker aus als im Habit. Ein raffinierter Trick.» Petrus liebte solche Gesprächseröffnungen. «Leider ist es mir nicht vergönnt, im Straßenanzug aufzutreten. Die päpstliche Soutane trägt etwas auf, wissen Sie.»

Der Prior lächelte kühl. «Lassen wir die Scherze, Heiliger Vater. Der Anlass unseres Gesprächs ist unerfreulich, darum sollten wir es bald hinter uns bringen. Wir beide haben viel zu verlieren: Für die Kirche ist es unschön, wenn sich ranghohe Würdenträger in einer Einrichtung treffen, die nicht der kirchlichen Morallehre entspricht. Für mich und meine Freunde ist es lästig, wenn unser Zusammensein in den Medien breitgetreten wird. Dass die Bruderschaft nicht mehr weiterexistieren kann, ist mir klar. Ich halte es aber für gut, wenn wir sie möglichst geräuschlos auflösen. Das sollte unser gemeinsames Interesse sein.»

«So?», sagte Petrus.

«Sie wollen den Skandal?», fragte der Prior mit eingefrorener Miene.

«Nun, ich dachte eher – eigentlich wollte ich Ihnen vorschlagen, die Bruderschaft bestehen zu lassen.»

Der Prior nahm die Sonnenbrille ab und musterte Petrus, der den Blick unbewegt erwiderte.

«Bestehen lassen?»

«Bestehen lassen. Wegen ihrer Verdienste um den Heiligen Stuhl.»

«Die Bruderschaft hat keine Verdienste um den Heiligen Stuhl.»

«Noch nicht. Aber es besteht Gelegenheit, solche Verdienste zu erwerben.» Petrus seufzte. «Es heißt, dass Sie reich sind, Prior. Sehr reich.»

«Vor der Wirtschaftskrise hatte ich das Doppelte.»

«Aber mit der Hälfte kommen Sie auch über die Runden?»

«Worauf wollen Sie hinaus, Heiliger Vater?»

Nachdem Petrus geendet hatte, blickte ihn der Prior starr an, dann setzte er seine Sonnenbrille auf und schwieg lange.

«Sie gehen ein gewisses Risiko damit ein», sagte er schließlich. «Möglicherweise fliegt es auf, dass Sie mit mir Geschäfte machen. Dann haben Sie einen Skandal am Hals.»

«Es kann gar nicht auffliegen», sagte Petrus zufrieden. «Niemand weiß, dass Sie hier sind. Wenn Sie es behaupten sollten, werde ich es bestreiten. Es ist eine Vertrauenssache: Sie machen Ihre Arbeit, und ich mache meine. Was Ihre Aufgabe ist, habe ich Ihnen gerade erklärt. Meine wird es sein, die Bruderschaft zu schützen.»

«Ich möchte, dass die Gegeißelten als offizieller Orden anerkannt werden», sagte der Prior. «Wie die Benediktiner oder Franziskaner.»

«Einverstanden.»

«Ich möchte, dass Don Alvarez nichts geschieht.»

«Einverstanden.»

«Und vor allem möchte ich Diskretion für alle Gegeißelten, die hier im Vatikan arbeiten.»

«Einverstanden.»

Petrus streckte seine Hand aus. Der Prior schlug ein.

Draußen, auf dem Petersplatz, setzte er sich auf die Stufen der Kolonnaden und zog sein Handy hervor. Vor ihm rauschten die Zwillingsbrunnen, Touristen kreischten, Autos hupten. Er wählte. «Ja, ich bin's, geben Sie mir meinen Assistenten, bitte. Sind Sie dran, Rupert? Dann notieren Sie: Mein Jet soll von Rom nach Mailand fliegen. Der Vorstand soll ebenfalls nach Mailand kommen, komplett. Und mir buchen Sie ebenfalls einen Flug nach Mailand, ganz unauffällig, Economy-Class. In Mailand organisieren Sie alles, was man zum Angeben braucht, Sie wissen schon. Und dann packen wir alles – Vorstand, Bodyguards, Mädels – in den Jet und fliegen nach Rom. Großes Kino. Wir treffen hier jemand, den wir beeindrucken wollen. Es muss aussehen, als ob wir direkt aus New York gekommen sind. Nur für dieses Geschäft. In der Firma alles in Ordnung? Prima. Ach ja, und dann machen Sie mir noch ein Dossier: über Bischof Saldi. Chef der Banca di Regina di Saba. Und über seine Bank. Stärken, Schwächen, Schweinereien. Alles, was wichtig ist.»

VI

Francescos Zimmer im Mezzaningeschoss über der päpstlichen Wohnung war einfach: ein Bett aus Holz, ein Stuhl, ein Schrank. An der Wand hing ein großes, schlichtes Kruzifix. Darunter ein kleines, dunkles Gemälde, das den heiligen Franziskus zeigte, wie er die Kirche stützte. Das Fenster war weit geöffnet; draußen gurrten die Tauben im Abendlicht.

Neben dem Fenster stand eine Gebetsbank, auf der Francesco kniete, den Kopf gegen das Holz gelehnt. Leise murmelte er die Worte des schmerzensreichen Rosenkranzes, so versunken, dass er das Klopfen nicht hörte.

Petrus trat ein, schloss leise die Tür und setzte sich auf das Bett. Dann räusperte er sich. Langsam wandte ihm Francesco den Kopf zu. «Heiliger Vater?»

«Ich möchte mit dir reden, Francesco.» Petrus bemühte sich vergeblich um eine bequeme Sitzposition. «Ich werde keine langen Einleitungen machen, sondern direkt und geradeaus sagen, worüber ich in den letzten Tagen nachgedacht habe. Wir sind hier nicht in der Kurie, wir sind unter uns.» Petrus räusperte sich. «Ich habe vielleicht ... nicht ganz richtig gehandelt, als ich dich zu den Gegeißelten schickte. Du siehst schlecht aus, seitdem du zurück bist.»

«Ich stärke mich im Gebet, Heiliger Vater.»

«Gott wird dir Kraft und Zuversicht geben, mein Sohn. Und dennoch: Ich hätte dir zumindest sagen müssen, was dich dort erwartet. Contessa Giulia hat mir heftige Vorwürfe gemacht, weil ich dich völlig unvorbereitet dorthin gesandt habe.»

«Sie konnten nicht wissen, was es mit der Bruderschaft auf sich hat.»

«Richtig, das konnte ich nicht wissen. Aber ich hatte schon immer den Verdacht, dass man sich dort nicht nur mit Beten und Büßen befasst. Ich bin lange im Geschäft, Francesco, und kenne meine Schäflein. Niemand ist so fromm wie derjenige, der etwas zu verbergen hat. Zumindest diesen Verdacht hätte ich dir mitteilen sollen.»

«Ich bin ja auch so zurechtgekommen.»

«Du hast deine Sache hervorragend gemacht. Ich bin

dir äußerst dankbar. Wir sind der Lösung des Rätsels einen guten Schritt näher gekommen.»

«Das freut mich, Heiliger Vater.»

«Ich meine aber, dass wir künftig anders zusammenarbeiten sollten. Du musst wissen, was ich denke. Nur dann kannst du souverän handeln, wenn es gefährlich wird. Ich will auch nicht ausschließen, dass mir etwas … zustoßen könnte. Für diesen Fall muss es jemanden geben, der Bescheid weiß.»

«Ich bin nur ein unbedeutender Diener Gottes …»

«Jetzt hör mir bitte einmal zu: Die Kirche käme auch ohne uns beide sehr gut zurecht. Die Kurie macht sowieso, was sie will – ganz egal, wer auf dem Stuhl Petri sitzt. Nein, es geht um etwas ganz anderes: Der Engel des Herrn ist niedergestürzt. Er hat Kardinal Rotondo getroffen. Meinen *Freund*, Francesco. Und es wird viel spekuliert in diesen Tagen: Wollte der Herr uns ein Zeichen geben? Ist das Ende der Zeiten nahe? Oder zumindest das Ende der Kirche? Werden weitere Kardinäle sterben? Vielleicht sogar der Papst? Offen gesagt: Ich glaube nicht, dass wir am Ende der Zeiten stehen. Oder am Ende der Kirche. Aber ich will nicht ausschließen, dass weitere Menschen sterben. Und ich kann auch nicht ausschließen, dass der eine oder andere Bewohner der Ewigen Stadt über meinen eigenen Tod nur wenig Trauer verspüren würde. Deshalb müssen wir schnell handeln, mein Sohn. Schneller als die anderen. Wir müssen vorsichtig sein. Und schlau. Darum ist es wichtig, dass du Bescheid weißt über alles, was mich bewegt.»

«Ich verstehe, Heiliger Vater.»

«Du versteht noch gar nichts. Aber du wirst es gleich tun. Denn ich werde dir nun sagen, warum der Engel des Herrn herunterstürzte. Ich werde dir sagen, welche Gefahren drohen. Und ich werde dir sagen, was wir zu tun haben. Es werden dunkle und gefährliche Wege sein, die wir zu beschreiten haben. Aber wie soll man die Teufel mit den Mitteln der Engel bekämpfen?»

Francesco hörte dem Papst zu, immer noch auf der Gebetsbank kniend. Er blickte auf das Bild des heiligen Franziskus, das Bild, das Oscuro ihm, verpackt wie ein Geschenk, in den Vatikan hatte bringen lassen. Und ihm wurde endgültig und mit schrecklicher Konsequenz bewusst, dass es ein Fehler gewesen war, sein Kloster zu verlassen. Dort war alles richtig und wahr gewesen. Die Kirche war ihm wie eine Mutter erschienen, gütig und weise, tröstend und umsorgend. Doch nun erfuhr er, dass sie in Wahrheit grausam und machtgierig war. Ohne Mitleid vernichtete sie ihre Kinder.

Niemand hier war ohne Schuld.

Nicht einmal der Heilige Vater.

VII

«Das Giolitti», sagte Giulia und schlängelte sich durch eine ganze Busladung Touristen, «ist die beste Eisdiele Roms.»

«Das kannst du sagen, weil du alle ausprobiert hast», antwortete Abdullah.

«Das kann ich sagen, weil es Familientradition bei uns ist, das Giolitti für die beste Eisdiele Roms zu halten.»

«Andere Familien haben also andere beste Eisdielen?», fragte Abdullah.

«Genau. Das wird bei euch doch nicht anders sein. Der eine kauft seine Kamele hier, der andere da. Der eine kauft seine Haremsdamen auf diesem Sklavenmarkt, der andere auf jenem. Und jeder sagt: Auf meinem Sklavenmarkt gibt es die besten Haremsdamen von ganz Arabien.»

Giulia löste zwei Bons an der Kasse und ging nach hinten durch zu der dunklen, wuchtigen Eistheke. Hoch aufgetürmt, mit frischen Früchten garniert, glänzten dort Erdbeereis, Heidelbeereis, Champagnereis, Torroncinoeis …

«Du nimmst wahrscheinlich alle Sorten mit ordentlich Alkohol, nur um mich zu ärgern, und ich nehme zweimal Scharia mit viel Sahne», sagte Abdullah. «Wollen wir den Kampf der Kulturen dann einstellen? Ich freue mich nämlich, dass mir die vielbeschäftigte Pressesprecherin des Papstes heute Abend die Ehre gibt. Und ich musste ihr dazu auch nur zweiundzwanzigmal auf die Mailbox sprechen.»

«Jetzt sei nicht gleich eingeschnappt. Sieh lieber zu, dass sich keiner vordrängelt», sagte Giulia. Sie bestellte für Abdullah und für sich drei Sorten, «con panna», mit Sahne, und balancierte die enormen Eiswaffeln durch den Laden wieder nach draußen auf die Via Uffici del Vicario. Es dämmerte bereits, als sie nach links in die kleine Gasse zum Pantheon abbogen.

«Als ich klein war, durfte ich mir bei Giolitti jeden Sonntag drei Eissorten aussuchen», erzählte Giulia. «Ich habe mich die ganze Woche drauf gefreut.»

«Du bist mitten in Rom aufgewachsen?»

«Mittendrin. Ein paar Straßen weiter steht der Palazzo meiner Familie.»

«Ein Palazzo! Und über mich lästerst du wegen meines Privat-Jumbos.»

«Mit dem Flieger könnte ich leben. Die zehn Ferraris haben mich etwas aus der Bahn geworfen. Aber jetzt erzähl mir von deiner Familie, Wüstenprinz.»

Sie setzten sich auf die Brunnenstufen vor dem Pantheon, schleckten ihr Eis und beobachteten, wie sich die Tische in den Restaurants rings um die Piazza füllten.

«Mit orientalischen Ausschmückungen oder ohne?»

«Ohne. Nur die Fakten.»

Als Abdullah fertig war, sagte Giulia: «Wenn das die Variante ohne Ausschmückungen war, möchte ich die Variante mit Ausschmückungen gar nicht hören. Du hattest es nicht leicht, Wüstenprinz. Bei uns fiele das unter die Rubrik ‹schwere Jugend›.»

«Wie meinst du das?»

«Vater hat ständig wechselnde Frauenbekanntschaften.»

«Er hatte keine Frauenbekanntschaften, sondern Ehefrauen.»

«Sohn muss früh arbeiten.»

«Ich hätte das nicht tun müssen. Aber ich wollte eben meine eigene Ölfirma haben.»

«Flüchtet jung ins Ausland.»

«Ich habe in Harvard studiert – genau wie du.»

«Erstickt seine emotionale Leere in sinnlosem Luxus.»

«Wenn du nicht bald mit den zehn Ferraris aufhörst, schenke ich dir auch einen.»

«Tiefsitzende Bindungsangst. Mitte dreißig und immer noch nicht verheiratet.»

«Ist dir eigentlich aufgefallen, dass du beinahe dasselbe Profil hast? Bei dir könnte man noch ergänzen: Bindet sich an dicken älteren Religionsführer. Wahrscheinlich aus Mangel an Selbstbewusstsein.»

«Eigentlich hast du recht: Wir sind verzogene Kinder aus traditionsreichen Familien. Orientierungslos und ohne Lebensaufgabe. Mit dem Unterschied, dass deine traditionsreiche Familie richtig viel Geld hat.»

«Lass uns endlich von unseren Familien aufhören. Zeig mir lieber die traditionsreichen Stätten deiner Heimatstadt.»

«Was willst du noch sehen? Vor dir liegt das Pantheon – sie schließen allerdings gerade die Tore. Eine der berühmtesten Kirchen Roms, ursprünglich ein antikes Heiligtum. Hier hat alles Tradition. Die Fontana di Trevi habe ich dir schon vorgeführt, die christlichen Stätten besichtigst du ja aus Geschäftsinteresse selbst – bleibt an Highlights eigentlich nur noch das Forum Romanum …»

«Das müssen wir dann wohl auf morgen verschieben.»

«Wieso? Jeder echte Römer kennt mindestens einen geheimen Zugang aufs Gelände. Ich kann dir für den Transport zwar kein Kamel bieten – aber wenn du mit meinem bescheidenen Motorino vorliebnehmen möchtest, bringe ich dich sogar hin …»

VIII

Die Stadt lag im gelben Licht der Nacht. Die Straßenlaternen reichten nicht aus, um all die Toreinfahrten und engen Plätze zu erleuchten. Und so stolperte Francesco von Schatten zu Schatten, getrieben von einer Verwirrung, wie er sie noch nie empfunden hatte. Die vielen Gässchen nahe San Andrea della Valle erinnerten ihn an die finsteren Gänge der Katakomben. Die hellerleuchtete Fassade von Il Gesu glitzerte vor seinen Augen wie ein Trugbild, hinter dessen glanzvollem Äußeren Fäulnis und Krankheit lauerten. Die steinerne Figur des heiligen Ignatius von Loyola blickte finster auf ihn herunter. Was war wahr? Was war gut und richtig? Was war gottgefällig?

Francesco hatte sich vorbereitet, bevor er nach Rom kam. Er hatte mit Intrigen gerechnet, mit Gier nach Macht, mit Hoffart und Eitelkeiten. Er war bereit, all das zu übersehen, als Schwäche der Menschen, aufgehoben und verwandelt durch die Glorie der Kirche. Mit Freuden besorgte er morgens die Cornetti für den Heiligen Vater – halfen sie ihm doch, den Anforderungen seines Amts zu genügen. Bereitwillig erfüllte er seine Pflichten als Privatsekretär – waren doch selbst kleinste Aufgaben dem Höchsten geweiht. Und wenn ihm befohlen wurde, hinabzusteigen in die Katakomben, so tat er auch dies, ohne groß nachzufragen: Der Papst und seine Kardinäle waren weise Männer, erleuchtet von der göttlichen Vorsehung. Ihre Fehler verblassten vor dem hellen Licht der Kirche, die ihr Handeln beschien.

Ja, er war – in gewisser Hinsicht – naiv. Schon als Kind hatte man ihn deswegen bespöttelt, sanft und liebevoll, denn alle in der Volksschule von Assisi hatten ihn gern. In jedem Schicksalsschlag erkannte er das Wirken Gottes, jede Katastrophe war ihm ein Zeichen. Die Nonna von Luigi lag im Sterben – qualvoll und lang war ihr Leiden: eine Prüfung Gottes! Seht nur, wie würdig und duldsam sie dahingegangen ist. Den Hof von Giovanni hatte ein Erdrutsch ins Tal gerissen: Lasst uns christliche Nächstenliebe beweisen und ihn neu erbauen! In allem Leiden dieser Welt waltete für ihn ein höherer Sinn, überall leuchtete die Gnade des Herrn. Es störte ihn nicht, wenn man seinen Gottesmut als Naivität belächelte. Er wollte den anderen als Vorbild vorangehen. Auch dorthin, wo Gott fern erschien.

Und Gott war fern hier in Rom. All die Pracht und die Schönheit, die er sonst so sehr bewunderte, erschienen ihm heute wie eine verblasste Erinnerung an seine Güte und Allmacht. *Es werden dunkle und gefährliche Wege sein, die wir zu beschreiten haben. Aber wie soll man die Teufel mit den Mitteln der Engel bekämpfen?*, hatte Petrus gesagt. Es genügte nicht, das Gute zu wollen; man musste in die Kleider der Bösen schlüpfen, ihre Schleichwege benutzen und ihre Sprache sprechen. O mein Gott, dachte Francesco, wie aber soll ich wissen, dass ich es noch mit dem Guten zu tun habe – wenn es dem Bösen zum Verwechseln ähnlich ist?

Sein ganzes Leben hatte er jede Schwierigkeit, jede Gefahr mit Glaubensstärke gemeistert. Auch diesmal hätte er gerne das Licht seines Gottvertrauens in die Finsternis getragen. Nun aber flackerte dieses Licht und drohte zu verlöschen: Giulia hatte ihm vorgeworfen, dass man nicht wie er durchs Leben gehen dürfe, ja, dass sein ganzer Lebensplan ein einziger Irrtum sei. *Ich mag dich wirklich gerne, Francesco, und Einfühlsamkeit, Weisheit und Rücksichtnahme in Ehren: alles schöne Eigenschaften. Aber man braucht auch Härte, Gerissenheit, Durchsetzungsvermögen. Sei endlich ein Mann, Francesco.*

Die Worte hatten sich ihm eingebrannt und schmerzten mehr als jede Enttäuschung, jede seelische Verwundung, die man ihm bislang zugefügt hatte. Was hieß das, ein Mann zu sein? Mit dem Motorino über den Dorfplatz zu brausen, bella figura zu machen, über Fußball zu diskutieren und seine Frau zu betrügen? Und was hieß es für ihn, ein echter Mann zu sein?

Ich werde es versuchen, dachte Francesco. Ein letztes Mal noch werde ich mein Licht in die Finsternis tragen, im Vertrauen darauf, dass Petrus auf der richtigen Seite steht, dass er von Gott geführt wird. Ein letztes Mal werde ich handeln, ohne zu fragen. Ich werde ein Diener Gottes sein, ein Mönch – und ein Mann.

IX

«Hier ist es», sagte Giulia und bog einen großen Ast zur Seite.

Dichtes Buschwerk überwucherte an dieser Stelle den rostigen Eisenzaun, der das Forum Romanum umgab. Die schmale, menschenleere Straße war spärlich erleuchtet. Nur einige streunende Katzen beobachteten, wie sich Giulia und Abdullah hinter parkenden Autos bückten und im Gesträuch verschwanden.

«Der Einstieg ist etwas unangenehm.» Giulia stieß mit dem Fuß leere Kekstüten, Plastikflaschen und Hamburger-Verpackungen auf die Seite. Dann rüttelte sie an zwei rostigen Eisenstäben, schob den einen nach oben und drehte den anderen zur Seite: Eine Öffnung entstand, gerade groß genug, um vorsichtig hindurchzuschlüpfen.

«Rockträger sind hier klar im Nachteil», meinte Giulia. «Eigentlich sollte hier ein Schild stehen mit der Aufschrift: ‹Für Frauen und Araber verboten›.» Sie beobachtete amüsiert, wie sich Abdullah bemühte, nicht mit seinem knöchellangen Gewand an den rostigen Stäben hängen zu bleiben.

«Jetzt sind wir zwar auf dem Forum Romanum», sagte Abdullah. «Aber wir sitzen immer noch im Busch.»

«Abwarten.» Giulia spähte durch die Blätter. «Wir müssen darauf achten, dass kein Aufseher mehr in der Nähe ist. Einige kenne ich ganz gut; für ein – wie sagt man bei euch? – Bakschisch würden sie erst einmal den Mund halten. Aber man sollte kein unnötiges Risiko eingehen.»

Die Marmorblöcke schimmerten im Mondlicht. Das Forum wirkte, obwohl mitten in einer Weltstadt gelegen, ungeheuer einsam. In der Ferne rauschte der Verkehr, sonst war es still.

«Wir schleichen uns zum Vesta-Tempel. Das ist mein Lieblingsplatz. Es gibt eine Stelle, an der man schön sitzen kann. Die Wärter sind zu faul, um in alle Winkel zu kriechen.»

Gebückt, die Schatten der Säulentrümmer ausnützend, rannten sie zu den Überresten des kleinen Rundtempels. In einer Nische lehnte ein großer Marmorquader. Giulia entfernte eine Coladose von den Steinen und deutete auf den Block: «Welcome to Europe! Du befindest dich hier im Herzen des Abendlands!»

«Schön habt ihr's hier! Etwas renovierungsbedürftig, aber sehr stimmungsvoll.»

«Ich liebe das Forum, seit ich Kind bin», sagte Giulia. «In den Ferien, abends, wenn es geschlossen hatte, haben wir uns hineingeschlichen. Wir haben Verstecken gespielt. Und nach Schätzen gesucht. Später, als ich so ungefähr vierzehn war, bin ich hierhergekommen, wenn ich allein sein wollte. Auf dem Palatin gab es einige verwunschene Ecken, in den Ruinen der alten Kaiserpaläste. Dort saß ich manchmal stundenlang und habe gelesen.»

«Du bist eine Romantikerin. Wer hätte das gedacht.»

«*Du* hättest das gedacht. Sonst säßen wir nämlich nicht hier.»

«Warum bist du eigentlich beim Vatikan gelandet, Giulia? Es hätte doch wahrscheinlich lukrativere Jobs gegeben für dich.»

«Stimmt. Vielsprachige Römerin aus adligem Haus – das wollen alle. Als PR-Frau. Als Assistentin des Vorstands. Als Ausstellungsstück in der Vitrine. Wäre ein spannendes Leben geworden: Kostümchen, Aktenköfferchen, Geschäftsessen, wichtig sein von morgens bis abends.» Giulia lehnte sich gegen die noch sonnenwarmen Steine. «Wirklich übertrieben fromm bin ich nicht, falls du das meinst. Erst dachte ich, es sei das Mystische, das mich reizt. Düstere Prophezeiungen, finstere Verliese, geheimnisvolle Handschriften und dergleichen. Es hätte ja sein können, dass ausgerechnet ich den Gral finde. Dann wurde mir klar, dass es etwas anderes ist.»

Giulia blickte Abdullah direkt ins Gesicht.

«Stell dir vor, man würde dir alle Erinnerungen wegnehmen, Wüstenprinz. Stell dir vor, du dürftest nur ... drei Erinnerungen behalten. Welche würdest du wählen?»

«Nicht die großen Momente wahrscheinlich.» Abdullah überlegte. «Als ich klein war, lebten wir in einem Zelt am Rande der Wüste. Mein Vater schätzte das einfache Leben der Beduinen; er wollte keinen großen Palast. Aus dieser Zeit stammen meine schönsten Erinnerungen: das Morgenlicht über der Wüste zum Beispiel, gerade noch ist es fast dunkel, und Minuten später leuchtet der Sand im Sonnenaufgang. Oder die Ölfackel über den Bohrlöchern, eine turmhohe Feuersäule, weithin sichtbar in der Nacht. Der Anblick einer Oase, Bäume, frisches Grün – mitten in der Ödnis.»

«Genau. Es sind ganz einfache Bilder. Auch bei mir: der Kerzenglanz in den Kirchen Roms. Die Krippe auf dem Petersplatz in der Weihnachtszeit. Die Gesänge der Nonnen in Santissimo Quattro Coronati. Als ich ein kleines Mädchen war, hat mir mein Vater die Wunder dieser Stadt gezeigt: die Galerien, die Kirchen, die Ruinen. Die ganze alte Welt. Sie ist immer noch da, und ich will, dass das so bleibt. Verwunschen. Aber schön. Und es ist – es ist meine Heimat, Abdullah. Ich komme aus Rom – und deshalb komme ich aus dem Gestern. Nichts gegen das Heute. Ich mag mein Handy und mein Haarshampoo wirklich gerne, aber das Heute hat kein Geheimnis. Es gibt Hunderte von Kirchen in Rom, und ich kann dir zu den meisten eine Legende erzählen. Für manche im Vatikan ist die Kirche nur ein Machtapparat. Aber Rom, die Kirche – das ist vor allem Schönheit. Und Würde. Es ist, das klingt ein bisschen altmodisch, ich weiß, aber es ist Abendland. Warum steht das Pantheon noch immer da, nach fast zweitausend Jahren? Ist die Ikone in Santa Maria Maggiore vom heiligen Lukas gemalt? Liegt im Paulusgrab wirklich der Apostel? Ich weiß es nicht, ich will es auch nicht wissen. Nur glauben. Denn ich will, dass Rom so bleibt, wie es ist. Deshalb bin ich zu Petrus gekommen.»

Abdullah schwieg.

«Hast du dich nie gefragt, warum ich gegen dein Projekt ‹Kirchenkauf› bin? Es kann schon sein, dass du edle Ziele verfolgst. Aber du verstehst Rom nicht. Du kannst es auch gar nicht verstehen. Weil du ein Wüstenprinz bist, Abdullah. Du hast kein Recht, einfach die Kirche aus der Stadt herauszukaufen. Sie gehört zu Rom und Rom zu ihr. Was weißt du schon von den alten Legenden, von den Träumen und Mythen dieser Stadt?»

«Nicht viel. Aber du könntest mir etwas davon zeigen.»

«Und was dir gefällt, lässt du dir hübsch einpacken und baust es daheim wieder auf.»

«Fangen wir gleich hier an. Wo sitzen wir?»

«Am Vesta-Tempel. Ein wichtiges Heiligtum bei den alten Römern. Dort drüben haben ihre Priesterinnen gewohnt. Die Vestalinnen. Sie hüteten das heilige Feuer und mussten in völliger Keuschheit leben. Wenn sie ihre

Unschuld verloren, wurden sie lebendig begraben. Und ihr Liebhaber wurde zu Tode gepeitscht. Aber sie genossen großes Ansehen und waren direkt dem Pontifex maximus unterstellt. Dem höchsten Priester in Rom.»

«Genau wie du. Aber dich werden sie nicht lebendig begraben, wenn du nicht in völliger Keuschheit lebst?»

«Nein», sagte Giulia und wandte sich zu ihm um. «Das werden sie nicht.»

X

Santa Maria in Aracoeli. Tempel des Himmels. Die Kirche seines Ordens, die Kirche der Franziskaner. Francesco stand am Fuß des kapitolinischen Hügels, vor sich die steile Treppe, die zu dem schlichten Backsteinbau hinaufführte. Dunkel hob sich die Fassade vom Nachthimmel ab. Vielleicht hätte er dort oben Frieden gefunden, doch jetzt war alles verschlossen. Also die rechte Treppe. Sie führte auf das Kapitol, zu Michelangelos herrlichem Platz hinauf. Um diese Zeit würde es dort leer sein. Er könnte sich an die Brüstung stellen, ganz hinten, und über das Forum Romanum blicken. Über das alte, heidnische Rom.

Es war zugrunde gegangen an seiner Machtgier und seiner Dekadenz, dachte Francesco, als er die Stufen hinaufging. Warum sollte sich die Geschichte nicht wiederholen? Vielleicht würde eines Tages der Vatikan ein Trümmerfeld sein, und die Bewohner eines dritten Roms – nach der heidnischen und nach der christlichen

Epoche – würden darüber sinnieren, warum die Päpste und Kardinäle alles verspielt hatten.

Die kapitolinischen Museen waren erleuchtet. Die Statue des Marc Aurel glänzte golden in der Nacht. Francesco ging am Senatorenpalast vorbei, bis zu jener Stelle, an der man auf das Forum schaute: rechts die dunklen, bewaldeten Hügel des Palatin und unten die Ruinen der Tempel und Versammlungshallen. Einstmals der Mittelpunkt der Welt: Caput Mundi.

Francesco stützte sich auf die Steinbrüstung und blickte hinunter. Eine Trümmerlandschaft – wie in seinem Inneren. Die Katakomben waren beängstigend gewesen und verwirrend und Giulias Ansprache über die Maßen verletzend. Doch erst die Pläne des Heiligen Vaters hatten ihm das Fundament unter den Füßen weggezogen, auf dem er sein Lebtag lang gestanden hatte: die feste Überzeugung, dass Gott seine Welt wohl geordnet habe und dass die Kirche ein Spiegel dieser Ordnung sei.

Unten, auf dem Forum, bewegten sich zwei Schatten. Beide in langen Gewändern, weiß und schwarz. Francesco konnte die Augen nicht von ihnen lassen. Das Mondlicht brach durch die Wolken und tauchte das Forum in helles, klares Licht. Francesco sah, dass sich die beiden auf einem großen Quader niedergelassen hatten, unterhalb des Rundtempels in der Mitte des Forums.

Er sah, dass es Giulia war, die dort saß. Und er sah, dass der weißgekleidete Mann seine Arme um sie gelegt hatte – und sie küsste!

Fassungslos stand er da und betrachtete das Paar. Dann wühlte er in den Taschen seines Habits nach seinem Handy und der Visitenkarte, auf der in goldenen Ziffern die Telefonnummer Oscuros stand.

«Pronto?»

«*Wenn Sie einmal verzagt sind, wenn Sie Gut und Böse nicht mehr zu trennen vermögen, dann kommen Sie zu mir.* Das haben Sie zu mir gesagt.»

«Padre Francesco», sagte Oscuro. «Ich hatte zwar erwartet, dass Sie anrufen. Aber es überrascht mich, dass es so schnell ging. Wie kann ich Ihnen helfen?»

«Der Heilige Vater hat mit mir über die Ereignisse in Santa Maria del Fiore gesprochen. Über den Hintergrund dieser Tat. Über die Verderbtheit der Kirche. Über Kardinal Rotondo.»

«Und?»

«Ich glaube, dass Sie recht haben, Eminenz.»

«Recht womit?»

«Die Kirche muss gereinigt werden. Mit großer Härte.»

«Sind Sie bereit, Padre, aus dieser Einsicht auch Konsequenzen zu ziehen?»

«Ich glaube, ich ... ja. Ich bin bereit.»

XI

Petrus war allein. Seit Stunden schon hatte sich Immaculata nicht blicken lassen. Sie war ununterbrochen und hingebungsvoll mit der Pflege und Betreuung von Alvarez beschäftigt und hatte ihm, dem Papst, ein paar lieblos zubereitete Nudeln hingestellt. Nach einem kurzen

Gespräch mit Giovanni Frascati aus der Gemelli-Klinik konnte er also in aller Ruhe, ohne unliebsame Zuhörer, mit Commissario Brunelli telefonieren. Der Arme saß noch immer an seinem Schreibtisch, völlig verstört. Sein Chef hatte ihm eine Urlaubssperre angedroht, wenn er den Fall bis Ferragosto nicht lösen würde. Jetzt hatte er Ärger mit seiner Frau, der Schwiegermutter und den drei Kindern, die Klimaanlage war ausgefallen, und mit den Ermittlungen war er noch keinen Schritt vorangekommen. Der Anruf des Papstes erschien ihm – trotz strammer kommunistischer Erziehung – wie ein Wink des Himmels. In seiner Verzweiflung erklärte er sich zur Entsendung einer «Spezialeinheit» bereit, die vor Rotondos Krankenzimmer Wache stehen sollte. Und als sich Petrus mit Segenswünschen für seine Familie verabschiedete und ihm die Rettung des Sommerurlaubs in Aussicht stellte, war er den Tränen nahe.

Für Petrus blieb nichts mehr zu tun. Er öffnete die Fensterflügel und lauschte auf die vertrauten Geräusche der Straße, auf das Rauschen, das Rufen und Reden, auf die Busse, die Motorini und in der Ferne die Sirenen eines Krankenwagens. Er sehnte sich nach seinem Stadtteil, Trastevere, nach den Goldmosaiken seiner Kirche, dem Geruch nach Caffè, nach Maroni, nach Abgasen und bemoosten Steinen, nach zuckrigen Cornetti, frittierten Zucchiniblüten, nach den schlammigen Fluten des Tibers. Dort war sein Zuhause – das einzige, das er als Papst noch hatte. Entschlossen öffnete er seine Schreibtischtür und betrachtete den wohlgefüllten Fresskorb, den ihm Giulia heute noch hineingeschmuggelt hatte. Darin ein Stück Pancetta, Pecorino und eine gute

Flasche Frascati. Petrus erwog die Vor- und Nachteile eines Picknicks in den Vatikanischen Gärten. Und entschied sich dann für einen kurzen, aber genussvollen Stehimbiss bei weitgeöffnetem Fenster.

Ein sommerlich-schwüler Abend, auch in dieser Nacht würde es wieder ein Gewitter geben. In zwei Wochen schon würde er in seiner Sommerresidenz sitzen, von seinem Schreibtisch aus die bunten Tretboote auf dem Albaner See sehen, die Kinder lachen hören, abends die Zedern riechen – und von der Gartenterrasse weit hinaus bis aufs Meer blicken. Von allen Privilegien des Papstamtes war ihm der Sommer in Castel Gandolfo immer als größtes Geschenk erschienen: weit weg vom Vatikan, für ein paar Wochen lang nicht Papst, sondern Mensch sein. Ruhe und Frieden, die kleine Messe am Morgen, Spaziergänge, Sonne und Rosen im Garten. Sogar im hauseigenen Pool war er im vergangenen Jahr schwimmen gegangen – unter den missbilligenden Blicken Immaculatas.

In diesem Jahr würde Francesco zum ersten Mal mit ihm nach Castel Gandolfo fahren. Die Albaner Berge waren zwar nichts gegen die grünen Hügel Umbriens, aber es würde ihm dort gefallen. Er hatte dem Jungen eine schwere Last aufgebürdet, das wusste er, und Francesco hatte sich eine Erholung verdient. Erst die Katakomben und nun die Verantwortung, das Wissen, das er ihm zumuten musste. Wie viele Stunden hatte er selbst damit verbracht, den Fall zu überdenken und aus den kleinen und kleinsten Beobachtungen der letzten Tage seine Schlüsse zu ziehen. Und wie hatte er selbst mit der unbarmherzigen Wahrheit gerungen. Doch Francesco würde das alles tragen können, er würde das Richtige fühlen und das Richtige tun. Er war ein Gottesgeschenk: die Stütze seines Amtes und seines Alters – er war ihm wie ein Sohn, ein richtiger Sohn.

Petrus bemerkte seine aufkommende Rührung und griff entschlossen über den Schreibtisch hinweg nach der Gazetta. Celesti, stand da zu lesen, war die große Hoffnung des italienischen Fußballs. Und wenn alles gut ging, würde Petrus in zwei Tagen hier in seinem Lieblingsohrensessel sitzen und dem jungen Helden beim Siegen zusehen. Wenn alles gutging. Bis dahin mussten allerdings noch zwei bis drei Wunder geschehen …

Der Papst blickte hinaus zum Himmel. Die ersten Gewitterwolken ballten sich über dem Petersdom. Und er dachte an Castel Gandolfo. An Francesco. Und daran, dass sie womöglich das Endspiel in Rom absagen würden, wenn der Papst plötzlich und unerwartet verstarb. Er war entschlossen, das zu verhindern.

Sechster Tag

1

Saldi konnte den Blick nicht von der wunderbaren Erscheinung abwenden: Ein Engel, blond und strahlend, stand vor ihm. Er lächelte. Und er sprach zu ihm: «Darf ich nachschenken?»

Saldi nickte stumm.

Die Stewardess goss das Champagnerglas voll, stellte die Moët-Flasche in den silbernen Kühler und schwebte davon. Als der Learjet eine sanfte Kurve flog, griff Saldi schnell zum Glas und lehnte sich in seinem Sessel zurück. Der Prior blickte zum Fenster hinaus und wartete, bis der Bischof sich erholt hatte. Unten lag Rom, eine hügelige Häuserlandschaft, durchzogen vom türkisfarbenen Flußlauf des Tibers. Die Kuppel des Petersdoms erschien für einen kurzen Augenblick im Fensterausschnitt und kippte dann weg, im fernen Dunst wölbten sich die Albaner Berge.

«Ich hätte nicht gedacht, dass man so niedrig über der Stadt fliegen darf», sagte Saldi.

«Darf man auch nicht», antwortete der Prior.

Saldi nickte beeindruckt.

«Wollen wir beginnen?», fragte der Prior.

Saldi nickte wieder.

«Strategic Alignment, Business Intelligence, Customer Relationship Management ... Ich halte dieses Marktforschungs-Gequatsche für Unsinn», sagte der Prior. «Natürlich verändert sich die Welt. Natürlich muss man neue Märkte erschließen. Aber dafür brauche ich keine Management-Ideologien. Dafür brauche ich Intuition.»

Der Learjet gewann an Höhe. Auf einmal leuchtete das Meer im Fensterausschnitt, tiefblau und klar.

«Angela», sagte der Prior.

«Angela?»

«Die Stewardess. Ist sie Ihnen aufgefallen?»

«O ja.»

«Wir sind vorgestern nach Rom gekommen. Ich habe ihr 10 000 Euro gegeben und gesagt, sie solle shoppen gehen. Am Abend kam sie wieder. Ich habe mir ihre Einkäufe zeigen lassen. Das ist meine Art von Marktforschung, wissen Sie. Wo, glauben Sie, war sie unterwegs?»

«Auf der Via Condotti, vermute ich.»

«Sie haben zu wenig Vertrauen in Ihre eigenen Produkte», sagte der Prior und legte eine Tüte auf den Tisch. «Den Via-Condotti-Kram hat sie doch schon. Aber das hier ist neu.»

«Saint's Shop» stand auf der Tüte. Der Prior zog ein Kleid hervor und breitete es aus: schwarz, mit violetten Borten und Bändern verziert.

«Kennen Sie das?», fragte er.

«Ein Muster. Aus dem Verkaufszelt vor Santa Maria del Fiore.»

«Angela kam dort vorbei. Ein Riesenrummel, sagt sie. Es muss ziemlich viel Ramsch geben. Aber auch ein VIP-Zelt mit richtig guten Sachen.»

«Wir testen dort verschiedene Produktlinien.» Saldi hatte sich gefangen. Mit wachsender Begeisterung erläuterte er sein Konzept, pries die Billigartikel für einfache Gläubige, die Luxusmarken für reiche Katholiken und endete bei der Vision eines weltumspannenden Konzerns. «The Church. So soll er heißen. Klassisch und edel. Was meinen Sie?»

Der Prior hörte ihm mit unbewegter Miene zu. «Visionen interessieren mich nicht», sagte er dann. «Und, um auch das gleich klarzustellen: Gott interessiert mich auch nicht. Aber Ihre Produkte und Dienstleistungen interessieren mich. Zum Beispiel dieses Kleid hier. Angela war begeistert.»

«Zu Recht! Sehen Sie die violetten Fäden, die in den Stoff eingewebt sind? Es gibt zehn solcher Fäden in diesem Kleid. Jeder einzelne lag drei Tage und Nächte auf dem Hauptaltar eines Wallfahrtsorts. Grabeskirche in Jerusalem, Peterskirche in Rom, Santiago de Compostela und so weiter. Ein Kleid aus den Energiequellen des Christentums, verstehen Sie? Die Borten wurden von den Pfarrern der sieben römischen Pilgerkirchen gesegnet und mit Weihwasser aus den drei größten Marienheiligtümern besprengt. Ein Kleid, das nicht nur von außen glänzt. Es leuchtet von innen. Spirituelle Kleidung. Ein Heiligenschein aus Stoff. Eine Antwort auf den Materialismus dieser Zeit. Nicht gerade preiswert, natürlich, aber Werte sind eben wertvoll.»

«Faszinierend», sagte der Prior und drückte auf einen

Knopf an seiner Armlehne. Angela erschien. «Zieh das an», sagte der Prior. «Nein, gleich hier.»

Die Stewardess lächelte und begann sich auszuziehen.

«Man verdient Geld», sagte der Prior, «indem man heute das kauft, was morgen gebraucht wird. Und zwar im großen Stil. Heute möchte ich in Christentum investieren. Das Christentum ist die Religion der Zukunft. Buddhismus – das waren die Neunziger. In New York vor allem. Sinnsuche. Purismus. Reine Leere. Dann kam die Krise, und alle fühlten sich elend und schuldig. Und wer erlöst uns von unserer Schuld? Unser Herr am Kreuz. Reue, Buße, Angst – das sind die Gefühle unserer Zeit, mein Freund. Aber dahinter leuchtet die Hoffnung auf Erlösung. Gott gibt uns Zeichen. Er vernichtet die Großbanken, diese Wucherer, und lässt die Gottesmutter Maria weinen. In Rom, in der Hauptstadt der Christenheit. Erst eine Maria und dann immer mehr. Die Zeiten sind nahe, ich höre die Posaune. Darum buche ich eine Wallfahrt und kaufe spirituelle Abendkleider. Wie Sie diesen Hokuspokus hinbekommen, weiß ich nicht. Aber es ist großartig.»

Die Stewardess schlüpfte aus ihrem Kostüm und lächelte Saldi an.

«Ich habe mir sagen lassen, dass Ihre Bank nicht gerade im Geld schwimmt», sagte der Prior. «Weil der Vatikan alles abschöpft. Sie brauchen einen Partner, nicht wahr?»

Saldi umklammerte seinen Champagnerkelch und nickte.

«Sie haben ihn gefunden. Unter einer Voraussetzung.»

«Wie bitte?», ächzte Saldi.

«Wer sagt mir, dass die Madonna nicht morgen aufhört zu weinen? Vielleicht sind Sie ein Scharlatan, Saldi. Ein Kurzzeit-Heiliger.»

Angela glitt in das Kleid und verknotete das violette Gürtelband. Sie sah umwerfend aus.

«Drehen», sagte der Prior. Angela drehte sich, so gut es in dem schmalen Kabinengang möglich war. Raschelnd streifte der Stoff an den Sitzen.

«Haben Sie das gelesen, Eminenz?», fragte der Prior und warf die Financial Times auf den Tisch, aufgeschlagen auf Seite acht. Dort war ein Artikel angestrichen, ziemlich weit unten, bei den Kurznachrichten: «Katholische Stiftung übernimmt Immobilienbesitz der Kirche von Frankreich.»

«Ich habe ein bisschen recherchiert», sagte er. «Hinter dieser Stiftung steckt eine weitere Stiftung. Eine Briefkastenfirma. Dann verliert sich die Spur im Nichts. Wissen Sie, was ich glaube?»

«Da hatte jemand dieselbe Idee», murmelte Saldi.

«Sie haben einen Konkurrenten. Noch jemand möchte mit der Kirche Geld verdienen. Sie haben nur noch wenig Zeit. Du kannst übrigens aufhören, dich zu drehen, Angela. Setz dich neben den Bischof und zeig ihm die Weihwasser-Borte am Brustausschnitt. Nun, Saldi, was sagen Sie? Welche Sicherheit können Sie mir bieten? Bringen Sie noch mehr Madonnen zum Weinen? Oder war es das schon?»

«Besuchen Sie mich heute Nacht», sagte Saldi. «Und ich werde Ihnen zeigen, wie man Wunder macht, die so schnell nicht wieder vergehen.»

11

Wie eine Zwingburg thronte die Gemelli-Klinik auf dem Monte Mario, grau, uneinnehmbar und hässlich. Irgendwo im Herzen dieser Betonblöcke, wusste Francesco, lag Kardinal Salvatore Rotondo.

Francesco hatte ihn nie zuvor gesehen, und doch schien es ihm, als kenne er ihn besser als seinen Großvater. Alle hatten sie von ihm erzählt – Petrus, Oscuro, Giulia. Die vielen Bilder vermischten sich zu einem verwirrenden Porträt: ein Lebemann und frommer Christ. Ein Intrigant und Freund. Ein Sünder und ein Moralist. Wohlbeleibt und zerbrechlich. Herrschsüchtig und papsttreu. Ein vom Volk geliebter Geistlicher und ein in der Kurie verhasster Politiker. Gut und böse, weiß und schwarz – Francesco sah längst kein klares Bild mehr vor Augen. Er folgte nur noch dem Weg, den er gehen, dem Befehl, dem er Gehorsam leisten musste.

Er tastete nach dem Messer in den Taschen seines Habits, ging durch die Schwingtür und die Treppe hinauf. Ein einfacher Franziskanerpater, das Haupt fromm verhüllt. Bereit, einem Todkranken die Beichte abzunehmen. Er sah sich von außen, sah sich den Flur entlanggehen, hörte sich mit den beiden Polizisten reden, die vor Rotondos Krankenzimmer standen. Sie waren bewaffnet.

«Fünf Minuten. Sie haben fünf Minuten, Padre. Dann müssen wir kontrollieren.»

Vom Flur aus konnte Francesco den Chefarzt sehen. Ein Schemen hinter der Glasscheibe. Er telefonierte, gestikulierte. Er schien ihn gar nicht wahrzunehmen.

Als er eintrat, summte der Apparat am Kopfende und stieß regelmäßig ein glucksendes Geräusch aus. Durch die Rollläden fiel gedämpftes Licht auf die weiße Bettdecke, von den Lamellen in schmale Streifen geschnitten. Francesco roch die sterile Krankenhausluft. Er zwang sich, nicht auf das Bett zu sehen. Er führte nur einen Auftrag aus. Er war ein Werkzeug. Ein Werkzeug Gottes, ja.

Francesco mochte es nicht, wenn Hände auf der Bettdecke lagen. Er hatte schon viele Sterbende gesehen, und das Schlimmste waren immer die Hände: kleine Wesen, faltig und fahrig, die nach dem Stoff tasteten, die sich zum Gebet verkrampften, die nach einem Halt suchten, den es nicht mehr gab. Hier waren keine Hände, und er war dankbar dafür. Glatt und unschuldig lag die Decke da, weiß und frisch.

Der Auftrag. Er hatte einen Auftrag auszuführen.

«Schließ die Tür ab», hatte er ihm gesagt. Francesco drehte den Schlüssel im Schloss.

«Wenn du fertig bist, bleiben dir fünf Minuten. Geh zur Seitentür hinaus, schließ ab, renn los. Du kommst direkt in einen angrenzenden Abstellraum, von dort durch eine versteckte Tür ins Treppenhaus. Zwei Stockwerke tiefer ist die Kinderstation. Überall Trubel, Menschen, niemand fällt auf. Geh einmal hindurch, bis ans andere Ende des Gebäudes. Dort ist eine Wendeltreppe, die in den Garten führt. Direkt zu einem Spielplatz. Daneben ist der Parkplatz. Man wird dich abholen.»

Francesco schlüpfte aus seinem Habit und warf ihn in den Abfalleimer. Nur das Messer behielt er bei sich. Er trug Jeans und T-Shirt und sah jetzt so fremd aus, wie er sich fühlte.

«Es geht ganz leicht. Du musst nur schnell sein.»

Das Messer glitt durch die Beatmungsschläuche und Kabel – ein ohrenbetäubendes Piepsen setzte ein.

«Padre? Padre? Öffnen Sie!»

In das Piepsen mischte sich das Hämmern an der Tür.

«Öffnen Sie! Sofort!»

Metallisches Kratzen, dann: «Der Schlüssel steckt von innen.»

«Das Ersatzgerät ist im Wandschrank. Es muss zerstört werden. Völlig.»

Francesco drehte sich um. Der Schweiß stand ihm auf der Stirn. Etwas Schweres. Es musste handlich sein. Er sah den Feuerlöscher, der neben dem Wandschrank hing. Francesco riss ihn herunter und ließ ihn auf das Gerät fallen. Ein gewaltiger Krach, überall Splitter auf dem Boden.

Das Piepsen wurde lauter. Über der Tür blinkte jetzt eine rote Lampe. Er hörte eine andere, tiefe Stimme, wohl die Stimme des Chefarztes.

«Padre, um Himmels willen – so tun Sie doch was, meine Herren!»

Francesco rannte zum Nebeneingang, öffnete, trat in den Abstellraum, drehte den Schlüssel. Er fand die zweite Tür, zwang sich, langsam hindurchzugehen. Als er das Treppenhaus betrat, hörte er, wie im selben Augenblick das Krankenzimmer aufgebrochen wurde.

Zu spät.

Arbeit. Das Beste in solchen Situationen war Arbeit.

Keine Zeit zum Grübeln, keine Zeit zum Träumen. Keine Zeit für Gewissensbisse. Keine Zeit für Zukunftspläne. Stattdessen: ein Stapel von Presseerklärungen und ein Posteingang voller Mails.

Giulia tippte los. Das meiste waren Standardanfragen. Sie kopierte Textbausteine, ergänzte freundliche Grußworte und klapperte auf der Tastatur, als ob sie eine mechanische Schreibmaschine traktierte. Mit einem Mal wurde ihr schwarz vor Augen: Ihr Computer war abgestürzt und ließ sich auch durch mehrmaliges An- und Ausschalten nicht wieder zum Leben erwecken.

«Hab ich dich etwa so schlecht behandelt, tesoro?», murmelte sie ihrem Mac zu. «So ist das, wenn Frauchen in der Beziehungskrise steckt. Irgendwo müssen die Aggressionen ja raus.»

Sie sprach dem hauseigenen Computerspezialisten – der natürlich nicht zu erreichen war – auf die Mailbox und holte sich einen Caffè aus der Küche. Sie trank ihn mit geschlossenen Augen in zwei großen Schlucken.

Beziehungskrise! Was für ein Unsinn. Sie hatte weder eine Beziehung noch eine Krise. Mit Männern hatte sie zurzeit nur das Übliche: viel Ärger eben. Es lohnte sich nicht, länger darüber nachzudenken.

Als sie an ihren Schreibtisch zurückkehrte, hatte ihre Sekretärin den Eingangskorb gerade wieder bis zum Rand mit Papier gefüllt. Obenauf lag der gelbe Briefumschlag eines Kurierdienstes. Sie riss ihn auf. Mehrere lose Blätter fielen heraus, alles Kopien von Zeitungsartikeln. Darauf ein Post-it mit einer Nachricht von Roberto: «Bellezza – hoffe, ich konnte dir helfen. Wenn du einsam bist, ruf mich an – besser als der Tod bin ich allemal!», las sie. «Bacione, Roberto.»

Sie feuerte den Zettel in den Papierkorb und griff nach der ersten Kurzmeldung: «Tod im Tiber» stand da, die Überschrift vom 19. August 1963 war eingekringelt.

«Heute Morgen fanden zwei Fischer den leblosen Körper einer jungen Frau am Fuße der Ponte Mazzini. Nach der Sonntagsmesse war Maria P. nicht mehr nach Hause zurückgekehrt. Die Polizei spricht von einem bedauerlichen Unfall. Signora P. hinterlässt einen Mann und ihren kleinen Sohn.»

Giulia starrte auf das Papier. Es war ihr fast unheimlich, wie sich all die Dinge, die sie sich ausgemalt hatte, Stück für Stück zusammensetzten. Sie dachte an das Bildchen der heiligen Agnes, Schutzpatronin der jungfräulichen und keuschen Frauen. Hatte Maria Pinello es aus der Kirche mitgenommen? Hatte sie es schon dabeigehabt, als sie die heilige Messe besuchte? Den Brief musste sie vorbereitet haben, so etwas schrieb man nicht unterwegs. Sie wusste also, dass sie nie mehr nach Hause zurückkehren würde, wo ihr Mann und ihr kleiner Sohn auf sie warteten. Das Festtagsessen stand vielleicht schon auf dem Tisch, aber sie war die Straßen hinuntergeeilt, vielleicht war sie unschlüssig gewesen, war herumgeirrt, bevor sie die Stufen zum Tiber hinabstieg.

Es klopfte. Anna, ihre Sekretärin, trat ein, und verschwand fast hinter einer riesigen violetten Schleife. Darunter ragte ein enormes Paket hervor, das sie Giulia entschlossen quer über die Computertastatur legte.

«Ist gerade abgegeben worden. Da legt sich aber einer mächtig ins Zeug …»

Giulia öffnete die Schachtel: Unter mehreren Lagen Seidenpapier zog sie ein schwarzes Tuch hervor, zart wie ein Hauch. Die eingenähten Goldfäden eines Luxusdesigners schimmerten unaufdringlich, aber deutlich sichtbar in dem kostbaren Gewebe. Giulia nahm es hoch und bemerkte den Gesichtsausschnitt, über dem ein heller, durchsichtiger Schleier lag.

«Wollen Sie ins Kloster?» Anna blickte ratlos auf das schwarze Tuch.

«Das ist eine Nikab.»

«So etwas wie eine … Burka?»

«In Afghanistan sagt man Burka. Auf der Arabischen Halbinsel sagen sie Nikab dazu.»

«Da liegt noch ein Umschlag.»

Giulia öffnete ihn und zog eine Karte heraus: *Du bist meine Prinzessin aus Tausendundeiner Nacht. Ich möchte dich heimführen in mein Reich. Für immer. Wenn du willst, sag ja.*

«Bring die Nikab runter in mein Auto», sagte Giulia. «Sie macht mich nervös hier im Büro. Und dann mach mir bitte einen Caffè.»

Jetzt reicht es aber, dachte Giulia und steckte die Karte zurück in den Umschlag. Für heute reicht es wirklich.

IV

Immaculata hatte ihre besonders beleidigte Miene aufgesetzt. «Der Herr Professore aus der Klinik ist am Apparat. *Dottore Frascati.* Ihr ehemaliger Schulfreund wollte mir allerdings nicht sagen, worum es geht.»

Petrus griff zum Telefon. «Giovanni, pronto?»

Er hörte ein Klicken in der Leitung. Immaculata ließ sich nicht so leicht abwimmeln.

«Er ist tot», sagte Dottore Frascati. «Heute Vormittag, 10.48 Uhr. Ich erkläre dir alles Weitere, wenn du vorbeikommst.»

Petrus schwieg. Er hatte mit diesem Anruf gerechnet, er hatte ihn erwartet, aber jetzt fühlte sich alles falsch an.

«Ich komme sofort, Giovanni. Und ich werde alle Vorkehrungen treffen.»

Als er auflegte, sah er hinaus. Der Himmel über dem Petersplatz leuchtete wie frisch gewaschen. Nicht eine Wolke war zu sehen.

«Leb wohl, Salvatore», murmelte er.

V

«Nein, keine Pressemitteilung», knurrte Petrus in den Hörer.

Giulia trommelte mit dem Kugelschreiber auf ihren Schreibtisch. «Ich verstehe wirklich, dass Sie Ihre Ruhe haben wollen – aber wir müssen den Journalisten wenigstens ...»

«Keine Pressemitteilung. Ich habe alles bereits veranlasst. Die Beerdigung wird morgen stattfinden. In Santa Maria del Fiore. Danach wird sowieso der ganze Presserummel losgehen.»

«Schon morgen?»

«Ich möchte aus ganz bestimmten Gründen, dass Salvatore sehr schnell beerdigt wird.»

«Aber warum ...»

«Giulia – ich habe jetzt keine Zeit, dir alles genau zu erklären. Ich komme gerade aus dem Krankenhaus, und unten in der Bibliothek wartet der mexikanische Botschafter auf seine Audienz und eine Erklärung, warum ich die mexikanischen Bischöfe neulich nicht empfangen habe. Außerdem will er Immaculata kennenlernen. Die Bischöfe haben so begeistert von ihr erzählt. Nur so viel: Salvatore Rotondo ist *nicht* friedlich entschlafen. Besondere Umstände rechtfertigen also besondere Vorkehrungen.»

«Das heißt, es hat einen zweiten Anschlag gegeben?»

«So ist es.»

«Vielleicht könnten Sie wenigstens *mir* sagen, was genau passiert ist?»

«Nicht jetzt, Giulia, und nicht am Telefon.»

Petrus legte auf.

Giulia saß wie versteinert hinter ihrem Schreibtisch. Dann rief sie Francesco an.

«Pronto?»

«Ciao, Francesco.»

Stille.

Giulia holte tief Luft. In der Aufregung hatte sie ihren Zwist ganz vergessen.

«Okay», sagte sie dann. «Ich habe mich mies benommen. Du kamst aus den Katakomben zurück, warst fix und fertig, und ich habe dir eine Szene gemacht. Tut mir leid. Ich meine das ganz ehrlich: Tut mir wirklich leid.»

«Ist schon in Ordnung», sagte Francesco.

Seine Stimme klang erschöpft. Sie wollte nicht, dass er traurig war, und sie ärgerte sich, dass sie es nicht wollte.

«Ich habe euch gesehen», sagte Francesco. «Auf dem Forum Romanum.»

«Du hast ...?»

«Ich war spazieren. Ich bin zum Kapitol gelaufen, um Ruhe zu finden. Dort sah ich euch sitzen. Im Mondschein. Du warst mit deinem Araber unterwegs, nicht wahr?»

«Francesco, ich ...»

«Warum rufst du an?» Francesco klang förmlich. «Ich muss nach unten, die mexikanischen Botschafter ...»

«Zweitens wegen Rotondo. Und erstens, weil ... weil ich wissen wollte, was passiert ist.»

«Wovon sprichst du?»

«Du warst den ganzen Tag verschwunden. Dann ruft mich Petrus an, um mir mitzuteilen, dass es einen zweiten Anschlag gegeben hat, dass Rotondo tot ist und die Beerdigung bereits morgen stattfindet. Was wird hier eigentlich gespielt?»

«Ich kann nicht darüber sprechen.»

«Du kannst nicht, oder du willst nicht?»

«Ich will nicht, weil ich nicht kann: Ich habe Petrus versprochen, dass ich schweige.»

Männer. Selten hatte sich Giulia in der Welt des Vatikans so einsam gefühlt.

«Aber wir müssen handeln», schrie Giulia in den Hörer. «Da draußen läuft ein Irrer rum, und Petrus ist der Nächste auf der Liste. Ich weiß gar nicht, warum ihr alle so gelassen bleibt. Wir sind in Gefahr, vielleicht auch du und ich, wir müssen ...»

«Ich weiß.»

Giulia wurde wütend: eine Mischung aus schlechtem Gewissen, Verärgerung darüber, dass sie ein schlechtes Gewissen hatte – und sehr viel Zorn auf die geheime männliche Vatikanpolitik.

«Hör zu, Francesco. Wenn ihr nicht mehr mit mir reden wollt, dann ist das eure Sache. Ich jedenfalls sitze nicht tatenlos rum und sehe zu, was als Nächstes passiert. Wir hätten uns gerne über den Täter und sein Motiv unterhalten können. Aber wenn ihr lieber Geheimniskrämerei betreiben wollt – bitte, das hat ja Tradition im Vatikan.»

Schweigen.

Giulia wurde noch wütender: «Ich habe so ziemlich alle Puzzleteile zusammen. Und jetzt werde ich losgehen und mir das letzte holen. Und dann die Polizei rufen.»

«Wohin wirst du gehen?»

«Du weißt genau, wohin ich gehen werde: zu Professore Pinello.»

«Giulia, nicht, du ahnst gar nicht, was ...»

Da legte Giulia auf. Mit Genugtuung.

VI

Das Feuer brannte. Es brannte wieder. Und es war gut. Der Herr hatte ihn ausgezeichnet, er hatte ihn gesegnet und gesalbt, er hatte sein Einverständnis gegeben: seinem Diener, seinem Knecht. Er hatte die Wurzel des Übels ausgerottet, hatte die Keimzelle vernichtet. Alles war bereit. Bereit für den letzten Schritt.

VII

Die Gitter vor den kleinen Läden waren schon heruntergelassen, die Fenster verschlossen. Francesco fuhr die Reihen parkender Autos entlang, bis er eine Lücke für seine Vespa gefunden hatte. Er schnallte den Helm ab und rannte auf die kleine Kirche zu.

Von Giulia war nichts zu sehen. Francesco legte die Hand auf den Türknauf und zögerte. In der Ferne hörte er Autos hupen, sonst war es still in der kleinen Gasse. Wahrscheinlich saß Pinello friedlich an seinem altmodischen Sekretär und kratzte mit einem Federkiel gelehrte Texte aufs Papier. Welche Ausrede sollte er vorbringen?

Egal.

Es ging um Giulia.

Petrus hatte ihm gesagt, wie es sich mit Pinello verhielt. Wenn es zutraf, was Petrus vermutete, würde Giulia in der Kirche des Professore etwas äußerst Wertvolles finden. Und Pinello würde alles tun, um sein Geheimnis weiterhin für sich zu behalten. Giulia war also in Gefahr – und er, Francesco, war der Einzige, der sie schützen konnte.

Mit einer schnellen Bewegung stieß er die Türflügel auf.

Der Kirchenraum lag im Dunkeln, nur die großen Tücher vor den Altären schimmerten weiß. Vorne brannte wieder die Stehlampe und beleuchtete die altertümlichen Möbel, den hohen Spiegel und die unzähligen Fotos der schönen Frau.

Nur Pinello fehlte.

«Professore?»

Niemand antwortete.

Es war still in der Kirche, nicht einmal die Autos waren mehr zu hören. Langsam ging Francesco nach vorne. Er stieg über einen abgebröckelten Mauerstein und erschrak, als der Verputz unter seinen Schuhen knirschte. Die kleine Treppe zum Altarraum, die dunkel gebeizte Kommode, ein Bücherstapel – und er stand vor dem weit ausladenden Bett. Die Laken waren zerknittert, neben dem Kopfkissen stapelten sich Bildbände. Und am Spiegel neben dem Waschtisch klemmte wieder ein Foto. Es zeigte Pinellos Mutter, diesmal schwarz verschleiert. Nur eine Perlenkette leuchtete hell auf ihrem dunklen Kleid.

Der hintere Altarraum war ein Labyrinth aus Bücherregalen in allen Größen. Früher mochten sie die Bibliothek einer Villa ausstaffiert haben; nun drängten sie sich auf engstem Raum: Prunkstücke aus edlen Hölzern, niedrige Bücherborde für die Handbibliothek, wackelige und völlig überladene Gestelle mit Kunstbänden. Auf den Büchern lag in dicken Flocken der Staub.

Als Francesco vorsichtig um den Spiegel schlich, trat sein linker Fuß ins Nichts. Er klammerte sich an einem der Regale fest und blickte in das dunkle Loch, das sich plötzlich vor ihm auftat. Daneben lehnte ein großes Brett. Francesco erinnerte sich an die Falltür, die Giulia bei ihrem ersten Besuch aufgefallen war. Er sah sich um: Nicht weit entfernt standen die plüschigen Sessel, auf denen sie Caffè getrunken hatten. Das Brett war von dort aus gut zu erkennen – und Giulia hatte darunter den Weinkeller vermutet. Ein Scherz, auf den Pinello merkwürdig schroff reagiert hatte.

«Professore?»

Keine Antwort.

Francesco kniete sich nieder. Der Schein der Stehlampe reichte nicht aus, um den Raum dort unten zu erleuchten. Er musste kurz an die Katakomben denken, bekreuzigte sich und kletterte vorsichtig die Stufen hinunter.

Ein Licht flammte auf.

Francesco schloss geblendet die Augen. Als er sie wieder öffnete, leuchtete vor ihm die Heilige Muttergottes in all ihrem Glanz. Ein goldener Strahlenkranz umgab sie, ein blauer Umhang floss um ihre Schultern. Frühlingsblumen sprossen um sie herum. Und zu ihren Füßen spielte das Jesuskind mit kleinen Vögeln.

Das Gemälde war riesig. Und daneben hing noch eines, im wuchtigen Goldrahmen: Es zeigte die Madonna vor der Krippe. Links daneben ritt Maria auf einem Esel nach Ägypten, und rechts davon schwebte sie auf einer

Wolke nach oben, den Blicken fast schon entschwunden. Francesco sah sich in dem großen, makellos weiß gestrichenen Raum um. Überall hingen und standen Bilder, mindestens zwanzig, nein, dreißig Mariendarstellungen – glänzende Ölgemälde in wuchtigen Goldrahmen, kleine Ikonentafeln, pastellene Skizzen und Altarbilder mit gotischem Zierrat.

«Professore?»

Nichts.

In der Mitte des Raums, einige Schritte vor ihm, sah er einen langen Tisch. Darauf lag der Körper einer Frau: Ihre Beine, die Brüste, das zarte Gesicht zeichneten sich unter einem dünnen Leintuch ab. Ein Messer lag daneben. Und Francesco schrie, er hörte es selbst nicht, er stürzte auf die Gestalt zu und wollte den Stoff wegreißen.

«Nehmen Sie die Hände weg», sagte der Professore. «Und drehen Sie sich um.»

Pinellos Wangen waren merkwürdig gerötet, das Haar hing ihm wirr ins Gesicht, die Augen hinter der kleinen Goldrandbrille flackerten unruhig, und die Hand, mit der er die Pistole hielt, zitterte leicht.

«Ich nehme nicht alle Tage eine Waffe in die Hand, Padre», sagte er. «Und Sie dürfen nicht glauben, dass ich mich wohl fühle damit. Aber ich werde von ihr Gebrauch machen, wenn es sein muss. Und niemand würde den Schuss hören hier unten in der Krypta.»

Francesco versuchte verzweifelt, sich zu konzentrieren.

«Was tun Sie da, Professore?», keuchte er.

«Ich wüsste nicht, was Sie das angeht», antwortete Pinello.

«Sie sind krank.»

«Weil ich eine Vorliebe habe für zarte, reine Frauen? Für jene Verbindung von Tugend und Schönheit, wie wir sie nur bei der Heiligen Jungfrau vorfinden?»

Pinello näherte sich ihm drohend.

«Und bei Ihrer Mutter, nicht wahr?», sagte Francesco.

Pinello hob die Waffe. «Lassen Sie Ihre dummen psychologischen Spekulationen, Padre. Und wagen Sie es nicht, sich respektlos über meine Mutter zu äußern.»

Er atmete schwer. Dann ging er, ohne Francesco aus den Augen zu lassen, zurück zu dem langen Tisch und ergriff das Tuch, das darauf lag. «Ich werde Ihnen etwas zeigen, Padre.»

Pinello streichelte über den Stoff, das lange, schmale Bein entlang, von den Füßen bis zum Knie, dann weiter aufwärts. Mit der Rechten hatte er die Pistole auf Francesco gerichtet. «Meine Mutter liebte die Reinheit», sagte er leise. «Sie mied jedes grobe Wort, ihr ganzes Tun war edel und keusch. Ein würdiges Gefäß des Heilands wollte sie sein: rein in Gedanken. Vornehm in den Worten. Sittsam im Betragen. Sie wäre lieber gestorben, als durch die Sünde der Unkeuschheit ihren Glauben zu beflecken. Alles in ihr drängte danach, der Heiligen Jungfrau gleich zu sein.»

Francesco ging, den Blick auf die Waffe gerichtet, langsam auf den Tisch zu.

«Niemand kann sich rühmen, der Gottesmutter auch nur zu ähneln», fuhr Pinello fort. «Aber immer wieder gab es Frauen, die sich darum bemühten. Zu ihnen gehörte meine Mutter, und sie war ein gutes Stück vorangekommen auf ihrem schmerzensreichen Gang zur Vollkommenheit.»

Francesco stand nun vor dem Tisch. Vorsichtig berührte er den Stoff.

«Ich liebe die Heilige Jungfrau, weil meine Mutter sie liebte. Und weil sie die einzige Frau ist, die sich rühmen kann, noch reiner zu sein als meine Mutter. Nehmen Sie die Hände weg, Padre.»

«Und was hat *sie* mit Ihrer Mutter zu tun?», fragte Francesco.

«Es ist ihr Körper», flüsterte Pinello und senkte für einen kurzen Augenblick die Pistole. «Dieser schlanke, keusche Leib.»

Mit seiner Linken hob er das Tuch an und blickte darunter. Seine Gesichtszüge wurden weich und kindlich. Dann blickte er auf. Sein Gesichtsausdruck veränderte sich von einem Augenblick zum anderen. Entsetzt sah er an Francesco vorbei. Er wollte schreien, bekam keine Luft und starrte, mit weit aufgerissenen Augen, zur Treppe.

Francesco fuhr herum.

Wie aus dem Nichts erschien dort eine schwarze Gestalt. Hoch aufgerichtet stand sie da, ein zarter Schleier verdeckte ihr Gesicht, eine Perlenkette schmückte ihren schmalen Hals. Eine flüchtige Erscheinung, ein schwarzer Engel in dem weißen Raum.

«Hebe dich hinweg, Satan», brüllte der Professore und hob die Waffe. «Du bist eine Täuschung des Bösen. Du bist *nicht* meine Mutter!»

Francesco warf sich über den Tisch. Er erreichte Pinellos Handgelenk gerade in dem Augenblick, als der Schuss fiel. Ein heißer Schmerz fuhr über seine Schulter, dann lag er auf dem Körper des Professore, der sich nicht wehrte, sondern nur schrie. Francesco wand ihm die Pistole aus der Hand, stieß sie über den Boden und drehte sich um.

«Buona sera, Francesco», sagte Giulia. Und zog die Nikab von ihrem Gesicht.

VIII

Verzweifelt tastete Pinello den Boden ab.

Seine Brille lag unter dem Tisch, eines der Gläser war zerbrochen. Von Panik erfüllt, mit seinen kleinen Händen wild auf den Boden patschend, kroch er auf die Splitter zu.

«Warten Sie, ich helfe Ihnen.» Francesco hielt sich immer noch die Schulter, sein Habit war aufgerissen, ein roter Streifen zog sich über seine Haut, doch ansonsten schien er unverletzt. Er kniete sich nieder, hob die Brille auf und zog Pinello nach oben. Dann drückte er die letzten Scherben aus dem verbogenen Gestell und reichte es ihm.

Giulia hatte die Waffe an sich genommen und umklammerte sie mit beiden Händen. Ihr Mund war ein schmaler Strich; mit äußerster Konzentration zielte sie auf den Rücken des Professore. Als der sich an sein Gesicht fasste, um das schiefe Brillengestell zurechtzurücken, zuckte ihre Hand für einen Moment am Abzug; sie schien einen Trick zu befürchten, einen unvermittelten Gegenangriff.

«Giulia», sagte Francesco leise, «er war es nicht.»

«Natürlich war er es», zischte Giulia. «Warum sonst hätte er auf mich schießen sollen?»

«Was auch immer er getan hat: Er ist nicht der Mörder Rotondos.»

Pinello drehte sich um: Blutige Kratzer liefen über sein Gesicht, eine Prellung am Wangenknochen verfärbte sich dunkel. Zerstrubbelte Haarreste standen wirr von seinem Kopf ab, die Goldrandbrille hing ihm schief auf der Nase.

«Es stimmt», sagte er leise. «Ich bin kein Mörder. Ich bin ein Dieb, Contessa. Kein gewöhnlicher Krimineller. Aber eben doch ein Dieb. Jetzt ist es vorbei, und ich weiß das. Legen Sie Ihre Waffe weg.»

«Sie können mir viel erzählen, Professore. Aber die Waffe behalte ich in der Hand.»

«Wie Sie wünschen», antwortete Pinello leise, wandte sich um und betrachtete lange eine barocke Madonna. Vor ihr kniete der Engel der Verkündigung, eine weiße Lilie in seiner Hand, der Himmel war aufgerissen und glänzte in vollem Gold.

«Guido Reni», sagte Giulia, bevor der Professore etwas sagen konnte. «Vor Jahren während einer Ausstellung in Bologna gestohlen. Die Zeichnung links daneben ist von Leonardo da Vinci. Eine Studie zur Felsgrottenmadonna. Sie gehört einem Privatsammler. Rechts davon ein Raffael: die sitzende Madonna aus der Galleria Palatina in Florenz. Und ...»

«Giulia?»

Die Contessa hielt inne.

«Mich interessiert viel mehr, was dort unter dem Tuch

ist.» Francesco deutete zum Tisch. «Vorhin war ich mir ganz sicher, dass du dort liegst.»

«Hast du deshalb so geschrien? Ich habe dich gehört, als ich oben stand.»

«Möglich, ich ...»

Pinello trat an den Tisch. «Es mag sein, dass ich ein wenig verrückt bin. Aber ich bin nicht pervers. Sehen Sie selbst!»

Mit einer schnellen Bewegung zog er das Laken weg.

«Eine Madonna des weichen Stils», sagte Giulia leise. «Mitte 15. Jahrhundert. Sie ist wunderschön.»

Was Francesco für Beine gehalten hatte, waren Gewandfalten. Die Madonna, lebensgroß, aus einem Stamm geschnitzt, schien zu lächeln.

Pinello deutete auf das Messer. «Ich wollte sie renovieren. An den Seiten ist Holz abgesplittert, auch hier vorne, am Arm. Die Statue kommt aus Frankreich. Aus dem Innenraum der Kathedrale von Reims. Man hatte sie abgenommen, wegen Bauarbeiten. So konnte ich sie ... entleihen.»

«Entleihen ist wohl der falsche Ausdruck», sagte Giulia. Sie hatte die Waffe gesenkt, ließ sie aber immer noch nicht los.

«Ich halte ihn für angemessen», sagte Pinello. «In meinem Testament habe ich verfügt, dass die Kunstwerke wieder an ihre Besitzer zurückgehen.»

«Ich halte Sie, bis mir jemand das Gegenteil bewiesen hat, für den Mörder Rotondos. Jetzt stelle ich fest, dass Sie außerdem ein Kunstdieb sind.» Giulia sah Pinello fest ins Gesicht. «Warum haben Sie das alles getan?»

Pinello lächelte melancholisch. «Das ist eine lange und traurige Geschichte.»

«Die Geschichte hat mit Ihrer Mutter zu tun und mit Kardinal Rotondo, nicht wahr?»

Pinello schwieg. Er lehnte sich an den Tisch und strich mit den Händen über die Skulptur. «Noch nie habe ich mit irgendjemanden darüber geredet. Und ich möchte es auch jetzt nicht tun, Contessa», sagte er leise. «Aber vermutlich wissen Sie ohnehin Bescheid – wie sonst hätten Sie den Weg hierher finden sollen? Darf ich fragen, was Sie in Erfahrung gebracht haben?»

«Ihre Mutter war die Geliebte eines Priesters», sagte Giulia kühl. «Und Sie sind das Kind dieser Verbindung. Weil Ihre Mutter bereits verheiratet war und der Priester vermutlich den geistlichen Stand nicht verlassen wollte, konnte sie ihre Liebe nicht leben. Darum beging sie Selbstmord. Ich vermute, dass Kardinal Rotondo dieser Priester war. Ich vermute außerdem, dass Sie von alldem wissen; vielleicht haben Sie es auch erst kürzlich erfahren. Sie verehren Ihre Mutter wie eine Ikone. Und weil Sie Rotondo die Schuld an ihrem Tod geben, haben Sie ihn getötet.»

«Vielleicht ist es doch besser, wenn ich meine Geschichte selbst erzähle», sagte Pinello scharf. «Mit Ihren Worten klingt sie billig. Die Geliebte eines Priesters – das ist wahr und doch überaus falsch. Das Wort ‹Geliebte› lässt an erotische Abenteuer denken, an geheime Liebesnester, an Lüge und Betrug. All dies war meiner Mutter fremd. Und doch stimmt es, rein äußerlich betrachtet, was Sie sagen: Meine Mutter liebte einen Priester, und dieser liebte sie. Es trifft auch zu, dass ich die Frucht dieser Verbindung bin. Allerdings handelt es sich bei dem Geistlichen nicht um Kardinal Rotondo.»

«Das kann ich nicht glauben. Als wir Sie kürzlich besuchten, hatte ich den Eindruck, dass Ihnen die Person Rotondos nicht ... gleichgültig war.»

«Sie haben sich nicht getäuscht. Rotondo spielte eine wichtige Rolle in meinem Leben.»

Pinello starrte kurz vor sich hin. «Meine Mutter heiratete sehr jung», sagte er dann. «Sie war achtzehn – für die damalige Zeit kein ungewöhnliches Heiratsalter. Die Ehe war arrangiert; ein freundlicher, seriöser, aber langweiliger Geschäftsfreund ihres Vaters. Meine Mutter war unglücklich, von Anfang an, und suchte Zuflucht bei Gott. Alle, die sie kannten, rühmten ihre ungewöhnliche Frömmigkeit. Sie war auch, im Aussehen und im Charakter, von außerordentlicher Zartheit und Reinheit. Die Fotografien geben dies nur ungenügend wieder.»

«Und?», sagte Giulia ungeduldig.

«Das bemerkte auch ein junger Geistlicher, den seine Ausbildung in die Gemeinde meiner Mutter führte. Ich weiß nicht genau, was dann geschah, aber für kurze Zeit waren sie so etwas wie ... ein Paar. Heimlich, natürlich, und unter größter Gefahr – für ihre Reputation und für seine Karriere. Der Geistliche liebte sie rasend, er wollte seine kirchliche Laufbahn aufgeben und mit ihr fliehen.»

«Aber dazu kam es nicht?»

«Meine Mutter hatte einen Beichtvater, den sie sehr verehrte. Er war ebenfalls noch jung, aber von großer Glaubensstärke und voller Lebensmut. Dieser Beichtvater riet ihr, die Beziehung mit dem jungen Geistlichen abzubrechen. Sie müsste das Ehegelübde brechen, wenn sie mit ihm fliehen wollte. Sie würde ihr eigenes Leben zerstören und auch seines. Vor allem aber würde sie die Laufbahn eines hochbegabten Priesters mit glänzenden Anlagen beenden, der es noch weit bringen würde. Schließlich folgte sie dem Rat ihres Beichtvaters. Es lässt sich nicht entscheiden, ob sie glücklich geworden wäre, wenn sie sich zur Flucht entschlossen hätte. Sicher ist nur, dass sie an ihrer Entscheidung zerbrochen ist. Kurzum, sie brach alle Kontakte zu dem jungen Kleriker ab und sah ihn nie wieder. Bald darauf erfuhr sie, dass sie schwanger war. Ihr Ehemann war hocherfreut. Sie sagte ihm nichts und brachte einen Jungen zur Welt – mich. Ich sah in dem dicken, ruhigen Mann meinen Vater. Meine Mutter liebte ich abgöttisch, und genauso liebte sie mich. Doch die Situation musste unerträglich für sie gewesen sein, und so verfiel sie – nicht äußerlich, sondern seelisch. Sie wurde schwermütig, legte sich immer härtere religiöse Übungen auf und verließ das Haus nur noch zum Kirchgang. Sie trug ausschließlich schwarze Kleidung und ging, wie man auch auf einigen Fotos sieht, verschleiert.»

Pinellos Worte stockten.

«Eines Morgens fand man dann ihre Leiche im Tiber. Ich war damals fünf Jahre alt und durfte sie nicht mehr sehen; Wasserleichen sind kein schöner Anblick. Ich bin dankbar, dass mir dies erspart blieb, denn so sehe ich sie stets als Lebende vor mir, wenn ich an sie denke. An ihre zarte Haut, die tiefschwarzen Haare, an ihre hohen Wangenknochen, die schmalen Lippen …»

«Und ihr Beichtvater war also …?», fragte Giulia.

Doch der Professore reagierte nicht auf ihren Einwurf, sondern fuhr fort: «Ihr Schicksal ging allen nah, besonders aber ihrem Beichtvater. Vermutlich stellte er sich die Frage, die ich mir auch mein Leben lang stelle: Wäre sie noch am Leben, wenn sie seinen Rat ignoriert hätte? Bald wurde deutlich, dass mein vermeintlicher Vater nichts mehr mit mir zu schaffen haben wollte. Meine Mutter hatte ihm einen Brief hinterlassen, in dem sie ihm mitteilte, dass er nicht mein Erzeuger sei. Ich verdanke es dem Beichtvater meiner Mutter, dass ein verängstigter Knabe, der auf einmal Vater und Mutter verloren hatte, nicht gänzlich vor die Hunde ging. Der Beichtvater brachte mich in ein Kinderheim. Ein ... ungewöhnliches Kinderheim.»

«Ich war dort.»

«Nun, dann wissen Sie Bescheid über mein Leben. Hat man Ihnen gesagt, wer mich dorthin gebracht hat?

«Nein. Aber nach Ihrer ganzen Erzählung vermute ich jetzt, dass es Kardinal Rotondo war.»

«So ist es. Nun verstehen Sie vielleicht, warum ich ein ... eigentümliches Verhältnis zu ihm habe. Er hat, wenngleich mit besten Absichten, meine Mutter ins Unglück gestürzt. Andererseits verdanke ich ihm alles: meine Ausbildung, Stipendien, Kontakte, vielleicht sogar mein Leben. Wer weiß, in welcher Gosse ich geendet wäre, hätte es ihn nicht gegeben. Sie sehen: Ich habe keinen Grund, ihn zu töten. Und ich bin auch nicht sein Mörder.»

«Woher wissen Sie, dass Ihre Mutter einen Priester liebte?»

«Als ich volljährig wurde, hat Rotondo mich zu sich gerufen. Das tat er nicht oft, vielleicht einmal im Jahr.

Inzwischen war er längst Bischof. Dann erzählte er mir jene Teile meiner Geschichte, die mir noch nicht bekannt waren. Vor allem wusste ich nichts von dem Geliebten meiner Mutter.»

«Und für Sie brach eine Welt zusammen?»

«Von meiner Mutter waren mir nur Erinnerungen geblieben, dazu einige Möbelstücke, ein bisschen Geld, etwas Schmuck und Fotografien. So war sie immer bei mir, all die Jahre im Waisenhaus und später als Student. Nun aber, nachdem mir Rotondo alles gesagt hatte, wurde sie mir fremd. Sie entzog sich mir, erschien mir wie verkleidet, veränderte täglich ihr Wesen. Ich wollte sie wiederfinden, suchte sie verzweifelt, aber ich fand sie nicht mehr. Bis ich eines Tages in einer kleinen Dorfkirche stand. In den Abruzzen.»

Kaum merklich hatte sich der Professore verändert. Seine Stimme klang schärfer, beinahe schrill. Er sah nicht mehr bekümmert und eingefallen aus, seine Augen bekamen einen fiebrigen Glanz.

«Dort hing ein altes Tafelbild: Maria, ihren toten Sohn beweinend. Auf einmal verstand ich alles. Die Heilige Jungfrau war verheiratet gewesen – wie meine Mutter. Sie wurde schwanger, aber nicht von ihrem Mann – wie meine Mutter. Sie hatte, in ihrer unermesslichen Frömmigkeit, die Stimme Gottes in einem Priester erkannt. Dieser Priester war ein schöner Mann gewesen, ein Engel des Herrn. Keine Wollust, keine Leidenschaft, sondern Hingabe an die allumfassende Liebe Gottes – das war ihr Leitstern gewesen.»

«Und Sie, Professore, wären dann also Jesus. Der Sohn, um den die Mutter weint.»

«In jedem Sohn, um den eine Mutter weint, lebt unser Herr.»

«Und diese Einsichten verdanken Sie dem kleinen Tafelbild in den Abruzzen. Deshalb haben Sie es auch ...»

«... mitgenommen, richtig. Ich hatte seine Botschaft verstanden. Deshalb gehörte es in einem höheren Sinne mir.»

«Wie auch all die anderen Kunstwerke dort unten? Der Raffael, der Leonardo, die Statue aus Reims?»

«Je mehr ich mich mit der Heiligen Jungfrau befasste, desto mehr erkannte ich ihre Seelenverwandtschaft mit meiner Mutter. Und immer dann, wenn ich sie in einem Kunstwerk erblickte, habe ich sie zu mir geholt. Das Leben hat etwas gutzumachen an dem kleinen Arturo, dem man seine Mama gestohlen hatte. Die Bilder haben es gut bei mir. Wenn ich sterbe, gehen sie zurück an die alten Besitzer. Hier ist kein Unrecht geschehen.»

Er sprach nicht mehr für sie, sondern für sich selbst. Seine Stimme wechselte unwillkürlich zwischen einem sanften Flüstern und einigen hohen, schrillen Tönen. Er schien sie gar nicht mehr wahrzunehmen.

«Du liegst nicht im Grab, Mama, sondern schläfst in meiner Krypta. Du bist unsichtbar, aber deine Seele spiegelt sich in all den Bildern. Sie bewahren deine Schönheit für immer. Du bist unsterblich geworden. Gegrüßet seist du, voll der Gnade, der Herr ist bei dir, und du bist bei deinem Arturo. Für jetzt und für alle Zeit.»

«Ich verstehe», sagte Giulia leise. «Und ich habe nur noch eine Frage: Wer war dieser Priester, den Ihre Mutter liebte?»

«Dieser Priester», Pinellos Stimme war nun so leise, dass er kaum mehr zu verstehen war, «heißt Benito. Benito Oscuro. Er weiß nicht, dass er einen Sohn hat. Und er soll es auch nie erfahren. Denn er zählt nicht. Was zählt, ist allein die keusche Mutter. Die edle Hülle, in der das Kind reift. Das Kind, in dem der Sinn ihres Lebens liegt. Der kleine Arturo, den sie niemals verlassen wird.»

Pinello stützte seine Hände ins Gesicht und weinte.

IX

«Soll ich Ihnen tragen helfen?», fragte der Prior.

«Danke, es geht schon.» Saldi rückte die kleine Stehleiter zurecht, die er sich über die Schulter gelegt hatte. «Da vorne ist es», sagte er und deutete auf einen Seitenaltar.

Die Kerzen auf dem Eisengestell warfen einen hellen Lichtkreis, sonst war es dunkel im Kirchenschiff. Die Statue, eine Madonna im Strahlenkranz, stand etwas erhöht, umgeben von Blumenvasen und Votivgaben: kleine Kinderfiguren aus Wachs, als Dank für eine gute Geburt; Arme, Hände, Füße aus Silberblech, gestiftet von frommen Römern.

Saldi öffnete die Pforte zum Altarbereich und baute seine Stehleiter auf.

«Es ist schon merkwürdig, wie leicht man Geld verdienen kann», sagte er. «Keine riskanten Derivatgeschäfte. Keine faulen Immobilienkredite. Nur etwas

Kunstharz, ein Pinsel und eine Stehleiter. Und schon am nächsten Tag strömen die Massen, spenden Geld und kaufen frommen Plunder.»

«Warum werden die Kirchen nicht besser bewacht? Sie haben sich tatsächlich irgendwie den Schlüssel beschafft und sind einfach reinmarschiert. Obwohl sich zurzeit fast jede Nacht ein sogenanntes Wunder ereignet?»

Saldi grinste. «Ebendeswegen werden die Kirchen nicht besser bewacht. Jeder Pfarrer hofft, dass seine Marienstatue auch einmal dran ist. Und weil niemand weiß, wie das Wunder funktioniert, schaut niemand so genau hin. Wir sind in Rom, mein Freund. In Italien. Und das heißt: nahe bei Gott. Man darf ihm nur nicht so genau auf die Finger schauen. Das mag er nicht.»

Er rüttelte an der Stehleiter. «Die ist stabil», sagte er zufrieden. «Wenn ich hochklettere, halten Sie aber bitte trotzdem unten fest.»

«Gerne», sagte der Prior. «Aber passen Sie auf, dass Ihnen die Statue nicht auf den Kopf fällt. Das soll schon vorgekommen sein.»

«Nicht bei mir», sagte Saldi und kletterte hinauf. «Für das erste Wunder bin ich nicht verantwortlich.»

«Nicht?»

«Ich bin ein Trittbrettfahrer, zugegeben. Es kommt nicht darauf an, ob man selbst eine gute Idee hat. Es reicht völlig, wenn man die guten Ideen anderer Leute zu Geld macht. Hier auf der Wange müsste es hübsch aussehen, nicht wahr?»

Sorgfältig tupfte er der Madonna zwei erbsengroße Tränen an die Wangen.

«Und fertig ist das Wunder», sagte er. «Halten Sie die Leiter fest, ich komme wieder runter.»

Saldi stieg, in der rechten Hand Pinsel und Dose balancierend, rückwärts die Stufen herunter. Unten drehte er sich strahlend um. Doch vor ihm stand nicht mehr der Prior.

«Willkommen auf dem Boden der Tatsachen, Bischof Saldi», sagte Petrus freundlich.

Siebter Tag

1

Der Engel war fort. Unrettbar verloren, wie die Restauratoren der Vatikanischen Museen bereits nach den ersten Untersuchungen sagten – ein entsetzlicher Verlust für die Kunst. Das gewaltige Loch in der Wand war notdürftig verdeckt durch einen langen violetten Seidenschal, der sich im Luftzug leise bauschte. Davor stand die Madonna, beleuchtet von unzähligen Kerzen. Die Tränen auf ihren Wangen glitzerten im Widerschein der Flammen, und Petrus spürte, wie er um Fassung ringen musste. Weiße Rosen und Lilien schmückten den Altar. Und dort stand Benito Oscuro und zelebrierte die Totenmesse für den verstorbenen Kardinal Salvatore Rotondo.

Giulia hatte ihn für verrückt erklärt, als Petrus angekündigt hatte, dass ausgerechnet Oscuro den Gottesdienst halten sollte. Doch Petrus wollte es genau so haben: dieselben Blumen wie bei der Einweihung vor wenigen Tagen, die weinende Madonna, das Loch in der Wand. Und Oscuro am Altar. Alles sollte genau so stattfinden, wie Rotondo es für die Einweihung von Santa Maria del Fiore vor einer Woche geplant hatte. Nur der Engel fehlte. Und auf dem Bischofsthron saß der Heilige Vater selbst und beobachtete Oscuro, der ganz in sich versunken schien, als die Glocken läuteten.

Die Trauergemeinde erhob sich. In den ersten Reihen leuchtete das Purpur der Kardinäle, und obwohl die Beerdigung kurzfristig und in aller Stille angesetzt worden war, schien fast das ganze Viertel auf den Beinen zu sein, um Rotondo die letzte Ehre zu erweisen. Petrus entdeckte den Messner mit dem kleinen Paolo an der Hand, der ihm verschwörerisch zuzwinkerte. Und ziemlich weit vorne stand Antonella, die Gemüsefrau vom Campo de' Fiori, die sich seit den frühen Morgenstunden um den Blumenschmuck in der Kirche gekümmert hatte – ganz so, wie sie es auch vor einer Woche getan hatte. In der Menge weiter hinten verkroch sich die schwitzende und ein wenig gedrungene Gestalt von Commissario Brunelli. Giulia trug einen schwarzen Spitzenschal über den Haaren und hielt den Blick gesenkt. Sogar Immaculata war gekommen – um zu kontrollieren, ob Rotondo auch wirklich tot war, wie Petrus vermutete. Sie umklammerte ihren Rosenkranz und verzog keine Miene.

Francesco dagegen konnte er nirgends entdecken.

Die Orgel setzte ein, und langsam näherten sich die Sargträger auf dem roten Teppich. Der vorderste schwankte unter seiner Last, und ein erschrockenes Zucken ging durch die Menge, bis sich die Köpfe wieder neigten. Petrus bekreuzigte sich, folgte mit den Augen aber nicht dem Sarg, sondern fixierte Oscuro, der vor dem Altar stand, direkt unter der weinenden Madonna, in ein Lichtermeer getaucht. Die Schatten der Kerzenflammen zuckten über seine Gestalt und verwischten seine Gesichtszüge. Er schien plötzlich alterslos zu sein und immer mehr zu wachsen. Groß und übermächtig in seiner roten Robe wartete er auf den Toten, der immer sein Widersacher gewesen war. Der Papst suchte nach Anzeichen von Genugtuung, doch die Schatten verzerrten Oscuros Züge zu einer fast raubtierhaften Fratze. Mit einer energischen Bewegung drehte er sich zum Altar, umfasste den Buchständer mit beiden Händen, wie er es immer schon getan hatte, und zog das Messbuch herrisch zu sich heran.

Für einen kurzen, kaum wahrnehmbaren Moment glaubte Petrus zu sehen, wie seine Bewegung erstarrte, wie die Schultern versteinerten, wie er reglos blieb. Und wie er verstand. Er sah zu Petrus, der auf dem Bischofsstuhl saß, dem Thron des Bischofs von Rom. Der Papst hielt dem Blick des Kardinals stand. Und schloss dann die Augen.

II

Dieser Augenblick gehörte ihm. Ihm allein. Aus der Finsternis, aus all den Jahren im Staub war er zurückgekehrt ins Licht. Die Demütigung, der Schmerz – alles ausgelöscht. Der Herr hatte ihn durch die Hölle des Leids geschickt und dann erhoben, er hatte seine Wunden verbunden und geheiligt. Dies war das Zeichen. Er würde ihn erheben auf den Thron Petri, er würde ihn auserwählen als den Erneuerer des Bundes, als den Retter der Kirche, die schon zu versinken drohte. Hier stand er, ein Triumphator des Geistes. Er hatte überlebt. Rotondo, der Dämon, der ihn gehetzt hatte, sein Leben lang, Rotondo war tot. Und Petrus, das Geschöpf seiner Gnaden, würde ihm bald folgen in die ewige Verdammnis. Der Kopf der Schlange lag vor ihm im Dreck, er brauchte ihn nur noch zu zertreten: «Von der Erde bist du genommen, und zur Erde kehrst du zurück ...»

«... der Herr aber wird dich auferwecken!»

Oscuro blickte auf, als er die Stimme des Papstes vernahm. Petrus stand direkt vor ihm. Die Messe war vorbei, und bis auf ein paar einzelne Trauergäste war die Kirche bereits leer.

«Was wollen Sie noch?», fragte Oscuro.

«Ein bisschen Licht in die Finsternis des Todes tragen», sagte Petrus. «Ich warte auf Sie in der Sakristei. Es gibt so vieles, das ich schon immer einmal mit Ihnen bereden wollte, Oscuro.»

III

Petrus winkte dem Messner und ließ ihn die schwere Holztür zur Sakristei aufschließen. Mit einer Hand klopfte er die samtüberzogenen Polsterstühle an der Wand ab und ließ sich ächzend nieder. Staub tanzte in der Luft. Es war kühl. Und sah nicht anders aus als vor wenigen Tagen, als er mit Paolo die Sakristei besichtigt hatte. Immer noch roch es muffig. Und immer noch stand in der Mitte des großen Holztisches der Messkelch, der Rotondos Einweihung hätte krönen sollen.

Es war völlig still.

Die Tür schwang auf, und der schwarze Schatten des Kardinals verdunkelte den Schein, der aus der Kirche hereindrang. Oscuro, der bis gerade eben noch souverän und gelassen am Altar gestanden hatte, war völlig verändert. Seine Gesichtszüge wirkten hart, die dunklen Augen unter den Brauen fast schwarz, der Körper gespannt.

«Sie wollten mich sprechen?»

Petrus schwieg.

«Ich wüsste nicht, was ich mit Ihnen zu bereden hätte.»

Der Papst antwortete nicht.

Oscuros Miene verzog sich verächtlich. «Sie, ausgerechnet Sie wollen mich provozieren? Sehen Sie sich an, wie Sie hier thronen, ein selbstgefälliger Papst, eine lächerliche, feiste Gestalt, deren Zeit längst abgelaufen ist.»

Er kam näher. «Jesus Christus sprach zu Petrus: ‹Du bist der Fels, auf den ich meine Kirche bauen werde.› Doch Ihr Stein ist längst brüchig geworden – obwohl Sie sich blasphemisch den Namen Petrus gegeben haben. Immer schon war das Papstamt ein Fels in der Brandung. Doch als Sie Papst wurden, da wankte er auf einmal, dieser Fels. Die Brandung ist zum Sturm geworden – und Sie haben es nicht einmal bemerkt.» Oscuros Stimme wurde lauter. «Viele Namen hat der Sturm. Er heißt Oberflächlichkeit und Atheismus. Konsum und

Gier. Eitelkeit und Hochmut. Wissenschaftsglaube und Technikwahn. Egoismus und Depression. Er tobt in den Kaufhäusern und Kinos. Den Fußballstadien und Autorennbahnen. Den Schönheitskliniken und Bordellen. Er wird stärker und tobt gegen diesen Fels, die Brecher schlagen hoch, und das ätzende Salzwasser nagt an der Substanz.»

Oscuro war jetzt ganz nah, er stand direkt vor Petrus, und seine Stimme füllte den ganzen Raum. «Der weiche Stein aber wird spröde und zerbrechlich, ganze Stücke fehlen ihm schon, bald wird er zersplittern, sich auflösen, vergehen. So steht es um Ihr Papstamt, Petrus: Die Kirche kann nicht mehr gebaut werden auf Ihrem Fels. Weil er sie nicht zu tragen vermag. Und darum stehen wir auf, Männer der Kirche, die an die Kirche glauben. Wir sehnen uns nach einem starken Halt. Wir tragen das alte, zerfressene Fundament ab und bauen ein neues an seine Stelle.»

«Gott ist die Liebe», sagte Petrus leise. «Und darum muss auch die Kirche voller Liebe sein. Und ebenso der Fels, der die Kirche trägt. Ich weiß um die Stürme dieser Zeit. Aber ich glaube nicht, dass man ihnen mit Hass begegnen darf. Nicht der Hass wird gegen den Unglauben und die Gleichgültigkeit siegen, sondern die Liebe. Natürlich gelingt es nicht immer, voller Liebe zu sein. Aber die Liebe hat einen kleinen Bruder. Er heißt Freundlichkeit. Als mich Gott der Herr zum Papst gemacht hat, Oscuro, da habe ich mir vorgenommen, ein freundlicher Papst zu sein. Doch freundlich sein gelingt nur, wenn man sich zu freuen vermag: an der Schönheit dieser Welt, wie Gott sie geschaffen hat. Warum freuen

Sie sich nicht, Oscuro? Es gibt so viele Anlässe: ein lachendes Kind. Eine Madonna von Botticelli. Ein Glas Wein am Abend. Eine perfekte erste Halbzeit. Eine perfekte zweite Halbzeit. Spaghetti Carbonara, die nicht krümeln. Ein kühler Wind am Morgen, bevor die Hitze kommt. Die Welt ist schön, Kardinal Oscuro. Warum freuen Sie sich nicht?»

Schwer atmend beugte sich Oscuro vor. «Es geht zu Ende, Petrus. Hier, wo es mit Rotondo zu Ende ging, wird es auch mit Ihnen zu Ende gehen. Denn Ihre Freundlichkeit ist nichts weiter als Banalität, geistlose, oberflächliche Sinnenfreude. Sie wird sterben und vergehen – so, wie alles Irdische vergehen muss. Bleiben wird allein die eine, heilige, katholische und apostolische Kirche. Um sie zu retten, muss man auch hassen dürfen. Und, wenn der Heilige Geist es befiehlt, auch töten.»

«So, wie Sie Rotondo töten wollten ...»

«Ich habe den Engel nicht stürzen lassen.»

«Ich weiß.»

«Sie wissen?»

«Sie können es nicht gewesen sein», sagte Petrus und richtete sich seufzend zu seiner ganzen Größe auf.

«Denn Sie hatten keine Zeit, die tödliche Falle anzubringen. Als Sie frühmorgens in der Kirche waren, um das liturgische Gerät und die Gewänder zu inspizieren, war die Tür zwischen Sakristei und Kirche noch verschlossen. So hat es mir Paolo, der kleine Sohn des Messners, berichtet.»

«Warum behaupten Sie dann, ich hätte Rotondo töten wollen?»

«Sie haben sich verirrt, Oscuro. Sie sind vom Wege

abgekommen und wandeln im Finstern. Warum Sie Rotondo hassen, weiß ich nicht. Vielleicht, weil Sie ihm die Schuld an einer menschlichen Tragödie geben: weil Sie ihn verantwortlich machen für den Tod Ihrer Geliebten, die sich vor vielen Jahrzehnten das Leben genommen hat. Und Sie haben es nie verwunden, dass die Wahl zum Papst nicht auf Sie fiel – sondern, durch das Wirken des Heiligen Geistes, auf mich. Sie müssen sich nach der Macht verzehrt haben, Oscuro. Ich habe es immer geahnt, aber nie für möglich gehalten, dass Sie alles, buchstäblich alles tun würden für dieses Amt. Bevor Sie einen zweiten Griff nach dem Stuhl Petri wagen konnten, musste Rotondo sterben. Rotondo – der Wächter vor meinem Thron! Er wusste das, auch aus diesem Grund hielt er sich seit einiger Zeit verborgen. Dann, ganz unverhofft, fand sich eine Gelegenheit: die Einweihung der renovierten Titularkirche! Rotondo verlässt sein Heim, begibt sich in die Öffentlichkeit, setzt sich Ihnen aus. Eine Möglichkeit, vielleicht die einzige für lange Zeit. Sie mussten handeln.»

Was wusste er schon? Nichts hatte er verstanden. Das Brennen für Gott. Die Liebe zu einer Frau. Was ahnte ein Proletarier aus Trastevere von den höheren Weihen? Liebe und Macht. Beides hatte ihm Rotondo genommen. Die Liebe war versunken im Schlamm des Tibers. Rotondo hatte sie hineingelockt ins reißende Wasser: ein teuflischer Beichtvater, der den Engel selbst in Versuchung führte. Die Macht war untergegangen unter den Blicken der Purpurträger in der Sixtina. Rotondos Einflüsterungen hatten sie vom rechten Pfad geführt. Es blieb nur die Kirche, Trösterin in Ewigkeit. Und die

Rache: ein Augenblick der Lust für Jahrzehnte der Not. Bald, bald war es so weit. Er spürte das Tier, er musste es zügeln, noch einmal, ein letztes Mal, ruhig, ruhig ...

«Sie hatten den Vorteil, dass Rotondo erkrankt war», sagte Petrus, «so schwer, dass er die Messe nicht lesen konnte. Sie haben diesen Umstand sofort ausgenutzt. Niemanden hätte es gewundert, wenn der alte Mann – nach all der Aufregung – überraschend verstorben wäre. Vielleicht an einem Herzinfarkt? Sie konnten, als Sie morgens in der Sakristei waren, den Kirchenraum nicht betreten. Also mussten Sie Ihren Anschlag mit dem vollführen, was hier, in der Sakristei, zu finden war.»

Petrus deutete auf den Messkelch, der noch immer auf dem Kredenztisch stand, daneben, unberührt, die Kanne mit Wein. «Wann konnten Sie ihm nahe sein – so nahe, dass Sie ihn töten konnten? Unauffällig und spurenlos? Nur in dem Augenblick, in dem Rotondo das Blut Christi zu sich nehmen würde. Ein Trank des Lebens, den Sie in einen Trank des Todes verwandeln wollten. Nachdem Sie alles inspiziert hatten, fuhren Sie – wie Sie es Francesco berichtet haben – wieder nach Hause. Sie hatten Zeit genug, sich Gift zu besorgen. Als Sie wieder in der Kirche waren, schütteten Sie es in den Wein. Bei der Messe hätten Sie, als zelebrierender Priester, als Erster getrunken. Niemand hätte gesehen, ob Sie den Kelch so weit anheben, dass der Wein Ihre Lippen erreicht. Dann hätten Sie den Kelch weitergegeben – an Rotondo. Er war alt und geschwächt. Sekunden nach dem Schluck wäre er zusammengebrochen. Der Kelch wäre herabgefallen; keiner hätte sich in der Aufregung um den Wein gekümmert. Ein Herzanfall, hervorgerufen durch Stress, hätte es geheißen. Und jeder hätte darüber geredet, welch ein schöner Tod es für einen Priester sein müsste, am Altar zu sterben, im Angesicht der Kommunion.»

Der Plan war perfekt. Er hätte ihn sterben sehen, zu seinen Füßen hätte er sich gewunden, der große Rotondo. Staub hätte er gefressen, wie eine Schlange, ein letzter Augenblick der Qual vor einer tausendjährigen Höllenfahrt ...

«Aber der Plan kam nicht zur Ausführung. Jemand war Ihnen zuvorgekommen. Der Engel stürzte, und Rotondo fiel. Aber er starb nicht. Eine Katastrophe für Sie. Denn Rotondo war nun gewarnt. Sie mussten handeln, schnell handeln. Und Sie fanden eine Waffe, die noch weit tödlicher war als vergifteter Messwein: einen jungen Franziskaner, der Privatsekretär der Papstes war. Er konnte sich Zugang verschaffen zum Krankenzimmer Rotondos. Als er Ihnen den Tod des Kardinals meldete, haben Sie – so vermute ich – den Erfolg kontrolliert. Sie fanden ein verwüstetes Zimmer vor: zerschnittene Schläuche, zertrümmerte Geräte und weinende Schwestern. Diesmal war Ihr Plan gelungen.»

Geschwätz, das unerträgliche Geschwätz eines Narren. Er ertrug es nicht länger, diese Selbstgefälligkeit, diese Anmaßung ...

«Ich werde Ihnen *meine* Geschichte erzählen», antwortete Oscuro scharf. «Sie handelt von einem schwachen Papst. Ängstlich und unsicher klammerte er sich an seinen väterlichen Freund. Als dieser, ein Greis, einen tragischen Unfall erlitt, verlor er den Halt. Überall witterte er Verräter und Mörder; schließlich verdächtigte er sogar die Kardinäle der heiligen katholischen Kirche. Als sein Freund starb, wurde er wahnsinnig.»

In diesem Moment knarrte die Tür, und Francesco stand im Raum. Petrus erschrak, als er ihn sah. Bleich und unrasiert starrte er auf den Boden und vermied es, dem Papst in die Augen zu sehen. In seiner rechten Hand hielt er eine kleine Pistole, die er fahrig auf Petrus richtete.

«Francesco – ich habe dir zu viel zugemutet, mein Sohn», murmelte Petrus erschüttert. «Es tut mir sehr leid.»

Er blickte auf die schlanke Hand, die verzweifelt die Waffe umklammerte.

«Dieser Mann ist stärker, als Sie ahnen», sagte Oscuro. «Er hat einen entsetzlichen Kampf durchgestanden. Denn er musste sich entscheiden zwischen der Loyalität zu Ihnen und der Treue zur heiligen Kirche. Am Ende hat er die richtige Entscheidung getroffen. Und nun ist er bereit ... bereit für den Befreiungsschlag.»

Bei diesen Worten griff er über Petrus hinweg und zog mit einem schnellen Griff einen alten Kerzenleuchter aus schwerem Silber von der Anrichte. Mit dem Ärmel seines Messgewandes rieb er den dunkel angelaufenen Schaft blank und wog ihn einen Augenblick auf seinen Armen. Er lächelte.

«Ich werde Ihnen meine Geschichte zu Ende erzählen», sagte Oscuro. «Eine traurige Geschichte, wie ich zugeben muss. Denn der Papst wurde wahnsinnig und behauptete, Kardinal Oscuro habe seinen Freund, Kardinal Rotondo, getötet. Besinnungslos vor Zorn griff der Heilige Vater, verwirrt von den Eindrücken der

Trauerfeier, Kardinal Oscuro an. Nur dem Eingreifen des päpstlichen Privatsekretärs ist es zu verdanken, dass der Kardinal am Leben blieb. Der junge Franziskaner fing den tödlichen Schlag ab, der Leuchter federte zurück und traf – o göttliche Gerechtigkeit! – den Urheber. Und so endete das wenig ruhmreiche Pontifikat von Petrus II., Bischof der Römer. Tritt vor, Francesco.»

Francesco steckte die Pistole ein und griff mit beiden Händen nach dem Leuchter. Er sah weder zu Oscuro noch zu Petrus, als er langsam auf den Tisch zuging.

«Es reicht», sagte Petrus.

Francesco blieb stehen.

«Du bist nach Rom gekommen, um der Kirche zu dienen», sagte Petrus. «Und du hast dich verstricken lassen in ein Geflecht aus Lüge und Täuschung. Du hast es getan, weil der Heilige Vater es wollte. Du hast es getan, weil du ihm Treue geschworen hast. Ich danke dir dafür, mein Sohn. Ich wäre gescheitert ohne dich. Wenn das alles vorbei ist, gebe ich dich – wenn du es wünschst – frei. Mögest du zurückkehren in die grünen Hügel Umbriens und glücklich werden.»

«Schlag zu», sagte Oscuro. Seine volle Stimme klang heiser. «Höre nicht auf ihn, Francesco. Im Namen der Kirche, schlag zu.»

Ein silberner Blitz, ein fallender Stern. Der Leuchter, das funkelnde Schwert, mit dem der Erzengel herniederfuhr, mit dem er voranstürmte in der Schlacht, um den Weg frei zu machen für das göttliche Tier. Das Blut, warm und rot an den Lefzen, die Raserei des Herrn, das Strafgericht Gottes ...

Es war völlig still in der Sakristei.

Im Dämmerlicht leuchteten Francescos Hände, die den Leuchter umklammerten. Petrus hielt den Blick auf Francesco gerichtet.

Väterlich.

Freundlich.

«Schlag zu.» Oscuro brüllte es jetzt, hemmungslos schrie es aus ihm heraus, mit einer Kraft, die stärker war als er. Haltung und Würde waren völlig von ihm abgefallen. Sein Gesicht war zu einer tierhaften Fratze verzerrt, seine Gestalt hatte sich wie zum Sprung geduckt.

Petrus erhob sich. Unerschütterlich wie ein Gebirge türmte er sich auf.

«Ihre Geschichte ist eine Lüge», sagte Petrus. «Meine ist die Wahrheit. Ihre handelt von einem jungen Mönch, der ein Werkzeug ist, eine Marionette. Meine handelt von einem Mönch, der ein Mensch ist. Ein Mensch mit Idealen. Mit Herzenswärme. Er geht mit Freundlichkeit durch die Welt. Sogar mit Liebe. Und niemals mit Hass. Auch wenn es Ihnen so scheint, Oscuro.»

Mit einem Mal begriff Oscuro: *Francesco, der ihn anrief, mitten in der Nacht. Francesco, der sagte, dass er bereit sei. Das verwüstete Krankenzimmer Rotondos. Der Bericht des Arztes: alles Betrug. Ein Schauspiel, aufgeführt, ihn zu verhöhnen, ein gotteslästerliches, verdammtes, wahnsinniges Spiel.*

«Du hast mich betrogen», schrie Oscuro. Seine Stimme klang fürchterlich und hatte nichts Menschenähnliches mehr an sich. Er sprang nach vorne. Und bevor Francesco zurückweichen konnte, hatte er ihm den Leuchter aus der Hand gerissen. Unter der Wucht der Bewegung verlor er das Gleichgewicht, er drehte sich, brüllend, mit dem Leuchter im Kreis: ein entfesseltes Tier, besessen und ohne Halt.

Dann stürzte er.

Der Leuchter flog durch die Luft und traf den Wandspiegel. Oscuro lag auf dem Boden, von Scherben übersät. Über ihm stand Francesco, bleich, aber gefasst, und richtete die Waffe auf ihn. Dann trat Petrus in sein Blickfeld. In der Hand trug er die Kanne und den Kelch mit dem Wein. *Das Gift, die tödliche Dosis, Rotondos letztes Abendmahl.* Petrus kniete nieder und ließ die blutrote Flüssigkeit in den Messkelch schäumen.

«Trinken Sie, Oscuro. Das wird Ihnen guttun.»

IV

Mit unergründlicher Miene starrte der Alte sie an. Zerzauste Haare standen wirr um sein Greisengesicht. Der offene Mund ein tiefer Schlund. Niemals, niemals hatte Giulia es als Kind gewagt, ihre Hand zwischen die steinernen Lippen des Alten zu schieben. Sicher, es war nur eine Legende. Aber man war ja in Rom. Und hier, das hatte Giulia schon sehr früh verstanden, gab es einen fließenden Übergang zwischen Mythen und dem, was phantasielose Menschen als Wirklichkeit bezeichneten. Sie waren allein in der Säulenvorhalle von Santa Maria in Cosmedin, allein vor dem «Mund der Wahrheit». Abdullah schwieg und blickte auf das marmorne Antlitz. Draußen fuhren hupende Autos vorbei; Tifosi schwenkten ihre Fahnen. Die Stadt war nervös und voller Vorfreude auf den Sieg, der heute Abend zu erwarten war, ganz bestimmt.

«La Bocca della Verità», sagte Giulia. «Der Mund der Wahrheit. Die Legende sagt: Wenn jemand gelogen hat und seine Hand hier reinsteckt – dann wird sie ihm abgebissen.»

«Das glaube ich sofort», antwortete Abdullah. «Man hat keine Chance bei ihm. Er weiß einfach alles. Sieh nur seine Augen.»

Tiefschwarz starrten die großen Löcher sie an.

«Andererseits: Gefährlich ist es nicht.» Abdullah wandte sich zu Giulia. «Man muss einfach nur die Wahrheit sagen, nicht wahr?»

Die Wahrheit.

Wer die Wahrheit sagt, lebt ungefährlich – Abdullah hatte recht.

Aber was war die Wahrheit?

Kurz nach der Messe hatte sie seine Nachricht abgehört: den Vorschlag, sich am späten Nachmittag zu treffen – auf einen Spaziergang, einen Drink. Kein Wort zu dem Paket von gestern, keine Anspielung auf den Brief. Und kein Hinweis auf jenen Satz, der Giulia nicht mehr aus dem Kopf ging: *Du bist meine Prinzessin aus Tausendundeiner Nacht. Ich möchte dich heimführen in mein Reich. Für immer. Wenn du willst, sag ja.*

Aber sie wusste nicht, was sie wollte.

Sie wusste nur, was sie nicht wollte: nochmals jemandem wehtun. Niemals würde sie Francescos Blick vergessen, als sie ihm erklärte, dass er kein Mann sei, kein Italiener. Sie hatte nur Distanz schaffen wollen. Die Folge war, dass sich ein verstörter, tiefverletzter Franziskaner in die Schusslinie eines irren Professors geworfen hatte, der die päpstliche Pressesprecherin erschießen wollte, weil er sie für das Gespenst seiner Mutter hielt. Und das hatte dieser Franziskaner nur getan, um ihr zu beweisen, dass er ein Held war. Ein Mann. Ein Italiener.

Aber auch, weil er sie wirklich mochte.

Und das war das Problem.

Denn mit dem italienischen Heldenmann wäre sie fertiggeworden. Mit einem Padre Francesco, der sie wirklich mochte, wurde es schwierig.

«Habe ich gleich gesagt», meldete sich Party-Giulia in ihr zu Wort. «Jetzt nimm endlich den Scheich. Er steht neben dir, macht genauso schöne Hundeaugen wie Francesco und lebt weder in Keuschheit noch in Armut.» Klar, dass Katholiken-Giulia diesen Angriff parieren musste: «Das haben wir doch alles schon diskutiert. Wenn sie den Scheich nimmt, verbringt sie ihr freudloses Leben in einem fensterlosen Kerker, zusammen mit den 150 weiteren Frauen ihres Ehemanns. Fern der Heimat, verstoßen von ihren rechtgläubigen Verwandten.» Und schließlich, unvermeidlich, Familien-Giulia. Mit leiser Stimme wandte sie ein: «Aber sie liebt ihn nicht. Und nur darauf kommt es doch an, oder?» – «Spießige Romantikerin», giftete Party-Giulia. «Sie kann doch den Scheich heiraten und sich gelegentlich mit Francesco zu einem kleinen Meditations-Wochenende treffen. In einem schnuckligen umbrischen Landhotel.» Das Schlusswort hatte Philosophen-Giulia: «Es kommt vor allem darauf an, eine moralisch einwandfreie Lösung zu finden. Du musst bei der Wahrheit bleiben, Giulia.»

Großartig, dachte Giulia. Ihr wart wieder einmal äußerst hilfreich. Ich möchte ja bei der Wahrheit bleiben. Aber leider weiß ich nicht genau, was die Wahrheit ist – das sagte ich doch schon einmal, oder? Und außerdem: Wie sagt man die Wahrheit so, dass die Leute nicht wünschen, man hätte doch besser gelogen?

«Es scheint nicht so einfach zu sein», sagte Abdullah.

«Bitte?»

«Du starrst jetzt seit fünf Minunten den ‹Mund der Wahrheit› an und kaust auf deiner Unterlippe. Ich hatte vorhin festgestellt, dass dieser Mund völlig ungefährlich ist – solange man nur die Wahrheit sagt.»

«Wir können es ja mal ausprobieren.» Giulia steckte ihre rechte Hand in den Mund und sagte: «Meine letzten Schuhe waren eindeutig zu teuer.»

«Und?»

«Nichts.» Giulia zog ihre Hand heraus. «Leider war es die Wahrheit. Jetzt du.»

Abdullah schob seine Hand in die Öffnung. «Ich möchte die katholische Kirche kaufen, weil ich sie schätze und erhalten möchte. Es geht mir nicht um Profit. Jedenfalls nicht in erster Linie.»

«Dein kleiner Finger dürfte jetzt weg sein», sagte Giulia.

Abdullah zog seine Hand heraus. «Alles dran!» Dann bemerkte er ihren Blick. «Was ist los?»

«Du hast eben eine Frage berührt, die mir sehr wichtig ist.» Giulia zögerte. «Du weißt, dass ich nichts von deiner Idee halte. Natürlich ist sie kühn und visionär. Aber ich hätte es schon gerne, dass die Kirche ... sich selbst gehört. Nichts gegen idealistische Muslime. Aber es ist nicht deine Welt.»

«Irgendwann werde ich dich überzeugen. Spätestens dann, wenn es in den Petersdom reinregnet, weil das Geld für neue Dachziegel fehlt.»

«Ich war kürzlich bei Bischof Saldi. Er hat ähnliche Ideen wie du. Allerdings geht es ihm *nur* ums Geld. Du warst auf seiner Konferenz; ich sah euch zusammen reden ... Kurz: Ich fände es unerträglich, wenn du mit ihm unter einer Decke stecktest.»

«Wir testen das.» Abdullah steckte seine Hand in den steinernen Mund. «Bischof Saldi ist ein skrupelloser Mensch. Ehrwürdige Wüstenprinzen machen keine Geschäfte mit ihm.»

Er zog seine Hand heraus. «Siehst du?» Zufrieden musterte Abdullah seine Finger. «Er hat mir sogar die Hand gewaschen. Damit sie genauso rein ist wie mein Gewissen.»

«Danke.» Giulia lachte. «Ich gebe zu, dass mich euer Kontakt beunruhigt hat.»

«Gibt es sonst noch Fragen, die du geklärt wissen möchtest?»

«In den letzten Tagen kam es zu einigen ... merkwürdigen Immobiliengeschäften. Überall auf der Welt erwarben Stiftungen den Grundbesitz der Kirche. In verschiedenen Ländern. Niemand hat es so recht bemerkt – alle kümmerten sich nur um weinende Madonnen, tote Kardinäle und das Endspiel. Weißt du zufällig etwas davon?»

Abdullah steckte diesmal beide Hände hinein. «Ich will nicht ausschließen, dass ich mir die eine oder andere Kirche zugelegt habe.»

Er zog die Hände heraus. «Ich konnte gerade noch

eine Maniküre verhindern. Falls noch Fragen offen sind – bitte!»

Es waren noch Fragen offen. Sogar die entscheidenden Fragen. Abdullah würde morgen abreisen. Das Interreligiöse Forum für göttlichen Reichtum endete mit dem Finale, und er hatte ein Recht, bis dahin Antwort zu erhalten.

«Eigentlich bin ich jetzt dran», sagte Giulia langsam und legte ihre Hand in die Öffnung. «Falls du mich ebenfalls testen willst ...?»

«Dann sprich mir nach: Falls ich jemals einen arabischen Muslim heirate, wird es Prinz Abdullah sein.»

«Falls ich jemals einen arabischen Muslim heirate, wird es Prinz Abdullah sein», sagte Giulia.

«Und jetzt: Über die hübsche Nikab, die ich kürzlich geschenkt bekam, habe ich mich sehr gefreut.»

«Über die hübsche Nikab, die ich kürzlich geschenkt bekam, habe ich mich sehr gefreut», sagte Giulia.

«Den Satz für die letzte Runde solltest du selbst formulieren», sagte Abdullah. «Aber denk dran: Ohne Finger kann man keine Pressemitteilungen tippen.»

Giulia nickte, schob ihre Finger in den Bocca della Verità und begann: «Scheich Abdullah ist der klügste, charmanteste und bestaussehende Wüstenprinz zwischen Rom und Mekka. Jede Frau, die er zu sich aufs Kamel hebt, darf sich glücklich schätzen. Ein Platz in seinem Zelt gebührt aber nur jenen, die ... mit sich im Reinen sind. Die keinen anderen Prinzen in ihrem Herzen tragen. Alle anderen müssen in Rom bleiben. Sie werden ihn nie vergessen und sich freuen, wenn er gelegentlich vorbeireitet.» Giulia zog die Hand heraus.

Abdullah schwieg lange.

«Das war dann wohl die Wahrheit», sagte er und betrachtete ihre Finger. «Und jetzt lass uns einen Drink nehmen.

V

Der Tag der Entscheidung: So hatte er sich das nicht vorgestellt. Petrus saß tief in seinen Lieblingsohrensessel eingegraben und blickte missmutig auf den Fernseher. Schon beim Aufwärmen fehlte den Italienern die rechte Siegeszuversicht: Betont gelangweilt trabten die Spieler über den Rasen, während ihr Trainer mit zerfurchter Stirn an der Seitenlinie stand und versuchte, Gelassenheit und Souveränität auszustrahlen.

Giulia lümmelte in einer Ecke des päpstlichen Sofas. Sie hatte ihre goldenen Sandalen abgestreift, die nun wie der FIFA-Worldcup im römischen Olympiastadion auf dem Wohnzimmerteppich thronten, und lehnte mit angezogenen Beinen in einem Kissenberg. Zu ihrem luftigen Stoff-Vermeidungs-Sommerkleid trug sie eine Stola in Grün-Weiß-Rot, die sie abwechselnd um den Hals, um ihre Knie und um ihre Arme wickelte. Der Privatsekretär seiner Heiligkeit saß derweil am Schreibtisch. Blass, aber rasiert und frisch gewaschen, sortierte er die Panini-Sammelbildchen des Papstes und legte eine Liste der fehlenden Spieler an. Beide waren bemüht, jeden Blickkontakt zu vermeiden.

Die Nationalhymne! Petrus begnügte sich mit sonorem Gebrumme, Giulia schwenkte rhythmisch die Stola. Bei der Zeile «Lasst uns die Reihen schließen – wir sind bereit zum Tod» öffnete sich die Tür: Immaculata trat ein und balancierte ein riesiges Tablett zum Sofatischchen.

«Zu Ehren unseres Gegners habe ich eine Auswahl deutscher Spezialitäten zusammengestellt», verkündete sie, ohne der Hymne die geringste Aufmerksamkeit zu schenken. «Wurstel con Krauti. Bayerische Klöße. Außerdem eine Fischspezialität: Bismarckheringe. Dazu gibt es Oktoberfestbier. Der Erzbischof von München und Freising hat im vergangenen Jahr einige Flaschen dagelassen. Ein würdiger Anlass, meine ich.»

Umständlich arrangierte sie die Teller und versperrte für Minuten den Blick auf den Fernseher. Dann kramte sie ihr Häkelzeug heraus und setzte sich auf ihren Schemel an der Tür.

Giulia musterte das Angebot. Die Würstchen waren leicht angebrannt; zum Ausgleich steckten kleine Papierfähnchen in Schwarz-Rot-Gold im verkokelten Fleisch. Das Kraut stammte offensichtlich aus der Dose: Die weißgelbe Masse schwappte in glitschiger Flüssigkeit – Immaculata hatte es nicht für nötig gehalten, das Wasser abzugießen.

«Hoffen wir, dass die Deutschen so Fußball spielen, wie sie kochen», sagte Giulia und griff nach ihrem Handy. «Das hier ist jedenfalls ein Fall für den Pizzaservice.»

«Ich glaube nicht», antwortete Immaculata zufrieden, «dass es irgendeinen Pizzadienst gibt, der während des Endspiels ausliefert.»

«Schluss jetzt», brummte Petrus. «Es geht los.»

Francesco schob seine Panini-Bilder auf die Seite und stützte seinen Kopf in die Hände. Ein grauenhaftes Quietschen aus der Plastiktröte, die Giulia aus ihrer Handtasche gezogen hatte; der Pfiff des Schiedsrichters und das Jubeln auf den Straßen – das Spiel begann.

«Die Defensive funktioniert überhaupt nicht», analysierte Immaculata nach fünf Minuten kühl. «Die Deutschen können unbehelligt vorrücken. Es ist nur eine Frage der Zeit, bis das erste Tor fällt.»

Petrus stöhnte auf, antwortete aber nicht. Irgendwo musste sich Immaculata ein Fußballlexikon ausgeliehen haben, um ihn mit seinen eigenen Waffen zu schlagen. Das Schlimmste aber war, dass die Analyse seiner Haushälterin leider zutraf. Vor allem Luigi Celesti (kurz musste der Papst an Paolo denken) hatte einen grauenhaften Tag erwischt: Er gewann keinen Zweikampf und behalf sich mit Fouls. Nach acht Minuten sah er Gelb, und die rote Karte würde nicht lange auf sich warten lassen.

Umso besser war Müller in Form. Er sprintete, obwohl deutlich über dreißig, die Seitenlinie entlang, als müsste er das Spiel allein gewinnen. Celesti mochte noch so oft seine lockige Haarpracht raufen, verzweifelte Blicke gen Himmel senden und seine Mitspieler beschimpfen – ein ums andere Mal raste der blonde, stämmige Deutsche an ihm vorbei und flankte nach innen, wo die junge Garde der deutschen Elf lauerte: Hasan Erkan, Mehmet Özdilek, Tomasz Kowalcyk und Wassilij Schischkin. Und dazwischen ein Senior wie Müller.

Das 1:0 für die Deutschen, kurz vor dem Halbzeitpfiff, war unausweichlich. Petrus schenkte sich ein großes Glas abgestandenes Oktoberfestbier ein – und stellte es nach einem Schluck angewidert zur Seite. Dann erklärte er, wild gestikulierend, die taktischen Fehler der Azzurri. Seine Haushälterin lächelte wissend und häkelte weiter, während Giulia die päpstlichen Hasstiraden auf Celesti konterte («Mit diesem Hintern darf er ruhig langsam rennen – man sieht sonst ja gar nichts»), und Francesco schwieg.

Der Ausgleich war ein Zufall, nichts weiter. Cassatti, noch eine junge Stürmerhoffnung Italiens, lag im deutschen Strafraum und jammerte. Der Schiedsrichter ignorierte ihn und ließ weiterspielen, als plötzlich der Ball auf Cassatti zusprang, von seinem Körper abprallte und in die rechte obere Torecke segelte – provozierend langsam, aber unerreichbar für den deutschen Torhüter.

Giulia trötete, Immaculata häkelte, Francesco schwieg, und Petrus schob ein paar der angebrannten Würstchen in sich hinein.

In der sechzigsten Minute legte die Haushälterin ihr Häkelzeug weg. «Dieses Spiel ist zu sehr vom Kampf bestimmt. Ich schätze mehr das taktisch geprägte Fußballspiel. Darum werde ich mich nun zurückziehen und einen Nachtisch zubereiten. Eine Spezialität aus Deutschland, sie nennt sich ‹Scheiterhaufen› und wird aus altbackenen Brötchen gemacht.»

Niemand antwortete.

Als Immaculata den Raum verlassen hatte, richtete sich Petrus plötzlich auf. «Francesco? Komm zu mir, bitte.»

Der Sekretär eilte zu Petrus und beugte sich zu ihm

herunter. Gestikulieren, Tuscheln, ein schneller Segen – dann rannte Francesco, mit entschlossenem Blick und hochrotem Kopf, aus dem Zimmer.

VI

Die hohen Flure und das prachtvolle Treppenhaus des apostolischen Palastes waren menschenleer. Nur das schnelle Atmen Francescos war zu hören und das Klacken seiner Sandalen, als er – mehrere Stufen auf einmal überspringend – die Treppe herunterraste.

Im Hof stand seine Vespa. Francesco warf den Motor an, winkte dem Schweizer Gardisten zu und raste durch das Sankt-Anna-Tor auf die Via Porta Angelica hinaus.

Ein Gewitter kündigte sich an. Schwül und stickig stand die Luft in den Straßen; es war ein Tag für Hupkonzerte und wüste Beschimpfungen. Heute aber – und das war Francescos einzige Chance – hatten sich Anspannung und Aggression in die Häuser zurückgezogen, dorthin, wo ein Fernseher stand. Auf der Fahrbahn war es genauso leer wie auf den Fluren des päpstlichen Palasts. Francesco umklammerte den Lenker und fuhr die Maschine voll aus: Mit kreischenden Reifen jagte er um Verkehrsinseln, die er sonst mühsam im Schritttempo umkurvte; auf der Via Ottaviano, wo an normalen Tagen Straßenbahnen klingelten und Motoren aufheulten, war es beinahe unheimlich still. Nur vor den Fernsehern, die außen vor den Bars und Ristorantes standen, sah Francesco azurblaue Menschentrauben, in denen es kreischte und schrie.

Sein Habit flatterte wild im Fahrtwind. Francesco steuerte das Motorino mit einer Hand und versuchte, seine Uhr zu lesen: noch 18 Minuten. Jetzt war er am Ende der Via Ottaviano angekommen. Rechts lag der Tiber, schräg vor ihm das Stadio Olimpico. Er bog in die breite Zufahrt zum Stadion ein, drückte noch einmal aufs Gas und jagte auf die mächtige Betonburg zu, aus deren Innerem grellweißes Flutlicht in den Nachthimmel strahlte.

Das Stadion war abgeriegelt wie eine Festung: Absperrgitter, mehrere Meter hoch, zogen sich um die Arena. Überall standen Polizeibusse, und ganze Hundertschaften, schwer bewaffnet und in martialischen Kampfanzügen, drängten sich an den Eingängen. Für einen kurzen Moment überlegte Francesco, ob er einfach durchrasen sollte: Die Carabinieri waren ganz offensichtlich abgelenkt, drängten sich um Bildschirme und Laptops und gestikulierten heftig. Dann entschied er sich doch für eine Vollbremsung und kam wenige Meter vor einem Streifenwagen zu stehen, aus dem – verblüfft und wütend – drei Carabinieri sprangen.

Francesco strich sich die Locken aus dem Gesicht, schaute noch einmal auf die Uhr (noch 14 Minuten) und fingerte dann seinen Ausweis aus der Tasche.

«Ich bin im Auftrag des Herrn unterwegs», keuchte er.

«Der Heilige Vater schickt mich. Es ist ... eine besondere Mission, die auf keinen Fall scheitern darf. Es wäre eine Katastrophe, hören Sie! Eine Katastrophe! Für die da drinnen, für Sie hier draußen, für die ganze Stadt und das Land.»

«Worum geht es?», schnarrte der Anführer. Francesco blickte ihn an: ein sorgsam gestutzter Oberlippenbart, gepflegte Hände, strenger Blick. Nun kam es drauf an. Wenn er ihn überzeugen konnte, hatte er fast gewonnen. Wenn es Diskussionen gab, war alles umsonst.

Die Länge eines Stoßgebets, die Länge eines Sprints auf dem rechten Flügel, die Länge eines Blicks in Contessa Giulias Augen: Sekunden nur. Nicht viel länger dauerte es, bis sich der Kommandant entschieden hatte, doch Francesco schien es, als wären die Sekunden ganze Halbzeiten.

«Los», brüllte der Kommandant seine Kollegen an. «Bringt ihn rein. Los, macht schon!»

Sie rannten, Francesco in der Mitte, auf die Betonwand des Stadions zu. Hinter ihnen sorgte der Kommandant dafür, dass sie freie Bahn haben würden: Laut zeterte er in sein Funkgerät.

Ein Tor im Beton, ein langer Gang und tausend Türen. Dann, ganz unvermittelt, eine Stahltür.

«Gott beschütze Sie», sagte der Polizist und stieß die Türflügel auf.

Francesco sah Rasen, rennende Männer und eine brüllende Wand, die sich in den Nachthimmel schob.

Und er sah ihn.

VII

85. Minute: Celesti lag auf dem Rasen, hielt seinen Oberschenkel umklammert und stierte mit schmerzverzerrtem Gesicht in das grelle Flutlicht. Das Spiel war unterbrochen, die Spieler trabten zur Seitenlinie, schütteten Wasser über ihre Köpfe und ließen sich vom Trainer beschimpfen.

«Ich wollte nur mal sehen, was ich schon abdecken kann.» Wie eine schwarze Krähe flatterte Immaculata vor dem Fernseher hin und her und verdeckte für Sekunden den Blick auf das bunte Gewimmel.

Der Papst, bleich im Gesicht, ignorierte sie. Mit starrem Blick sah er durch seine Haushälterin hindurch, die Fingerknöchel um die Sessellehne geklammert. Immaculata zog ab und gab den Blick wieder frei.

Am Spielfeldrand hatte sich eine Traube gebildet. Petrus beugte sich vor: Inmitten verschwitzter azurblauer Trikots hatte er für einen kurzen Augenblick dunklen Stoff gesehen, das Stück eines Habits vielleicht – oder doch nur den Dress des Schiedsrichters?

Ein Pfiff: Es ging weiter.

Der deutsche Strafraum war uneinnehmbar. Italiens Sturm versuchte es über links und rechts, mit der Brechstange durch die Mitte und mit hohen Flanken: Die schwarz-weiße Truppe stand, obwohl am Ende ihrer Kraft, unerschütterlich sicher. Sie trat und köpfte die Bälle aus dem Strafraum heraus; sie lauerte auf den einen Moment, in dem es sich lohnen würde, mit dem Ball in die italienische Hälfte zu rennen und jenen tödlichen Konter zu spielen, der den Sieg bringen würde.

Die erste Minute der Nachspielzeit verstrich, dann die zweite. Der Schiedsrichter sah auf die Uhr, nestelte an seiner Pfeife. Nur dieser Ball noch: Hoch hinauf in den Himmel Roms hatte Cassati die Flanke geschlagen, und hoch oben, als hätte ihn ein Engel berührt, wechselte der Ball auf einmal die Flugrichtung. Man hatte ihn schon in der Kurve hinter dem Tor gesehen, ein letzter, vergeblicher Versuch, aber nun senkte er sich hernieder in den deutschen Strafraum.

Dort stand Celesti.

Schön wie ein antiker Gott: Dunkle Locken, schweißverklebt, rahmten sein Gesicht mit der edlen Römernase. Er hatte die Hände in die Hüfte gestemmt und blickte nach oben, wo Cassatis Flanke ins Nirgendwo zielte. Kurz nur zeigte die Kamera seine dunklen, traurigen Augen, überschattet von langen Wimpern.

Dann, plötzlich, kam Bewegung in ihn: Der Ball hatte seine Flugbahn geändert und raste auf ihn zu. Sofort umringten ihn drei deutsche Abwehrspieler, ein kurzes Gerangel: Cassatti stand frei – doch zu spät für einen Kopfball.

Selbst in Zeitlupe wirkte es ungeheuer schnell, was dann geschah: Celesti fasste sich an den Ringfinger der rechten Hand und ließ sich nach hinten fallen. Im letzten Augenblick, bevor der Ball auf dem zerfurchten Rasen aufprallte, erwischte er ihn mit der Spitze seines Schuhs und schoss die Kugel ins deutsche Tor. Celesti lag im Matsch, und nur für einen Moment – bevor sich seine Kameraden auf ihn warfen – sah man, dass er immer noch den Ringfinger seiner rechten Hand umklammert hielt.

Eine Menschentraube in Azurblau stürzte über das Spielfeld. Celesti löste sich, schüttelte die Fäuste, schrie, triumphierte. Er lief zur Seitenlinie und sprang hoch. Die Kamera fing ihn ein: sein lachendes, glückliches Gesicht, die dunklen Locken und eine Hand, zur Faust geballt, stolz nach oben gereckt. Kurz blitzte etwas auf an seinen Fingern, vom Flutlicht getroffen – da gellte ein Schrei durch das Stadion, wutentbrannt.

Nicht durch das Stadion, begriff Petrus: sondern durch sein Wohnzimmer.

Immaculata!

«Der Ring», keuchte sie. «Er hat den Fischerring. Den Ring des Papstes. Ein Betrug, ein großer, furchtbarer Betrug. Die Deutschen konnten gar nicht gewinnen. Welch grauenhafter Betrug. Und welche abscheuliche Blasphemie!»

Petrus antwortete nicht. Er saß, in sich versunken, in seinem Ohrensessel, hörte nicht das Hupen des Autokorsos draußen auf der Straße, nicht Immaculatas Zetern und auch nicht die Feiergesänge auf dem Schirm. In ihm war kein Triumph und kein Siegesrausch, nur eine große, stille Zufriedenheit.

Er spürte auf einmal, was er immer schon geahnt und gehofft hatte: dass der ganze Kosmos von einem tiefen Sinn durchdrungen ist. In alle Winkel dieser Welt dringt Gottes Atem; überall herrscht eine große, allumspannende Freude. Sie nimmt Besitz von Celesti, der jubelnd über das Feld rennt; sie lebt in den Grashälmchen des Fußballrasens unter seinen Füßen und in dem dunklen

Nachthimmel über ihm. Sie erfüllt die Bürger der Stadt Rom, die Italiener und alle anderen Menschen auf dieser Erde. Jegliche Furcht und Sorge fiel auf einmal von Petrus ab, Posaunenklänge erschallten, der Himmel öffnete sich, Gottes Engel schwebten hernieder und stimmten ihr Lied an. Und alle Kreatur, im Himmel wie auf Erden, stimmte ein.

VIII

Giulia schüttelte die Champagnerflasche, bis der Korken laut knallend herausschoss, über das Geländer auf der Kuppel des Petersdoms flog und in der Dunkelheit verschwand.

«Viva Italia!»

Die Gläser hatte sie vorsorglich aus ihrer Wohnung mitgebracht: In Immaculatas Küchenschränken war mit so etwas nicht zu rechnen. Sie öffnete den Picknickkorb, nahm die Champagnerkelche heraus und schenkte ein. Der Schaumwein perlte über den Rand, als sie den Kelch erhob – wie es Celesti kurz zuvor mit dem Worldcup getan hatte, nicht weit entfernt, im Stadio Olimpico.

«Viva Italia!»

Sie stießen an, traten an das Geländer der Domkuppel und blickten über den Petersplatz. Winzig klein, wie helle Lichtpünktchen, sausten die Autos auf der Via della Conciliazione entlang. Aus ihren Fenstern beugten sich Tifosi, mächtige Standarten in Grün-Weiß-Rot schwingend und begleitet von einem Hupkonzert, das bis zu ihnen hinaufdrang.

«Wenn du das erleben könntest, Salvatore Rotondo», sagte Petrus leise. Dann setzte er sich auf die Decke, die Giulia aus ihrem Picknickkorb gezogen und auf den Steinfliesen ausgebreitet hatte. Mit dem Rücken lehnte er sich gegen die kalten Quader des Daches und blickte durch das Gitter über die jubelnde, berauschte Stadt. Giulia betrachtete ihn von der Seite. Er sah benommen aus: glücklich – als lausche er auf Stimmen von weit her.

Sie setzte sich neben ihn und schenkte Champagner nach. Über dem Stadion brannten sie ein Feuerwerk ab: Funkenfontänen regneten über den Himmel, Flammenblumen entfalteten sich, Feuerbälle schossen in die Nacht.

«Es ist auch sein Sieg», sagte Petrus. «Ich habe mich gefragt, was er getan hätte. Und ich glaube, er hätte es genauso gemacht.»

Giulia zog ihre Sandalen wieder aus und hängte sie in das Gitter der Brüstung. Mit ihren Füßen bildete sie einen Spalt, durch den sie auf die Via della Conciliazione schielte und auf die vielen Lichtpünktchen, die auf sie zurasten.

«Francesco hat seine Sache hervorragend gemacht», sagte Petrus.

Giulia antwortete nicht.

Petrus räusperte sich. «Ich habe den Eindruck, dass ihr euch nicht mehr so gut versteht – Francesco und du.»

«Ich mag ihn gern», antwortete Giulia. «Aber die Sache mit Rotondo ... sie hat einen Keil zwischen uns getrieben. Als er aus den Katakomben zurückkam, haben Sie *ihm* erzählt, wer der Mörder ist. *Mir* nicht.»

«Ich konnte nicht darüber sprechen», sagte Petrus ruhig. «Das Risiko war zu groß. Aber jetzt ist alles vorbei, und Italien feiert. Was möchtest du wissen, Giulia?»

«Ich möchte wissen, wer den Engel niederstürzen ließ.»

In das Hupen der Autos mischten sich Kirchenglocken. Einige Gemeindepfarrer hatten es gewagt, mit dem Geläut ihrer Kirchen in den Jubel einzustimmen.

«Es musste jemand gewesen sein, der einen Schlüssel zu Santa Maria del Fiore besitzt», sagte Petrus. «Oder jemand, der sich auf irgendeine Weise Zugang zur Kirche verschafft hat. Es gab nicht sehr viele, die hierfür in Betracht kommen.»

«Alvarez war in der Kirche. Die ganze Nacht. Aber er war eingeschlossen.»

«Er konnte sich befreien. Mit Hilfe des Kerzenanzünders zog er den Schlüssel aus dem Schloss und ließ ihn auf seinen Habit fallen, den er unter dem Gitter durchgeschoben hatte. Dann konnte er von innen aufschließen. Er ging zum Altar, sah die weinende Madonna und schrieb seine Warnung auf die Altardecke. Mit seinem eigenen Blut. Offene Wunden hatte er ja genug. Aber die Falle hat er nicht installiert: Wie hätte er den Engel, der hoch über dem Altar hing, erreichen können? Interessanter als sein kleiner theologischer Streich, den er uns allen gespielt hat, ist das, was er über die Nacht zu berichten wusste. Er hörte Geräusche – Schritte, Klirren – und er sah eine kleine, breitschultrige Gestalt mit weit geschnittenem Mantel …»

«Und?»

«In der Kirche haben wir, wie du weißt, einen Schraubenzieher gefunden. Direkt vor dem Altar.»

«Richtig. Den Schraubenzieher, mit dessen Hilfe der Engel losgeschraubt wurde.»

«Nein.»

«Nein?»

«Nein. Ich habe diesen Schraubenzieher in meine Hand gedrückt, als wir den Tatort besichtigt haben. In der Haut blieb ein kleines Kreuz zurück. Aber die Schrauben, mit denen der Engel befestigt war, hatten einen Schlitz.»

«Und mit einem Kreuzschraubenzieher kann man keine Schlitzschrauben lösen.»

«So ist es. Also, überlegte ich mir, wurde etwas anderes mit diesem Schraubenzieher losgeschraubt. Die Antwort war gar nicht so schwierig. Denn als ich Santa Maria del Fiore noch einmal mit Paolo, dem kleinen Sohn des Messners, betreten hatte, war mir das Altarbild aufgefallen: eine kleine, dunkle Tafel, kaum sichtbar im Goldprunk des Hauptaltars. Kannst du dich daran erinnern, was es zeigte, Contessa?»

«Da es sich um eine Marienkirche handelt: vermutlich eine Madonna. Nein, warten Sie, da müsste sogar eine recht wertvolle Ikone hängen, Marie mit Jesuskind und Blumen, wenn ich mich noch richtig an meinen Kunstgeschichtsunterricht erinnere …»

«Ganz recht, liebe Giulia: eine Muttergottes mit Christkind und weißer Lilie. Als ich allerdings neulich in der Kirche stand, sah ich deutlich eine heilige Katharina. Mit Schwert und Rad. Äußerst ungewöhnlich – am Hauptaltar einer Marienkirche.»

«Sie meinen ...»

«Es wird einige Tage dauern, bis die Polizei die Schätze unseres Professore gesichtet hat. Ich bin überzeugt, dass man ein kleines, aber äußerst wertvolles Madonnenbild finden wird.»

«Pinello hat es ... ausgetauscht?»

«Ich vermute es. Er wollte verhindern, dass man den Diebstahl sofort bemerkt. Natürlich wäre es irgendwann aufgefallen, dass die Kirche früher ein anderes Altarbild hatte – vor der Renovierung. Aber wahrscheinlich hätte man einen Fehler der Restauratoren vermutet, die das falsche Bild aufgehängt haben. Pinello leitet bekanntlich die päpstliche Kunstsammlung. In einem der vielen Depots wird er sicherlich ein Bild gefunden haben, das genau an die Stelle der kleinen Madonna passte. Es war ja ein eher unauffälliges Bild. Pinello hat, wie ich von Paolo weiß, einen Schlüssel zur Kirche. Er konnte sie aufschließen, die Bilder austauschen und sie wieder verlassen. Das Gemälde hatte er unter seinem Mantel verborgen. Daher die eckigen Schultern, die Alvarez beobachtet hatte. Als er das Bild forttrug, muss ihm der Schraubenzieher aus der Tasche gerutscht sein. Außerdem gilt für ihn, was ich schon bei Alvarez erwähnte: Wie hätte er zu dem Engel, der hoch oben an der Wand befestigt war, gelangen sollen? Natürlich war es lebensgefährlich, die Bilder auszutauschen: Wie leicht hätte er die Falle auslösen können! Aber er gab sich wohl die größte Mühe, keine Spuren zu hinterlassen. Darum hat er die Altardecke nicht berührt und blieb am Leben.»

«Bleibt Oscuro.»

«Ein unerfreulicher Zeitgenosse – keine Frage. Doch

am Sturz des Engels trägt er keine Schuld. Oscuro befand sich zwar für längere Zeit ganz in der Nähe, nämlich in der Sakristei. Doch er hatte keine Möglichkeit, in die Kirche zu gelangen, denn die Verbindungstür zwischen Sakristei und Kirche war versperrt. Was auch immer er plante: Der Engel schied als Tatwaffe aus.»

«Und Saldi …»

«… konnte ebenfalls nicht in die Kirche gelangen. Er hatte keinen Schlüssel und war außerdem die ganze Nacht beschäftigt. Saldi kam erst nach dem Anschlag ins Spiel. Er hat erkannt, wie profitabel es ist, wenn in Rom eine Madonna weint. So profitabel, dass er gleich noch mehrere weinen ließ. Es war nicht schwer, ihm auf die Schliche zu kommen. Er ist ein Gauner, keine Frage. Aber mit dem Attentat hat er nichts zu tun.»

«Mit anderen Worten: Es waren doch die höheren Mächte. Im Auftrag des Herrn, der Rotondo für sein sündiges Dasein bestrafen wollte.»

Nun ließ auch der Staatspräsident ein Feuerwerk abbrennen: Grüne, weiße und rote Flammengarben stiegen vom Quirinal auf.

«Nein.» Petrus erhob sich ächzend, ging zum Geländer und blickte über die nächtliche Stadt. Giulia zögerte kurz, dann stand sie ebenfalls auf.

«Also?»

Der Autokorso war noch breiter geworden. Ein goldenes Lichterband zog sich die Via della Conziliazione entlang, teilte sich vor dem Petersplatz und rahmte die Kolonnaden.

«Es war keine höhere Macht. Sondern eine höchst irdische Erscheinung.» Petrus zögerte. «Du weißt, dass

Kardinal Rotondo zuletzt sehr … zurückgezogen lebte. Er mischte sich nicht mehr offen in die Politik der Kurie ein, sondern beobachtete nur noch, und zwar mit größter Aufmerksamkeit. Aus dem Hintergrund. Irgendwann wurde ihm klar, dass es eine Verschwörung gab. Nicht alle waren ja, wie du weißt, mit meiner Wahl einverstanden. Am wenigsten Kardinal Oscuro, der sich bis heute für den besseren Papst hält.»

«Und Oscuro steuerte die Verschwörung?»

«So ist es. Aber Rotondo hatte begriffen, dass gegen Oscuro mit den üblichen Mitteln nichts auszurichten war. Zu viele standen auf seiner Seite – nicht nur in der Kurie, sondern auch in anderen Kreisen. Äußerst mächtigen Kreisen, wie ich inzwischen weiß.»

Jetzt verstand Giulia. Gerade in dem Moment, als eine riesenhafte goldene Flammenkrone am Himmel zerstob, begriff sie mit einem Mal, warum der Engel heruntergestürzt war. Der Jubel verklang, die Lichter erblassten, und eine große Stille war in ihr: Sie blickte Petrus von der Seite an, der blass und gefasst am Geländer stand und auf die triumphierende Stadt blickte.

«Rotondo wusste, dass es nur eine Möglichkeit gab, gegen Oscuro vorzugehen – und mein Leben zu schützen: Man musste ihn töten. Und weil er diese Last niemandem aufbürden wollte, hat er es selbst versucht.»

«Aber … wann?»

«Ich vermute, dass es so vor sich ging: Am Tag zuvor hat der Messner alles vorbereitet und sauber gemacht. Zusammen mit einigen Frauen aus der Gemeinde. Und unter Aufsicht von Kardinal Rotondo. Als sie gegangen waren, etwa um 17 Uhr, kehrte Rotondo in die Kirche zurück. Er hatte ja einen Schlüssel. Im Gegensatz zu Alvarez und Pinello wusste er, dass in den Seitenschiffen – verdeckt von Planen – große Leitern standen. Ich habe sie selbst gesehen, als ich mit Paolo noch einmal die Kirche betrat. Rotondo hatte sich das entsprechende Werkzeug und den Nylonfaden besorgt. Er schob eine solche Leiter zum Altar, kletterte hinauf und schraubte die Statue los. Rotondo war ein rüstiger Mann, trotz seines hohen Alters. Und die Erkrankung war nur vorgetäuscht, das darfst du nicht vergessen. Jedenfalls verband er den Engel mit dem Buchständer auf dem Altar und verließ die Kirche.»

«Also war die Falle schon installiert, als Alvarez sein Wunder in Szene setzte und Pinello das Bild stahl?»

«Richtig. Beide begaben sich dabei, ohne es zu wissen, in Lebensgefahr. Sie kamen mit dem Altar zumindest in Berührung – wie leicht hätten sie die Falle auslösen können! Aber nichts geschah. Es wurde Morgen, der Messner schloss die Kirche auf. Und entdeckte dort das Wunder: Die Madonna weinte, und eine blutige Schrift stand auf dem Altar.»

«Also war der nächtliche Herzanfall nur vorgetäuscht. Um Oscuro in die Kirche zu locken.»

«So ist es. Rotondo simulierte den Anfall und ließ bei Oscuro anrufen, der sich auch prompt bereit erklärte, die Messe zu lesen. Kurz vor dem Gottesdienst kam Rotondo in die Kirche. Scheinbar am Ende seiner Kraft. Alles hatte funktioniert – die Falle war aufgestellt, das Opfer in der Nähe. Ahnungslos. Da berichtete man ihm von dem Wunder. Er erschrak: Offenbar gab es noch weitere Mitspieler. Er bat darum, dass man ihm die geheimnisvollen Zeichen zeigte. Sie führten ihn zum Altar; zwei Priester mussten ihn stützen.»

«Und dort überkam ihn die Reue – und er löste die Falle selbst aus?»

«Und dort lag der Schraubenzieher, den Pinello verloren hatten.» Petrus seufzte. «Ganz ausgeschlossen, dass Rotondo die Falle mit Absicht ausgelöst hätte. Er stolperte, fiel auf den Altar zu und hielt sich am Tuch fest. Damit bewegte sich der Buchständer, und der Engel des Herrn stürzte herab.»

«Ich verstehe.» Giulia saß da, die Knie umschlungen, und blickte auf die feiernde Stadt. «Nur eines ist mir noch nicht ganz klar: Wer hat die Tränen an der Madonna angebracht?»

«Darüber habe ich lange nachgedacht. Länger als über die anderen Rätsel.»

«Und?»

«Ich habe einen Verdacht. Aber ich weiß es noch nicht genau.»

Das Feuerwerk war vorüber. Der Autokorso hupte immer noch.

«Wir könnten auch läuten», sagte Petrus. «Aber das gibt noch mehr Ärger mit Immaculata. Gehen wir schlafen.»

«Ich fahre noch rüber in die Stadt», sagte Giulia. «Feiern.»

«Pass auf, dass sie dich nicht totfahren», sagte Petrus. «Ich werde mich hinlegen, einen Rosenkranz für Rotondo beten und ihm vom Spiel erzählen.»

Er trank sein Glas aus, bekreuzigte sich und ging.

IX

Petrus lag in seinem päpstlichen Himmelbett und dachte an den Tag.

Vor seinem inneren Auge flirrten die Lichtstreifen des Feuerwerks. Leuchtende Flammengarben stoben durch die Nacht, es blitzte und funkelte. Die bunten Lichtstreifen lösten sich auf in Sternenstaub, weithin verstreut über dem schwarzblauen Himmel. Hellglänzende Bänder, die sich durch die Nacht zogen; dazwischen, kräftig leuchtend, die näheren Planeten. Trilliarden funkelnder Lichtpünktchen auf allen Seiten, oben und unten, ein kosmischer Reigen, ein Sternentanz nach einer machtvollen Sphärenmusik.

Plötzlich stand er vor einer altertümlichen Bar, die auf dem langgezogenen Lichtstreif eines Kometen aufgebaut war. Das polierte Holz des Tresens glänzte hell im Sternenschein, die Kaffeemaschine rumpelte und sandte zarte Dampfwölkchen ins Universum.

Gott drehte sich um. «Wie immer?»

«Bitte.» Petrus nickte und lehnte sich an den Tresen.

Gott trug die Kleidung eines Barista: Krawatte, Weste und Schürze. Er war sorgfältig rasiert und strahlte, wie es auch sonst seine Art war, gelassene Souveränität aus. Mit sicheren, schnellen Handbewegungen machte er sich an der Maschine zu schaffen. Wenig später stand die kleine Tasse vor Petrus.

«Es war ein schöner Einfall», sagte Gott. «Eine meiner besten Ideen seit langem. Ästhetisch und spirituell.

Würdig und feierlich. Aber der Vatikan hat es in den Sand gesetzt. Wie schon so oft.»

Petrus nickte. «Die Tränen an der Madonna – das waren Sie, nicht wahr?»

«Wer sonst?», antwortete Gott. «Ich hatte es mir so schön vorgestellt: ein neues Wunder – in der Hauptstadt der Christenheit! Ein Zeichen des Himmels, naturwissenschaftlich nicht erklärbar. Es hätte sich wirklich gelohnt für euch. In religiöser Hinsicht – und nebenbei auch ökonomisch. Aber was macht ihr daraus? Ihr schlagt euch die Köpfe ein.»

Petrus schaufelte noch mehr Zucker in seinen Caffè und schwieg. Er hatte sich auf eine Strafpredigt vorbereitet. Und Gott war im Recht – daran bestand kein Zweifel.

«Von Rotondo hätte ich mehr Gelassenheit erwartet.» Gott hatte ein Wischtuch genommen und säuberte die Theke. «In seinem Alter auf eine Leiter klettern und eine Falle installieren! Als Kardinal!»

«Er hat es gut gemeint», wandte Petrus ein. «Und er hat dafür bezahlt.»

«Manchmal gibt es eben so etwas wie eine höhere Gerechtigkeit», sagte Gott zufrieden. «Obwohl ich gar nichts damit zu tun hatte.»

«Das Tor im Endspiel ...», fragte Petrus vorsichtig. «Das 2:1 gegen Deutschland ... waren Sie da auch ... beteiligt?»

«Haben Sie schon einmal erlebt, dass ein Ball aus diesem Winkel ins Tor geht?»

«Nein.»

«Ich auch nicht. Ich weiß auch nicht, warum ich mich

dazu hinreißen ließ. Nach allem, was vorgefallen war. Aber damit das klar ist: Meistertitel gibt es keine in den nächsten Jahren.»

«Aber auch nicht für die anderen!»

«Meinetwegen: nicht für AS Rom und auch nicht für Lazio Rom.»

Petrus trank erleichtert seinen Caffè aus.

«Die Sache mit Rotondo ...», fragte er zögerlich. «Habe ich das in Ihrem Sinne gelöst?»

«Sonst hätte es nicht funktioniert», sagte Gott. «Am Ende entscheide ja doch immer ich, wie es ausgeht. Natürlich gab es etwas Meinungsverschiedenheiten hier oben. Jesus hat ja immer sehr strenge moralische Maßstäbe. Und Maria ...»

«Sie störte sich an Rotondos Weibergeschichten, nicht wahr?»

«Bedenken Sie: Maria ist Jungfrau. Seit über zweitausend Jahren. Das prägt.»

«Aber Sie konnten sich durchsetzen.»

«Ich kann mich hier oben genauso wenig durchsetzen wie Sie in Rom. Aber Maria war von Francesco beeindruckt. Weil er so fromm ist. Darum hat sie schließlich zugestimmt.»

«Und Jesus?»

Gott beugte sich vor. «Natürlich würde er es nie zugeben. Darf er auch nicht in seiner Position. Aber er war auch sehr beeindruckt.»

«Von Francesco?»

«Von Contessa Giulia. Mit ihren großen ... mit ihren großartigen Ideen, meine ich. Wirklich ein kluges Mädchen.»

«Ich hatte etwas Sorgen, dass Sie mit Giulia ... vielleicht nicht ganz einverstanden sind.»

Gott winkte ab. «Natürlich gab es Ärger. Als Maria bemerkte, wie erfreut Jesus reagierte ...»

«Immer noch die alte Geschichte mit Magdalena?»

«Eifersüchtige Mütter sind noch schlimmer als eifersüchtige Ehefrauen.»

Petrus nickte. In dem großen Spiegel sah er Gott von hinten und bemerkte erleichtert, dass sich das Haupthaar des Allmächtigen lichtete.

«Irrtum», bemerkte Gott. «Es lichtet sich nur, weil ich es möchte. Wenn ich will, stehe ich im nächsten Augenblick mit Vollbart vor Ihnen.»

«Ich vergesse immer, dass Sie meine Gedanken lesen können.»

«Daher weiß ich auch, dass Giulia die Sache mit Rotondo bemerkt hat. Morgen will sie mit Ihnen darüber sprechen.»

«Ich hatte es schon befürchtet.»

In dem Spiegel glänzte der Große Wagen. Petrus wandte sich zum Gehen. «Wir sehen uns. Und nochmals vielen Dank für alles.»

«Die Deutschen sind schließlich schon Europameister», sagte Gott. «Dann auch noch der Weltmeistertitel – das wäre zu viel gewesen.»

Petrus balancierte vorsichtig den Kometenschweif entlang. Weiter hinten stand sein Schutzengel und wartete auf ihn.

«Der Caffè geht aufs Haus», rief ihm Gott hinterher.

Epilog

Petrus deutete auf die Vitrine, in der sich – liebevoll auf einem Silbertablett arrangiert – mit Puderzucker bestäubte Hörnchen stapelten. Ein leichter Vanilleduft schwebte im Raum und zeigte an, dass es Morgen war in Rom. Zeit für einen Cappuccino, die Gazzetta dello Sport und ein Cornetto. Fragte sich nur noch, welches.

«Ich nehme ein Cornetto semplice, ein Cornetto al Cioccolato und ein Cornetto con Crema.»

«Drei Cornetti, Heiliger Vater?», fragte der Barista.

«Eines für den Vater, eines für den Sohn, eines für den Heiligen Geist.»

Das Café Farnese lag einige Schritte abseits vom Trubel des Campo de' Fiori. Petrus schätzte diesen Ort: die kleinen Tischchen mit ihren rosa Decken draußen, die weit ausladenden Sonnenschirme und der wohlsortierte Zeitungskiosk gleich nebenan. Innen eine hervorragende Auswahl an Gebäck, vor allem an kleinen Beerentörtchen, die auf der Zunge zergingen. Manchmal nahm er dort einen Caffè, nach einem Pastoralbesuch oder einem ausgedehnten Spaziergang.

Heute aber war er geradezu gezwungen, sein Frühstück aushäusig einzunehmen: Statt des üblichen Naturjoghurts hatte er in seinem Zimmer nur einen Zettel vorgefunden, auf dem Immaculata in altmodisch gestochener Schrift notiert hatte: «Bin für einige Tage zurück in mein Kloster gefahren. Joghurt ist im Kühlschrank. Gott vergebe allen Sündern. I.» Petrus, noch leicht benommen von der Fülle der Ereignisse, hatte es erst nicht glauben wollen. Er schrieb einen schwungvollen Text für die Mittwochsaudienz auf dem Petersplatz – die letzte vor seinem Urlaub in Castel Gandolfo –, in dem er den Sieg der italienischen Nationalelf harmonisch mit einer Predigt über Glaubensstärke und Gottvertrauen verband. Ansonsten war er frei und konnte alles tun, was ihm sonst streng verboten war: den Vormittag über im Morgenmantel durch die Wohnung gehen, die Sportzeitung auf dem Klo lesen und unter der Dusche Fangesänge anstimmen. Sofort hatte er alles ausprobiert – bis der Hunger kam. Da hatte er Giulia angerufen und ein Frühstück am Campo de' Fiori vorgeschlagen.

«Ich trage die Cornetti zum Tisch», sagte Giulia. «Holen Sie sich ruhig Ihre Zeitung.»

Dankbar ging Petrus die wenigen Schritte zum Kiosk. Von allen Titelseiten jubelten ihm Fußballspieler in blauen Trikots entgegen. Natürlich war auch Celesti zu sehen, die Faust in den Himmel gereckt – wer genau hinsah, konnte den dicken Ring an seinem Finger erkennen. Petrus kaufte ein Blatt und dachte kurz an Immaculata: Es war noch nie vorgekommen, dass sie den Dienst verweigert hatte; sein kleiner Trick musste sie schwer getroffen haben.

«Passt es hier?» Giulia deutete auf eines der Tischchen. Petrus nickte, zog seine Sonnenbrille heraus und setzte sich: ein dicker, alter Pfarrer, der sich eine kleine Auszeit gönnt, zwischen Morgenmesse und Krankenbesuchen. Kein Tourist würde ihn um ein Autogramm, kein Gläubiger um seinen Segen bitten. Nur der Fischerring, den er jetzt wieder trug, verriet das Oberhaupt der katholischen Kirche.

«War es lang gestern?» Mitleidig blickte er auf seine Pressesprecherin, deren Gesicht fast völlig hinter ihrer riesigen Greta-Garbo-Sonnenbrille verschwand.

«Mit Sonnenbrille sehe ich immerhin aus wie meine Mutter. Ohne sähe ich aus wie Immaculata. Gott sei Dank haben wir keine Termine heute.»

Petrus nahm das erste Cornetto vom Teller, tauchte eine Spitze in den Cappuccino und biss ab. Der herbe Kaffeegeschmack erfrischte ihn sofort. Die Benommenheit schwand, und er sah den Platz mit neuen Augen: die gelben und rostroten Hausfassaden, die Tauben auf dem alten Kopfsteinpflaster und die strenge, klare Schönheit des Palazzo Farnese.

«Einen Termin habe ich», sagte Petrus. «Commissario Brunelli will sich taufen lassen.»

«Der Polizist? Ich dachte, er sei Atheist.»

«Seine Eltern waren Kommunisten. Aber Gott hat ihn zum Licht und zur Wahrheit geführt.»

«*Sie* haben ihn zum Licht und zur Wahrheit geführt.»

«Als Gottes Werkzeug. Er hat viel zur Aufklärung des Falles beigetragen.»

«Aber Sie werden ihm bestimmt nicht verraten haben, wer den Anschlag verübt hat?»

Petrus brummte unbestimmt.

«Warum ist er Ihnen dann dankbar?» Giulia ließ nicht locker. «Seinen Vorgesetzten konnte er doch nichts berichten?»

«Das ist wahr. Doch dafür gelang ihm ein anderer Coup. Durch einen anonymen Anruf kam er einem Gemäldedieb auf die Spur. Stell dir vor, Giulia, in einer Lagerhalle am Stadtrand fand er eine spektakuläre Sammlung lange gesuchter gestohlener Bilder und Statuen. Die Beförderung ist ihm so gut wie sicher.»

«Und die Krypta des Professore ...»

«... ist leer. Ich hatte ein langes Gespräch mit ihm. Er hat mir alles berichtet, was er dir und Francesco bereits erzählt hatte. Dabei hat er mich gebeten, Oscuro nicht zu verraten, dass er einen Sohn hat. Das habe ich ihm versprochen. Pinello ist eher Opfer als Täter. Der Herr wird ihm seine Sünden vergeben.»

«Und Alvarez?»

«Ich habe lange mit dem Prior der Gegeißelten gesprochen. Übrigens ein sehr sympathischer Mann. Der Prior hat eine interessante These entwickelt, weshalb sich Alvarez nicht recht leiden kann und diese albernen Bußübungen praktiziert. Er ist zu dem Schluss gelangt, dass sich jemand um ihn kümmern sollte. Und zwar ein junger Mann. Es könnte sein, dass Alvarez sich dann ... wohler fühlen wird. Zu sich selbst findet – wenn du verstehst, was ich meine. Wir haben dafür einen jungen Gegeißelten ausgewählt. Er heißt Marco. Der Prior hat sich sehr positiv über ihn geäußert, und Marco hat angedeutet, dass er Alvarez schon immer sehr ... verehrte.»

«Damit wären fast alle Verdächtigen versorgt. Was ist mit Saldi?»

«Du hast ja mitverfolgt, dass die Madonnen in Rom immer melancholischer wurden. Fast täglich begann eine von ihnen zu weinen – eine Eigenschaft, die ihnen bislang fremd war. Viele Jahrhunderte lang hatten sie ruhig auf ihren Sockeln gestanden und fromm auf die Gläubigen herniedergeblickt – und plötzlich überall Tränenströme! Mir gefiel das nicht. Du hattest mir von Saldis Plänen berichtet. Nun, ich bin der Sache nachgegangen. Und wie der Zufall es wollte: Eines Nachts ertappte ich ihn, wie er gerade eine Madonna verzierte.»

«Es war nur der Zufall, der das so wollte?»

«Ich hatte etwas Unterstützung.»

«Und was geschieht nun mit Saldi?»

«Man hätte ihn mit Schimpf und Schande davonjagen können. Aber wem hätte das genützt? Also habe ich mit ihm geredet. Über sein Verhältnis zu Gott, zur Kirche und zum Papst. Bischof Saldi ist dabei zu der Erkenntnis gelangt, dass er Fehler begangen hat. Dass es etwas gutzumachen gilt. Er hat mich gebeten, ihm zu helfen.»

«Und Sie haben ihm Ihre Hilfe nicht verweigert.»

«Ich weiß, was meine seelsorgerliche Pflicht ist. Ich habe ihm aufgezeigt, dass ihn das Materielle zu sehr belastet. Es verhärtet das Herz und verwirrt den Geist. Darum ist es besser, wenn die Erträge seiner Geschäfte nicht mehr in sinnlosen Luxus investiert werden, sondern dem Guten dienen.»

«Und das Gute ...»

«... bin ich», erklärte Petrus zufrieden. «Wir werden eine Stiftung gründen. Die ‹Salvatore-Rotondo-Stiftung›.

Ihr werden die Gewinne von Saldis Aktivitäten zufließen. Manche Projekte musste ich ihm natürlich untersagen – aber einige Ideen haben durchaus Zukunft. Den Vorsitz der Stiftung werde ich selbst übernehmen.»

Giulia schüttete Zucker in ihren Cappuccino und rührte energisch um. Über den Platz rumpelte ein kleiner Lieferwagen, der Gemüse und Blumen zum Campo de' Fiori transportierte – darunter fünf große Eimer mit gerade frisch aufgeblühten Rosen.

«Damit wäre fast alles geklärt», sagte Giulia und blickte dem Lieferwagen hinterher. «Nur die entscheidende Frage nicht.»

«Falls du die Tränen der Madonna meinst: Mein Verdacht hat sich bestätigt. In der vergangenen Nacht. Aber für die Lösung des ganzen Rätsels spielt es keine Rolle, wer die Tränen angebracht hat. Über manche Dinge sollte man manchmal nicht reden. Nur staunen.»

«Ich meine nicht die Tränen. Ich meine die Frage, wie Rotondo gestorben ist.»

Petrus schwieg.

«Sie haben gesagt, es habe einen zweiten Anschlag gegeben. Im Krankenhaus. Aber Sie wollten nicht, dass die Öffentlichkeit davon erfährt.»

«Es hätte die Menschen unnötig verwirrt. Das Attentat in der Kirche hat bereits genug für Aufregung gesorgt.»

«Wer also hat den zweiten Anschlag in der Klinik verübt?»

«Es steht fest, dass Oscuro dahintersteckt.»

«Und da lassen Sie ihn einfach so laufen?»

«Ich lasse ihn nicht laufen. Aber ich muss Realist sein,

liebe Giulia. Die Kirche hat gerade eben Kardinal Rotondo verloren. Auf äußerst ... ungewöhnliche Weise. Würde sie nun eine Woche später auch Kardinal Oscuro verlieren, käme es zu einer ernsten Krise. Der eine Kardinal ein Attentatsopfer, der andere Kardinal ein Krimineller – wie sollte man das den Gläubigen erklären?»

«Sie wollen es also vertuschen.»

«Ich habe ein langes Gespräch mit Kardinal Oscuro geführt. Nach der Trauerfeier für Rotondo. In der Sakristei. Am Ende dieser ... Unterhaltung hat sich Oscuro entschlossen, seine Ämter niederzulegen. Er bleibt natürlich Kardinal – sonst wäre die Öffentlichkeit zu erstaunt. Aber seine Aufgaben in der Kurie haben ihn zuletzt ... ermüdet. So wird man es jedenfalls den Gläubigen mitteilen. Kardinal Oscuro wird sich daher in seine Heimat zurückziehen. Beten und büßen.»

«Das hat er Ihnen freiwillig angeboten?»

«Am Ende des Gesprächs musste ich ein wenig nachhelfen.» Petrus zerteilte mit Nachdruck sein Cornetto con Crema. «Ich habe ihn vor die Wahl gestellt: Entweder er trinkt den Wein, der für die Messe am Eröffnungstag bestimmt war – und der noch immer in der Kanne auf dem Kredenztisch stand. Oder er verzichtet auf seine Ämter.»

«Offenbar war es ein schlechter Jahrgang – da er sich gegen den Wein entschieden hat.»

«Oscuro hatte den Wein vergiftet. Ein spontaner Einfall, als er erfuhr, dass er Rotondo bei der Messe vertreten sollte. Francesco wird dir die Einzelheiten berichten. Auch über das Attentat im Krankenhaus – falls du mich auch dazu befragen wolltest.»

«Das wollte ich tatsächlich», sagte Giulia langsam. «Denn ich weiß eines ganz genau: Wenn Oscuro wirklich Rotondo auf dem Gewissen hätte – Sie würden ihn nicht laufen lassen. Vielleicht würden Sie ihn nicht der Polizei übergeben. Aber ganz bestimmt hätte er Schlimmeres zu befürchten als nur einen Erholungsurlaub auf Sizilien.»

Petrus kaute.

«Darum frage ich mich, was im Krankenhaus wirklich passiert ist», fuhr Giulia fort. «Und ich phantasiere ein wenig vor mich hin. Sie müssen sich dazu nicht äußern. Aber nehmen wir einmal Folgendes an: Ihnen war sehr früh klar, dass es nur Rotondo sein konnte, der die Falle aufgestellt hatte. Und Sie mussten damit rechnen, dass es irgendwann jemand bemerkt. Commissario Brunelli oder sonst wer. Natürlich konnten Sie nicht dulden, dass Ihr Freund und Vertrauter in die Fänge der Justiz gerät. Also musste er verschwinden. Und eine besonders überzeugende Methode des Verschwindens ist der Tod.»

Giulia hatte ihre Sonnenbrille abgenommen und blickte Petrus direkt ins Gesicht.

«Ich glaube nicht, dass Oscuro für diesen Tod verantwortlich ist», sagte sie. «Sonst hätten Sie ihm niemals einen Abgang in Würde ermöglicht. Halten wir vorerst fest: Oscuro ist nicht der Mörder Rotondos. Wie aber ist Rotondo stattdessen gestorben? Es könnte natürlich sein, dass Rotondo ganz friedlich im Bett entschlafen ist. Doch wie passt das zu dem Anschlag?»

«Eine berechtigte Frage», sagte Petrus.

«Nehmen wir an, Rotondo war längst tot. Nehmen

wir außerdem an, dass niemand von diesem Tod wusste. Und nehmen wir schließlich noch an, dass Sie Oscuro eine Gelegenheit verschafft haben, Rotondo zu töten. Eine Falle. Ein Köder. Dann hätte Oscuro jemanden getötet, der längst tot war. Aber das konnte Ihnen egal sein: Denn jetzt war es endlich möglich, Oscuro einen Mordversuch nachzuweisen. Der vergiftete Messwein genügte dafür nicht – denn vermutlich hätte man Oscuro nie nachweisen können, dass er es gewesen war, der das Gift hineingestreut hatte. Weil es zu viele gab, die dazu Gelegenheit gehabt hätten.»

«Ich will nicht ausschließen, dass es so gewesen sein könnte.»

«Dann wären Sie allerdings ein übler Zyniker. Jemand, der die Leiche seines besten Freundes benützt, um seinen größten Feind zu stellen. Sie sind aber kein Zyniker. Und darum glaube ich, Heiliger Vater, dass es gar keine Leiche gibt. Anders gesagt: Ich glaube, dass Rotondo noch lebt. Offiziell musste er sterben – falls irgendwann doch herauskommt, wer hinter dem Anschlag in der Kirche steckt. Also haben Sie ihn scheinbar sterben lassen. Aber so, dass Oscuro die Gelegenheit zu einem Anschlag bekam und denken musste, dass seine Tat erfolgreich war. Mit Hilfe von Dottore Frascati war es leicht, alles so zu arrangieren, dass es nach einem Anschlag aussah. Jedenfalls für Oscuro. Nun hatten Sie ihn in der Falle. Und Rotondo war offiziell tot und darum aus der Schusslinie. Damit das jeder merkt, war auch die Beerdigung nötig. Ganz große Oper: Weihrauchschwaden, sodass kein Nebelscheinwerfer durchkommt; Orgelbrausen und Trauerchoräle.

Gut nur, dass keiner den Sarg geöffnet hat. Denn dort drin lag kein Rotondo.»

«Und wo sollte er sein – deiner Meinung nach?» Petrus tupfte sich einen Schokoladenfleck vom Kinn.

«Nicht mehr in Italien jedenfalls. Vielleicht in Südamerika? In einem kleinen, schnuckligen Nonnenkloster? Als Beichtvater? Ich weiß es nicht. Auf jeden Fall in Sicherheit – und nicht im Sarg.»

Giulia trank einen letzten Schluck Cappuccino. «Um es auf den Punkt zu bringen: Das Grab ist leer.»

«Es kommt nicht darauf an, ob das Grab leer ist oder ob jemand darin liegt», sagte Petrus langsam. «Es kommt darauf an, was die Menschen glauben. Es war ein wunderschöner Gottesdienst in Santa Maria del Fiore. Alle waren da: die Großen der Kurie und die kleinen Leute aus dem Viertel. Sie haben zusammen gebetet, zusammen gesungen und zusammen geweint. Rotondo wird ein prachtvolles Grabmal erhalten – wie es seiner würdig ist. Kommt es wirklich darauf an, ob er darin liegt? Alle werden es glauben, und das ist ein schöner, tröstlicher Gedanke. Der Tod ist ein großes Mysterium, Giulia. Wer kann wirklich behaupten, über ihn Bescheid zu wissen?»

Petrus blickte über den Platz, der sich allmählich mit Touristen füllte.

«Du solltest nicht so viel spekulieren und phantasieren. Für den Anschlag auf Rotondo in Santa Maria del Fiore gibt es eine ganz einfache, traurige Erklärung. Ich habe sie durch genaue Beobachtung und logisches Nachdenken gefunden. Wir wissen nun, wie es gewesen ist – bedauerlich genug, dass es so weit kommen musste.

Für die Gläubigen ist Kardinal Rotondo tot. Er ruht in einem Sarg mit einer schweren Marmorplatte darüber. Alles andere sind verrückte Ideen, die sich – Gott sei Dank – ohnehin nicht beweisen lassen.»

«Gestern ging das ‹Forum für göttlichen Reichtum› zu Ende. Am Flughafen war noch eine Pressekonferenz. Da bekam ich mit, dass eine Maschine für den Vatikan bereitstand. Ein Krankentransport, hieß es», sagte Giulia lauernd.

Petrus wollte eben antworten, als sich zwei Männer den Kaffeetischen näherten, zwischen sich den größten Blumenstrauß, der jemals auf dem Campo de' Fiori gebunden worden war. Vorsichtig stellten sie die Vase vor Giulia ab.

«Contessa Giulia? Sie waren nicht zu Hause. Ihre Nachbarin sagte uns, dass Sie hier sind.»

«Danke. Vielen Dank.»

Giulia beugte sich verwirrt vor. Am Stiel einer Baccara-Rose war ein Umschlag befestigt, den sie vorsichtig löste.

«Falls das ein Heiratsantrag ist: Ich möchte gefragt werden, bevor du ja sagst», grummelte Petrus.

Giulia öffnete den Umschlag. «Danke für alles», hatte Abdullah auf der Karte notiert. «In meinem Harem wird immer ein Platz für dich frei sein.» Und darunter stand: «PS: Werde die Kirche nicht kaufen. Weil du es so willst.»

«Offenbar ist es kein Heiratsantrag», sagte Petrus und blickte sorgenvoll auf Giulia, der Tränen in den Augen standen. «Freudentränen sehen jedenfalls anders aus. Kann ich dir irgendwie behilflich sein?»

«Schon gut.» Giulia steckte die Karte in ihre Handtasche. «Nur ein ... sehr guter Freund. Er hat mir einen großen Gefallen getan. Ihnen übrigens auch.»

«Mir auch?»

Eine Vespa fuhr in hohem Tempo auf den Platz, umkurvte die beiden Brunnen und kam vor dem Rosenbouquet zum Stehen. Francesco nahm den Helm ab und strich eine schwarze Locke aus der Stirn. Er sah deutlich besser aus.

«Guten Morgen, Heiliger Vater. Ciao, Giulia.»

«Inzwischen kennst du meine Gewohnheiten zu gut», brummte Petrus. «Ich habe keine Verstecke mehr. Komm, setz dich zu uns.»

Francesco zog sich einen Stuhl heran. «Da hat jemand den Markt leer gekauft. Sieht ziemlich beeindruckend aus.»

Giulia lächelte ihn an. «Du kannst mir später tragen helfen.»

«Wo soll es hin?»

«In meine Wohnung. Wir stellen die Blumen in den Flur, und dann koche ich einen großen Topf Spaghetti für uns.»

«So ist es recht», sagte Petrus und tunkte die letzte Cornetto-Spitze in seinen Caffè. «Wir sollten keinen Träumereien nachhängen, sondern nach Hause gehen und Spaghetti kochen. Denke an das, was ich dir vorhin gesagt habe, Giulia. Es wird nicht zu deinem Schaden sein.»

«Der Heilige Vater ist heute philosophisch gestimmt», erklärte Giulia. «Ich hatte so einige ... Ideen. Aber das sind alles nur Phantasien – behauptet er.»

«Wir Italiener sind keine Phantasten», sagte Petrus und beobachtete eine Taube, die sich auf dem Brunnenrand niedergelassen hatte. «Wir sind ein vernünftiges Volk. In der Antike haben wir Aquädukte gebaut. In der Renaissance erfanden wir die Zentralperspektive. Heute bauen wir Automobile und exportieren Kaffeemaschinen. Natürlich gab es auch Visionäre und andere Verrückte bei uns, aber meistens nahm es kein gutes Ende mit ihnen. Denn der Italiener liebt seine ruhige, geordnete Welt: die Familie, den Gottesdienst am Sonntag, eine Bar an der Piazza, das Stadion am Stadtrand – was braucht es mehr? Wen es nach Höherem drängt, der möge einen Rosenkranz beten. Das hilft ungemein.»

Die Taube auf dem Brunnenrand fing einige Wassertropfen auf und plusterte ihr Gefieder.

«Die Welt ist unübersichtlich geworden», fuhr Petrus fort. «Die Menschen arbeiten nicht mehr dort, wo ihre Mütter wohnen, sondern fliegen kreuz und quer über den Kontinent. Übergeschnappte Russen kaufen unsere Fußballvereine. In der Via Condotti sieht man inzwischen mehr Araber als Italiener. Alles hängt mit allem zusammen, und keiner behält mehr den Überblick. Wenn ich hier in einen Computer schaue, kann ich dort nachlesen, was irgendein Australier in seinen Computer hineingeschrieben hat.»

«Ich habe davon gehört», sagte Giulia matt. «Man nennt es Internet.»

«Gerade deshalb muss man sich auf die Heimat besinnen», sagte Petrus feierlich. «Wir reden zu schlecht über unser Italien. Angeblich steckt überall die Mafia dahinter, oder die Camorra, oder wie sie alle heißen.

Sicherlich: In jeder Herde gibt es schwarze Schafe – wer wüsste das besser als der Hirte über die Völker? Habt keine Furcht, spricht der Herr.»

Ein großer Friede leuchtete aus dem Gesicht des Papstes.

«Die Krisen dieser Welt: Bürgerkriege in Afrika, Finanzkollaps in Amerika, Terrorismus überall – ich kann sie alle nicht verhindern. Aber es ist meine Pflicht, mein Haus in Ordnung zu halten. Das ist mir, meine ich, ganz gut gelungen: Oscuro ist im Exil, mit Saldi und Alvarez haben wir gute Freunde gewonnen, und Rotondo – nun: Möge er an einem Ort des Friedens sein.»

«Den er sich redlich verdient hat», sagte Giulia.

«Wenn es unübersichtlich wird, muss man sich an die kleinen Freuden des Alltags halten: ein Cappuccino am Morgen, mit viel aufgeschäumter Milch. Die Sonne, wie sie am blauen Himmel steht. Das kleine Madonnenbild an der Hauswand. Ein gutes Gespräch mit Freunden, die man auf dem Markt getroffen hat. Ein Spaziergang am Abend, vielleicht ein gutes Glas Wein. Das Leben ist schön, meine Freunde. Und der Herr ist mit uns.»

Ein leichter Wind strich über die Piazza und schickte einen Lichtstrahl, wie einen göttlichen Fingerzeig, direkt in Petrus' Kaffeetasse. Die Taube schlug mit den Flügeln und stieg hinauf in den tiefblauen, wolkenlosen Himmel.

Alles war gut.

DANKSAGUNG

Die Anfänge liegen nicht im Dunkeln – sondern in der Via degli Scipioni. Dort begannen unsere Exkursionen in die Ewige Stadt, in ihre Kirchen und Küchen. Der alte Palazzo ist längst renoviert, die Mitbewohner und ihre vielen Gäste leben heute in anderen Vierteln, in anderen Städten, auf anderen Kontinenten. Wir haben euch nicht vergessen. Und wir danken euch! Ganz besonders Evelyn für ihre Einweisung in die italienische Kochkunst. Und allen, die uns in die Geheimnisse und ganz besonders den Klatsch des Vatikans eingeführt haben. Keine Sorge: Wir haben nur die Hälfte ausgeplaudert. Und nichts von dem, was keiner wissen darf. Besonderen Dank auch dem, der Zugang hatte zu diesen Orten, die sonst streng verschlossen sind ...

Für Ermutigung und Zuspruch danken wir Beate. Swantje und vor allem Usha und Stefan haben erste und letzte Fassungen gelesen: den allergrößten Dank für all die Mühe und die vielen wertvollen Anregungen! Agnes sei gedankt für Abdullahs viele Namen. Und Elias für den schönen Schein.

Das erste Treffen mit unseren Agenten hätte niemals

stattgefunden, wenn Kathrin (vielen Dank – auch für den besten italienischen Caffè der Stadt!) nicht unsere Kinder gehütet hätte. So aber lernten wir Roman Hocke und Uwe Neumahr kennen, die aus 30 Seiten Text und vielen verrückten Einfällen einen ganzen Roman entstehen sahen – und die an uns und unseren Papst glaubten. Danke!

Sie haben das Manuskript an Rowohlt vermittelt. Und hier danken wir unserer Lektorin Katharina Dornhöfer für ihre Begeisterung, für die kritischen Einwände, die herzliche und großartige Betreuung und die wunderbare Zusammenarbeit!

Und natürlich:

Grazie Roma!